한중록

표지 사진 Image Republic / Shutterstock.com
뒤표지 사진 ohlee7481 / Shutterstock.com
머리말 및 에필로그의 책가도 전이형록필 책가도(傳李亨祿筆册架圖), 국립중앙박물관 소장
각 권 시작 페이지 그림 남계우(南啓宇), 꽃과 나비(花蝶圖), 국립중앙박물관 소장

한중록

초판 1쇄 발행   2020년 3월 26일
초판 28쇄 발행   2024년 4월 25일

지은이   혜경궁 홍씨
옮긴이   신동운
펴낸이   김상철
발행처   스타북스
등록번호   제300-2006-00104호
주소   서울시 종로구 종로 19 르메이에르종로타운 B동 920호
전화   02) 735-1312
팩스   02) 735-5501
이메일   starbooks22@naver.com
ISBN   979-11-5795-518-3 03810

ⓒ 2024 Starbooks Inc.
Printed in Seoul, Korea

혜경궁 홍씨 지음
신동운 옮김

한중록

사도세자의 죽음을 둘러싼 궁중비사

스타북스

머리말

　요즘 다시 고전문학이 우리 곁에 다가왔다. tvN에서 진행하고 있는 '책 읽어드립니다'라는 방송프로를 통해서다.

　고전문학이란 말 그대로 예로부터 내려오는 불멸의 문학작품들을 말한다. 이는 우리 인류가 생활하면서 생각하고 느낀 모든 것들이 깃들어 있는 보물창고라 할 수 있다.

　흔히 21세기는 인간과 문화가 가장 큰 화두가 될 것이라고들 한다. 현대에 들어서 지금까지 기계화의 산업화와 정보화에 매몰되어 온 우리들은 어느새 스스로의 참모습을 잃어버리고 말았다. 나를 잃어버린 것이다.

　길을 잃으면 어떻게 해야 할까. 다시 원래의 출발점으로 되돌아가는 것이 가장 빠른 길이 아닐까.

　이 시대에 다시 읽는 고전문학은 우리들을 새로운 출발점으로 안내할 것이다. 고전문학은 오염되지 않는 지혜의 보고로 항상 우리 곁에 남아 있기 때문이다.

현대인들은 다시 고전으로 돌아가야 한다. 그 속에서 지식과 지혜와 교양을 꺼낼 수 있을 것이다.

그런 의미에서 《한중록》은 오늘날 한국인이라면 반드시 한 번은 읽어야 할 주옥같은 작품으로 궁중문학의 백미라 할 수 있다. 따라서 모든 사람들이 쉽게 읽고 이해할 수 있도록 새롭게 번역하고 편집하였다.

우리 모두가 고전문학작품을 통해서 자랑스러운 대한민국 국민으로서의 정체성을 되찾고 한류의 세계화와 함께 지성인으로 살아갈 수 있다면 그보다 더 즐거운 일은 없을 것이다.

차례

한중록

閑中錄

❂ 제1권 ❂

세자빈 되어 궁궐에 들어가다

내가 어렸을 때, 궁에 들어와 어머니와 편지 왕래가 조석으로 있었다. 그래서 친정집에 내 필적이 많이 남아 있어야 하겠지만 내가 궁에 들어오자 아버지께서 항상 주의를 주셨다.

"외간 편지는 궁궐에 들어가 흘릴 것이 아니요, 안부를 묻는 이외에 사연이 많으면 공경하는 도리가 어긋난다. 편지의 회답에는 그 종이에 소식만 짧게 적어 보내라."

그리하여 어머니는 조석으로 보내는 안부 편지에 아버지의 말씀대로 종이 머리에 간단히 소식만 써서 보냈다. 그리고 아버지의 말씀에 따라 친정에서는 내 편지의 글씨를 모두 물로 씻어 없애버려 나의 필적이 남아 있지 않아, 큰조카 수영은 항상 내게 글을 써달라 청하였다.

"본집에 귀인의 필적이 없으니 친히 무슨 글이라도 써 주시면 이후에도 그것은 대대로 집안의 보물이 될 것입니다."

나는 그 말이 타당하여 써 주고자 하였으나 틈이 없어 못하였다.

그런데 올해에 내 회갑을 맞으니 임오년壬午年에 돌아가신 사도세자를 추모하는 아픔이 더 크고, 또 세월이 지나면 내 정신이 더 쇠약해질 것 같아 내가 느낀 바와 겪은 일들을 생각나는 대로 기록하였다. 그러나 모두 적지는 못하였다.

을묘년乙卯年(1735) 6월 18일 오시午時⁰¹에 어머니께서 나를 거평동居平洞 외가에서 낳으셨다. 그 전에 아버지께서 흑룡이 어머니가 계신 방의 반자에 몸을 포개어 감고 있는 꿈을 꾸셨으나 내가 여자로 태어났으므로 태몽과 맞지 않는다고 의심하셨다고 한다. 그러나 할아버지 정헌공靖獻公께서 친히 와서 보시고, 비록 여자이나 보통 아이와는 다르다며 매우 사랑하셨다고 한다.

산후 삼칠일 후에 집으로 들어왔을 때, 증조할머니 이씨께서 나를 보시고 장래를 기대하셨다.

"이 아이가 다른 아이와 다르니 잘 길러라."

그리고 유모를 친히 구해서 보내 주셨다. 내가 점점 자라면서 할아버지께서 각별히 사랑하시어 무릎에서 내려놓지 않으시고 항상 실없이 놀리듯 말씀하셨다.

"이 아이가 작은 어른이니 일찍 어른이 될 것이다."

내가 어려서 듣던 그런 말들을 궁궐에 들어와서 생각해 보니, 그

---

01 오전 11시부터 오후 1시 사이.

당시에 나로서는 무언지 모를 말이었으나 두 분 말씀에 무슨 예감이 있었던 게 아닌가 한다.

내가 어렸을 때 형제가 있어 부모께서 두 개의 구슬같이 귀엽게 여기셨는데, 언니가 일찍 죽어 내가 끝까지 변함없는 사랑을 독차지한 것이 천륜天倫의 뜻밖이었다. 부모님께선 교훈이 엄하시어 큰 오라버님을 매우 위엄 있고 정중하게 가르치셨다. 그러나 나는 여자였기 때문에 아버지께서 특히 더 사랑하셨으므로 나도 부모님 곁을 떠나지 않았다. 또한 철이 들면서부터 크고 작은 일에 부모님 걱정시키는 일이 적어 부모님께서 더욱더 사랑하셨다.

내 비록 몸이 여자라 부모님 은혜를 갚을 길이 없으나, 마음 한가운데 감격한 마음이 어찌 간절하지 않으리오. 우리 부모님께서 이상하게 편애하시던 일을 생각하면 이 못난 몸이 궁궐에 들어가야 했기에 그러셨던가 하여 항상 눈물이 흐르고 마음이 아팠다.

할아버지 정헌공께서는 영안위永安尉[02]의 증손이시며 정간공貞簡公[03]의 손자이시고 첨정공僉正公[04]이 사랑하시는 둘째 아드님이시다. 정헌공께서는 안국동에 새 집을 짓고 분가하셨는데, 집과 정원의 규모는 비록 재상집 같으나 재산을 나눠 받지 못해 살림이 가난하여

---

02 선조(宣祖)의 사위, 곧 정명공주의 남편. 작가의 5대조.
03 영안위의 큰아들이며 작가의 고조부인 홍만용.
04 홍만용의 큰아들이며 작가의 증조부인 홍중기.

고생이 매우 심하셨다.

큰할아버지 참판공參判公께서는 아버지를 매우 사랑하셔서, 늘 아버지의 머리를 쓰다듬어 주시고 웃으며 말씀하셨다.

"이 아이가 장차 윤오음尹梧陰[05]의 팔자 같을 것이니, 지금은 가난하나 장래에는 부유할 것이다. 사람이 자고로 나중에 복을 많이 받으려면 처음에 반드시 고생하는 법이다."

그리하여 재산을 많이 나눠주지 않으셨다. 이것이 모두 큰할아버지께서 당신 동생을 매우 사랑하시는 뜻이었기 때문에 집안사람 모두 그 뜻과 마음에 감탄하였다. 하지만 우리 집 살림은 자연 궁핍할 때가 많았다. 정헌공께서는 벼슬이 상서尚書[06]에 이르렀으나 마음이 청렴하시어 생계를 꾸리지 않았으므로 집이 항상 모자라고 한낱 가난한 선비같이 지내셨다.

계조비繼祖妣[07]께서는 학문이 높은 선비의 따님으로 본래 배움이 남과 다르셨다. 마음이 어질며 정숙하고 인자하셔서 정헌공 모시기를 어려운 손님처럼 대하셨고, 집과 집안 살림을 다스리는 일에도 정헌공의 청렴과 고결함을 그대로 따라서 검소하게 하셨다.

그러므로 어머니는 비록 재상가의 맏며느리였으나 일 년 내내 비단옷 한 벌 걸친 적이 없었고, 패물상자에는 단 몇 개의 패물도 없었

---

05 선조 때의 명재상인 윤두수(1533~1601). 영의정까지 올랐으며 문장이 났다.
06 예조(禮曹)의 높은 벼슬자리.
07 정헌공의 후처, 즉 할머니.

다. 뿐만 아니라 나갈 때 걸치고 다닐 외출복도 한 벌뿐이어서 때가 묻으면 밤을 틈타 손수 더러워진 옷을 빠셨다. 또한 길쌈과 바느질을 밤낮으로 하셨으므로 늘 아랫방에는 날이 밝을 때까지 불이 켜져 있었다.

어머니께서는 그렇게 밤새워 일하는 것을 보고 늙거나 젊은 종들이 괴로워할까 염려하셔 친히 보자기로 창을 가리고 남이 부지런하다고 칭찬하는 것을 피하려 애쓰셨으며, 추운 밤에 수고를 하셔서 손이 다 닳아져도 괴로워하는 일이 없으셨다.

의복의 예절과 자녀의 옷은 지극히 검소하였지만 제철 제때에 맞게 하시고, 우리 남매의 옷도 비록 굵은 무명이었지만 항상 깨끗하였으니 수수함과 정결함을 갖추신 줄은 이런 데서도 알 수 있겠다. 어머니께서는 평소에 기쁨과 노여움의 감정을 가볍게 드러내지 않으시고 타고난 마음씨가 온화하면서도 엄숙하셨으니, 집안에서 그 덕을 칭찬하고 어려워하지 않는 이가 없었다.

우리 집이 도위都尉[08]의 후예로 명문대가이며 우리 외가 이씨는 청렴결백한 집안이다.

우리 큰고모는 명관의 아내요, 가운데 고모께서는 현 임금의 친족인 청릉군의 며느리이시다. 막내고모는 이부상서吏部尙書[09]의 며느리

---

08 부마도위(駙馬都尉) 곧 임금의 사위.
09 육부(六部)의 하나인 이부의 상서를 일컬음. 으뜸벼슬.

이시고 작은어머니께서는 이부시랑吏部侍郎[10]의 따님이시다. 이처럼 한 집안 부녀자들의 가문이 훌륭하여 온 세상의 칭송을 받았으나 일찍이 교만한 빛이나 사치가 조금도 없었다.

명절 같은 때의 모임에는 어머니께서 위를 받들고 아래를 대접하는데 이야기를 즐기시고 정이 두텁고 친절하셨다. 그리하여 집안이 항상 화기애애하니 내 비록 어렸을 때였지만 어찌 알지 못하리오.

작은어머니께서는 행실이 후덕하셔서 큰동서를 받드는 것이 시어머님 다음이었다. 또한 기취가 고상하고 깨끗하며 학문과 지식이 탁월하니 실로 임하풍미林下風味[11]요, 여자 중의 선비셨다.

작은어머니께서 나를 사랑하시어 글을 가르쳐 주셨으며, 떳떳하고 바르게 살 수 있는 언행을 지도하심이 각별하셨으므로 내가 어머니처럼 받들었다. 그래서 어머니는 항상 웃으며 말씀하셨다.

"이 아이는 아우님을 너무 따른다."

정헌공께서 경신년庚申年(1740)에 세상을 떠나셨을 때, 아버지께서 애통해 하심을 차마 뵈올 수 없었다. 3년 동안 사당祠堂을 모시는데 밤낮으로 정성을 다하시고 3년상을 지낸 후에 다시 모시게 되었는데, 내가 비록 어리고 사리에 어둡다 하나 아버지의 효심을 감히 본받지 않을 수 없었다.

10　육부와 육조의 상서 다음 가는 벼슬.
11　세상일을 버리고 산에 묻혀 사는 선비를 말함. 여기서는 부녀자를 칭찬하는 문구임.

아버지의 효성이 남달라 날마다 새벽이면 사당에 절을 하며 예를 갖추고, 아침이면 계모께 절하여 뵈옵고 온화한 말씀과 부드러운 안색으로 섬기셨다. 그리하여 할머니께서 아버지를 사랑하시고 기대하심이 자기가 낳은 자식보다 더하셔서 보는 이와 듣는 이가 모두 감탄하였다.

아버지께서 위로 두 누님을 섬김이 각별하셨고 아래로 세 아우님을 가르치심이 지극하시어, 자신의 아들보다 조금이라도 더 사랑하셨으면 하셨지 덜하지는 않으셨다. 신유년 辛酉年 (1741)에 큰고모가 유행병에 걸려 친족이 다 피하였으나, 아버지께서는 몸소 보살피셨다.

"형제자매의 병을 돌보지 않으면 어찌 동기의 정이 있다고 할 수 있겠는가?"

마침내 큰고모가 그 병으로 돌아가시자 손수 장례를 극진히 지내시고, 후에 누이의 아이들이 몸을 의지할 곳이 없게 되자 그들을 구제하셨다. 그 중 하나는 집에 데려와 혼례를 치러 주실 정도로 인정이 두텁고 정다운 분이셨다.

또한 이진사 댁과 이남평 댁의 두 고모를 집에 모셔오는 일이 잦았으니, 효도를 몸소 실천하시는 지극하신 마음을 이런 데서도 알 수가 있었다. 할머니께 양육을 받은 은혜를 잊지 못해 제사에 꼭 참례하셨고, 애통하심이 마치 친부모의 제사와 다름이 없었다. 이 모든 것이 내가 집에 있을 때 우러러 아버지를 뵈온 일이었다.

아버지께서는 학업에도 힘쓰셔서 모든 이름난 선비와 항상 학문을 토론하셨으므로 친밀한 스승과 벗들이 따르고 찾아오지 않는 날이 없었다.

어머니께서 경신년庚申年(1740) 후 3년상을 모두 예법대로 손수 차려 지내시고 몸가짐을 바로 하시어, 아침에 일찍 세수하고 시어머님 문안에 때를 어기지 않으시되 머리를 얹지 않고는 뵈옵지 않으셨다. 큰 저고리를 입지 않으실 때가 없고 남편을 받드심이 보통의 부녀자와 다르셨으므로 아버지께서 어머니에 대한 공경이 각별하시던 일이 잊혀지지 않는다.

어머니께서 정미년丁未年(1727)에 해주감영海州監營에서 혼례를 올리시고 외할아버지가 돌아가셔서 신행新行 [12] 하심에 예를 갖추지 못하여 이듬해에 지내셨다. 그런데 무오년戊午年(1738)에 외할머니까지 돌아가셔서 그 슬픔이 컸고, 친정에 오래 머물지 못하고 시댁으로 오실 때는 항상 남매 분이 함께 오셨다.

우리 외가가 청빈하기로 유명하여 우애가 두텁고 부녀자들끼리도 화목하여 외숙모는 시누이가 가실 때 대접이 매우 후하셨고, 외삼촌 지례공知禮公께서는 나를 각별히 사랑하셨으며 외종형 산중씨 네도

---

12 혼인 때, 신랑이 신부 집으로 가거나 신부가 신랑 집으로 가는 일.

또한 그러하셨다.

어머니의 형제는 세 분인데 이모인 김생원 댁은 일찍 과부로 지내셨으므로 어머니께서 극진히 섬기셨다. 이모가 돌아가신 후에는 어머니께서 이종姨從들을 무척 불쌍히 여겨 은혜를 베풀어 자식같이 아끼셨다. 양식과 의복을 대주셔서 이종형제들이 배고픔과 추위를 면할 수 있었고 나중에 혼인까지 시켜 주셨는데, 이종들이 늘 이렇게 말했다.

"사람마다 어머니가 한 분이지만 우리는 어머니가 두 분 계시다."

이종 김이기가 신유년辛酉年(1741) 늦봄에 외가에서 혼례를 지낼 때는 어머니께서도 친정에 계셨다. 이모 송참판 댁 장녀는 우리 계모季母[13]이시며 어렸을 때 항상 외가에 가서 같이 놀았다. 계모께서 이종사촌인 김이기의 혼인에 의복을 화려하게 입고 참석하셨을 때, 나는 상복을 입을 나이에 이르지 않았지만 무늬가 없는 흰옷을 입었다.

"남은 저렇게 고운 옷을 입었는데, 너만 곱지 못하니 너도 저렇게 입어라."

어머니께서 내게 말씀하시니, 나는 이렇게 대답하였다.

"나는 할아버지 상복을 입어야 하니 다른 아이와 같이 색 옷을 입을 수가 없습니다."

---

13 맨 끝에 작은 아버지의 아내, 작은 어머니.

내가 어려서 지각이 없을 때였지만 문밖에 나가지 않고 그 대답을 한 일을 생각하니, 이 모두가 부모님의 교훈이 어린 아이에게까지 미친 것이리라.

계해년癸亥年(1743) 3월, 아버지께서 태학장의太學掌儀[14]로 숭문당崇文堂[15]에 입시하셨는데, 그때 나이가 31세였다. 자질이 금옥金玉 같으시고, 사람을 응대하는 것과 몸가짐이 법도에 맞으시므로 임금께서 사랑하셨다.

알성謁聖[16] 후에 과거를 베풀어 주시자 유생들이 부러워하며 다시 보라고 권하였다. 이렇듯 임금의 은총이 분명히 있었고 아버지의 사촌인 당숙까지 집에 오셔서 합격 소식을 기다렸는데, 낙방하여 돌아오셨을 때 나는 실망하여 울었다.

그 해 가을에 아버지께서 의릉懿陵[17] 참봉參奉[18]을 하셨는데, 이것이 경신년 후로 우리 집에서 관록官祿[19]을 처음 받게 된 것이었다. 온 집안이 이를 귀히 여겼고 어머니께서는 그 첫 봉록을 일가친척에게 골고루 나눠 주고 집에는 한 되의 쌀도 남겨 두지 않으셨다.

14 성균관, 향교, 서원에 있는 임원 중 으뜸자리.
15 조선 20대 임금인 경종 때 세웠다.
16 임금이 성균관 문묘의 공자 신위에 참배함.
17 경종과 그의 계비(繼妃) 선의왕후의 능으로 서울특별시 성북구 석관동에 있음.
18 능, 원, 종친부, 예빈사, 전옥서 등 관청의 종 9품 벼슬.
19 관리, 벼슬아치에게 주는 봉급.

그 해에 내가 왕세자비로 간택揀擇[20]되어 단자單子[21]를 받으라는 명이 내렸는데, 어떤 사람은 이렇게 말했다.

"선비의 자식이 간택에 참례하지 않아도 해로움이 없을 테니 단자를 받지 마시오. 가난한 집에서 선보일 의상 차리는 비용도 여간 크지 않다오."

하지만 아버지의 뜻은 다르셨다.

"내가 대대로 나라에서 봉록을 받는 신하요, 딸이 재상의 손녀인데 어찌 감히 이를 속일 수 있겠는가."

아버지께서는 이렇게 말씀하시며 단자를 하셨지만, 그때 집이 매우 빈곤하여 의복을 해 입을 길이 없었다. 그래서 치마의 천은 언니의 혼수에 쓸 것으로 하고 안감은 낡은 천을 넣어서 입혔으며, 다른 혼수 준비는 어머니께서 빚을 얻어 차리느라 애쓰시던 일이 눈앞에 선하다.

9월 28일, 초간택初揀擇이 되니 영조대왕께서 못난 자질이나마 각별히 칭찬하시어 어여삐 여기셨다. 정성왕후[22]께서는 나를 착실히 보셨으며, 선희궁[23]께서는 간택하는 자리에 오지는 않으셨으나 나를 먼저 불러서 보시고 온화함이 얼굴에 가득하여 사랑하시었다.

---

20 왕이나 왕자, 왕녀의 배우자를 선택함.
21 사주 ᅡ 폐배은 보낸 때, 그 문건이 품목과 수량은 저을 종이.
22 영조의 비(妃), 달성부원군 서종제의 딸.
23 영조의 후궁으로 사도세자의 어머니. 영빈 이씨.

궁인들이 좌우에 앉았으므로 나의 마음과 몸가짐은 매우 괴로웠다. 하사품을 내리시고 선희궁과 화평옹주[24]께서 내가 예식을 올리는 행동을 보시고 예절도 가르쳐 주시기에 그대로 행하고 나와서 어머니 품에서 그날 밤을 지냈다.

이튿날 아침, 아버지께서 안으로 오시어 어머니께 근심 어린 말씀을 하셨다.

"이 아이가 첫 번째 물망에 들었으니 어찌된 일이요."

어머니 역시 근심하시기는 마찬가지였다.

"가난한 선비의 자식이니 차라리 단자를 들이지 말았더라면……."

두 분의 말씀을 잠결에 듣고 깨어난 나는 마음이 동하여 자리 속에서 많이 울었다. 그리고 궁궐에서 여러 어르신들이 사랑하시던 일이 생각나 걱정하였더니 부모님께서 도리어 나를 위로해 주셨다.

"아이가 무슨 일을 알리오."

그러나 나는 초간택 이후로 매우 슬퍼하였으니, 그것은 장차 궁궐에 들어와 억만 가지 변화를 겪으려고 마음이 스스로 그러하였던가. 한편 이상한 생각도 들고 한편으론 나의 예견이 흐리지 않았던 것 같다.

간택 후에는 일가친척들이 자주 찾아왔고 집안 하인들 중에 왕

---

24 영빈 이씨(선희궁) 소생인 영조의 셋째 딸.

래하지 않던 자들도 찾아오니, 사람의 정과 세상살이가 그런 모양이다.

10월 28일, 재간택이 되니 내 마음이 자연 놀랍고 부모님께서도 나를 궁궐에 들여보내실 때 요행히 뽑히지 않기를 바라며 마음을 졸이셨다. 하지만 궁궐에서는 이미 정해 놓으셨던 모양인지 임시 거주하는 곳을 가까이하고 대접하는 도리도 전과 달라 더욱 당황하였다.

어전御前에 올라갔을 때, 영조대왕께서는 다른 처녀들과 다르게 대하시고 발 안으로 들어오시어 어루만져 사랑하시고 기뻐하셨다.

"내가 아름다운 며느리를 얻었도다! 네 조부는 물론이고 네 아비를 보고 좋은 신하를 얻었다고 기뻐하였더니, 네가 그의 딸이로구나!"

또 정성왕후와 선희궁께서 사랑하고 기뻐하시는 것이 분에 넘쳤고, 여러 옹주翁主[25]들이 내 손을 잡고 귀여워하며 좀처럼 보내주지 않을 정도였다.

경춘전에 오래 머무르니, 점심 요기할 것을 보내시고 궁녀가 와서 웃옷을 벗기고 치수를 재려 하였다. 내가 벗으려 하지 않자, 그 궁녀가 나를 달래며 억지로 옷을 벗겨 치수를 재었다. 놀랍고 두려운 마음에 눈물이 나는 것을 참고 가마에 올라 울면서 나왔다. 그런데 궁

---

25 임금의 후궁이 낳은 딸, 왕녀.

궐의 하인들이 부축해 주어 놀랍기 그지없었으며, 길에서 종친 사이의 문안편지를 전하는 하인이 검은 옷을 입고 섰으니 그것도 놀랍게만 보였다.

집에 오니 가마를 사랑문으로 들이고 아버지께서 예복을 입으시고 가마에 친 발을 들고 나를 두 손으로 잡고 내려 주시며 공손하게 예를 갖추시니, 내가 부모님을 붙들고 눈물이 저절로 흐르는 것을 금할 수 없었다.

어머니께서도 예복을 입으시고 상 위에 붉은 보자기를 펴고서 중궁전의 편지에 네 번 절하고 받으시고, 선희궁의 편지에 두 번 절하고 받으시니 그 조심스러움이란 이루 헤아릴 수 없을 지경이었다.

그 날부터 부모님께서는 내게 말씀을 고쳐 존대를 하시고, 일가 어른들도 공경하며 대해 주시므로 나의 마음은 불안하고 편치 않았으며 슬픔을 형용할 수 없었다. 아버지께서는 근심 걱정을 하시며 훈계의 말씀이 많으셨다. 내가 무슨 죄를 진 것처럼 몸 둘 곳을 몰라 하면서도 부모님 곁을 떠날 일이 서러워 어린 마음에 애가 타고 만사에 아무런 흥미도 없었다.

가깝고 먼 친척들은 내가 궁궐에 들어가기 전에 얼굴이나 본다면서 찾아왔다. 먼 친척은 밖에서 대접하여 보냈는데, 증조 항렬 이하의 친척을 뵈올 때 먼 촌수의 할아버지 한 분이 공손하게 예의를 갖추어 이르셨다.

"궁궐이 엄격하니 한 번 들어가시면 영영 이별입니다. 궁궐에서 공손하고 경건하게 예를 표하며 조심하고 지내소서. 제 이름은 거울 감鑑자와 도울 보輔자이니, 들어가신 후에 생각해 주소서."

나는 평소에 그 분을 뵌 일이 없었는데 그런 말을 들으니 저절로 슬펐다.

삼간택은 11월 13일로 잡혔는데, 집에서 있을 날이 점점 줄어들수록 마음이 갑갑하고 슬퍼서 밤이면 어머니 품에서 잤다. 두 고모와 작은어머니께서 어루만지시며 이별을 슬퍼해 주셨고, 부모님께서 밤낮으로 어루만지시며 사랑해주시고 불쌍히 여기셔서 여러 날 잠을 못 주무셨으니, 지금 생각하면 가슴이 먹먹하다.

재간택 이튿날, 궁궐의 보모 최 상궁과 색장色掌 [26] 김효덕이라 하는 궁인이 우리 집에 왔다. 최 상궁은 풍채가 크고 점잖은 것이 보통 궁녀의 모습이 아니었고, 대대로 섬기어 왔기 때문에 예절도 잘 알고 여간 간사스럽지 않았다. 그러나 어머니께서 맞아 반갑게 대접하시고, 그들은 내 옷 치수를 재어 갔다.

삼간택 때는 최 상궁과 색장으로 문대복이라는 궁녀가 나왔는데, 정성왕후께서 만들어 내리신 의복으로 초록 도유단 당저고리, 엷은 노란빛 포도무늬가 있는 저고리, 보랏빛 도유단 저고리 한 짝, 진홍빛 오호포 문단치마와 모시적삼을 갖다 주었다.

---

26 여러 궁인들을 감독하고 궁전의 문안을 맡은 여자.

이런 옷들은 내가 어려서 곱게 입어보지 못하였으나, 남이 가진 것을 부러워해 본 적도 없었다. 내 가까운 친척 중에 나와 나이가 같은 여자애가 있었는데, 그 집이 부유하여 귀한 딸로 자란 까닭에 고운 옷과 단장하는 기구를 안 가진 것이 없었지만, 나는 부러워하지 않았다.

하루는 그 아이가 다홍색 깨끼치마를 입고 우리 집에 왔는데, 매우 고왔다. 어머니께서 보시고 나에게 저런 옷이 입고 싶으냐고 물으시기에 내가 대답하였다.

"저런 옷이 있다면 안 입지는 않겠지만 새로 장만해서 입고 싶지는 않습니다."

그러자 어머니께서 탄식하시며 말씀하셨다.

"너는 가난한 집 딸이니 어찌하랴. 네가 혼인할 때 고운 치마를 해주어 오늘 네가 어른처럼 말한 것을 표창하리라."

그런데 궁궐에서 고운 옷을 보내오자, 어머니께서 눈물을 흘리시며 또다시 탄식하셨다.

"내가 고운 옷을 입히지 못해 혼인 때 해주려고 생각하고 있었는데, 궁궐에 들어가면 사사로운 의복을 입지 못할 것이니 그 전에 내가 해 입히고 싶은 것을 해 드리겠습니다."

어머니께서는 재간택 후 삼간택이 되기 전에 고운 치마를 해 입히시고는 슬퍼하시니 나도 울면서 그 옷을 입었다.

나는 큰집의 사당과 외조부모의 사당에 작별 인사를 드리러 가고
싶었다. 마침 금성위錦城尉[27]의 큰형수가 중고모[28]의 시누이였는데,
그 사실이 차차 전해져 선희궁께 아뢰니, 영조대왕께서 가도 좋다고
하셨다. 그래서 나는 어머니와 한 가마를 타고 큰집으로 갔다. 당숙
내외는 딸이 없기 때문에 항상 나를 집에 데려다가 간혹 머무르게도
하여 사랑하셨는데, 임금께서 이를 아시고 혼인식 준비를 함께 도와
주라는 분부를 내리셨다.

그 후로 당숙은 국혼國婚[29]이 정해진 후에 우리 집에 와서 머무르
셨다. 당숙모께서는 찾아간 나를 보시고 반갑게 맞아 사당으로 인도
하셨다.

본래 큰집 사당에는 자손이 뜰에서 절하는 것이 예법인데, 나는
대청에 올라가 절을 하고 내려오니 스스로 놀라지 않을 수 없었다.
그 날 다시 외가로 가니 외숙모가 나를 반갑게 맞으며 떠나기를 섭
섭해 하셨고, 외종들이 전에는 내가 가면 업기도 하고 안기도 하며
친하게 지냈는데, 그 날은 멀리 앉아 공손히 대하므로 내 마음은 더
욱 슬펐다. 게다가 외사촌 신씨 부인과는 각별히 지내던 사이라 떠
나기가 매우 섭섭했다.

---

27 영조의 셋째 딸 화평옹주의 남편, 박명원.
28 아버지의 사촌누이.
29 왕실의 혼인, 또는 왕실과의 혼인.

두 분 이모를 뵙고 집으로 돌아왔더니 어느덧 날은 흘러 삼간택 날이 되었다.

"이제 집이나 한 번 두루 살펴보시지요."

고모께서 이렇게 말씀하시며 12일 밤에 나를 데리고 다니셨다. 달 빛이 밝고 눈 위에 부는 바람이 찬 가운데 고모가 내 손을 이끌고 다 니니 눈물이 흐르더라. 그래서인지 방에 들어왔으나 잠을 이루지 못 하였다.

이튿날 일찍부터 입궐하라고 재촉하였으므로, 궐내에서 삼간택에 대비하여 내리신 의복으로 갈아입었다. 먼 친척 부녀자들이 그 날 와서 작별 인사를 하고 가까운 친척은 별궁別宮[30]으로 모였다. 사당 에 올라가 작별 인사를 드릴 때 고유다례告由茶禮[31]를 지내고 축문祝 文을 읽으니, 아버지께서 눈물을 참으시며 차마 떠나기 어려워하시 던 모습을 어찌 다 말할 수 있으리오.

궁궐로 들어와 경춘전에서 쉬고 통명전通明殿[32]에 올라가 삼전三 殿[33]께 인사를 드렸다. 인원왕후께서는 처음으로 나를 보시고 칭찬 하셨다.

"아름답고 극진하니 나라의 복이로다."

대왕께서도 어루만져 사랑해 주시면서 말씀하셨다.

---

30 왕이나 왕세자의 혼례 대 왕비나 세자빈을 맞아들이던 궁전.
31 사당에 말미를 고하는 차례.
32 왕비의 침전. 창경궁의 중궁전으로 내각 전각 중에 규모가 제일 크다.
33 영조, 숙종의 계비인 인원왕후 그리고 정성왕후 등 세 분을 이르는 말.

"슬기로운 며느리를 내가 잘 선택했구나."

정성왕후께서 기뻐하시고 선희궁께서 매우 사랑해 주시니, 어린 마음에도 은혜에 감복하여 고마운 마음이 저절로 일어났다.

화장을 고치고 원삼을 입고 앉아 상을 받고, 날이 저물어 삼전께 나아가 네 번 절을 하였다. 그리고 별궁으로 나오니 대왕께서 가마를 타는 곳까지 친히 나오셔서 내 손을 잡으시며 말씀하셨다.

"잘 있다가 오너라. 소학小學³⁴을 보낼 테니 아비에게 배우고 잘 지내다 들어오너라."

이렇게 귀여움을 받고 궁궐에서 물러나오니 날은 이미 저물어 불을 켜고 있었다.

궁녀들이 따라와 좌우에 있었으므로 나는 어머니를 떠나 어떻게 잘까 하고 잠을 못 이루고 슬퍼하고 있었으니, 어머니의 마음은 또 얼마나 안타까워 하셨을까!

"나라 법이 그렇지 아니하니 내려가십시오."

보모 최 상궁은 성품이 엄하고 사사로운 정이 없어 어머니와 함께 자지 못하게 하니, 그런 절박한 인정이 없었다.

이튿날 대왕께서 소학을 보내시어 아버지께 날마다 배웠는데 당숙, 작은아버지, 오라버니께서 글 배우는 방으로 들어오셨고 나이가 어린 셋째 삼촌께서도 들어오셨다. 대왕께서 또 훈서訓書³⁵를 보내

---

34 중국 송나라 때 유자징이 주자의 지도를 받아 편찬한 초학자용의 교양서.
35 교훈하는 글.

시어 소학 배우는 틈틈이 보라고 하셨는데, 그 훈서는 효순왕후[36]께서 들어오신 후에 지으신 글이었다.

별궁에 배치한 가구, 병장屛帳[37], 화장에 쓰이는 여러 물건들 중에서 가지 모양의 큰 진주노리개 하나가 있었는데, 그것은 선희궁께서 주신 것이었다.

처음에는 정명공주[38]의 것으로 손자며느리인 조씨에게 주신 것이었는데, 그 집에서 팔았는지 선희궁을 모시는 궁녀 집의 연분으로 인하여 사 오신 것이었다.

그런데 내가 공주의 자손으로 들어와 내 집의 옛 물건을 갖게 되니 우연치 않은 일이었다. 또한 할아버지인 정헌공께서 글과 그림을 즐기셔서 네 폭짜리 수를 놓은 병풍이 있었는데, 경신년(1740)에 돌아가신 뒤, 모셨던 하인이 가져다 판 것을 공교롭게도 선희궁 궁인의 친척이 사들여 그 병풍을 침실에 치라고 보내셨다. 그러자 막내고모가 그 병풍을 알아보셨다.

"할아버지께서 가지셨던 수병풍이 궁궐에 들어와 손녀의 침실에 치게 되다니, 참으로 이상한 일이로다."

또 선희궁의 침방에는 8첩으로 용을 수놓은 병풍이 쳐져 있었는데, 아버지께서 보시고 이상해하셨다.

0
3
0

---

36 영조의 큰아들인 효장세자의 부인. 풍양 조씨.
37 병풍과 방장(방안에 치던 휘장, 모기장).
38 선조(宣祖, 조선 14대 왕)의 계비인 인목대비의 큰딸.

"이 병풍의 용 빛이 을묘년乙卯年(1735) 6월 17일에 꾼 꿈의 용 빛과 비슷하구나. 그때 이후로 생각해본 적이 없었는데, 지금 이 병풍을 대하니 꿈에서 본 용 같구나."

그리하여 온 좌중이 감탄을 하였는데 그 용 빛은 검은 비늘과 껍데기를 금실로 놓았으므로 검은색과 금색이 섞여 있었다. 아버지께서 놀라며 말씀하셨다.

"흑룡 그대로는 아니지만 형상이 매우 흡사하구나."

별궁에서 지내는 50여 일 동안, 삼전께서 상궁을 보내시어 안부를 물으실 때면, 상궁이 우리 친정을 청해 뵙고 정성껏 대접하니 그 감사함을 어찌 다 형용하리오. 상궁이 오며 곧이어 술상을 차려서 예관禮官이 따라 들어오니, 풍성하고 후하여 갑자甲子 가례嘉禮[39] 때의 훌륭함을 일컬을 정도였다.

별궁에 머무르는 사이, 할머니의 병환이 있었는데 혼례는 다가오고 병은 점점 깊어지니 부모님의 초조함과 황급함은 이루 헤아릴 수 없었다.

집안이 편안하더라도 나를 떠나 보내는 정리情理가 어려우실 텐데, 그때는 첩첩이 쌓인 근심이 안으로 가득할 때였음에도 별궁에 들어오셔서는 온화함을 잃지 않으셨다. 그러다가 조모께서 거처를

---

39 갑자년 혜경궁의 혼인식. 가례는 왕, 왕세자, 왕세손의 혼례를 뜻함.

딴 곳으로 옮기실 때 아버지께서 친히 업고 가마에 태워 보내셨는데, 이 소식을 궁인들이 듣고 칭송이 자자하였으며 궐내에 들어와 계모에 대한 효성이 지극함을 높여 말하였다.

천행으로 할머니의 병환이 회복되시니 집과 나라에 축복이었는데, 지금 생각해도 그 때처럼 초조한 일이 없었다.

1월 9일에 세자빈으로 책봉되고 11일에 혼인하니, 마침내 내가 부모님 떠날 날이 임박하여 정을 참지 못하고 하루 종일 눈물로 지냈다. 부모님 역시 섭섭함이 크셨으나 참으시고, 아버지께서 공손히 말씀하셨다.

"신하의 집이 임금의 외숙이 되면 은총이 따르고, 임금의 은총이 따르면 문벌이 성하고, 문벌이 성하면 불행을 부르는 법입니다. 내 집이 도위 자손으로 나라의 은혜를 대대로 끝없이 입었으니 나라를 위해 끓는 물, 타는 불 속을 어찌 사양할 수 있겠습니까. 그러나 백면서생白面書生[40]이 하루아침에 왕실의 친척이 되니, 이는 복의 징조라기보다는 화의 근원입니다. 그러니 오늘부터 근심과 두려움으로 몸 둘 바를 모르겠습니다."

아버지께서는 이렇게 주의를 주시면서 평상시의 모든 예의범절을 가르쳐 주셨다.

40　글만 읽고 세상일에 전혀 경험이 없는 선비.

"궁궐에 들어가면 삼전 섬기는 것을 바로 하고 효성에 힘쓰며, 동궁東宮[41] 섬기는 일은 반드시 옳은 일로 돕고 말씀을 더욱 조심히 하여 집과 나라의 복을 닦으소서."

아버지의 말씀이 간절하셔서 내가 공경하여 듣다가 눈물을 금치 못했으니 그때의 심정이야 목석인들 어찌 감동치 않았겠는가.

별궁에서 혼인식을 치르고 부모님으로부터 또 훈계를 받았다. 그때 아버지께서는 다홍색 관복에 복두幞頭[42]를 쓰시고 어머니께서는 원삼圓衫[43]에 큰 머리[44]를 쓰셨으며, 일가친척이 모두 작별하려 모였고 궐내 사람들도 많이 나왔다. 부모님께서는 모든 행동에 있어 조금도 예의범절이 어긋나지 않고 엄숙하고 단정하시니 보는 이들 모두가 칭찬하였다.

"나라가 사돈을 잘 얻었다."

첫 예식을 치른 후, 궁궐에 들어와 다시 혼례식을 치르고 12일에 영조대왕을 뵈었다.

"네 폐백까지 받았으니 이제 예를 갖춰 대하노라. 세자에게 부드럽게 하고 말과 얼굴빛을 가벼이 말며, 눈은 넓어도 궁궐 일은 예삿일이니 모른 척하고 아는 체를 하지 말라."

나는 대왕의 그 말씀을 공경하여 받들었다.

---

41 왕세자. 여기서는 사도세자를 일컬음.
42 과거에 급제한 자가 홍패를 받을 때 쓰던 모자.
43 부녀의 예복. 연두 길에 자주 깃을 달고 색동을 달은 옷.
44 예식 때 여자의 머리에 크게 틀어 얹은 딴 머리.

대왕께서는 그날 통명전에 정성왕후와 선희궁과 함께 나오셔서 아버지를 불러 만나셨는데, 말씀이 간절하시고 친히 술잔을 내리셨다. 아버지께서는 공손하게 받아 마시며 남은 술은 소매에 부으시니 대왕께서 나에게 하교하셨다.

"네 아비가 예를 아는구나."

아버지께서는 감격의 눈물을 흘리셨고 돌아가 어머니께 이렇게 맹세하셨다.

"임금의 은혜가 이 같으시니 오늘부터 우리 집 사람이 마땅히 죽기로 갚으리라."

이튿날 대왕께서 인정전에서 진하進賀[45]를 받으실 때, 나를 구경하게 하시고 또 친정식구들도 구경하게 하셨다. 진하가 끝난 후 내가 대조전으로 문안 드리러 가니, 정성왕후께서 어머니를 불러 은혜를 베푸심이 정중하시고 대접을 마치 보통 집안의 부모들 사이같이 친밀히 하시며 말씀하셨다.

"따님을 아름답게 길러 나라의 경사를 보게 하니 공이 크십니다."

인원왕후께서는 상궁에게 극진히 대접하라 하시고 친히 부르지는 않으시니 은혜가 극진하여 영광이 이를 데가 없었다. 선희궁께서도 어머니를 즉시 보셨는데 사돈간의 사귐이 보통의 사돈간보다 더 화

---

45 나라의 경사 때 모든 벼슬아치들이 임금에게 나아가 축하하던 일.

기애애하셨다.

어머니께서 온화한 기품이 있으시고 말씀이 간략하면서도 마음이 어질고 겸손하시니 온 궁궐에서 칭송이 자자하였다. 그런 관계로 을해년乙亥年(1754) 어머니가 돌아가시자 정성왕후의 궁인들과 큰 궁의 늙은 궁인들이 슬피 울지 않는 이가 없었으니, 인심을 얻음이 이와 같았다.

어머니께서는 통명전에서 3일 밤을 지내시고 저승전⁴⁶에 돌아와 내가 머무를 관희합으로 들어가는 것을 보시고 나가셨는데, 그때 나는 가슴이 무너져 내리는 듯 하였다. 하지만 어머니께서는 놀라는 빛을 드러내지 않으시고 태연히 작별하시며 나에게 주의를 주셨다.

"삼전이 사랑하시고 영조대왕께서 딸같이 귀중히 여기시니 갈수록 효도에 힘쓰시면 나라와 집안에 복이 될 것입니다. 부모를 생각하시거든 이 말씀을 명심하소서."

하지만 가마에 오르실 때 흐느껴 우시면서 궁인들에게 부탁하심이 간절하시니 궁인이 감탄하더라.

"본댁께서 하시는 거동을 보니 어찌 그 부탁을 저버리겠습니까!"

나는 15일에 선원전에 참배하고 17일에는 종묘宗廟⁴⁷에 참배하였다. 이 때, 어린 나이에도 궁궐 혼례식을 무사히 치르고 무거운 머리 장식을 이겨내며 실수하지 않은 데 대해 대왕께서 칭찬하셨다. 선희

---

46 창경궁에 있는 내선으로 왕세자가 거처하던 곳.
47 조선(朝鮮) 역대 임금의 신위를 모신 곳.

궁께서도 기특하게 여기고 기뻐하셨으므로 더욱 감격하였다.

아버지께서는 초하루와 보름에 입궐하시되, 임금의 분부가 있어야만 뵈울 수 있었기에 늘 오래 머물지 않으셨다.

"궁궐의 법이 매우 엄하니 궁 밖 사람이 오래 머물 수 없습니다."

항상 이렇게 말씀하셨고 들어오실 때마다 마음과 힘을 다하여 훈계하시던 말씀은 이루 다 쓸 수도 없다. 들어오시면 동궁께 마주 대하여 학문을 권하시고 옛 글과 역사를 정성으로 가르쳐드렸다. 그러하기에 경모궁[48]께서도 각별히 대접하며 귀하게 여기시므로, 아버지께서 경모궁을 우러러 귀중히 여기는 정성이 어떠하였겠는가.

갑자년甲子年(1744) 10월, 아버지께서 과거에 급제하셨다.

"장인이 드디어 과거에 급제하셨다!"

경모궁께서 매우 기뻐하시면서, 내가 그때 다른 곳에 있었는데 그곳까지 찾아오셔서 희색이 가득하시며 즐거워하셨다. 그때 인원왕후의 친정에도 과거 한 이가 없고 정성왕후의 친정은 더욱 출세한 이가 없었으니, 장인이 과거에 급제한 경사를 그렇게 신기하게 여겨, 어린 나이였지만 그리도 좋아하셨던가 싶다.

합격 증서를 받은 후에 나아가 뵈오니, 동궁께서 아버지가 하사받은 꽃을 만지며 즐거워하셨다. 그리고 대왕께서는 계해년癸亥年에

---

48 사도세자를 지칭함.

과거에 급제하지 못한 것을 애달프게 여기시다가 이번에 크게 기뻐
하셨고 인원, 정성왕후께서도 나를 불러 치하하셨다.

"사돈이 급제하시니 나라에 경사로다."

정성왕후께서는 당신의 본댁이 당파의 화를 겪어 당쟁을 하시는
것이 아니라, 노론파老論派를 친척처럼 여기던 차에 우리 집과 혼인
한 것을 매우 기뻐하셨다. 이런 고로 아버지의 과거급제를 진실로
기뻐하셔서 눈물까지 머금으셨으니, 내 기쁨은 이루 말할 수 없을
지경이었다.

아버지께서는 항상 한마음으로 세자의 학업을 도우셨다. 늘 유익
한 일로 옛 글도 써 드리고 세자께서 글을 지어 보내시면 평론하여
드리셨으니, 시강원侍講院 학관에게 배우기는 하였으나 우리 아버지
께 배우시는 것이 더 많았다. 사위인 세자께서 천만의 어질고 훌륭
한 임금이 되시기를 바라는 아버지의 지극한 정성을 다른 어느 신하
가 따를 것인가마는 슬프고 슬프도다!

내가 어린 나이에 궁궐의 일을 보니 세자의 기품이 뛰어나시고 효
성이 지극하시어, 대왕을 두려워하는 가운데도 효성이 거룩하셨다.
정성왕후를 받드심이 친어머니 이상이셨고, 사친私親[49] 섬기시는 일
은 더욱 형언할 수 없이 극진하셨다.

선희궁께서는 천성이 어질고 남을 사랑하면서도 또 엄숙하셔서

49　임금의 친어버이나 빈(嬪)으로서 임금의 생모.

자기가 낳은 자식을 사랑하시는 중에도 교훈이 엄격하여 두려워들 하였다. 그리고 당신이 낳으신 아들이 왕세자에 오르시니 감히 친어머니로 자처하지 않으시고 지극히 존대하시나, 가르치심은 사랑과 함께 극진하셨다.

따라서 경모궁께서도 두려워 매우 조심하셨다. 또한 선희궁께서는 나를 동궁과 다름없이 사랑하셨으므로 며느리 된 몸이 과분한 대접을 받을 적마다 매우 불안하였다.

궁궐에 들어와 나는 잠시도 문안을 게을리하지 않았다. 인원, 정성 두 왕후께는 5일에 한 번씩 하고, 선희궁께는 3일에 한 번씩 하지만 날마다 모실 때가 많았다. 그때는 궁궐의 법도가 매우 엄하여 예복을 하지 않으면 감히 뵈울 수 없었고 시간이 늦으면 못하므로, 새벽의 문안 시간을 어기지 않으려고 잠을 편히 자지 못하였다.

내가 들어올 때 보모와 몸종 하나를 데리고 들어왔는데, 그 몸종의 이름은 복례였다. 복례는 아버지께서 소과小科[50]에 오르신 후 증조할머니께서 특별히 선택하신 몸종이었다. 내가 어렸을 때는 복례와 떨어지지 않고 지냈는데, 천성이 민첩하고 슬기로웠으며 충성됨이 천한 사람 같지 않았다. 보모의 성품 또한 순박하고 참되며 충성스럽고 근면하였다.

---

50 생원과 진사를 뽑던 과거.

나는 이 보모와 복례에게 엄하게 부탁하여 새벽에 일찍 깨우는 일을 큰일처럼 하고 감히 게을리하지 못하게 하였다. 추위가 심한 겨울과 더운 여름 그리고 비바람과 함박눈이 내리는 날에도 문안 갈 날에 한 번도 시간에 늦지 않은 것은 이 두 사람의 공이었다.

그 후, 보모는 내가 해산할 때마다 시중을 들어 그 공이 적지 않았으므로 그 자손이 후한 요포料布[51]를 대대로 받았고 80이 넘도록 장수를 누렸다. 복례는 나를 지극히 섬겨 마치 수족처럼 내 심중의 슬픔과 고통스러움, 즐거움을 50년 동안이나 함께 하였다.

그리고 경술년庚戌年(1790) 순조純祖가 탄생하신 경사가 있었을 때, 미역국과 밥을 대령하라고 정조대왕께서 상궁을 시키셨다. 일흔이 넘어서도 근력이 좋아 나에게 마치 아이 종처럼 굴었는데, 보모와 복례는 나를 잘 섬긴 덕으로 나중까지 복을 잘 누린 것 같았다.

옛날 궁궐의 법이 어찌 그리도 엄하였던지 문안 외에도 어려운 일이 많았으나 나는 괴롭게 여기지 않았는데, 이것 또한 옛 사람의 됨됨이라 능히 감당하였던 것 같다.

시누이가 여러 명 있어서 나를 사랑하였으나, 세자빈으로서의 처지가 있으므로 내가 대접할지언정 행실을 배우지 못하고 효순왕후[52]를 따라 몸가짐을 배웠는데, 나이 차이가 많이 있으나 서로 배우고

---

51 급료로 주는 무명이나 베.
52 영조의 큰아들 효장세자, 즉 진종(眞宗)의 비(妃).

사랑함이 각별하였다.

여러 옹주 가운데 화순和順은 온순하고 공손하시며, 화평和平은 유순하셔서 날 대접함이 지극하셨다. 아래로 두 시누이는 나이가 서로 같고 귀한 아기씨로 놀음하는 것이 모두 갖추어져 있으나 내가 따라서 놀지 않았다. 주위에 유희거리가 많아도 좋아하는 일이 없었으므로, 선희궁께서 항상 안타까이 여기시며 말씀하셨다.

"마음으로는 놀고 싶으련만 그것을 참고 하지 않으니 대견하다. 대궐에 들어온 도리를 차려 어린 시누이들과 함께 유희하지 말라."

그리고는 일일이 정성을 다하여 지도를 해 주셨으니, 내 어찌 한 시라도 잊고 지내겠는가!

계해년(1743)에 내가 대궐에 들어올 때, 내 첫째 동생은 다섯 살이고, 둘째 동생은 세 살이니, 형제가 나이에 비해 키가 크고 쌍둥이 같았다. 어머니께서 일 년에 한두 번씩 궁궐에 들어오실 때면 형제가 따라 들어왔는데, 대왕께서 사랑하시어 나 있는 곳에 오실 때는 항상 앞에 세워 다니시고, 부르시면 순령수巡令手[53] 소리로 크고 길게 대답을 잘하여 귀여워하셨다.

그 후, 첫째 동생이 자라서 병술년丙戌年(1766)에 과거에 오르니 대왕께서 무척 기뻐하셨다.

---

53 대장의 전령과 호위를 맡으며 대답을 크고 길게 함에 비기는 말.

"순령수 대답하던 아이가 급제하였다. 영의정이 아들을 잘 두었구나."

그리고 유생들과 글을 읽으면 박수를 치시며 잘 읽는다고 칭찬을 아끼지 않으셨다.

특히 경모궁께서 친정 동생 형제들을 더욱 사랑하셔서, 궁궐에 들어올 때면 한시도 떠나지 못하게 하시고 좌우에 세우고 다니셨다. 한번은 첫째 동생이 아홉 살 적에, 경모궁께서 종묘에 참배하시고 평천관平天冠[54]이 곁에 놓여 있자 웃으려고 말씀하셨다.

"네 머리에 씌워 줄까?"

"신하는 못 쓰옵니다."

동생이 머리를 움켜쥐고 어쩔 줄 몰라 하며 사양하였으므로, 경모궁께서는 그것을 능히 아는 것을 기특히 여기셨으나, 동생은 그로 인해 진땀을 흘렸다. 요사이 아이들에 비하면 얼마나 숙성한 행동이었는지 모른다.

궁궐의 법이 열 살이 넘으면 사내아이는 궐내에서 자지 못하게 되어 있다. 하루는 경모궁께서 둘째 동생을 여러 번 부르셨으므로 들어오는데, 차비문에 이르러 내시들이 무슨 말을 함부로 하였는지 동생이 분하게 여기고 들어오지 않았다. 그러자 경모궁께서는 차비문까지 나오셔서 친히 불러들이셨다.

---

54 임금이 쓰던 관의 한 가지로 윗면이 편편함.

"네가 이리도 마음이 굳세고 곧아서 나를 어찌 돕겠느냐?"

이렇게 말씀하시며 부채에 글을 써 주시던 일이 엊그제 같은데, 둘째 동생의 그 성품이 공손하고 따스하니 내가 유난히 사랑하였다.

아버지께서는 과거에 오르신 지 7년 만에 대장의 직책까지 하시고 공을 많이 세워 이름을 빛내셨다. 남들은 왕실의 친척이기 때문에 그렇다고 하겠지만, 선희궁께서 나에게 친히 하신 말씀이 있다.

"사돈께서 성균관의 장의로 숭문당에 입시하던 때, 상감께서 처음 보시고 안에 들어와 하시던 말씀이 있다. 그 말인즉, '오늘 크게 쓸 신하를 얻었으니, 장의 홍 아무개가 그 사람이다' 하시더라."

이로 미루어 보더라도 아버지께서 그 재능을 인정받으신 것이 숭문당 입시부터인즉, 어찌 내 아버지라 해서 특별히 쓰셨으리오.

그 후에 전곡갑병錢穀甲兵[55]과 군사 정치의 중대한 일을 맡기시니, 아버지께서 주야로 온 힘을 기울여 거의 먹고 자는 것을 잊으신 듯이 하시며, 사사로운 일을 접고 나라 일만 하셨다. 그리고 나를 보시면 항상 말씀하셨다.

"성은이 지중하시니 그 은혜를 어찌 갚을지 모르겠습니다."

내가 일찍이 임신하여 경오년庚午年(1750)에 의소를 낳았으나, 임신년壬申年(1752) 봄에 잃었다. 삼전과 선희궁께서 모두 너무 애통해

55 대동미, 대동목 등의 출납을 맡아보던 관청으로 선혜청 당상과 대장의 임무.

하시므로, 내가 불효하여 이 같은 처참한 광경을 당하는가 하여 죄스러웠다.

그 해 9월, 하늘이 말없이 도우셔서 주상主上(정조)이 태어나시니, 나의 미약한 복으로 이 해에 경사가 있기는 뜻밖의 일이었다.

주상은 그 모습이 뛰어나게 위대하시고 골격이 기이하셔서 진실로 용과 봉황 같으며, 하늘의 해와 같은 모습이셨다. 대왕께서 보시고 크게 기뻐하며 감탄하셨다.

"어린아이의 모습이 범상치 않으니 신령의 도우심이며 나라의 미래를 맡길 일이다. 내가 늘그막에 이런 경사를 볼 줄 어찌 알았으랴! 네가 정명공주의 자손으로 나라의 빈嬪이 되어 이런 경사가 있으니, 네가 나라에 세운 공이 헤아릴 수 없구나. 어린아이를 잘 기르되 의복을 검소하게 하는 것이 복을 아끼는 이치이다."

이렇게 훈계하셨으니, 내가 어찌 감히 그 말씀을 따르지 않으리오.

나는 첫 번째 출산에는 나이가 어려 어미 도리를 못하였으나, 지금의 임금을 낳은 후에는 봄의 애석함 뒤에 다시 나라의 경사가 있으니, 온 궁궐이 기뻐함은 처음보다 100배도 더했다.

어머니께서는 내가 해산하기 전에 궁궐에 들어오시고 아버지께서 숙직 하신지 7,8일 만에 경사가 생겼으니 양친의 경축하심이 무궁하셨다. 또 어린아이께서 기이하심을 더 기뻐하시고 나에게 축복의 말씀을 주셨다.

내가 스물 전의 나이였지만 마음이 떳떳하고 기쁜 것은 인정에 당연한 일이겠지만, 아들 낳은 것이 이후 신세를 의탁할 일인 듯하였고 마음에 묘한 감이 있었던 듯싶다.

신미년辛未年(1751) 10월, 경모궁께서 꿈에 용이 침실에 들어와 여의주를 희롱하는 것을 보시고 깨시어 이상한 징조라 하시면서, 그밤에 곧 흰 비단 한 폭에 꿈에 보았던 용을 그려 벽에 붙이셨다. 그때 춘추가 17세이시니, 이상한 꿈이라도 우연히 생각해 넘기실 때였지만 경모궁께서는 그러지 아니하셨다.

"아들을 얻을 징조이다."

그때 경모궁께서는 노련하고 성숙한 어른 같았고 용을 그린 화법이 비상하셨는데, 과연 주상을 얻은 이상한 꿈이었던가 싶다. 항상 말없이 엄중하신 경모궁께서 어린 아들을 보시면 늘 웃으시고 기뻐하시며 이런 말씀을 하셨다.

"이런 아들을 얻었으니 무슨 근심이 있으리오."

그 해에 홍역이 크게 번져 옹주가 먼저 앓으니, 내의원이 청하였다.

"동궁과 원손元孫[56]을 다른 곳으로 옮기소서."

그때 나는 아직 산후 삼칠일 전이라 움직이기 몹시 어려웠으나,

---

56 왕세자의 아들. 여기서는 훗날의 정조대왕을 뜻함.

대왕의 분부를 어기지 못하였다. 경모궁께서는 양정합에 머무르시고 원손은 낙선당으로 옮기셨는데, 삼칠일 안의 아이였지만 몸집이 커서 먼 곳으로 옮기는데도 조금도 염려되지 않았다.

아직 보모를 정하지 못하였으므로 늙은 궁녀와 내 보모에게 맡겼다. 그러나 바로 그 날 경모궁께서 홍역을 하시고 내인들도 모두 홍역에 걸렸으므로 돌볼 사람이 없었다. 그러자 선희궁께서 친히 오셔서 보시고 밖으로는 아버지께서 숙직하시며 보호하셔서 증세가 순조로웠다. 하지만 몸의 열이 심하여 아버지께서 옆에서 붙들고 구호하셨는데, 그 지극한 정성을 어찌 다 기록하겠는가!

몸이 조금 나으신 후에는 경모궁이 원하여 아버지께서 글을 읽어 드리면, 경모궁께서 이렇게 말씀하셨다.

"글 읽는 소리를 들으니 시원하다."

아버지께서 밤낮으로 모시고 읽으신 글을 다 기억하지 못하나, 제갈량의 출사표出師表[57]를 읽으시면서 하신 말씀이 기억난다.

"예로부터 임금과 신하의 의사가 서로 잘 통하기가 한漢[58] 소열과 제갈량 같은 이가 없으니, 신臣이 평소에 이 글을 좋아하고 있습니다."

또 옛 역사의 현명한 임금과 이름난 신하의 이야기를 해 드리면, 비록 병환 중이시나 응대함이 각별하셨다.

57　출병할 것을 임금께 아뢰는 글. 제갈량이 위나라를 치려는 까닭을 써서 왕에게 바친 글.

58　촉한의 초대 임금으로 이름은 비(備), 자는 현덕(玄德), 시호는 소열(昭烈).

경모궁의 홍역이 조금 나으신 후에 곧이어 내가 홍역을 하게 되었고 산후에 큰 병이나 생기지 않을까 마음이 쓰였는데 증세가 가볍지 않았다. 더구나 갓난아이까지 한날 발병을 하였다. 그때 아직 석 달 된 아기였음에도 증세가 큰 아기같이 순조롭긴 했지만, 내가 병을 앓는 가운데 자식을 염려할까 하여 선희궁과 아버지께서 원손의 증세를 나에게 자세히 알려주지 않아 모르고 지냈다.

아버지께서 나와 원손 사이를 밤낮으로 왕래하셨으니 그 걱정함을 어찌 다 표현하며, 하룻밤은 쓰러지셔서 걷지도 못하셨다 한다. 그런 사정도 내 병이 거의 다 나았을 때에야 비로소 알고, 아버지의 수고하시고 염려하신 일을 불안히 여기었다.

원손의 홍역을 보모 하나가 맡아 살피고 아버지께서 홀로 보셨으니 그 초조함이 어떨까 싶었는데, 그럼에도 원손의 홍역이 순조로웠던 것은 참으로 신기하였다.

주상께서 홍역 후에 잘 자라시고 돌 즈음에 글자를 능히 아셔서, 보통 아이와 달리 아주 숙성하였다. 계유년癸酉年(1753) 초가을에 대제학大提學[59] 조관빈[60]을 대왕께서 친히 심문하실 때, 궁궐이 모두 두려워하자 원손이 손을 저어 소리 지르지 말라 하였으니, 두 살에 어찌 이런 지각이 있었으리오.

59 홍문관, 예문관의 정 2품 으뜸 벼슬.

60 자는 국보(國甫), 호는 회헌(晦軒), 본관은 양주(揚州), 호조참판과 평안도 관찰사 등을 거쳤다.

세 살에 보양관輔養官⁶¹을 정하고 네 살에 효경孝經⁶²을 배우셨으나 어린아이 같지 않고 글을 좋아하시므로 가르치는 데 조금도 어려움이 없었다.

일찍이 어른같이 머리를 빗고 낯을 씻었으며 글을 좋아하였다. 여섯 살에 유생을 불러 강의할 때 대왕께서 부르셔서 평상에서 글을 읽히셨는데, 글 읽는 소리가 맑으며 참으로 잘 읽으셨다.

"선동이 내려와 글 읽는 소리 같습니다."

보양관 남유용⁶³이 이렇게 아뢰니 대왕께서 매우 기뻐하셨다. 이러하니 우리 주상 같은 분은 예전에 없었을 듯하며, 어린 나이였음에도 경모궁께 효도하는 일이 많았으니 어찌 다 적을 수 있겠는가. 무릇 백 가지가 모두 하늘이 내린 사람이지 예사 사람으로야 어찌 이러하랴.

내가 이른 나이에 이런 거룩하신 아들을 두고, 갑술년甲戌年(1754)에 첫째 딸 청연을 낳고 병자년丙子年(1756)에 둘째 딸 청선을 낳았다. 청연은 성질이 부드럽고 너그러우며, 청선은 마음이 온화하고 외모가 아담하여 둘은 마치 주먹 안에 든 쌍 구슬 같았으니, 내 팔자를 누가 부러워하지 않으리오.

친정의 부모님도 착하셔서 공명과 영화가 빛나시고 형제 또한 많

---

61 원자를 보양시키고 양육시키는 관리.

62 공사와 회자의 효도설을 서술한 책.

63 자는 덕재, 호는 뇌연, 의령 사람으로 문장과 시에 뛰어나 대제학을 지냈다.

아서 조금의 근심도 없었다.

어머니께서 궁궐에 들어오시면 막냇누이와 막내 남동생을 앞세우고 들어오셨다. 남동생은 부모님께서 늦게 낳으셨기 때문에 사랑이 극진한 가운데, 사람됨이 충성스럽고 순박하며 관용이 있었다. 그리고 어린아이 때이지만 큰 그릇이 될 기상이 있으므로 금상께서 데리고 노시며 매우 사랑하셨고 나 또한 어여삐 여기고 기대하는 바가 적지 않았다.

여동생은 내가 궁궐로 들어온 후, 부모께서 나를 잊지 못하다가 낳으셨다. 사람마다 아들 낳기를 좋아하였으나, 우리 집은 딸 낳은 것을 뜻밖에 얻은 행복으로 여겨 온 집안의 기쁨으로 삼으셨다. 나역시 내가 부모 슬하에 자취를 남긴 것 같아 기뻤다.

여동생의 기품이 아름다운 옥과 같고 성품과 행실이 효성스럽고 우애가 있으며 마음이 온순하므로, 부모께서 총애하시고 동기의 사랑이 몸에 지나쳤으나 조금도 교만하지 않았다.

동생이 궐내에 들어오면 삼전께서 다 어여삐 여기시고, 통명전에서 치른 혼인식 때 온 궁궐의 내인들이 돌아가며 안아보고 밝은 달과 연꽃송이 구경하듯 했으니, 그 자질의 아름다움을 짐작할 수 있다.

내가 매우 사랑하는 것이 어찌 동기의 정뿐이겠는가. 동생이 궁에 들어오면 내 곁을 떠나는 일이 거의 없고, 경오년庚午年(1750)에 5살

의 나이로 능히 어머니를 모시고 궁궐에 들어왔다가 내가 해산한다
는 소식을 듣고 어른같이 말하였다.

"임금님께서 기뻐하시고 우리 아버님과 어머님께서 모두 좋아하
시겠다."

어느 날은 효순왕후께서 노리개를 한 줌 채워 주셨는데, 그 후 노
리개를 차지 않았기에 효순왕후께서 물어보셨다.

"왜 그 노리개를 차지 않느냐?"

누이의 대답은 이러하였다.

"그것은 주신 이가 안 계시므로 안 보시기에 못 찼습니다."

임신년(1752) 3월, 첫 아들 의소를 잃어 나라에 슬픔이 있었을 때,
누이가 궁에 들어와서 있었던 일이다.

나를 보고 눈물을 흘리면서 의소를 기르던 보모의 손을 잡고 흐느
끼니, 그때가 7살이었는데 어찌 그리 숙성했었는지 참으로 신기하였
다. 임신년 9월, 주상이 탄생하신 큰 경사 때도 어머니와 함께 들어
와 아기를 보고는 말했다.

"이 아기씨는 단단하고 숙성하시니 형님 마마 걱정 안 시키겠습니
다."

주변에서 그 말을 듣고 웃었고, 어머니께서는 아이 말 같지 않다
고 도리어 꾸중하시기에 내가 말씀드렸다.

"그 아이 말이 옳으니 꾸짖지 마십시오."

이때 궁궐의 복이 끊이지 않고 친정집 또한 번성하여 남매가 모두

남보다 못하지 않았으므로, 궁인들이 나를 우러러 보며 그 경사를 축하하지 않는 이가 있었겠는가.

경모궁께서 어머니를 대접하심이 보통 집의 장모 대접과 달리 매우 지극하셨으므로, 우리 어머니께서 우러러 아끼시고 귀중히 여기시며 사위로 대하지 못하시니 그 심정이 어떠했겠는가?

어머니께서 궁궐에 들어오셨을 때는 혹 경모궁께서 노한 일이 계시다가도, "일이 그렇지 않습니다." 하고 아뢰면 곧 안색을 고치셨다. 갑술년(1754)에 청연을 낳을 때도 어머니께서 50여 일을 궐내에 머무르시며 경모궁을 늘 모시고 지내셨는데, 매우 친밀하게 대접해 주시니 어머니께서 항상 감사함을 이기지 못하셨다.

세자의 기력과 체질이 탁월하시고 학문이 점점 진취하시니 그 기상과 기품이 모두 뛰어나셨으나, 불행히 임신년과 계유년 사이에 병환이 있으셨다. 그러니 나의 한없는 근심과 우리 부모님의 초조함이 어떠하셨겠는가.

어머니께서는 주야로 몸소 기도하시고 이름난 산천에 정성이 미치니 않은 곳이 없으시며, 밤이면 잠을 못 이루시고 손 모아 하늘에 비시니 이 모두가 못난 나를 자식으로 두신 까닭이었다. 나라를 위하시는 지극한 정성이 아니라면 어찌 이토록 염려하시리오.

부모님께서 일찍 얻으신 우리 오라버니(홍낙인)는 의지와 기개가 높으시며 품행이 바르시어 15살이 넘었을 때 마치 큰선비 같으셨다. 그래서 집안에서 모두 받들어 존경하고 노비들도 엄한 상전으로 알았다. 또한 동년배가 감히 업신여기지 못할 엄중한 장부의 법도가 있었으므로 할아버지 정헌공께서 늘 집안의 큰 재목으로 여기셨다.

오라버니는 계해년癸亥年(1743)에 혼사를 지내려다 나의 혼인식 때문에 연기되어 을축년乙丑年(1745)에 혼인하였다. 배우자는 숙종의 장인인 여양 부원군 민유중의 증손녀이며, 봉조하의 손녀로서 세상에 으뜸가는 대갓집 규수였다.

형님 역시 어렸을 때 궁궐에 들어와 삼전의 사랑을 받으셨는데, 우리 친정의 며느리가 되신 것을 기뻐하셨다. 그리하여 신행 新行[64] 때는 상궁을 보내시고 인원왕후와 정성왕후께서 그 상궁을 부르셔서 그 날 광경을 친히 물으시니, 사돈간의 후함을 가히 알 수 있었다.

형님이 처음으로 궁궐에 들어오셨는데 자질이 맑으며 곱고 기품이 높으며 위엄과 예절을 지키는 모양이 더할 수 없이 착하고 아름다우셨다. 그래서 여러 외척 집안의 부녀자 사이에 서신 것이 마치 닭의 무리에 학이 섞인 것 같았고, 돌 가운데 빛나는 옥 같아 궁궐에서 모두 관심을 기울여 일컫지 않는 이가 없었다.

오라버니와 형님 두 분의 궁합이 실로 짧고 긴 것이 없는 천생 배

64　혼인 때 신부가 신랑 집에 오는 것.

필이며, 우리 집의 종손과 맏며느리는 참으로 으뜸이라 우리 부모님께서 귀중히 여기심이 세상에 드문 일이었다.

두 분 내외가 계속 딸만 낳고 오래도록 아들을 낳지 못하여 부모님께서 매우 궁금해 하시고 답답해 하시다가, 을해년(1755) 4월에 수영이 태어났다. 비록 포대기에 싸인 갓난아기였으나 골격이 빼어나고 얼굴 생김새가 관옥冠玉[65] 같으므로 부모님께서 만금 보배보다 더 아끼셨고 기대하심이 천리를 달리는 말 같았다.

부모님께서 내게 편지하여 스스로 축하하셨으니, 그 부모 소생이 응당 잘났을 것이며 내 집을 위하여 헤아릴 수 없이 기뻤다. 그 후에 선대왕[66]께서 보시고 지나칠 정도로 어여삐 여기셔서 이름을 수영이라 지어 주시니, 어린아이로서 이런 영광이 어디 있으랴. 또한 금상께서 더욱 사랑하셨으니 너같이 어린 때에 임금의 은혜를 입는 영광을 얻은 이가 또 어디에 있겠느냐!

네가 태어난 후, 우리 집에 흠 될 일이 한 가지도 없었는데 같은 해(을해년) 8월에 어머니께서 돌아가셨으니 슬프도다. 어머니를 여읜 슬픔은 누구에게나 있겠지만 내 마음은 천지간에 혼자 남은 듯하였다. 그 슬픔은 하늘과 땅이 아득할 지경이니 어찌 살고 싶었겠는가! 하지만 아버지께서 현숙한 아내를 잃으신 후 애통해 하시고

---

65 남자의 아름다운 얼굴을 비유하는 말.
66 돌아가신 전 왕을 지칭한 말. 여기서는 영조대왕을 뜻함.

또한 나로 인해 더욱 슬퍼하셨으므로 내 몸을 버리지 못하고 아버지를 위하였으나, 한없는 슬픔이야 어찌 한시라도 참을 수 있었겠는가.

어머니가 돌아가신 것을 알리던 날, 선희궁께서 친히 오셔서 친어머니처럼 위로해 주셨는데 이런 사랑은 보통 집안의 시어머니와 며느리 사이에도 없는 일이니 나는 감동을 금치 못했다.

장례를 지내고 문안을 올리러 가니, 인원왕후와 정성왕후께서 손을 잡고 눈물을 흘리시며 슬퍼하시고 아껴 주셨다. 비록 한없는 아픔 속에 있으나 이런 영광이 어디 있으리오.

내가 애통함을 억지로 참고 세상에 머물러 있었으나, 진실로 이 세상에 살고 싶은 마음이 없었으니 선대왕께서 너무 지나치다 하셨고, 정성왕후와 선희궁께서 꾸중하셨다.

"어머니의 상중에 지키는 예절이 지나치니 그것은 나라의 예절과 다르다."

그래서 나는 더욱 마음을 다하지 못함이 애통해서 몸둘바를 몰랐다.

첫째 동생 홍낙신의 아내와 둘째 동생 홍낙임의 아내는 서로 육촌 형제로서 동서가 되어 들어왔는데, 이는 매우 귀한 일이었다. 첫째의 아내는 마음이 어질고 온화하며 공손하고, 둘째의 아내는 성질이 순하고 효성과 우애가 강하여 부모님께서 기뻐하셨는데, 오래지 않아 어머니를 여의었다. 이때 두 아우의 나이가 17세, 15세였으니 혼인한 보람이 어디 있으리오.

더욱 불쌍한 것은 막내 낙윤이 여섯 살이니, 아버지께서 어머니를 여의셨던 나이와 같아 슬픔을 아는 둥 모르는 둥 하였다.

막내 여동생은 스스로 능히 서러워하며 상인喪人의 모양을 하였는데, 낙윤을 불쌍히 여겨 서로 의지하여 어른같이 거느렸다. 낙윤은 할머니께서 위로하시고 어루만지셨으며, 여동생은 형님이 거두시어 의복과 음식은 염려 없으나, 남매가 외롭게 의지할 데 없는 모습을 생각하면 내 차마 한시도 잊지 못하였다. 막내 여동생의 편지에 어머니를 생각하는 슬픈 마음이 종이 위에 솟아나니, 내가 볼 적마다 제 글씨 한 자에 내 눈물이 한 줄 흘러내렸다.

병자년丙子年(1756) 2월, 아버지께서 광주 유수留守[67]를 제수 받으셨는데, 떠나시는 일이 매우 슬픈 가운데 할머님을 모시고 가시니, 대가 할머니를 어머니같이 여기던 터라 더욱 서러웠다.

그 해 9월에 청선을 낳게 되니, 해산 때마다 들어오시던 어머니 생각이 나서 지극한 슬픔으로 인해 만삭의 몸을 돌보지 않고 소식을 오래 하여 기운이 빠져 위태로울 지경이었다. 그러자 선대왕께서 내 몸을 염려하셔서 아버지에게 분부하시어 보약을 많이 써 무사히 해산하였으나, 슬픔이 뼈에 사무쳐서 그런지 산후에 몹시 허약했다.

---

67 개성, 강화, 광주, 수원, 춘천 등을 다스리던 정 2품 벼슬로 지방 관직이 아닌 경관직.

아버지께서 이런 나를 매우 걱정하시다가, 그 달에 평안감사가 되시니 떠나는 심사가 또 오죽하리오.

아버지의 사사로운 정은 딱하나 대왕의 명령이 매우 귀중하여 차비를 서둘러 부임해 가셨다. 그 해 한겨울에 경모궁께서 두진痘疹[68]을 앓으셨는데, 아버지께서 늘 힘이 되지 못함을 걱정하시다가 천리 밖에서 이 소식을 들으시고, 주야로 추운 방에 거처하시면서 서울 문안을 들으시고는 애태우시어 수염이 허옇게 세셨다고 한다.

다행히 경모궁의 두진이 다 나으시니 나라에 큰 경사이나 두진이 나은 후 100일이 못 되어 정성왕후께서 돌아가셨다. 그때 경모궁께서 슬퍼하시는 효성이 거룩하시니 뉘 아니 탄복하지 않으리오. 장례 때 백성들이 그 애통해 하시는 거동을 뵙고 감동하였다고 한다. 그때 국사가 길하지 못하여 두진 후 병환이 오래도록 낫지 않았다.

아버지께서 5월에 서울에 있는 관청으로 들어오셨으므로, 우리 부녀는 다시 만난 기쁨이 굉장하였으나, 겹겹이 쌓인 근심으로 서로 대면하니 눈물 뿐이었다. 동짓달에 대왕께서 격노하신 일이 있으시어, 아버지께서는 충성하는 마음으로 당신 처지에 하기 어려운 말씀을 드리셨다. 그러나 대왕의 분노는 더욱 커져 관직을 박탈당하시고

---

68 두창. 어린아이들이 걸리기 쉬운 전염병의 한 가지.

문 밖으로 나가게 되시었다.

갑자년甲子年(1744) 이후에도 대왕께서는 날 사랑하심이 한결같아 난처한 때라도 나에게 자애를 베풀지 않으신 일이 없었는데, 이때 처음으로 엄한 분부를 받고 몸 둘 바를 몰라 아랫방으로 내려갔다. 그런데 오랜만에 아버지를 다시 복직시키고 또 나를 불러 전처럼 자애롭게 대해 주셨다.

모든 것이 두렵기만 하였으나 지극하신 성은이야 몸을 쪼개고 뼈가 부서진들 어찌 다 갚으리오. 내가 겪어 지내 온 일들이 이토록 무궁하나, 붓으로 쓸 말이 아니기에 다 기록하지 못한다.

나라의 운이 불행하여 정성왕후께서 돌아가신 다음 달에 인원왕후 역시 돌아가시니, 두 분 마마를 모시고 자애를 받으면서 살았던 것이 무궁하다가 하루아침에 애통함이 겹겹이 쌓이고 의지할 곳이 없게 되었다.

내 몸이 정성왕후의 빈전殯殿[69] 가까이 있어 작은 정성을 다하려고 오시午時의 제사와 아침저녁으로 곡하는 것을 다섯 달 동안 한 번도 잊은 일이 없었고 인원왕후께서 병이 나셔서 마음이 더욱더 무거웠다.

인원왕후의 병환이 날로 위중하신데 정성왕후께서는 안 계시고 나 홀로 외롭고 의지할 데 없이 초조해 하던 심정이 또 어떠하리오.

---

69 빌인할 때까지 왕이나 왕비의 관을 모셔 놓는 전각.

선대왕께서 주야로 약시중을 드시면서 옷을 벗고 쉬실 때가 없으시니 더욱 근심스러웠고, 왕후께서 돌아가신 후에는 선대왕을 우러러보며 망극하고 허전하여 애통함이 그지없었다.

두 분 왕후의 3년 상을 겨우 마치고 선대왕께서 기묘년己卯年(1759)에 정순왕후 김씨와 혼례를 올리셨으니, 그때는 말 못할 근심이 많았다. 그러자 선희궁께서 내게 이렇게 말씀하셨다.

"정성왕후께서 안 계시니 이 혼례를 행하여 왕후의 지위를 정하는 것이 나라에 마땅한 일이다."

선희궁께서는 선대왕께 축하를 드리시며 혼례를 몸소 정성스레 준비하시고 궁궐이 제 모양이 됨을 기뻐하시니, 임금을 위하신 그 후덕한 행실이 거룩하였다.

혼례 후, 경모궁께서 대왕을 뵈올 때 예절에 지극히 조심하시고 공경하시니 그 효성이 타고난 성품임을 이런 일에서 알 수 있을 것이다. 양전兩殿이 평안하시면 스스로 기뻐하시던 사실은 다 아는 일이니, 지극한 슬픔은 하늘을 우러러 묻고자 해도 알 길이 없구나.

세자는 부모에 대한 효도와 동기에 대한 우애, 자식에 대한 사랑이 특별하셨다.

지금의 임금(정조)을 매우 귀중히 여기시고, 정조의 누이들이 감히 바라보지 못하게 하시었으며 천한 출신이 우러러보지 못하게 명분을 엄히 하셨다.

또한 화순, 화평은 맏누님으로 공경하시고 화협은 선대왕께서 귀히 여기지 아니함을 불쌍히 여기셔서 더욱 귀하게 대접하시더니, 화협이 세상을 떠날 때 매우 슬퍼하셨다.

영조대왕의 아홉째 딸 화완옹주는 선대왕께서 특히 편애하셨으므로 예사 인정 같으면 당신께서 당하신 일에 비교하여 마땅히 냉대하실 듯하나 조금도 그런 모습을 보이지 않으셨다. 보통 사람으로 이런 경우를 당하면 어찌 이럴 수 있겠는가!

신사년辛巳年(1761) 3월, 주상(현 임금인 정조)께서 입학하시고 그 달에 어른이 되는 예식을 경희궁에서 하시었는데, 경모궁께서 못 가 보시기에 나도 역시 혼자서 가 보지 못하니, 어머니로서의 정이 부족한 것 같아 근심이 무궁하였다.

아버지께서는 이때 고생스럽고도 험한 처지에 있으셨는데, 선대왕의 은혜도 갚으려 하시고 소조小朝[70]도 보호하려 하셨으니, 근심이 커져 가슴에 답답증이 생기는 바람에 관격증關格症[71]이 늘 발병하셨다. 나를 보시면 하늘을 우러러 손 모아 비셨다.

"나라 일이 무탈하고 태평하소서."

그 뜨거운 정성을 하늘이 밝게 살피시고 천지의 신령이 곁에 있으니, 이것이 추호라도 아버지 위한 사사로운 정으로 인해 한 말이겠는가.

---

70 국정(國政)을 대리하는 왕세자.
71 먹지 못하고 구토하고 대소변도 안 나오는 증세.

아버지께서 신사년 3월에 영의정 벼슬에 오르시고, 그때 큰 신하가 없는데 상감의 병환이 있으셨기에 부지런히 출근하셨을 뿐 어찌 벼슬을 탐하는 마음이리오. 스스로 물러나려 하여도 성은이 지극히 중하여 임의로 못하시고, 수천 가지 근심이 점점 터지기만 하여 오직 몸을 바쳐 나라의 은혜를 갚으려 하셨다. 그러니 어느 때 걱정하지 않으시며 어느 날에 두려워하지 않으신 날이 있었으리오.

아버지께서 종묘에 비 오기를 기원하는 제관으로 가셔서 제사 지내실 때 역대 임금의 신주께 우러러 조상님이 말없이 도우셔서 나라가 평안할 것을 축원하셨던 말씀을 편지에 써 보내셨기에, 나는 그 편지를 붙들고 슬피 울었다.

오라버니께서 경오년庚午年(1750)에 소과小科에 급제하시고 돌아오시니, 경모궁께서 보시고 칭찬하셨다.

"의지와 기개가 서로 통하였구나."

오라버니는 또한 신사년에 문과文科에 급제하여 강서원講書院[72]의 관원으로 세손世孫[73]을 모시고 학문을 가르쳐 주셔서 주상(정조)께 공로가 컸다. 또한 강서원에서 숙직하실 때, 우리 남매가 자주 만나 나라의 근심을 말하고 문득 모른 척하자고 하였다.

---

72 '세손 강서원'의 준말로, 왕세손에게 경전 가르치는 일을 맡던 관청.
73 왕세손, 임금의 장손.

신사년 겨울, 세손빈을 간택하게 되었는데 청풍 김판서 성웅[74]의 어머니 회갑 잔치에 아버지께서 가셨다가 중궁전中宮殿[75]이 되실 분을 어렸을 때 보시고, 비상한 자질을 가진 아이라고 하신 말씀을 들었다.

마침 경모궁께서 김성웅의 아들 김시묵의 딸 단자를 비고 뜻이 기울어 무척 간택하고자 하셨다. 중궁전의 몸가짐이 뛰어나고 온 궁궐의 의논이 한 곳으로 모여 순조롭게 결정되니, 이는 실로 하늘이 정한 것이다.

경모궁께서 그 며느리를 귀중히 여기시고 편애하심이 지극하셨다. 중전이 들어오시어 특별한 자애를 받아 어린 나이였지만 임오화변壬午禍變[76] 이후 애통해 함이 무척 심하셨다. 또한 세월이 갈수록 더욱 그리워하시고 그 말씀이 나오며 지금도 눈물을 흘리시니, 자애를 받은 까닭이지만 효성이 없으면 어찌 이럴 수 있겠는가.

왕비께서는 재간택을 받으시고 곧 마마를 앓으셨고, 뒤이어 주상이 앓으셨다. 증세는 순하였으나 삼간택이 임박한 때에 큰 병환을 앓으시니 내 마음이 무척 쓰였다. 주상의 마마는 신사년辛巳年 동짓달 그믐께 시작하셔서 섣달 초순에 다 나으셨으니, 보통 집에서도

---

74 영조 때의 무신으로 자는 군서. 본관은 청풍. 공평무사하게 서정을 일신하였다.
75 왕후의 높임말. 정조대왕의 부인, 정조 비를 지칭함.
76 임오년(영조 38년)에 있은 사건. 즉 사도세자의 죽음.

기쁠 것인데 하물며 나라의 경사인데 오죽하겠는가.

선대왕께서 근심하시다 기뻐하시고, 경모궁께서도 기뻐하시던 일이 어제 같이 생생하구나. 내 부족한 인정으로 중한 병환에 두 손 모아 기도하여 태평하게 낫기를 천지신명께 빌던 일과 아버지께서 숙직하시어 몹시 애를 태우시던 모습이야 더욱 무어라 말하리오.

조상이 도우셔서 세손과 세손빈이 모두 병치레 없이 12월에 삼간택을 마치고, 임오년壬午年(1762) 2월 초이틀에 혼례를 치르니 나라의 막대한 경사가 이보다 더한 것이 어디에 있으리오.

슬프고 슬프도다. 모년 모월 모일을 내 어찌 이 일을 차마 말하겠는가!

천지가 맞붙고 일월이 캄캄하게 막히는 변을 만나, 내 어찌 한시라도 세상에 머물 마음이 있으리오. 칼을 들어 숨을 끊으려 하였으나 옆 사람이 빼앗아 죽지도 못했다. 한편 생각하면 열한 살 된 세손에게 크나큰 아픔을 주지 못하겠고, 내가 없으면 세손의 앞날은 어찌하리오. 참고 참아 모진 목숨을 보전하고 하늘만 보고 부르짖었다.

그때 아버지께서 엄중한 분부를 받고 동대문 밖으로 물러 나와 계시다가 일이 어쩔 수 없게 된 이후에 들어오시니 그 무궁한 아픔을 누가 감당하겠는가. 그 날 정신을 잃고 쓰러지셨다가 겨우 깨시니, 당신도 또한 어찌 살 마음이 계셨겠는가. 하지만 내 뜻과 같으시어 오직 세손을 보호하실 정성으로 죽지 못하시니 이 열렬한 충심이야 귀신이나 알지 그 누가 알리오.

그날 밤, 내가 세손을 데리고 친정으로 오니 그 애통하고 놀란 상황이야 하늘과 땅도 응당 빛을 변할 것인즉, 더 이를 것이 없도다.

선대왕께서 아버지께 분부하셨다.

"네가 도와 세손을 보호하라."

이 말씀은 한없이 무거웠으나 세손을 위하여 감동하여 운 것이 헤아릴 수 없다. 세손을 어루만지며 그 은혜를 갚으라고 조심스럽게 말씀드리던 내 서러운 마음을 어찌 알겠는가

그 후 임금의 분부로 새벽에 들어갈 때, 아버지께서 내 손을 잡으시고 가운데 마당에서 소리 내어 우셨다.

"세손을 모시어 만년을 누리시고 늙어서도 복이 가득 하소서."

그때의 내 서러움이 세상 천지에 다시 또 있으리오. 장례 전에 선희궁께서 오셔서 나를 보시고 한없이 원통해 하시던 설움 또한 어떠했겠는가. 선희궁의 슬픔이 하도 지나치시니 내가 도리어 아픔을 억누르고 위로하였다.

"세손을 위하여 몸을 버리지 마옵소서."

장례 후에 선희궁께서는 경희궁으로 돌아가시니 내 외로운 처지는 더욱 의지할 데 없었으며, 8월에야 선대왕을 뵈오니 내 마음 속에 품은 서러운 생각이 어떠했겠는가. 그러나 감히 털어 내지 못하고 슬피 울며 아뢰었다.

"우리 모자가 안전하게 보호됨은 모두 대왕마마의 은덕입니다."

그러자 선대왕께서 내 손을 잡고 우시면서 말씀하셨다.

"네가 나에게 이렇게 생각한 줄 모르고 너를 볼 낯이 없었다. 네가 이렇게 내 마음을 편케 하니 참으로 고맙구나."

그 말씀을 듣고 나니, 내 심장이 더욱 막히고 모진 목숨이라도 살아야겠다고 생각하게 되었다. 그래서 나는 또 아뢰었다.

"세손을 경희궁으로 데려가셔서 가르쳐 주시길 바랍니다."

"네가 세손을 떠나 보내고 견딜 수 있겠느냐?"

"떠나 보내어 섭섭함은 작은 일이요, 윗 분을 모시고 배우는 것은 큰일입니다."

나는 눈물을 흘리며 그렇게 말씀드리고 곧 세손을 올려 보내려 할 때, 모자가 서로 떨어지는 정이 오죽하였겠는가! 세손이 차마 나를 떠나지 못하고 울고 가시니, 내 마음은 칼로 베어지는 듯하였으나 참고 견디면서 지냈다.

성은聖恩은 갈수록 커져 세손을 사랑해 주셨고, 선희궁께서도 아드님(사도세자)에 대한 정을 옮기시어 세손에게 서러우신 마음을 쏟았다.

일상생활 하나하나의 움직임과 음식 그리고 여러 가지 일에 마음을 놓지 못하시고, 한 방에 머물면서 새벽이 밝기도 전에 일어나 글을 읽으라 하셨다.

세손이 나가실 때는 칠십 노인이 함께 일어나 조반을 꼭 보살펴 주시니, 세손이 이른 음식은 못 잡수시었지만 할머님의 지성을 위해 억지로 드신다 하니 그 때 선희궁의 마음을 어찌 헤아릴 수 있겠는가.

주상(정조대왕)은 4, 5세 때부터 글을 좋아하셔서 서로 떨어진 궁궐에서 지냈지만 글공부를 안 할까 염려는 안 했으나 그리운 마음은 날로 더해 갔다.

세손 역시 나를 그리워하는 마음이 간절하여 선대왕을 모시고 지내며 밤늦게 자고 새벽에 일찍 깨어 내게 편지하였는데, 서연書筵[77] 전에 회답을 보고야 마음을 놓으셨다. 아이가 어미를 못 잊는 정은 자연스러운 일이지만, 서로 떨어져 지내는 3년 동안 한결같이 그러시니 얼마나 성숙하셨는가.

나는 앓았던 병이 자주 발병하여 3년 동안 병이 떠나지 않았는데, 세손께서 멀리서 의관과 병세를 의논하여 약을 보내시기를 어른처럼 하셨다. 이 모두가 타고난 효성이거니와 10여 살의 어린 나이에 그리하시니, 이는 매사에 다 성숙하신 까닭이었다.

그 해 9월, 주상의 탄생일을 맞았다. 나는 움직이지 않으려 했으나, 대왕의 분부로 부득이 올라갔다. 내가 거처하던 집은 경춘전 남쪽의 낮은 집이었는데 선대왕께서 그 집 이름을 가효당嘉孝堂[78]이라 하시고 친히 현판을 써서 내려 주셨다.

---

77 왕세자 앞에서 글을 강론하는 곳.
78 창경궁의 통명전 동남쪽에 있는 집.

064

"너의 효심을 오늘 갚아 써 주노라."

나는 눈물을 흘리면서 받고 감당하지 못하여 불안해 하였다. 그런데 아버지께서 들으시고 감사하여 축하하셨으며 집안의 편지에는 꼭 '가효당'이라는 당호를 반드시 쓰도록 하셨다.

한중록

閑中錄

❂ 제2권 ❂

영조와 사도세자의 불화가 극에 달하다

임오화변壬午禍變⁰¹은 이 세상에서 그 유례를 찾을 수 없는 변이라 선왕(정조)께서 병신년丙申年(1776) 초에 영조대왕께 상소를 올렸다.

"정원일기政院日記⁰²를 없애버리소서."

그리하여 그 임오일기壬午日記를 없앴는데, 이것은 선왕의 효성스런 마음이 나타난 것이다. 그때의 일에 관심을 보이는 사람이 많아 그들이 함부로 보는 것을 서러워하셨기 때문이었다.

해가 바뀌고 그 일의 자취를 아는 이가 없어져 가자, 그 사이에 이익을 탐내고 화를 즐기는 무리들이 사실을 어지럽게 하고 소문을 현혹시켰다.

"경모궁께 병환이 없었는데 영조대왕께서 모함하는 말을 들으시고 그런 처분을 내리셨다."

"영조대왕께서 생각지도 못하신 일을 신하가 권해서 망극한 일이

---

01 임오년(1762)에 사도세자가 뒤주 속에 갇혀 굶어 죽은 일.
02 승정원 일기의 준말로 승정원에서 기록하던 일기.

되었다."

선왕이 총명하시고 그때 비록 나이 어렸으나 다 목격한 일이라 어찌 속을까마는, '부모님을 위한 일에 소홀하다'고 할까 두려워하셨다.

선왕께서는 경모궁의 아들인지라 임오년의 일이라 하면 옳고 그름을 분별하지 않으시니, 이는 당신의 지극한 아픔 때문에 부득이하신 일이었다. 선왕께서는 다 알고서 지극히 가까운 정에 이끌려 그러셨으나, 후왕後王[03]은 선왕과 입장이 다르므로 자손이 되어 큰일을 모른다는 것은 사람과 하늘의 도리에 어긋나는 일이다.

주상(순조)이 어려서 이 일을 알고자 하셨으나 선왕이 차마 자세히 알려주지 못하셨으니, 다른 사람이 누가 감히 이 말을 하며 또 누가 이 사실을 자세히 알리오.

따라서 내가 곧 없어지면 궐내에서는 알 사람이 없으니, 자손이 되어 선조의 큰일을 모르게 되면 망극한 일이다.

그리하여 내가 한 번 전후의 일을 기록하여 주상께 보이고 없애고자 하였으나, 내 차마 붓을 잡지 못한 채 그날 그날을 보냈다. 내가 첩첩이 쌓인 참혹한 재앙 이후, 목숨이 실낱 같아서 거의 끊어지게 되니 이 일을 주상께서 모르게 하고 죽기가 진실로 인정이 아닌 듯하였다. 그러므로 죽기를 참고 피눈물을 흘리며 이렇게 기록하나,

---

03 순조. 조선 23대 왕으로 자는 공보, 호는 순재.

차마 쓰지 못할 대목은 뺀 것이 많고 지루한 곳은 다 거두지 못한다.

내가 영조대왕의 며느리로 들어와 평상시에 자애로운 덕과 임오화변 때 죽게 될 목숨을 살려 주신 은혜를 입고, 경모궁의 아내로 남편을 위한 정성이 하늘을 깨칠 것이니, 두 부자의 사이에 조금이라도 말이 지나치면 하늘에 죄를 짓고 죽음을 면치 못할 것이다.

다른 사람들이 임오화변에 대해 이렇다 저렇다 하는 말은 다 허무맹랑한 것이며 이 기록을 보면 그 일의 처음과 끝을 분명히 알 것이다. 영조께서 처음에는 비록 자식사랑을 더하지 못하셨으나 나중에는 어쩔 수 없으셨고, 경모궁께서도 타고난 성품과 본성이 어질고 너그러우셨으나, 병환이 망극하여 종묘사직의 존망이 절박한 때 어쩔 수 없는 일을 당하셨다.

나와 선왕이 경모궁의 처자로 망극한 변을 당하고도 능히 죽지를 못하고 목숨을 보전한 것이 애통함은 나 자신의 애통이오, 의리는 나 자신의 의리로써 오늘까지 온 일이니 이 말을 주상이 자세하게 알게끔 하려는 것이다. 무릇 이 일이 영조대왕을 원망하여 경모궁이 병환이 아니시라 하며 신하에게 죄가 있다 하여서는 본래의 진상을 잃을 뿐 아니라 영조, 정조, 순조께 다 망극한 일이니, 이것만 잡으면 이 의리를 분간하기가 무엇이 어려우리오.

임술년壬戌年(순조 2년, 1802) 봄, 내가 임오화변에 대해 글의 초안을 잡고 미처 보이지 못했는데 주상의 생모인 가순궁께서도 자손에게 알게 하는 것이 옳으니 써내라 청하였다. 그래서 마지못해 써서 주상께 보이니, 내 심혈이 이 기록에 다 들어 있다고 할 것이다. 새롭게 기억을 더듬으니 마음과 정신이 놀랍고 답답하며 간과 폐가 찢어지는 듯하여, 한 글자 한 글자가 눈물이 쏟아져 글씨가 써지지 않는구나. 세상에 나 같은 사람이 또 어디 있으리오. 원통하고 억울하다.

을축년乙丑年(순조 5년, 1805) 4월

무신년戊申年(1728)에 영조의 첫 아들 효장세자께서 돌아가신 이후로 왕세자 자리가 오래 비어 있었다. 영조대왕께서 주야로 근심하시다 을묘년乙卯年(1735) 1월에 선희궁께서 경모궁을 낳으셨다. 영조와 인원왕후, 정성왕후 두 분께서 나라의 막대한 경사를 매우 기뻐하시기가 비할 데 없으셨으니, 온 나라의 백성들이 모두 기뻐 춤추었다.

경모궁께서는 기질과 용모가 뛰어나고 영특하셨으며 특이하셨다. 궁중에 기록되어 전하는 것을 보니, 태어나신지 백 일 안에 기이한 일이 많으셨고 넉 달 만에 걸으시고 여섯 달 만에 아버지이신 영조대왕의 부르심에 대답하였다.

또한 일곱 달 만에 동서남북을 가리키셨으며, 두 살에 글자를 배우시어 60여 자를 쓰셨다. 세 살에 다식茶食[04]을 드리니 목숨 수壽자와 복 복福자 박은 것을 골라 잡수시고, 8괘를 박은 것은 따로 골라 놓고 잡숫지 않으므로 늘 모시고 있는 신하가 권하였다.

---

04 콩, 쌀, 송화가루 따위를 엿이나 꿀에 반죽하여 판에 박아낸 과자의 한 가지.

"이것도 잡수소서."

"8괘라 먹지 않겠다. 싫다."

경모궁께서는 이렇게 말씀하시며 잡숫지 않았다.

그 후, 태호太昊[05] 복희씨가 그린 책을 높이 들라 하여 절하시고 천자문을 배우시다가 '사치 치侈'자를 짚으시고 입으신 의복을 가리키며 이것이 사치라 하셨다. 영조께서 어리실 때 쓰시던 감투에 칠보 장식한 것이 있어 그것을 쓰게 하니, 이것도 사치라 하고 안 쓰셨다. 돌에 입던 의복을 입으시게 하려 하니 이렇게 말씀하시며 입지 않으셨다 한다.

"사치스러워 남부끄러워서 싫다."

이것이 세 살 어린 나이에 있었던 기이한 일이어서, 모시던 신하가 명주와 무명을 놓고 시험하였다.

"어느 것이 사치요, 어느 것이 사치가 아니옵니까?"

"명주는 사치이고 무명은 사치가 아니다."

"어느 것으로 옷을 해 드리면 좋으시겠습니까?"

"이것이 좋겠다."

경모궁께서 무명을 가리키며 이렇게 말씀하셨으니, 이 일로 보아도 경모궁께서 탁월하신 것을 알 수 있다.

경모궁께서는 체구가 커서 웅장하시고 천성이 효성스러우며 우애

---

05 중국 고대 전설상의 제왕. 그의 성덕(聖德)이 해와 달 같아 태호(太昊)라고도 하며 8괘를 처음으로 만들고 서계(중국의 고대글자)를 지었음.

가 있고 총명하시니, 만일 부모님 곁을 떠나지 않게 하여 모든 일을 자애와 가르치심으로 병행하였더라면, 너그럽고 어진 도량과 재능의 성취가 놀라웠을 것이다. 하지만 일이 그렇게 되지 못하고 일찍 멀리 떠나 계신 것으로 인하여 작은 일이 크게 되어, 마침내 말하기 어려운 지경에까지 이르렀다.

이것은 천운의 불행함과 국운의 망극함인즉, 사람의 힘으로 어찌할 수 없으려니와 나의 원통함은 어찌 헤아릴 수 있으리오.

영조대왕께서 동궁이 오래 빈 것을 염려하시다가 왕세자를 얻으시고, 기쁘신 마음에 멀리 떠나는 사정은 돌아보지 않으셨다. 우선 동궁의 주인이 계시는 것만을 든든히 여기셔서 예법만 차리려 하시고, 나신 지 백 일 만에 태어나신 집복헌을 떠나 보모에게만 맡기시어, 오래 비어 있던 저승전이라 하는 큰 전각으로 옮기시게 하셨다.

저승전은 본래 동궁이 들어가시는 전으로, 그 곁에 강연하실 낙선당과 소대[06]하실 덕성합, 동궁이 축하를 받으시고 사부 이하의 여러 관원들 앞에서 복습하시는 시민당이 있다. 그리고 그 문 밖에 춘계방[07]이 있으니, 장성하시면 다 동궁에게 딸린 집이므로 어른 같이 저승전 주인이 되게 하신 대왕의 뜻이었다.

하지만 저승전은 대왕께서 거처하시는 곳이나 선희궁의 처소와

---

06 참찬관 이하를 소집하여 왕이 직접 글을 강연함.
07 세자시강원과 세자익위사(왕세자의 호위를 맡았던 관청).

서로 멀리 떨어져 있었다. 그래서 영조와 선희궁께서 심한 추위와 무더위를 피하지 않으시고 날마다 오셔서 머무르실 때도 많았다고는 하지만, 어찌 한 집에서 아침 저녁으로 양육하시며 끊임없이 교훈하시는 것과 같겠는가.

귀중한 나라 일을 맡길 아드님을 겨우 얻었음에도 법은 다음이며 부모 곁에서 양육하여 뜻을 이루게 하지 않으시니, 어떤 생각이셨을까.

경모궁은 처소가 멀어서 인사를 알 즈음부터 자연히 떠남이 많고 모임이 적으셨다. 아침저녁으로 대하시는 사람이란 내시와 궁녀들뿐이요, 들으시는 것이 항간의 소소한 이야기뿐이니 이것이 벌써 잘 되지 못할 근원이었다고 생각된다. 이 어찌 슬프고 원통하지 않으리오.

경모궁께서는 어렸을 때 이미 도량과 재능이 비상하시고 행동에 법도가 있어 일상 도리에서 벗어나지 않으셨다. 또한 타고난 성품과 정신이 엄격하고 진중하시며 말이 없어, 뵈옵는 자마다 어른 임금을 모시는 것처럼 여겼다고 한다.

이런 타고난 기품과 자질로 부모 곁을 떠나지 않고 대왕에서 여유 있으실 때 글 읽고 일 배우심을 곁에서 몸소 가르쳐 주셨다면, 또는 선희궁께서라도 이 아드님이 성취하는 일이 당신의 으뜸가는 소원이셨으니 손 밖에 내보내지 마시고 매사를 가르치셨다면 어떠하셨을까. 한편으로 엄격하고 다른 한편으로는 친애하시면서 한 마음으로 대하시고 그냥 내버려두지 않으셨다면 일이 어찌 이 지경에 이르렀으리오.

처음 당하는 참변이라 슬프고 애달픈 것이 하나는 어리신 아기를 저승전에 멀리 두신 것이요, 둘은 괴이한 내인들을 들여오신 까닭이니 이것은 여편네의 잔소리가 아니라 사실의 단서를 대략 말한 것이다.

저승전으로 말하면, 어대비[08]께서 계시던 집인데 안 계신지 얼마 되지 않고, 저승전 저편의 취선당이라는 집은 희빈[09]이 갑술년甲戌年(1694) 후에 머물러 인현왕후[10]를 저주하던 집이다. 그런데도 포대기에 싸인 아기를 이런 황량한 전각에 혼자 두시고 희빈의 처소는 소주방燒廚房[11]을 만들어, 잡수시는 음식을 만드는 곳으로 삼으니 어찌 이상한 일이 아니리오.

어대비께서 돌아가신 3년 후, 어대비께서 부리시던 내인들은 모두 밖으로 나갔다. 동궁을 차릴 때, 규모가 있게 하려면 각처의 내인을 불러들여야 당연한데도 대왕께서는 어찌 생각하셨는지 경묘(경종대왕)와 어대비를 모시다 나간 내인인 최 상궁 이하를 모두 불러들여 원자궁[12]의 내인으로 만드셨다. 그 내인들에게 그곳에는 경묘가

08 경종의 계비인 선의왕후 어씨.
09 숙종의 후궁이며 경종의 어머니인 희빈 장씨(장희빈).
10 숙종의 계비인 인현왕후 민씨. 장희빈의 모함을 받았다.
11 궁중의 음식을 만드는 곳.
12 임금의 맏아들이 거처하는 곳.

계신 듯싶을 것이요, 또한 그 내인들이 억척스럽고 냉정하기가 이를
데 없어서 지극히 작은 일로도 큰 탈이 나시니 어찌 한이 되지 않으
리오.

영조께서는 그 아드님을 얻으시고 지극하신 사랑이 비할 데 없으
시어 4, 5세 때에도 저승전에 오셔서 함께 주무시고 계시기를 자주
하셨다.

경모궁께서도 본래 효성과 우애가 있으실 뿐 아니라 천지 만물에
통하는 이치로 보아 어릴 때 어찌 부모를 사랑하지 않으셨을까. 비
록 각각 처소는 멀지만 이렇듯 사랑하시고 교육하시니, 보통 가정의
부자지간 같으면 어찌 티끌만한 틈이라도 있었으리오.

그러나 나라의 운명이 그릇되려고 겉으로 드러난 일 없고 지적할
것도 없는 작은 일에 임금의 마음이 말없이 격노하시어, 하루 이틀
어찌된 줄 모르게 동궁에 머무시는 일이 점점 줄어들었다.

그 아드님이 막 자라시는 시기라, 한 순간만 가르치지 않으시고
잘못됨을 금지하지 않으시면 방종하기 쉬운 나이이거늘 안 보시는
때가 많으니, 어찌 탈이 나지 않으리오.

영조대왕께서 화평 옹주를 천륜 밖으로 각별히 아끼시다 무오년戊
午年(1738)에 사위로 금성위를 택하셔서 미처 혼례식을 치르기도 전
에 동궁 처소에서 놀게 하셨는데, 그 사위를 사랑하심이 옹주와 함
께 특별하셨다.

원자궁 내인들은 모두 대왕의 내인들인데 보모 최 상궁은 잡념이 없고 굳세며 충성이 있었으나, 성품이 과격하고 엉큼하여 온화하지 못한 사람이었다. 다음으로 한 상궁은 일을 잘 꾸미고 간사하여 남을 속이고 시기심 많은 인물인데, 비록 동궁의 내인이 되었으나 본래 옛적 대전[13]의 내인이니 경모궁께 어찌 극진한 정성이 있으리오.

이럴 때 천한 내인이 올바른 도리를 모르고, 선희궁께서 사도세자를 낳으시니 지극히 존귀하신 줄은 생각지 못하고 선희궁께서 후궁이 되시기 전의 일만 생각하였다. 그리하여 오만하고 말투도 공손치 않아 혹 헐뜯기도 하니, 선희궁께서 마음속으로 언짢게 여기시고 영조께서도 어찌 그것을 모르셨으리오.

설날의 경經을 읽히는 시간에 금성위도 들어오고 마침 날이 늦어 독경讀經[14]하는 준비가 늦어졌다. 그때 내인들이 본래 공손치 않은 인물들이 짜증을 내고 서로 헐뜯으며 앉아 무엇이라 하였는지 선희궁께서 노하셨고, 대왕께서도 그 눈치를 스쳐 아시고 괘씸히 여기셨다.

하지만 사랑하는 금성위도 들어와 있는 자리에서 죄를 주면 옹주와 사위에게 원망이 미칠까 봐 처분은 안 하셨다.

그 뒤로 영조께서는 마음이 몹시 분하여 동궁에 가고 싶으시나 그 내인들이 보기 싫어 동궁 처소에 가시는 일이 줄어들었다. 그 내인

---

13 임금이 거처하던 궁전.
14 복을 빌거나 화를 물리치기 위하여 판수 따위를 시켜 경문 등을 읽히는 것.

들을 모두 내쫓지 못하시고 도리어 동궁을 그런 괴이한 내인들의 수중에 넣어 두시고, 그 내인들이 미워 동궁을 드물게 보러 다니시니 어찌 갑갑한 일이 아니겠는가!

그러실 때, 동궁은 점점 자라시니 놀고 싶은 것은 보통 아이들의 마음과 같았다. 막 가르칠 시기에 영조께서 드물게 오시는 틈을 타 한 상궁이라는 것이 최 상궁에게 이렇게 말했다.

"사람마다 말리고 거슬리게 하며 아기네 마음이 울적해져 기운을 펴지 못하실 것이니, 최 상궁은 엄하게 도와 옳은 도리로 인도하고, 나가 노실 때도 있게 하여 답답한 마음을 풀어 드리도록 하는 것이 좋겠소."

한 상궁은 또 손재주가 있어서 나무와 종이로 월도月刀라는 칼을 만들고 활과 화살도 만들었다. 최 상궁이 내려가고 자기가 교체할 때면, 그때를 틈타 어린 내인들을 문 뒤에 세웠다가 그 아이들을 시켜서 장난감 무기 만든 것을 가지고 무술 소리를 지르며 달려들어 동궁께서 함께 놀게 하셨다.

성인의 자질을 가진 맹자도 교육환경을 위해 집을 세 번을 옮기셨는데, 어린 동궁께서 어찌 현혹당하지 않겠으며 어찌 놀고 싶지 않으시리오. 동궁이 놀기에 열심이셔서 영조께서 보시고 꾸중이나 하시지 않을까 염려되니, 아기네 마음에 부모를 친밀하게 대하던 마음이 달라지고 어머니께서도 아실까 염려하셨다. 그러니 그쪽 내인이와도 꺼리시는 마음이 생기게 되는 것이 자연의 이치가 아니겠는가.

막 배우실 시기에 괴이한 내인이 그 불길한 장난감으로 노시게 인도하니, 본래 선천적으로는 영웅의 기상이신데 그런 놀음을 좋아하시다가 그 놀음으로 말미암아 나중에 차마 말 못할 지경까지 이르렀다. 그러니 그 한 상궁이 작용한 것이 어찌 흉악하고 덧없지 않으리오.

그렇게 3, 4년을 지내고 동궁의 나이 일곱 살 되시던 신유년辛酉年 (1741)에 영조께서 한 상궁의 심술을 깨달으시어 내보내시고 다른 내인들도 죄를 주었으니, 그 처분은 지극히 옳으신 것이었다.

그때 잇달아 동궁의 내인들을 다 내쫓으시고 징계를 엄하게 하신 후, 두 분이 떠나지 마시고 곁에 두시고 가르치셨다면 경모궁의 그 효심에 어찌 안 좋으셨으리오.

그러나 한 상궁만 내보내시고 다른 내인들은 다 그대로 두고, 동궁 혼자 넓은 집에서 어른이 보살피지 않으신 채 마음대로 자라게 하셨다. 어린 나이에 보시는 것이 궁녀와 내시뿐이니 무엇을 배우실까.

이러실 때 영조와 경모궁 사이에 드러난 문제를 지적할 것은 없으나, 아드님은 아버님을 두려워하시는 마음이 생기시고, 아버님은 아드님이 어떻게 자라는가 혹시 내 마음과 다르지 않을까 하셨다. 두 부자는 성품이 많이 다르셨다.

영조께서는 똑똑하고 인자하시며 자상하고 민첩하신 성품이시고, 경모궁은 말이 없고 행동이 날래지 못하여 민첩하지 못하셨다.

경모궁의 도량과 재능은 훌륭하시나 모든 일에 영조의 성품과는 달랐다. 보통 때 물으시는 말씀이라도 즉시 대답하지 못하고 머뭇거리며 대답하시고, 당신의 소견이 없는 것은 아니지만 이렇게 대답하면 어떨까 하시어 즉시 대답하지 못하셨다. 그래서 늘 영조께서 갑갑해 하셨으니, 이 일도 화변의 큰 실마리가 되었다.

경모궁께서는 비록 존귀한 터에 태어나셨으나, 당신의 부모를 모시고 가르침을 받아 부모가 거북하지 않고 허물이 없어야 할 때 그렇지 못했다. 포대기에 싸여 있을 아주 어린 시절부터 부모를 떠나 내인들이 아기네 스스로 할 수 있는 일이 없었다. 심지어 옷고름, 대님 매는 것까지 다 해 드리니 매사를 남에게 맡기고 너무 편한 생활을 하셨다.

물론 강연에서 강연관을 만나실 때는 엄숙하셔서 글 읽는 소리도 크고 맑으시며 글 뜻도 틀리지 않으시니, 뵙는 사람마다 훌륭함을 일컬어 궁궐 밖에까지 좋은 소문과 명예가 퍼지셨다. 하지만 갑갑하고 애달프게도 영조를 모시고는 두렵고 어려워 대답을 재빠르게 못하셨다. 영조대왕께서 한 번 갑갑해 하시고 두 번 갑갑해 하셔서, 이로 인해 몹시 화를 내시고 근심도 하셨다.

영조께서는 이럴수록 가까이 두시고 친히 가르쳐서 서로간의 인정과 도리가 친하게 될 방법은 생각지 않으신 채, 항상 멀리 두시고 동궁 스스로 잘하여 당신의 뜻에 맞으시길 기대하시니, 이럴 때 어찌 탈이 나지않으리오.

그렇게 점점 서먹서먹하게 지내시다가 서로 보실 때는 영조께서는 꾸중이 사랑보다 앞서시고, 아드님은 한 번 뵙는 것도 조심하시고 매우 두려워하심이 무슨 큰일이나 치르시는 듯싶었다. 이렇듯 어느새 부자지간이 더 멀어지게 되었으니, 어찌 서럽지 않으리오.

경모궁께서 병진년丙辰年(1736) 3월에 왕세자로 책봉되시고, 7살 난 신유년에 학문을 배우셨으며 8살이 된 임술년 정월에 종묘에 절하시고 3월에 입학하시니, 훌륭하신 자질에 감탄하지 않는 이가 없었다고 한다. 또한 계해년癸亥年(1743) 3월에 상투를 틀고 성년식을 치르시고 갑자년甲子年(1744) 정월에 혼인을 하셨다.

내가 들어와 궁궐 안의 사정을 보니, 그때 인원왕후, 정성왕후와 선희궁이 계신데 법이 엄하고 예가 중하여 조금도 사사로운 정이 없으니 두렵고 조심되어 마음을 한시도 놓지 못하였다.

경모궁께서도 아버지인 영조께 친근함보다는 위엄이 많아 10살 된 어린애인데도 감히 마주 앉지 못하고 신하들처럼 몸을 굽히고 엎드려 뵈었으니 어찌 그리도 지나치셨던가 싶다.

경모궁께서는 세수를 일찍 하시는 일이 없고 늘 글 읽는 시간이 된 후에 보채듯이 하셨다. 문안인사를 갈 때, 나는 일찍 세수하고 무거운 머리와 옷을 입고 가려 하나, 동궁께서 앞서지 않으시면 빈궁인 내가 감히 못 가는 법이기에 늘 기다리고 있었다. 그때 어린 마음에 왜 세수가 저리 늦는지 마음속으로 이상히 생각하여 병이신가 했다.

그런데 과연 을축년乙丑年(1745) 즈음에 동궁이 야단스럽게 난리 치며 노시는 것과 달리 어쩐지 예사롭지 않아 병환이 드시는 듯하였 다.

궁인들이 모여 근심하고 염려하는 듯하더니, 그 해 9월 중에 병환 이 심하게 들어 차도가 일정치 않으시니, 중하실 때 어찌 무당을 불 러 길흉을 묻지 않으리오. 무당을 불러 점을 치니 무당들의 말이 이 구동성으로 저승전에 계신 탓이라 하였다.

재물을 들여 신당에서 기도를 하고 독경도 많이 하였으나 낫지 않 으므로, 저승전을 떠나 대조전大造殿[15]의 옆채인 융경헌으로 옮기 시고 나는 집복헌으로 가서 모시고 지냈다. 그러다가 병인년丙寅年 (1746) 1월에 경춘전으로 나까지 또 옮겨가니 그때 동궁의 나이 12살 이셨다.

경춘전은 연경당과 집복헌[16]에 가까이 있어서 선희궁께서도 자주 오셨다.

화평 옹주는 성품이 어질고 공손하여 그 오라버님을 귀중하게 생 각하시고,

"연경당으로 드소서."

하고 권하며 친하게 지내셨다. 영조께서 그 옹주에게는 사랑이 지

---

15 창덕궁에 있으며 왕과 왕비의 침전으로 왕이 상주하던 곳.
16 영조 11년(1735) 사도세자가 탄생한 곳. 정조 14년(1790) 순조가 탄생한 곳이기도 함.

극하셔서 경모궁을 더불어 좋게 대하셨으니, 기쁘고 즐거우셔서 부왕父王[17]을 두려워하는 것이 차츰 좋아지셨다. 그러므로 화평 옹주가 장수하셨더라면 부자 사이를 도와 유익함이 얼마나 컸으리오.

정묘년丁卯年(1747)에는 경모궁께서 글공부도 착실히 잘하시고 근심 없이 지냈다. 그런데 10월에 창덕궁 행각行閣[18]의 화재로 경희궁으로 거처를 옮기게 되었다. 경모궁의 처소는 집희당이고 선희궁의 처소는 양덕당이었으며, 화평 옹주는 일녕헌이어서 사이가 먼 까닭에 자주 만나기가 어려웠다.

그때부터 경모궁의 놀음놀이가 다시 시작되었다.

무진년戊辰年(1748) 6월, 화평 옹주가 돌아가시자 영조께서는 천륜 이상으로 각별히 아끼던 따님을 잃으신 까닭에 애통해 하심이 거의 몸을 버리실 듯하셨다. 선희궁께서도 서러워하심이 또한 같으시니 두 분 마음이 자식이 부모보다 먼저 죽는 것이 믿기지 않아 동궁이신 그 아드님은 돌보지도 못하셨다.

그러자 동궁은 그 사이에 꺼릴 것 없이 유희도 더하시고 세상만사 안해보는 일 없이 다 하시었다. 특히 활을 쏘시고 칼을 쓰는 기예를 다 잘하셨다. 그래서 가지고 노시는 것이 다 그런 것들이며, 그림 그

---

17 왕자나 공주가 자기의 아버지인 임금을 이르던 말. 또는 다른 사람이 왕자나 공주의 처지에서 아버지인 임금을 이르던 말.

18 정당(正當)의 양 옆에 있는 긴 집채.

리기로 날을 보내셨다.

또한 경문잡서經文雜書[19]를 좋아하시어, 소경 점쟁이 김명기에게 경을 써오라고 하여 공부하고 외우시는 등 이런 잡일에 관심을 두시니, 어찌 학문을 닦는 일이 온전하시겠는가. 이것으로 보아도 가까이 두실 적에는 학문에도 힘쓰시고 부자 사이도 가까웠으며 유희도 안 하시더니, 멀리 계신 후로는 더욱 서먹서먹하여졌다. 그러니 만일 부모님 손 밖에 내시지만 않았더라면 어찌 이 지경에까지 이르렀겠는가 생각된다.

한 가지 일만 생각해도 지극히 서러운데, 영조께서는 어찌된 생각이신지 그 아드님을 조용한 때에 친근히 앉히시고 진정으로 교훈하시는 일은 없고, 멋대로 내버려두어 아는 체도 않으시다가, 늘 남들이 모인 때에 흉을 보시는 듯 말씀하셨다.

한 번은 영조의 병환으로 인하여 인원왕후도 내려오시고, 모든 옹주와 월성[20], 금성 두 사위도 들어와서 모였을 때 내인에게 명하셨다.

"세자가 가지고 노는 것을 가져오라."

영조께서는 그것을 다들 보게 하시고, 많은 사람이 모인 가운데서 무안케 하셨다.

공부하는 것에 대해서도 여러 신하들이 많이 모인 때 굳이 아드님

---

19 불교와 도교의 경전에 실린 글을 여러 가지 뒤섞어 적은 책.
20 영조의 둘째 딸 화순옹주의 남편.

을 부르셔서 글 뜻을 물으시니, 세자가 자세히 대답하지 못할 것이라도 야속하게 물으시곤 하셨다. 본래 부왕 앞에서는 분명히 아시는 것도 주뼛주뼛 하시는데, 여러 사람이 모인 가운데서 어려운 것을 일부러 물어보시니, 더욱 두렵고 겁이 나서 대답을 못하면 남이 보는 데서 꾸중도 하시고 흉도 보셨다.

경모궁께서는 한두 번 그러시면 감히 영조를 원망하실 것은 아니지만, 당신께서 진정으로 교육하지 않으심에 화가 나고, 억울하면서 두렵고 서먹서먹하여 결국에는 천성을 잃기에 이르렀으니, 이런 원통한 일이 어디 있을 것인가!

화평 옹주가 계실 때는 오라버니를 편들어, 일마다 부왕께 잘 말씀하여 유익한 일이 많았었다. 그런데 그 옹주가 세상을 떠난 후에는 대왕께서 경모궁께 지나친 행동을 하시거나 사랑이 부족하셔도 누가 와서 '그렇게 하지 마소서' 하고 말할 사람이 없게 되었다. 그래서 영조께서는 점점 사랑이 부족해지시고 경모궁께서는 두려움만 날로 더해 가서, 아들 된 도리를 점점 못하셨다.

화평 옹주가 살아 계셨더라면 부자간에 자애와 효도가 있게 하셨을 텐데, 착하신 옹주가 요절하신 것이 어찌 나라의 운명에 관계치 않으리오. 지금 생각해도 애석하고 마음이 아프다.

경모궁께서는 천성이 크게 너그러우시고 도량이 넓고 융통성이 있으시며 사람들에게 신의가 두터우셔서 아랫사람에게도 믿음직하게 말씀하셨다. 그리고 부왕을 무서워하시긴 했으나 잘못하신 일이라도 물으시면 바른대로 말씀하시어 조금도 감추는 일이 없으셨으므로, 영조께서도 경모궁의 정직함은 아셨다.

효성이 지극하셨다는 말은 위에서 했거니와, 우애도 특별하셨다. 화평 옹주는 특별히 부왕의 사랑을 받았으므로 귀하게 여기는 것은 당연하다 하겠으나, 경모궁의 본심은 세력을 따른 것이 아니라 진정으로 친애하셨다. 그리고 화순 옹주께서 어머님 없이 지내는 것을 불쌍히 여기시고 큰누이로 공경하셨다.

화협 옹주는 계축년癸丑年(영조 9년) 생인데 태어날 때 영조께서 또 딸인 것이 애달파서 그러셨는지, 그 용모가 빼어나고 효성도 있어 아름다우나 부왕의 사랑을 받지 못하였다.

영조께서는 그때 아들이 아닌 것을 애달파하여 심지어 화평 옹주와 형제를 서로 한 집에 있지 못하게 하셨다. 화평 옹주는 혼자 사랑을 받는 것이 마음속에 은근히 고통스러워, 부왕께 그러지 마시라고 아무리 여쭈어도 듣지 않으셔서 어쩔 수 없었는데, 화협으로 인해 그 남편인 영성위까지 사랑을 못 받았다.

경모궁께서는 화협과 나이가 비슷하고 부왕의 사랑을 받지 못하고 지내온 형편이 서로 같음을 늘 불쌍히 여겨 사랑하심이 각별하시었다.

기사년己巳年(1749)에 경모궁께서 15살이 되시니, 어른이 되는 예식을 1월 22일에 하고 27일에 합례하기[21]를 정하였다. 영조께서는 늦게 얻은 경모궁이 15살이 되어 합례까지 하게 되니 기뻐하시고 조용히 재미를 보시면 좋으실 텐데, 어떤 생각이신지 갑자기 대리代理[22]하시겠다는 영을 내리셨다. 그날은 바로 나의 성년식 날이었고 모든 일이 대리 후에 탈이 나니 어찌 서럽지 않으리오.

영조께서는 어버이께 효도하고 조상을 받드심과 하늘을 섬기며 백성을 사랑하시는 성덕과 지성이 지금까지의 제왕 중에서 유독 뛰어나셨다. 내 눈과 귀로 뵙고 기록한 바로 생각하여도 역대에 비교할 만한 임금이 안 계시나, 다만 여러 가지 겪은 일도 많으셨다.

신임辛壬[23]의 일과 무신역변戊申逆變[24]을 겪으시어, 모든 일을 꺼리시면서 걱정하시는 것이 거의 병환이 되다시피 하셨다.

그러니 그 사이의 미세한 일이야 어찌 다 기록하리오. 심지어 말씀을 가려 쓰셔서 '죽을 사死'자와 '돌아갈 귀歸'자를 입 밖에 내지 않으시고, 밖에 나가셔서 일을 보시던 의복도 갈아입으신 후에야 안으로 들어오셨다.

불길한 말을 주고받거나 들으시면 들어오실 때 양치질을 하시고 귀를 씻으신 다음, 먼저 사람을 부르시어 한 마디라도 처음 말씀을

---

21 신랑 신부가 첫날밤에 잠자리를 같이 하는 것.
22 왕세자가 왕을 대신하여 정사(政事)를 보는 것.
23 경종 원년인 신축년과 2년인 임인년에 걸쳐 왕위 계승 문제로 야기된 사옥.
24 신임사화에 큰 불만을 품고 기회를 보고 있던 중, 영조 4년인 무신년(1728)에 이인좌, 정희량 등이 반란을 일으킨 사건.

하신 후에야 안으로 들어오셨다.

좋은 일과 좋지 않은 일을 하실 때는 출입하시는 문이 다르시고, 사랑하는 사람의 집에 사랑하지 않는 사람이 있지 못하게 하셨다. 그리고 사랑하는 사람이 다니는 길에 사랑하지 않는 사람이 다니지 못하게 하시니, 몹시 두려우나 애정과 증오의 뚜렷함이란 이루 헤아릴 수 없는 일이었다.

영조께서는 대리 전이라도 사형수를 다시 심리하거나 형조刑曹[25]의 일 또는 죄인을 다스리는 등 대궐에서 말하는 불길한 일에는 자주 세자를 불러 옆에 있게 하셨다.

화평 옹주와 화완 옹주의 방에 들어가실 때는 만나보실 때 입는 의복으로 갈아입으신 후 들어가시나 세자에게는 그렇지 않으셨다. 밖에서 정사를 보시고 드실 때에는 정사를 보신 의복을 그대로 입으신 채 오셔서 동궁을 불러 물으셨다.

"밥 먹었느냐?"

동궁께서 대답을 하시면 그 대답을 들으신 후 귀를 그 자리에서 씻으시고 그 물을 화협 옹주가 있는 집의 마당으로 버리시기도 하셨다. 어떤 따님은 밖에서 입으신 의대를 벗고서야 보시고, 귀중한 아드님은 그 말씀을 들으신 후에 귀를 씻으셔야 가시니, 경모궁께서 화협 옹주를 대하시면 이렇게 말씀하시며 서로 웃으셨다.

---

25 조선 시대 육조(六曹) 가운데 하나로 법률(法律)·소송(訴訟)·형옥(刑獄)·노예 따위에 관한 일을 맡아보던 관청.

"우리 남매는 썻으신 사람이로다."

그러나 경모궁께서는 화평 옹주가 당신을 지성으로 여기시어 몸을 평안히 해 드리는 것에 감격하시고 털끝만큼도 의심하거나 시기하시는 일이 없고, 한결같이 사랑하고 귀중해 하시던 일은 궁중이 다 아는 바로서 감탄하였다. 선희궁께서는 임금의 자애가 고르지 않으심을 서러워하셨으나 어쩔 도리가 없으셨다.

영조께서는 항상 공무 중에 의금부나 형조의 살육과 같은 일은 친히 보시지 않고, 안의 옹주들 처소에 계실 때는 내관에게 맡기셨다. 대리하실 때의 말씀은 무진년戊辰年(1748) 화평 옹주가 세상을 떠난 후에 슬픔도 심하시고 대왕의 병환도 잦으셔서, 요양하시려고 세자에게 대신 정사를 보게 하는 것이라 하셨다.

하지만 지금까지도 꺼려서 안에 들이지 못하는 일은 내관에게 맡기시기에 답답한 일은 모두 동궁께 맡기려는 뜻이셨다. 그리고 경모궁께서 대리를 맡으신 후의 공무는 내관을 데리고 하셨다. 한 달에 6번 있는 차대次對[26]에 보름 전의 3번은 대조大朝[27]께서 하시면서 동궁을 옆에 서 있게 하고, 보름 후의 3번은 소조小朝[28]께서 혼자 하시는데, 그러실 즈음에는 일마다 순탄치 않고 부딪치는 곳마다 탈이

26　매달 6회씩 신하들이 임금을 뵙고 중요한 나라 일을 아뢰던 일.
27　왕세자가 대리 정사를 할 때의 임금을 일컫는 말. 여기서는 영조를 말함.
28　왕을 대신하여 정사를 보는 왕세자. 여기서는 사도세자를 말함.

많았다.

　보통 조정 신하의 글이라도 나라 일과 관련이 있거나 편론偏論[29]이 있는 글은 소조께서 스스로 결정을 내리지 못하셔서 대조께 아뢰면, 그 글의 내용은 아랫사람의 일이지 소조께서 아실 바가 아닌데도 격노하시며 소조께서 신하를 잘 조화하지 못해 전에 없던 그런 글이 올라왔다 하여 소조의 탓으로 삼았다. 글에 대한 답을 여쭈려고 대조께 아뢰어도 여지없이 꾸중하셨다.

　"그만한 일을 결단치 못하여 내게 번거롭게 물어보니 대리시킨 보람이 없다."

　그래서 답을 여쭤 보지 않으면 그렇다고 또 꾸중하셨다.

　"그런 일을 내게 물어보지도 않고 스스로 결단하였다."

　이처럼 저렇게 한 일은 이렇게 안 했다고 꾸중하시고, 이렇게 한 일은 저렇게 안 하셨다고 꾸중하시어, 이 일 저 일 모두 심하게 화를 내시며 마땅치 않게 여기셨다. 심지어 백성이 춥고 배고프거나 가뭄이 들거나 천재지변이 있어도 꾸중하셨다.

　"소조의 덕이 없어서 그렇다."

　그러므로 소조께서는 날이 흐리거나 겨울에 천둥이 치면 또 무슨 꾸중이나 나실까 근심하시고 염려하여 일마다 두렵고 겁을 내셨다. 그러다 마침내 사악하고 망령된 생각이 다시 들어 병이 점점 깊어지

29　남이나 다른 당을 논란함. 여기서는 노·소론이 다른 당을 논란하는 것.

시는 징조가 나타났다.

영조께서 훌륭한 덕과 인자함을 지니시고 모든 일을 잘 살피시어 조심성 없는 성품은 아니셨는데, 소중하신 왕세자께서 병이 드시는 것을 눈치채지 못하셨으니, 어찌 서럽지 않으리오.

소조께서 한 번 꾸중에 놀라시고 두 번 격노에 걱정하시니, 웅대하고 똑똑하며 장하신 기품이라 하지만 대조의 꾸중 때문에 한 가지 일도 자유로이 결정하지 못하셨다.

영조께서는 무슨 정시庭試 [30]나 알성시謁聖試 [31]시사侍射 [32], 관무재觀武才 [33] 같은 호화로운 행사를 구경하실 때에는 일생 동안 부르지 않으시고, 동지섣달의 사형수 심리 때나 옆에서 보좌하게 하시니 어찌 아드님의 마음이 편하시며 서러워하지 않으리오. 설사 아버님께서 지나치셔도 아드님이 효도에 힘쓰거나, 아드님이 혹 못 미더우셔도 아버님이 갈수록 은혜와 도타운 사랑을 주시면, 한때 불화로 인해 서먹서먹한 사이라도 저절로 화해가 될 것이나 그렇지 못하니, 이것이 하늘의 뜻이며 나라의 운명이라고 생각하면 사람의 힘으로는 어쩔 수 없는 것이리라.

하지만 내가 본 것은 눈앞에 생생하고 고통이 가슴에 박히어 어찌 써내랴. 이제 이것을 써내려고 하니, 영조와 경모궁께서 하시던 일

---

30 나라에 경사가 있을 때 대궐 안마당에서 보던 과거.

31 왕이 성균관 문묘의 공자 신위에 참배한 뒤에 보던 과거. 일정한 때 없이 보았음.

32 활쏘기 잘하는 자를 뽑는 것.

33 무과시험의 하나로 임금이 친히 열병한 무술재주의 시험.

이 세상에 부족한 덕이 드러나실 듯하여 죄스럽지만 실상을 기록하지 않을 수 없으니 종이를 대하여 가슴이 막힐 뿐이다.

경모궁께서 15세가 되셨으나 대왕께서 능에 행차하실 때 한 번도 대왕을 모시고 따라간 적이 없으셨다. 교외 구경을 하고 싶으셔도 늘 궁궐 거동이시고, 영조께서 능에 행차하실 때 예조禮曹[34]에서 동궁을 수행시키려 힘을 쓰면 수행하라는 허락이 날까 하고 초조히 마음을 졸이셨다. 그러다가 못 가시게 되면, 처음에는 서운하고 무섭던 것이 점점 답답하고 애가 타서 우실 적도 있었다.

당신이 부모님께 속으로는 본래 정성이 지극하시지만, 민첩하지 못하여 품고 계신 정성을 100분의 1도 못 드러내셨다. 부왕은 그 사정도 모르시고 미안하신 빛은 있어도 한 번도 관용을 베풀지 않으시니, 경모궁께서는 점점 두렵고 무서운 것이 병환이 되어 화가 나시면 푸실 데가 없었다. 그래서 그 화를 내시와 궁녀에게나 푸시고 심지어 내게까지 푸시는 일이 몇 번이나 되는지 알 수가 없었다.

경오년庚午年(1750) 8월, 내가 첫 아들 의소를 낳으니 영조의 마음이신들 어찌 기쁘지 않으시겠는가. 하지만 무진년戊辰年(1748)에 화평 옹주께서 해산도 하지 못하고 돌아가신 그 애석함이 가슴에 맺혀, 내가 순산하여 아들을 낳으니 기쁘신 중에도 옹주는 남같이 순

산하여 기르지도 못하신 것이 또 애달파. 영조대왕은 옹주를 생각하시는 슬픔이 손자 보신 기쁨보다 크셨다.

"네가 어느 새 자식을 두었구나."

그 아드님께 이런 한 마디 말씀도 일컫지 않으시고, 나만 어여삐 여기심이 분에 넘쳤다. 내가 천은에 감격하는 중에도 나만 홀로 사랑과 칭찬을 입는 일이 불안하여 늘 조심했다.

해산 후로는 '네가 순산하여 아들을 낳으니 기특하다'는 말씀도 일컫지 않으시니, 나이가 매우 젊은 때 득남한 기쁨을 모르고 도리어 두려웠다. 나의 해산 후에 임금의 따님에 대한 절절한 마음이 새로우시니 몹시 노하시고 기뻐하지 않으셨다.

선희궁께서는 그 따님 생각이 어찌 없으실까마는, 내가 아들을 낳은 일을 귀하게 여기시고 나라의 큰 기쁨이라 하여 내가 해산한 후 7일까지 산실 근처에 머물러 보살펴 주셨다. 그러나 영조께서는 좋지 않게 여기셨다.

"선희궁이 옹주 생각은 잊고 좋아만 하니 인정이 야박하다."

하지만 선희궁께서 웃으시며 영조의 마음에 탄식하셨다.

경모궁께서는 숙성하심이 어른 같아 당신께 아들이 생겨 나라의 기초와 근본이 굳어짐을 기뻐하셨다. 그리고 부왕이 덜 기뻐하시는 것을 감히 어떻다고는 못하셔도 마음속으로 슬퍼하셨다.

"나 하나도 어려운데 아이가 태어나서 어찌할꼬."

나는 그 말씀을 듣기가 무척 괴로웠다.

이 일은 쓸 사연은 아니나 마지못해 쓰는 것이다. 내가 의소를 임신할 때 화평 옹주가 꿈에 자주 보이며, 내 침방에 들어와 곁에도 앉고 웃기도 하였다. 그러자 내 어린 마음에 옹주가 해산을 하다가 그 지경이 되었으니 그 악착스러운 산귀가 꿈에 자주 보이는 것이 이상하여 내 몸을 염려하였다. 의소를 낳고 씻길 때 보니, 어깨에 푸른 점이 있고 배에 붉은 점이 있기에 우연으로 보이지 않았다.

그 해 9월 12일 온양에 거동하시는데, 11일에 영조와 선희궁께서 안색이 한편 슬프고 한편 기쁘신 모양을 하고 오셔서 갑자기 자는 아기의 옷깃을 풀고 벗겨 보셨다. 과연 몸에 표가 있으므로 참혹히 여기시고 분명히 옹주가 환생한 것으로 믿으셨다. 그리고 영조께서는 그 날부터 아이를 갑자기 귀중히 여기시어 화평 옹주 형제에게 하시듯 사랑하셨다.

아이를 처음 낳았을 때에는 재앙이 올까 근심하시는 일 없이 정사 보실 때의 의복을 그대로 입으신 채 들어와 보시더니, 그 날부터 조심을 더욱 극진히 하셨다. 영조께서 꿈속에서 보셨는지 그 일이 허망하고 이상하여 알 길이 없었다.

100일 후 당신이 아랫사람을 만나시던 환경전歡慶殿[35]을 수리하시어 옮기시고 매우 귀중히 여기시니, 요행히 아들로 인하여 아버님께

---

35 창경궁 안의 경춘전 동쪽에 있던 내전으로 왕의 침소임.

서 경모궁을 대하시는 것이 나을까 하고 손 모아 기도하였다. 하지만 사실은 아이가 화평 옹주가 환생하신 줄 알고 사랑하실 뿐이지, 경모궁께는 한결같이 전과 다름없으시니 그 마음을 알 길이 없었다.

영조께서는 그 아이가 겨우 열 달이 된 신미년辛未年(1751) 5月에 세손으로 책봉하시니, 사랑하여 귀중히 여기시는 마음은 그러셨으나 그것은 지나친 일이었다. 그런데 임신년壬申年(영조 28년) 봄에 의소를 잃으니, 영조께서 애통하심은 차마 이를 데가 없었다.

그러나 다행히도 하늘이 도우시고 조상님이 도우셔서 내가 또다시 아이를 가졌다. 신미년 12월에 임신하여 임신년 9월에 아들을 낳으니, 이 이가 곧 선왕(정조)이시다.

나의 미미한 복으로 이 해에 이런 경사가 있을 것이라고는 생각하지 못했다. 선왕이 태어나시니 풍채가 위대하며 골격이 기이하여, 진실로 하늘이 내려 보내신 진인眞人[36]이었다. 신미년 11월에 경모궁께서 주무시다가 일어나셔서서 말씀하셨다.

"용꿈을 꾸었으니 귀한 자식을 낳을 징조로구나."

그리고 비단 한 폭을 내어 달라고 하셔서 그날 밤에 손수 꿈에 보신 용을 그려 벽에 붙이셨는데, 성인이 탄생할 때 기이한 징조가 어찌 없으리오.

영조께서 의소를 잃으시고 애석해 하시다가 다시 손자를 보시고

---

36 깊은 진리를 깨달은 사람. 세속을 초월한 사람. 도교적인 용어로 '도사'의 최고 용어.

기뻐하시며 내게 말씀하셨다.

"원손元孫[37]이 이상하게 뛰어나니 조상님이 도와 주신 것이다. 네가 정명공주의 자손으로 나라의 빈이 되어, 네 몸에 이런 경사가 또 있으니, 네가 나라에 공이 크다. 어린아이를 부디 잘 기르되 검소하게 하는 것이 복을 지키는 도리이다."

내가 그 말씀을 받들어 뼈에 사무치도록 영조의 은혜를 잊지 못하니, 어찌 지키지 않으리오.

경모궁께서 기뻐하심은 이루 말할 수 없었다. 또한 온 나라 백성의 즐거움이 첫 아들 의소를 낳았을 때에 비해 100배나 컸다. 우리 부모님께서도 기뻐 손뼉 치며 경사를 축하하심이 더욱 어떠하셨겠는가. 뵐 적마다 뛰어난 아들을 낳음을 축하하시니, 내가 20세 이전의 나이에 나라의 경사를 내 몸에 얻은 것이 떳떳하고 기쁜 마음을 하늘에 빌어 아들에게 길이 효도 받기를 기약하였다.

그 해 10월, 홍역이 크게 번져 화협 옹주가 먼저 세상을 떠나니, 경모궁께서는 양정합으로 거처를 옮기시고 원손은 낙선당으로 옮기었다. 태어난 지 삼칠일 안에 움직였으나 아기의 몸이 건강하여 먼 데로 옮겨가도 걱정스럽지 않았고, 미처 보모도 정하지 못하여 늙은 궁인과 내 유모에게 맡겨 보내었다.

몇 날이 지나지 않아 경모궁께서도 홍역을 앓으시고 나으실 즈음

---

37 왕세자의 맏아들.

에 내가 또 홍역에 걸렸다. 내가 해산 후 큰 병이 생길까 걱정하다가 병을 얻어 증세가 가볍지 않았는데, 원손이 또 발진을 하였다. 원손의 증세는 순하나 내가 병중에 염려할까봐, 선희궁과 아버지께서 내게 말하지 않으셨기에 나는 모르고 지냈다.

경모궁께서 발진 후에 열이 심하셔서 아버지는 경모궁을 뵈랴, 나도 간호하랴, 원손도 보호하랴 하여 세 곳으로 밤낮 다니셨는데, 그때 걱정하시고 초조해 하시어 머리와 수염이 다 희셨다.

화협 옹주가 그 병으로 돌아가시니, 경모궁께서는 그 누이의 처지가 당신과 같으심을 불쌍히 여겨 우애가 남다르게 극진하셨는데, 옹주의 병환 때 액정서의 하인에게 물으시어 돌아가실 거라는 걸 알고 애통함을 이기지 못하셨다. 이런 일을 보아도 경모궁의 본성이 착하심을 충분히 알 수가 있을 것이다.

그 해 12월, 사헌부 홍준해의 나라 일에 관한 상소로 영조께서 대단히 격노하시어, 소조를 선화문에 굽어 엎드리게 하시고 엄격하게 가르치셨다.

그때는 경모궁께서 큰 병환 끝으로 겨울 추위가 혹독한데도 그 눈속에서 처벌을 기다리셨다. 엎드려 계신 데 눈이 쌓여도 움직이지 않으시니, 인원왕후께서 일어나라 하셨으나 듣지 않으셨다. 영조께서 지나친 노여움을 가라앉히신 후에야 일어나시니, 타고난 성질이 침착하고도 무게가 있음을 알 수 있다.

그 후에도 영조의 노기가 그치지 않으시어, 그 달 15일에 창의궁으로 가시면서 인원왕후께 아뢰었다.

"왕위를 전해 주려고 합니다."

인원왕후께서 귀가 어두워 잘못 들으시고 그렇게 하라고 대답하시니, 영조께서 말씀하셨다.

"자교[38]의 허락을 얻었으니 왕위를 물리려 하노라."

그때 동궁께서 너무 급하여 어찌할 바를 몰라 하심이 어떠하셨겠는가.

동궁께서 세자시강원의 관원들을 부르시어 상소를 불러 쓰게 하실 때 조금도 그치지 않으시니, 그때 관원이 나와서 길이 탄식하였다고 한다. 영조께서 창의궁彰義宮[39]에 오랫동안 머무르시고 궁으로 돌아오지 않으시니, 인원왕후께서 한탄하셨다.

"가는귀가 먹어 대답을 잘못한 일이 나라에 해를 끼쳤구나."

그리고 작은집에 내려와 계시고 영조께 편지하시어 환궁하시길 청하셨다.

동궁께서는 시민당 손지각 뜰 얼음 위에 짚자리를 깔고 엎드려서 처벌을 기다리시다가 창의궁으로 걸어가셔서 기다리셨다. 그러다 머리를 돌에 부딪치시어 망건이 다 찢어지시고 이마가 상하여 피가 나셨다.

---

38 왕의 어머니가 명령을 내림.
39 영조가 왕으로 등극하기 전까지 살던 집으로 북부 순화방에 있었다.

이런 일은 천성의 효심과 본질이 충성스럽고 순후하심을 드러낸 것이지, 억지로 꾸미신 일이 아님을 잘 알 수 있을 것이다. 그러실 즈음에 또 꾸중이 계셨지만 공손히 도리를 다하시니 일을 잘 수습하고 처리하시자 좋은 명예를 얻으셨다.

그때 영조의 명령이 계셨다.

"정 2품 벼슬 이상을 멀리 귀양 보내라."

아버지께서도 그 가운데 드시나 임금의 뜻이 내리지 않았으므로, 문 밖에서 동궁의 일을 수습하실 때 마음을 태우며 어찌할 바를 몰라 하셨다. 의논하시는 편지를 내가 다 모아 두었더니, 원손이 자라신 후에 보시고 지극하신 충성에 감탄하셨다.

"이 편지를 제가 두고 보지요."

그리고 그 서신을 친히 가져가셨다.

며칠 후 대조께서 환궁하시고 면직시켰던 여러 신하들을 다시 등용하여 친히 정사를 맡기셨다. 아버지께서 들어오시어 경모궁의 머리 상하신 데를 뵈옵고 어루만지시며 우셨다. 그리고 그 사이에 지난 일들을 말씀하시던 일이 지금도 눈앞에 선하다.

경모궁께서는 그 병환이 재발하지 아니할 때는 인자함과 효성스러움을 다하시다가, 병환이 재발하시면 곧 딴사람 같으셨으니 어찌 이상하고 서러운 일이 아니리오.

경모궁께서는 늘 불교, 도교의 글과 잡설 등을 심하게 보셨다.

"옥추경玉樞經[40]을 읽고 공부하면 귀신을 부린다고 하니 읽어보자."

어느 날은 이렇게 말씀하시고 밤마다 읽고 공부하시더니, 과연 늦은 밤에 정신이 아득하시어 무서워하셨다.

"뇌성보화천존[41]이 보인다."

이로 인하여 병환이 깊이 드시니 원통하고도 서러웠다. 10살 무렵부터 병환의 기운이 계시어 음식을 드시는 것과 행동하시는 것이 다 예사롭지 못하시더니, 옥추경을 읽으신 후로는 아주 딴사람같이 변하셔서 무서워하시고 '옥추' 두 자字를 거들지 못하셨다.

단옷날에는 옥추단[42]을 들여와도 무서워서 차지를 못하셨다. 그 후에는 하늘을 매우 무서워하시고 '우레 뢰雷', '벼락 벽霹' 같은 글자를 보지 못하셨다. 이전에는 천둥을 싫어하셨지만 그리 심하지 않더니, 옥추경을 보신 이후에는 천둥이 칠때면 귀를 막고 엎드려 다 그친 후에 일어나시니, 이런 줄을 부왕과 선희궁께서 아실까 두려웠다.

경모궁이 18세 되시던 임신년壬申年(1752) 겨울에 그 증세가 나타나기 시작하여 계유년癸酉年(영조 29년)은 경계증[43]처럼 지내시고, 갑

---

40 무엇인가를 빌 때 소경이 읽는 도가 경문의 하나.

41 도교에서의 신의 이름.

42 임금이 신하에게 나누어주던 구급약의 한 가지. 단오에 내의원에서 만드는데 모양은 여러가지이나 가운데에 구멍을 뚫어 오색실로 꿰어 사넌 새앙을 굴디신나는 것.

43 잘 놀라는 증세나 놀란 것처럼 가슴이 두근거리는 증세.

술년甲戌年(영조 30년)에는 그 증세가 심해져 점점 고치기 어려운 병이 되니, 그저 옥추경이 원수로다.

그러다가 경모궁께서는 계유년에 양재[44]란 것을 가까이 하시어 자식을 가졌다. 그리고는 대조의 꾸중을 들을까 두려워 낙태를 시키려 하였다. 그러나 괴이한 것이 세상에 나서 화근이 되려고 목숨을 보전하여 갑술년 2월에 은언군이 태어났다. 평소에도 꾸중을 많이 들었는데 그때 여러 번 엄교가 그치지 않으시니, 경모궁께서는 날마다 두려움에 떨며 지내셨다.

그러자 나의 아버지께서는 경모궁이 엄하게 꾸지람 받는 것을 민망히 여겨 임금께서 화를 푸시게 하셨다. 궐내에서는 투기妬忌[45]를 금기시 하는 데다가 내 본성이 사납지 못하였고, 처음부터 선희궁께서도 나에게 이런 일에 대해서 주의를 주셨다.

"그런 일을 거리끼지 말라."

그러실 뿐 아니라, 선희궁께서 인의 어미를 총애하시는 일이 없으므로 투기할 이유가 없고, 만삭이 되어도 처치하시지 않고 내버려두셨다. 경모궁께서는 한때 그러신 것이 자식이 생기니, 꾸중을 들으실까 겁이 나서 인의 어미를 돌아보시는 일이 없고 선희궁께서도 아는 체를 않으셨다. 그래서 하는 수 없이 내가 처리하지 않으면 어려

---

44 여기서는 경모궁의 후빈인 숙빈 임씨를 말하며 은언군과 은신군의 친어머니.
45 상대의 이성이 다른 이성을 좋아함을 시기하는 마음.

울 것이므로, 무슨 식견이 있을까마는 힘이 미치는 일은 다 보살펴 주었다. 그러자 영조께서 내게 꾸중을 많이 하셨다.

"남편의 뜻을 받아 남이 다 하는 투기를 않는구나."

갑자년甲子年(1744)에 내가 입궐한 이후 처음으로 대왕에게 엄한 꾸중을 듣고 죄송하여 지냈다. 그러나 우스운 것이 예부터 칠거지악七去之惡[46]의 하나이고 아녀자가 투기하지 않음을 으뜸가는 덕으로 여겼는데, 나는 도리어 투기를 안 한다고 허물이 되니 이것도 다 나의 운명이였던가 싶다.

대체로 부자父子 사이가 좋으셔서 그 아이가 손자라고 영조나 선희궁께서 조금이라도 용서를 하시거나 경모궁께서 그 어미에게 혹하여 계셨다면, 내 비록 마음이 넓다 해도 아녀자로서 마음이 편안하지만은 않았을 텐데 그렇지 않아서 다행이었다.

영조와 선희궁께서는 아는 체도 않으시고 경모궁은 겁만 내시어 어쩔 줄 모르시는데, 내가 또 곁들여 심하게 투기하면 경모궁께서 그렇지 않아도 두려우신 중에 근심으로 병환이 더하실까 걱정하지 않을 수 없었다.

그 해 7월 14일에 첫째 딸 청연이 태어나니, 영조께서 매우 기뻐하셨다.

---

46 아내를 내쫓는 이유가 되는 7가지 사항. 곧 시부모에게 순종하지 않는 것, 자식을 낳지 못하는 것, 행실이 음탕한 것, 질투하는 것, 나쁜 병이 있는 것, 말이 많은 것, 도둑질을 하는 것을 말한다.

"100여 년 만에 군주[47]가 처음 나니 귀하다."

그러다가 을해년(영조 31년) 정월에 인(은언군)의 아우 진(은신군)이 태어나니, 두 번째 난 까닭으로 그 후는 영조의 꾸중이 작으신 듯했다.

경모궁의 증세는 종이가 물에 젖듯이 문안도 더 드물게 하시고 강연에도 전념하지 못하셨다. 마음의 병이시라 늘 신음이 잦아서 몸을 잘 쓰지 못하시니 대조께서 춘방관[48]을 부르시어 학업에 대한 말씀을 물으시면 더 두려워만 하셨다.

을해년 2월에 윤지 등의 반역 음모 사건이 나서 5월까지 영조께서 죄인을 친히 심문하셨는데, 그때 역적을 사형시켜 조정의 질서를 세우실 때면 동궁을 내보내서 보게 하셨다. 날마다 친히 심판하시다가 들어오시며 인정[49] 후나 삼사경이 될 때도 있으나, 영조께서는 하루도 거르지 않으시고 동궁을 부르셨다.

"밥 먹었느냐?"

이렇게 물으신 후 동궁께서 대답하시면 즉시 가시니, 그 대답을 시키셔서 그 날 죄인 심문하신 일을 씻으시고 가시려는 뜻이셨다. 영조께서는 동궁을 좋고 길한 일에는 참석하지 못하게 하시고 좋지 못한 일에는 간섭하게 하셨다.

---

47 왕세자의 적실에서 태어난 딸로 품위는 정 2품.
48 세자시강원의 관원.
49 밤에 통행을 금지하기 위해 종을 치던 일. 큰 도시에서 저녁 2경에 28수를 상징하여 28번 큰 종을 쳤는데 이에 따라 성문도 닫았다.

그리고 필요하거나 불필요하건 간에 말씀을 서로 주고받기라도 하시면, 날마다 다른 말씀은 한 마디도 하시는 일이 없으시고, 마치 대답을 시켜 듣고 귀를 씻고 가시기 위해 그러시는 것처럼 하루도 거르지 않고 밤중에 그러셨다. 이러니 아무리 지극한 효심이나, 병 없는 사람이라도 어떻게 싫지 않으랴.

그 병환의 증세를 생각하며 동궁께서도 화가 나셔서

"어찌 부르십니까?"

하실 듯하지만, 그 병환을 능히 참으시고 날마다 밤중이라도 부르시면 때를 어기지 않고 대령하여 계시다가 그 대답을 어기지 않고 하셨으니, 그 본연의 효심을 충분히 알 수 있을 것이다. 그 병환이 이상하다는 것을 알고 내시와 궁녀들이 밤낮 없이 두려워 지냈다. 어머니도 자세히 모르시니, 부왕께서 어찌 자세히 아실 수 있으리오. 윗분을 뵈올 적과 신하를 대하실 때는 평소와 같이 아무렇지도 않으셨다. 그 일이 더욱 갑갑하고 서러운 것은 위에서부터 춘방관까지라도 병환의 증세가 위중함을 다 알게 하셨으면 싶었다.

을해년 2월의 역모 사건 이후에도 부왕과 세자 사이에 근심이 많았으니, 갑갑하던 일을 어찌 다 기록하리오. 동짓달 즈음에 선희궁의 병환이 계셔서 경모궁께서 뵈려고 집복헌에 가 계셨는데, 영조께서 화완 옹주가 있는 곳과 가까운 것을 싫어하시어 대단히 노하셨다.

"바삐 가거라."

그래서 경모궁께서는 어찌할 바를 몰라 높은 창을 넘어 나오셨다. 그 날 영조의 꾸중이 지극히 엄하셔서 낙선당에 있는 청휘문 안에 들어오지 말고 서전의 태갑편太甲篇[50]을 읽으라 하셨다. 어머님의 병환을 뵈러 가셨다가 아무런 잘못도 없이 그렇게 되셨으니, 경모궁께서는 서럽고 너무나 원통해 하시면서 이렇게 말하셨다.

"자살해야겠다."

그리고는 경모궁께서 겨우 진정은 하셨지만, 부자 사이는 점점 나빠졌으니 무엇이라 말하겠는가!

병자년丙子年(1756) 설날에 영조로부터 존칭을 받으셨으나, 경모궁은 참례시키는 일이 없으셨으며 병환이 점점 깊어져 강연도 더듬으셨다. 그리고 취선당 밖에 있는 소주방 하나가 깊고 고요하다면서 많이 머무르시니, 어느 날이 근심이 안 되며 어느 마디가 초조하지 않으리오.

5월에 영조께서 승문당에서 신하들을 만나시고 갑자기 낙선당으로 동궁을 보러 가셨는데, 세수도 단정히 못하시고 의복 모양이 다 단정치 않으셨다. 그때는 금주禁酒가 엄한 때여서, 경모궁께서 혹시 술을 드셨나 하고 의심하여 크게 화를 내셨다.

"술 드린 이를 찾아내라."

---

50 중국 고대의 책 이름. 은나라 왕인 태갑이 어질지 못하므로 신하 이윤이 태갑 3편을 지었음.

영조께서는 경모궁께 누가 술을 드렸는가를 엄히 물으셨다. 그러나 경모궁은 진실로 술 드신 일이 없으신지라 얼마나 원통하셨으리오. 영조께서 아무 일이나 억지로 추측하여 무슨 말씀이든 물으시면 그 후 그 일을 행하셨으니, 다 하늘이 시키는 듯하였다.

그 날 경모궁을 뜰에 세우시고 술 먹은 일을 엄하게 심문하니, 진실로 잡수신 일이 없건만 두려움이 지나치시어 감히 변명을 못하시는 성품이셨다. 영조께서 하도 화급하게 다그치시니, 어쩔 도리 없이 대답하셨다.

"먹었습니다."

"누가 주더냐?"

영조께서 다시 물으시니, 댈 데가 없어 그냥 둘러대셨다.

"밖의 소주방 큰 내인 희정이가 주더이다."

그러자 영조께서 가슴을 두드리시며 엄하게 잘못을 캐묻고 꾸짖으셨다.

"네가 금주하는 이 때에 술을 먹어 예절에 어긋나게 구는구나!"

그때 보모 최 상궁이 보다 못해 아뢰었다.

"술을 드셨다는 말씀이 원통하니, 술 냄새가 나는지 맡아보십시오."

그 상궁이 아뢴 뜻은 술이 들어온 일이 없고 잡수신 바도 없어, 차마 원통하여 그리 아뢴 것이라는 것을 알고 있었다. 그러나 경모궁께서는 영조 앞에서 최 상궁을 꾸중하셨다.

"먹고 안 먹고는 내가 먹었다고 아뢰었으니, 자네가 감히 무어라고 말을 할 수 있는가? 물러가라."

경모궁께서 보통 때는 임금 앞에서 주뼛주뼛하여 말을 못하시더니, 그 날은 원통하게 꾸중을 들었기 때문에 그리 말씀을 잘하셨던가! 그렇게 두려워서 벌벌 떠시던 중에도 그 말씀을 하시는 것이 다행스러웠는데, 영조께서는 또 버럭 화를 내시었다.

"네가 내 앞에서 상궁을 꾸짖다니…! 어른 앞에서는 개나 말도 꾸짖지 못하는데 너는 어찌하여 그리 하느냐?"

"감히 와서 변명하기에 그리하였습니다."

경모궁께서는 그렇게 얼굴을 낮추어 아랫사람의 도리를 잘하셨다.

그러나 영조께서는 금주령이 내린 때 동궁께 술을 드렸다고 하여 희정이를 멀리 유배 보내시고, 대신 이하는 우선 춘방관이 먼저 들어가 동궁을 타일러라 하셨다. 그 날 경모궁께서는 원통하고 억울하고 서러워 하늘을 찌르는 기상이 다 나오셔서, 병환이 계시나 겉으로는 모르더니 춘방관이 들어오자 처음으로 호령하셨다.

"너희 놈들이 부자간에 화해는 시키지 못하고, 내가 이렇게 억울한 말을 들어도 한 마디도 아뢰지 못하고 감히 들어오느냐? 다 나가거라!"

춘방관 하나는 누구였는지 모르나 하나는 원인손이었다. 그가 무엇이라 아뢰고 썩 나가지 않으므로 경모궁께서 다시 화를 내셨다.

"어서 나가라!"

그렇게 쫓아내실 즈음에 촛대가 거꾸러져 낙선당 온돌의 남쪽으로 난 창에 닿아 불이 붙었다. 그러나 불을 잡을 사람은 없고 불기운은 급하였기에, 경모궁께서는 춘방을 쫓아 낙선당에서 덕성합으로 내려가는 문으로 내려가셨다.

한편 춘방은 쫓겨나가고 늘 숭문당에서 대전으로 임금님을 뵈러 가던 손이 창덕궁의 동쪽문인 건양으로 돌아오다가 집현문이 닫혀, 시민당 앞에서 덕성합의 임금이 강론하시는 집을 지나 보화문으로 들어왔다. 춘방이 나가며 들어오던 손이 덕성합 앞을 막 지날 때, 경모궁께서 소리를 높이셨다.

"너희가 부자간을 나쁘게 하고 나랏돈만 먹으며 잘못한 것을 말씀드리지도 않으면서 임금을 뵈러 들어가니 저런 놈들을 무엇에 쓰리오!"

이렇게 화를 내시며 다 쫓으시니, 그 지나치신 거동과 모습이 어떠하셨겠는가.

그럴 때 불길은 더욱 거세졌다. 원손을 관희합이라 하는 곳에 두었는데, 낙선당과 관희합이 한 일一자로 되어 있어 두어 칸 사이였다. 갑자기 불이 번지므로 내가 경황없이 놀라 원손을 데려오려고 달려갔다.

그때 둘째 딸 청선을 임신한지 5개월이었으나 반 칸이나 되는 돌 층계를 바삐 뛰어 내려가 자는 아기를 깨워 보모에게 안겨 경춘전으로 가게 하고, 관희합은 어쩔 수 없이 구하지 못할 줄 알았다. 그러나 기이하게도 엎드리면 코 닿을 정도의 가까운 거리에 있는 관희합은 불이 미치지 못하고 휘돌아서 기와도 닿지 않은 양정합에 달하였으니, 장차 임금이 되실 분이 계신 관희합이 화재를 면한 것은 이상했다.

뜻밖에 화재가 나니, 영조께서는 아드님이 홧김에 불을 지르신 것으로 여기시어 진노하심이 열 배나 더하셨다.

영조께서는 함인정涵仁亭[51]에 여러 신하들을 모으시고 경모궁을 부르시어 호령하셨다.

"네가 불한당이냐? 불은 왜 지르느냐?"

경모궁께서는 그 때의 설움이 가슴에 복받쳤으나 거기에서도 그 불이 촛대가 굴러서 난 불이라는 원인도 여쭙지 않으셨다. 술에 대한 말씀처럼 변명을 않으시고 스스로 하신 듯 말하니, 마음 구석구석이 서럽고 갑갑하셨을 것이다.

경모궁께서는 그 날 그 일을 지내시고 가슴이 막히셔서 청심환을 잡숫고 울화를 폭발 시키셨다.

"아무래도 못 살겠다."

그리고 저승전 앞뜰에 있는 우물에 가서서 떨어지려 하시니, 그 놀랍고 위태로운 상황이 어디 있으리오. 가까스로 구하여 덕성합으로 모시고 갔다.

---

51 인조 11년(1633), 인장전이 있던 자리에 인경궁의 함인당을 이전하여 함인정이라 함. 영조가 문무과에 장원급제한 사람들을 접견하는 곳으로 사용하였다.

내 아버지는 그 해 2월에 광주 유수를 제수 받아 내려가셨는데, 아버지께서 지방관청의 벼슬을 하신다면 경모궁께서 더 의지할 곳이 없음을 아시어 영조께서 들어오라 하여 올라오셨다. 대왕께서 아버지께 지난 말씀과 걱정을 무수히 하셨다. 그리고 소조께서는 술 문제, 불 문제의 두 가지 원통한 말씀을 아버지께 하셨다.

"서러워 살기가 어렵습니다."

그 말씀을 듣는 아버지의 마음이 어떠하셨으리오. 그리하여 아버지는 영조대왕께 성심을 다하여 누누이 아뢰었다.

"사랑을 잃지 마소서."

그리고 경모궁께는 울면서 아뢰었다.

"갈수록 효성을 닦으소서."

소조께서 지나친 행동을 하시다가도 장인이 아뢰시고 면전에서 타이르시면 수그러지니, 그럭저럭 겨우 진정하신 듯하였다.

내가 가을에 어머님을 잃고 서러운 마음이 이를 데 없는데, 경모궁의 병환이 점점 심하시니 근심이 거듭 쌓였다. 그러던 중에 그때의 광경을 당하여 하도 바쁘고 경황없이 지내다가, 아버지를 뵙고 서로 붙들고 울던 일이 지금도 눈앞의 일과 같이 선하다.

경모궁께서는 5월의 불 소동 후에 놀라셔서 병환이 심해지셨다. 아침 문안을 보는데 지나친 행동도 하시며 강연도 더 드물게 하시고 억지로 기운을 내시니, 무슨 의욕과 경황이 있으시겠는가. 더구나 울적함을 견디지 못하시고 대조께서 자리를 비우시면 후원에 가셔서 활도 쏘시고 말도 달리셨다. 그리고 군사 무기와 병기 등을 가지고 내인들을 데리고 노시니 그 내시들이 나팔 불고 북 치는 것까지 했다고 한다.

그 해 7월에 인원왕후께서 칠순이시므로 기로과耆老科[52]를 보이시고 후원에서 진하進賀[53]를 하시는데, 어쩐 일인지 소조를 참석케 하셨다. 소조께서는 그 진하를 무사히 지내고 오셔서 무척 좋아하셨다. 이런 일로 보아도 분명 대조께서 온화함으로 불쌍히 여겨 타이르시고 소조께 조금 견딜만큼만 하셨다면 어찌 이 지경에 이르렀으리오. 두 부자가 스스로 뜻대로 못하시는 듯 그리들 하시니, 다 하늘의 뜻이고 그저 원통할 뿐이로다.

경모궁께서는 22살이 되도록 대조께서 능에 참배하시는 길에 따라가질 못하셨는데, 봄·가을로 가실까 하고 마음을 졸이시다가 한 번도 못 가시니, 그 일도 서럽고 울화가 되셨다. 병자년丙子年(1756) 8월 초일에 처음으로 명릉明陵[54]에 같이 참배를 갔다오시니, 시원하고 기쁘셔서 목욕도 하시고 정성을 다하시어 요행히 탈 없이 다녀오셨다.

52 60세 이상의 노인 선비에게만 보이던 과거. 영조 32년(1756)에 처음 두었다.
53 나라에 경사스런 일이 있을 때 모든 벼슬아치들이 왕에게 나아가 축하를 드리던 예식.
54 서오릉의 하나. 숙종과 계비 인현왕후 및 인원왕후의 능. 경기도 고양시 용두동에 있음.

그리고 인원왕후, 정성왕후와 선희궁께 편지를 하시고 자녀에게도 하시니, 그 필적이 지금도 내게 남아 있다. 그런 일은 조금도 병 있는 사람 같지 않으시고, 경모궁께서도 순조롭게 일을 이루시고 궁궐로 돌아오심을 <u>스스로</u> 큰 경사처럼 여기셨다.

능행 후, 한동안은 대단한 꾸중도 들으신 일이 없으니 그것은 화완 옹주가 8월 초생에 딸을 낳음으로 인해 영조께서 기뻐하시어 그런 것이다.

일반적으로 생각하면 그 누이는 그리도 총애하시고 당신은 뜻을 펼 기회를 얻지 못하시니 경모궁의 입장에서 보면 응당 어떤 마음이 계실 듯하지만, 그때까지 계속 불효하는 빛이 없으시고 누이가 자식 낳은 일을 기특하게 여기셨다. 처음으로 능행을 수행하게 된 것은 선희궁께서 화완 옹주에게 부탁을 하여 된 듯싶었다.

"지금 능행을 못 가면 민심도 이상히 여길 것이다. 네가 임금께 여쭈라."

그 해 9월에 둘째 딸 청선이 태어나니, 경모궁께서 전 같으면 오죽 좋아하셨을까마는 이번에는 들어와서 보신 일도 없으니, 병환이 심함을 충분히 알 수 있었다. 오래지 않아 아버지께서 평안감사를 하시어 바로 그 날에 떠나시게 되었다. 위태롭고 두렵기가 날로 심한데, 아버지께서 떠나시는 일을 경모궁께서 근심스러워 하시더니, 그 해 섣달 중순에 덕성합에서 마마병에 걸리셨다. 증세는 몹시 순하나 피부에 돋은 것이 심하여 더욱 두려워하였으나 수그러졌다. 22살의 춘추에 격렬함은 이를 것이 없을 정도였는데 곱게 나으시니, 그런 경사가 어디 있으리오.

선희궁께서 가까이 오셔서 머무르시며 밤낮으로 걱정하시고, 원손은 공묵합으로 피하여 머물게 하셨으며 나는 좁은 방에서 병간호를 하느라 한곳에서 지냈었다. 그때 춥기가 유난스럽고 삼면에 성에가 끼어 얼음벽이 된 곳에서 그 중병을 순하게 지내시니, 이렇게 나라의 무한한 경사가 없었다.

그러나 대조께선 경모궁께서 그 병환을 앓으실 적에 한 번도 친히 오신 적이 없으시고, 아버지께서는 평안도에 멀리 계시며 나만 혼자 애쓰던 일을 어찌 여기에 다 쓰리오.

경모궁께서 병이 나은 후에는 경춘전으로 와서 몸조리하셨다.

정축년(1757) 2월 13일에 정성왕후께서 오래된 병이 갑자기 중하게 되셨다. 손톱이 푸르고 피를 토하신 것이 한 요강이나 되는데, 붉은 피도 아니고 검고 괴이한 것이 젊었을 때부터 모인 것처럼 나와 놀라고 또 놀랐다. 나는 먼저 가고, 경모궁께서 뒤쫓아오셔서 피를 토하신 그릇을 붙들고 눈물을 흘리시니, 보는 이가 뉘 아니 감동하리오.

대조께는 미처 아뢰지도 못하시고 그릇을 들고 중궁전의 장방長房[55]에 친히 나가셔서 의관에게 보이시며 우셨다 한다. 경모궁께서

---

55 왕비 소속의 서리(문서의 기록을 맡던 신하)가 있던 처소.

비록 정성왕후의 지극한 사랑을 받고 계시나 친어머니가 아니라서 간격이 계실 듯하지만, 천성이 효성스럽고 착하시기 때문에 스스로 착한 마음을 발하셔서 그러셨으니, 누가 그 경모궁에게도 병환이 있을 거라고 생각하겠는가.

밤에 정성왕후께서 경모궁께 간곡히 권하시며 말씀하셨다.

"큰 병환 끝에 어찌 늦게까지 계시리까? 그만 돌아가세요."

그러자 경모궁께서는 삼경三更[56]쯤 되어 경춘전에 잠깐 내려가 계셨는데, 새벽에 내인이 와서 여쭈었다.

"정성왕후께서 아주 깊이 잠드셔서 아무리 여쭤도 대답이 없으십니다."

경모궁께서 놀라 올라가셨는데, 정말 대답이 없으시므로 부르짖으며 천만 번이나 여쭈었다.

"소신이 왔나이다, 소신이 왔나이다."

그래도 정성왕후께서 모르시니 경모궁께서 애통하여 울던 일은 여기에 다 쓸 수가 없다.

날이 밝은 후는 14일이니 영조께서 아시고 오셨다. 비록 두 분 사이가 좋지는 못하셨으나 병세가 위중하셨기 때문에 오신 것이다. 경모궁께서는 아버님을 뵙고 또 죄송하여 몸을 움츠려 울고, 하시던 일도 못하시고 몸을 굽혀 고개도 들지 못하셨다. 그 병환에 그토록

---

56 밤 11시에서 새벽 1시 사이.

걱정하여 울고 서러워하시는 모양을 보고 옆 사람들도 감동하여 눈물을 흘리고 흐느껴 울었다.

본인의 병환 증세나 말씀하시면 대조께서 보시기에 좀 나으실 것을, 정성왕후께서 몹시 위급한 가운데 좁은 방 한구석에 죄송스럽게 엎드려 계시니, 아까 울고 서러워하시던 줄을 대조께서 어찌 아시리오.

영조께서는 경모궁의 옷차림과 행전行纏[57]을 치신 모양까지 걱정하시고 또 꾸중하셨다.

"중궁전의 병환이 이러신데 몸을 어찌 저리 가지는가?"

천지간에 터질 듯 갑갑한 것이 아까 그 지극하던 모양은 다 감추어지셨다. '아까는 저렇지 않았습니다' 할 수도 없고, 위에서는 불효하게 버릇이 없다고만 하시니, 선희궁께서 애쓰시는 것과 내 속이 타는 듯함을 어디에 비하리오. 이때 공교롭게 화완 옹주의 남편인 일성위의 병이 위중하였으므로 옹주를 내보내시고, 영조께서 마음이 산란하여 걱정하심이 이를 데가 없었다.

그러던 중 정성왕후의 병환은 점점 위급하셔서 15일 신시辛時[58]에 돌아가시니, 그 슬픔을 어찌 말로 다 할 수 있으리오.

---

57 바지나 고의를 입을 때 정강이에 감아 무릎 아래 매는 물건. 반듯한 헝겊으로 소맷부리처럼 만들고 위쪽에 끈을 두 개 달아서 돌려 매게 되어 있다.
58 오후 3시부터 5시 사이.

동궁은 관희합의 아랫방으로 내려오셔서 발상發喪[59]하려 하시고, 나도 발상하려고 고복皐復[60]을 막 입으려할 즈음에 영조께서 많은 내인들과 양전이 서로 만나신 말씀과 이때 이리 돌아가셨다는 말씀을 길게 하셨다.

그러다 날이 저물어 동궁께서는 가슴을 치시며 애통해 하시고, 때는 어기었지만 발상을 못하고 무척 당황해 하더니 일성위의 사망 소식까지 들어왔다.

영조께서는 그제야 애통하여 통곡하시고 즉시 거동을 하셨다. 신시에 운명하셨는데 날이 저물어서야 발상을 하니 그런 슬프고 죄스러운 일이 없는 것이었다. 16일에야 대조께서 환궁하심을 기다려 염습殮襲[61]을 하였다.

동궁께서 하늘에 울부짖고 몸부림치심이 과하시며 때때로 임금의 뜻에 따라 능을 살피시고 눈물이 줄줄 흘리시니, 친 모자 사이인들 이보다 더하리오. 경모궁께서 애통해 하시는 모습을 대조께서 보시면 혹시 감동하실까 하였으나, 환궁 후 뵐 때 또 죄송한 모양으로 엎드려 계셔서 도대체 우시는 모양을 못 보시니, 갑갑하고 이상하지 않으리오.

---

59 상제가 머리를 풀고 울어서 초상이 난 것을 알리는 일.
60 죽은 사람의 이름을 세 번 부르고 발상을 하는 의식. 사람이 죽은 후 5~6시간 뒤, 그가 입던 윗옷을 가지고 지붕에 올라가 왼손으로 깃을 잡고 오른손으로 허리를 잡아 북쪽을 향하여 '누가 몇 월 며칠 몇 시에 별세'를 세 번 외친 다음 그 옷은 시체 위에 덮음.
61 시신의 몸을 씻긴 후에 수의를 입히고 염포를 묶는 일.

정성왕후께서는 평상시에 대조전 큰방에 거처하셨으나 감기 기운만 있어도 건넌방에서 지내시더니, 환후가 위중하시자 이렇게 말씀하셨다.

"대조전이 매우 중요하건대 내가 어찌 이 집에서 생을 마치리오."

그러시곤 서편에 딸린 관희합이라는 집으로 바삐 내려오셔서 계시다가 돌아가셨다.

염을 한 후에 경훈각景薰閣[62]으로 모셔와서 입관하니 발인 전까지 그곳이 관을 모셔 두는 집이 되고, 옥화당이라는 집에 상제가 된 동궁의 거처를 만들어 경모궁께서는 다섯 달을 그곳에서 지내셨다. 그리고 아침저녁으로 지내는 제사와 3년 동안 낮 제사에 계속 참례하셨다. 어떤 날은 여섯 번의 곡을 거의 다하셨고 나는 관희합 맞은편 방 융경헌에 거처하고 있었다.

인원왕후께서도 칠순이 넘으시니, 기력이 매우 쇠하여 정성왕후의 장례 후 무척 슬퍼하시고 애석해하시는 중 연기와 안개 속에 계신 듯 슬픈 줄을 잘 모르시는 듯하였다. 그러다가 2월 그믐께 병세가 도로 더하셔서 증세가 좀 낫다 더하다 하셨다. 그리고 대왕대비전의 장방으로 피하셔서 요양하시다 3월 26일에 돌아가셨다.

참으로 애통할 뿐만 아니라 영조께서 예순 한 살을 바라보시는 노

---

62 대조전 뒤에 연결된 생활공간.

경에 큰일을 만나셔서 애통함의 지나치심이 더욱 한스러웠다.

인원왕후의 덕이 탁월하셔서 궐내의 법도는 인원왕후의 계시로 매우 엄했고 동궁을 사랑하심이 지성으로 무한하시었다. 그리고 내가 궁궐에 들어오니 나를 각별하고도 애지중지 여겨 주신 그 은혜를 어찌 다 기록하겠는가?

인원왕후께서 동궁을 사랑하심으로 해서 정을 다하여 특별한 반찬을 자주 해 보내셨는데, 궐내의 음식 중 인원왕후전 음식이 별미에 진수성찬이었다. 점점 대소조의 난처한 소문을 들으시고 깊이 근심하여, 나를 보시면 가만히 걱정하셨다.

"얼마나 민망하냐?"

또 동궁께서 상복하신 모양을 차마 보지 못하시어 자주 걱정하셨다.

"저리하고 있으니 가뜩이나 울게 한다."

그리고 법을 엄히 하시어 좁은 방에서라도 옹주네가 감히 빈궁의 어깨와 나란히 하여 있지 못하게 하셨다. 그 문안에 화순 옹주가 계시나 병으로 말미암아 몸을 잘 쓰지 못하고 화유 옹주만 있어서 나를 따라다녔는데, 좁은 방에 앉을 때 내 어깨에 나란히 했는지 인원왕후의 호령이 계셨다.

"빈궁이 얼마나 중한데 제가 감히 그리 하느냐!"

그 환후가 위중하신 중에도 체면을 엄히 하신 것에 나는 감탄했다.

정성왕후께서는 그 아드님을 위하시는 마음으로, 대조께서 동궁께 민망하게 구시는 일이 한이 되어 애달파 하시고 답답해 하셨다. 그리고 경모궁께서 지나친 행동을 하신다는 소문이나 들으시면 나라의 일을 근심하셔서 선희궁에게 늘 다니시고, 지성으로 마음을 걱정하셨다.

달을 이어 두 왕후께서 돌아가시자 궁중이 텅 비고, 지엄하던 법이 어느새 무너져 한심스러워 어쩔 줄 몰랐다. 경모궁께서 그 할머님의 사랑을 많이 받고 계셨으므로 애통하시기가 각별하시니, 부자간의 사이만 좀 평범했다면 얼마나 좋았을까!

영모당에서 습과 염을 하여 경복전景福殿[63]으로 오르시고, 관은 통명전에다 모셔 두고 그믐날 입관하셨다. 그 날 흰 판자에 흰 비단을 덮어 평소에 인원왕후께서 후원을 출입하시던 요서문으로 본처소의 내인들이 상여를 메고 들어왔다. 그 위엄 있고 엄숙한 태도는 대례를 받으실 때처럼 하고 모시니, 차마 우러러 뵈옵지 못하고 상제인 대조의 거처는 채원합으로 하였다.

영조께서 인원왕후의 환후 때부터 초조하고 황급해 하시어 밤낮으로 머물며 지성으로 약시중을 드셨다. 돌아가신 후에는 관을 산에 묻기 전에 다섯 달을 이른 아침마다 영전에 제사를 지내시는 것부터 여섯 번의 곡을 한 때도 거르신 일이 없으셨다.

---

63 창덕궁 인정전 북쪽에 있던 전각인데 순조 24년(1824)에 불타서 소실되었다.

대왕의 춘추가 예순 넷이신데 그런 효성과 그런 정력이 다시 어찌 있으리오. 당신은 이러하신데 아드님께서 하시는 일을 그 본심은 모르시고 나쁘고 잘못하시는 줄로만 아시니, 두 왕후께서 안 계신 궐 내의 모양이 말이 안 되어 더욱 아득하였다.

부자간 사이가 좋지 못하신 데에는 또 다른 곡절이 있으니, 이것은 다름이 아니라 신미년辛未年(1751) 한겨울에 현빈궁[64]이 돌아가시니, 영조께서 효부를 잃으시고 애통해 하시면서 장례에 친히 임하셨는데 대조의 간곡한 정성이 아니 미친 데가 없었다.

그런데 장례 후에 영조께서는 그곳의 시녀 내인인 문녀文女[65]를 가까이 하셔서 아이를 뺐다. 그 오라비는 문성국이란 놈인데, 그것을 별간別監[66]으로 사랑하시고 누이도 총애하여 계유년癸酉年(1753) 3월에 옹주를 낳으셨다. 그 때 인심이 소요하여 이상한 말이 퍼지면서 소문이 자자하였다.

"그들 남매는 아들을 못 낳으면 다른 자식이라도 데려다가 아들을 낳았다고 속이려 할 사람들이었던 것이다."

"문녀의 어미는 중에서 속세로 들어온 것인데 딸의 해산 때문에 들어왔다."

진종, 곧 영조의 큰아들인 효장세자의 처인 조씨. 효순왕후.
65 영조의 후궁인 숙의 문씨. 나중에 폐위됨.
66 조선시대. 액정서에 속하여 궁중의 가종 행사에 참여하고 임금이나 세자가 행차할 때 호위하는 일을 맡아보던 하인. 좌수(우두머리)에 버금가던 자리였다.

성국이란 놈이 무슨 심정으로 동궁에게 그리 흉한 마음을 먹었던 지 간사하고도 흉악한 인간이었다. 성국이는 별감에서 사약[67]으로 승진하고, 누이는 신미년 겨울부터 영조의 사랑을 더욱 받아 남매의 유세가 극에 달하였다.

영조께서 어릴 때부터 계시던 집이 건극당인데, 효장세자에게 주셔서 현빈이 거기에 머물러 신미년에 돌아가실 때도 거기서 지냈었다. 그 아래 고서헌이란 곳에 문녀를 두어 거기서 해산하고 갑술년甲戌年(영조 30년)에 또 딸을 낳았다. 후원의 중정문 밖에 문녀의 궁일을 맡아보는 내관 전성해를 두시고, 성국이도 그 내관 처소로 와서 뵈었다.

대소조의 사이가 안 좋은 것을 그 놈이 알고, 그 틈을 타서 영조의 마음에 맞추어 소조께서 하시는 일을 다 알아다가 고해 받쳤다.

소조께서 하시는 일을 누가 사이에서 말할 사람이 없었는데, 성국이는 세력을 믿고 무서운 마음이 없었다. 그래서 동궁의 하인들이 다 자기와 똑같은 무리들이므로 동궁의 작은 일까지 알아내어 듣는 족족 대조께 아뢰었고, 문녀 역시 안에서의 소문을 모두 말하였다.

영조께서는 모르시는 때도 의심했었는데 날로 동궁에 대한 험담만 들으시니, 편치 않으시던 마음이 갈수록 갑갑해지셨다. 나라의 운이 불행하여 요망하고 간사스러운 계집과 흉악한 놈이 불러일으

---

67   액정서의 정 6품 잡직.

키는 일이 너무나 슬프구나.

영조께서는 그 남매가 하는 말은 의심 없이 사실로만 아시고 그 내막에 대해서는 똑똑히 알지 못하셨다. 병자년丙子年(1756)에 부릴 내인이 없어 세자궁과 빈궁 사약 별감의 딸을 내인으로 뽑으려 하였다.

이것은 소조께서 생각하신 일이 아니라 내가 내인이 없어서 뽑자고 말을 하여, 그것들의 딸을 들여다가 사약 김수완의 딸을 뽑고 별감의 자식도 뽑은 것이었다. 그런데 아침에 그런 일을 영조께서 어느새 아시고 꾸중이 대단하셨다.

"네 어찌 내게 아뢰지도 않고 내인을 뽑았느냐?"

그때 놀랍기가 이를 데 없었다. 김수완은 성국이와 친한 족속으로, 제 자식을 들여보내지 않으려고 성국에게 급히 부탁하여 대조께 아뢴 것이 분명하였다.

경모궁께서는 병자년(영조 32년)에 마마병을 앓은 지 오래지 않아 인원, 정성 두 왕후가 돌아가시니 슬퍼하시고 마음을 많이 쓰셔서 병은 점점 더해지시고 지나친 행동이 잦으셨다. 그런데 성국이는 듣는 말마다 대조께 아뢰어 두 분 사이가 더욱 망극하게 되었다.

다섯 달 동안 대조께서는 인원왕후의 빈전인 경훈각에 곡하러 가셨는데 대조께서는 소조께서 옥화당에 가셔서 무슨 일이나 잡히면 꾸중이셨다. 그리고 소조께서 통명전에 가시면 또 꾸중이시니, 화는 불같이 일어나셨다.

영조께서는 사람이 모인 곳과 내인들이 많은 데서 늘 동궁의 허물을 드러내시었다. 통명전에는 인원왕후전 내인이 가득하였는데, 6~7월의 한창 더운 가운데 여러 가지로 동궁을 질책하시니, 그대로 격화와 병환이 점점 더하셨다.

그래서 경모궁께서 내시들에게 매질하시는 것이 그때부터 더하시었다. 초상에 그렇게 서러워하시던 일에 비하면 상중의 매질은 잘못하시는 일이며, 정축년丁丑年(1757)부터 탈이 나시니 그 말을 어찌 다 하리오.

다섯 달 동안 어려움을 지내시고 6월에 정성왕후를 묻으니, 경모궁의 서러워하심이 초상과 다름없었다. 성밖까지 나가셔서 상여를 붙잡고 곡하여 애통해 하시므로, 온 백성이 모두 감격하여 울었다. 본 마음이 나오시면 이러시지 못할 것이지만, 대조께서는 진심을 모르셨다. 곡하고 들어오실 때와 신주를 맞아 곡을 하러 나가실 즈음에 무슨 탈이나 조건은 다 생각지 못하고, 그때 가뭄이 있자 격노가 심하셔서 엄한 분부가 많으셨다.

경모궁께서 그 밤에 덕성합 뜰에서 휘녕전을 바라보고 부르짖고 우시면서 죽고자 하시던 일을 어찌 다 적으리오.

그 6월부터 경모궁께서는 화증이 더하셔서 사람을 죽이기 시작하셨는데, 그때 당번 내시 김환채를 먼저 죽여 그 머리를 들고 들어오셔서 내인들에게 보이셨다. 내가 그때 사람의 머리 벤 것을 처음 보았으니, 그 흉하고 놀라움을 어찌 이를 수 있으리오.

사람을 죽이고야 마음이 조금 풀리시는지, 그때 내인 여럿이 상하였다. 나는 그 갑갑함을 어찌할 수 없어 마지못해 선희궁께 여쭈었다.

"병이 점점 더하여 이러시니 어찌합니까?"

선희궁께서 놀라셔서 식사를 폐하고 자리에 누우시며 걱정하셨다. 그 말씀을 아는 체하시면 영조께서 '누가 이 말을 했는고?' 하고 찾아내시면 날 보실 일이 없으시니, 내 몸에 급한 재앙이 미칠 듯하기로 선희궁께 울며 아뢰었다.

"하도 안타까워 아는 일을 아뢰지 않을 수 없어 여쭈었는데, 동궁께서 저러시니 어찌 합니까?"

그리고 겨우 진정하였으니, 그때는 정말 이 일을 보지 않고 그저 죽어서 모르고만 싶었다.

7월에 인원왕후를 묻으니, 그때 큰 비가 오는데도 대조께서는 능까지 따라가 신주를 뫼시고 들어오셔 지극하신 효를 다하셨다.

소조께서는 효성이 없는 것은 아니지만 병환이 점점 더 심하시어 사람을 죽이시는 일까지 하시니, 궁인들이 두려워하고 언제 죽을지를 몰라 하니 그런 모양이 어디 있으리오.

선친이 평안도에서 6월에야 조정으로 돌아오시니 대조께서 반겨 애통해하시고 소조도 뵈었다. 그 사이에 경모궁께서는 큰 병을 겪으시고 두 왕후의 상사를 당하시며 병환으로 근심이 많아 부녀가 서로 붙들고 서러워하였다.

그 해 9월에 경모궁께서 인원왕후전 궁녀인 빙애[68]를 데려오셨는데, 그 궁녀는 현주(은전군)의 어미로 여러 해 동안 동궁은 그 내인을 마음에 두고 계셨다. 그러다가 화병이 점점 더 생기고 마음 붙일 데는 없으시고 인원왕후께서는 안 계시므로, 당신 말을 누가 고자질하랴 하시어서 데려다 방을 꾸미고 살림기구를 안 갖춘 것이 없었다.

경모궁께서 그 사이에 내인들을 가까이 하시나 순종치 않으면 쳐서 피가 흐르고 살이 터진 후에라도 가까이 하시니 누가 좋아하리오.

가까이 하신 것들은 많으나 순간적으로 그러시어 중요하게 여기시는 일이 없고, 자식을 낳은 양제[69]라 할지라도 조금도 용서하심이 없더니, 빙애는 무척 소중하게 여기시며 아끼셨다.

그 인물이 또 요사하고 간사하며 악독한지라 동궁에 무슨 재력이 있으리오만, 그때부터 동궁께서 내사內司[70] 쓰기를 비로소 하시니 민망하기 이를 데 없었다. 내사의 관원이 그런 사실을 아뢰지는 않으나 어찌 영조께서 모르시며 성국이가 어찌 아뢰지 않았겠는가.

경모궁께서 9월에 궁녀 빙애를 데려와 계셨는데 영조께서 12월에 아시고, 그 날이 동짓날이었는데 크게 노하셔서 동궁을 불렀다.

---

68 사도세자의 후궁. 나중에 세자에게 죽임을 당함.
69 세자궁에 속한 궁녀직으로 종 2품 내명부의 벼슬.
70 내수사. 대궐에서 쓰는 쌀, 옷감, 노비 등에 관한 사무를 맡아보던 관청.

"네가 감히 어찌 그러느냐?"

드러난 허물이 없을 때도 엄하게 나무라심이 그치지 않으셨거늘, 하물며 이런 경우에야 오죽하리오. 영조께서는 화가 그치지 않으시어 호령하셨다.

"그 궁녀를 잡아 오라!"

대조께서 노하여 재촉하시고 소조께서는 죽기살기로 위협하며 안 내보내시니, 일이 매우 급하였다. 그러자 동궁께서는 영조께서 그 궁녀의 얼굴을 모르시니 침방의 나이가 비슷한 궁녀를 대신 내보내셨다.

"빙애입니다."

내가 입궐하던 갑자년甲子年(1744) 이후로 영조께서 나를 사랑하심이 각별하셨다. 그 아드님께 언짢을 적에는 그 아내까지 한꺼번에 미운 것이 보통이나, 날 사랑하시고 내 자녀를 귀중히 여기셨다.

우리를 그 아드님의 아내 같지 않게 여기시니 항상 임금의 은덕을 매우 고맙게 여기지 않을 수 없었다. 그러나 그 일로 또 불안한 것들이 무수히 많으니 어찌 다 형언하겠는가.

영조를 받들어 모신지 14년 만에 처음으로 내게 꾸중이 매우 엄하시니, 땅을 두드리며 꾸짖으셨다.

"세자가 빙애를 데려올 때 네가 알았으련만 내게 고하지 않았으니, 너마저 나를 속이는 그런 법이 어디에 있느냐? 네가 남편의 정에 끌려 양제 때도 네가 조금도 시기하는 일이 없었고, 그 자식까지 거

두더니, 내가 인정 밖으로 알고 너를 좋지 않게 여겼었다. 그런데 이
번엔 상전의 내인을 감히 데려다가 저 같은 일을 하는데도 네가 내
게 알리지 않고 내가 오늘 알고서 묻는데도 즉시 대답을 않으니, 네
행동이 이럴 줄 몰랐다."

나는 그 문책을 받고 두려워 아뢰었다.

"어찌 감히 남편이 한 일을 위에다가 이러하다고 할 수가 있겠습
니까? 소인의 도리가 그렇지 못하옵니다."

하지만 갈수록 더욱 꾸중하시니, 사랑만 받다가 처음으로 엄한 꾸
중을 듣고서 죄송하기 이를 데 없었다.

그럴 때 경모궁께서는 빙애를 감추어 다른 궁녀와 함께 화완 옹주
가 대궐 밖 시댁으로 나간 때라, 그 집으로 내보내었다.

"감춰 둬라."

그 밤에 대조께서는 거처하고 계시는 공묵합으로 동궁을 부르시
어 또 꾸중을 많이 하셨다. 그러자 동궁께서는 서러워 그 길로 양정
합 우물에 빠지셨으니, 그런 애통한 광경이 어디 있으리오.

방지기 박세근이라는 자가 업어 내니, 우물가에 얼음이 가득하고
마침 물이 많지 않아 무사히 구했으나, 막히시고 상하시기도 하였
다. 점점 이러시니 무슨 할 말이 있으리오. 대조께서 가뜩이나 멀리
하시는데 우물에 빠지시는 괴상한 행동까지 보시고 어찌 노여워하
지 않으시겠는가.

그때 대신 이하가 모두 임금을 뵈러 입궐하였다가 그 광경을 목

격하였다. 그때의 영의정은 김상로였는데, 소조를 뵈올 때는 소조의 뜻을 맞추는 척하고 대조께는 매우 안타까운 표정을 지어 보이니 참으로 음흉하기 그지없었다.

아버지께서 동궁이 문책을 받으신 것과 우물에 빠지신 일을 보시고 임금에 대한 충성심과 나라를 사랑하심에 근심하고 괴로워하는 마음을 이기지 못하시어 입장을 돌아보지 않으시고 임금께 아뢰었다.

"옛말에 '임금의 마음을 얻지 못하면 몸이 단다'고 하였습니다. 임금과 신하간에도 그러하거늘 하물며 부자간의 천성은 이를 것이 없습니다. 동궁께서 사랑을 잃으셔서 전전하여 저러시니, 이런 곡절을 생각하시길 천만번 바라옵니다."

영조와 아버지 사이에 의사가 잘 통하셔서 지금까지 추궁 한 번 당하시는 일이 없더니, 그 날 아버지께서 아뢰는 말씀에는 격노하시고 나까지도 좋지 않게 생각하셨다. 그래서 내 죄를 겸하여 선친을 면직하고 엄교가 대단하시니, 선친께서 곧바로 나가셔서 성밖의 월과계라는 곳에 계셨다.

대소조의 지나친 행동은 그러시고 백성들도 아버지만 믿다가 인심이 요란하여 어찌될 줄 가늠하지 못했다. 나도 엄한 분부를 처음으로 듣고서 놀랍고 두려워 아랫방으로 내려갔다. 그런데 오랜만에 선친을 다시 등용하시고 나를 부르시어 대조께서 사랑이 여전하시니, 천만 가지가 두렵긴 하지만, 지극하신 그 은혜야 뼈가 가루가 된

들 어찌 다 갚을 수 있겠는가.

'신축년辛丑年 정월 초닷새, 호동대방에서 씀.'

한중록

閑中錄

❧ 제3권 ❧

사도세자 뒤주에서 천둥소리 들으며 죽다

무인년武人年(1758) 정월 초순, 영조대왕께서 편찮으셨다. 하지만 동궁께서도 쭉 병환 중이었기에 문병을 가지 못하셨다. 날이 가고 달이 갈수록 부자관계는 어찌할 바를 모르게 점점 어려워졌다. 동궁을 만나 뵈올 적마다 정신이 흐려지시니, 내 마음을 어찌 형용하겠는가?

정월에 화순 옹주의 남편 월성위가 세상을 떴다. 화순 옹주는 혈육을 이어갈 가족이 없는데다가 우직하신 마음에 큰 뜻을 가지시고 17일 동안 스스로 음식을 끊고 마침내 돌아가셨다. 왕가에 이런 거룩한 일이 없었다.

대왕께서는 늙은 아버지를 두고 당신 말씀을 듣지 않고 돌아가신 것을 불효라 하시며 노하셨고, 열녀문 세우는 것도 허락하지 않으셨다. 소조께서는 그 누님의 꿋꿋한 태도에 탄복하시고 많이 칭찬하셨으니, 그 병환 중에도 어찌 그러셨나 싶다.

경모궁께서는 정축년丁丑年(1757) 11월의 사건[01] 후에 관희합에 머무셨다. 무인년 2월에 대조께서 또 무슨 일로 불평을 하시어 소조 계신 곳으로 찾아가셨는데, 경모궁의 하고 계신 것이 어찌 눈에 거슬리지 않으리오. 숭문당으로 오셔서 소조를 부르시니 11월 후 처음 만나신 것이었다. 영조께서는 여러 조건을 들어 많이 꾸중하시고 사람 죽이신 것을 아시고 솔직히 이야기하는가 보려고 하셨는지, 하신 일을 바로 아뢰라 하셨다.

경모궁께서는 아무리 영조대왕을 비롯하여 웃어른들이 아시면 큰일이 날 일도 영조 앞에서 당신이 하신 일을 바로 아뢰시는 성품이셨다. 천성이 숨김이 없어 그러신 것인지 정말 이상한 일이었다. 그날 경모궁께서는 영조의 말씀에 이렇게 대답하셨다.

"마음속에서 화가 올라오면 견디지 못하여, 사람을 죽이거나 닭 같은 짐승을 죽이거나 해야 마음이 풀립니다."

"어찌하여 그리하느냐?"

"마음이 상하여 그리합니다."

"어찌하여 마음이 상하느냐?"

"부왕께서 사랑하지 않으시기에 서럽고, 꾸중하시기에 무서워 화가 되어 그리합니다."

경모궁께서는 사람 죽이신 일을 하나도 감추지 않고 자세히 다 고

---

01 영조가 노하여 선위하겠다는 분부가 내리자 사도세자가 졸도하여 낙상한 사건.

하셨다. 영조께서도 그때 한 순간 부자 사이의 정이 통하셨던지, 마음에 불쌍히 여기셨던지 이렇게 말씀하셨다.

"내가 이제는 그렇게 하지 않으리라."

영조께서는 노여움을 조금 가라앉히고 경춘전으로 오셔서 나에게 말씀하셨다.

"세자가 이러저러하니 그것이 맞느냐?"

부자간의 이야기는 그 말씀이 처음이었다. 하도 뜻밖의 말씀이시라 내가 한편으론 놀라고 또 한편으론 기뻐하여 감격하며 눈물을 겨운 목소리로 아뢰었다.

"그렇다 뿐이오리까? 어려서부터 사랑을 입지 못하여 한 번 놀라고 두 번 놀라 마음의 병이 되어 그러하옵니다."

"마음이 상하여 그랬다 하는구나."

"마음 상하기 이를 데 없습니다. 은혜와 사랑을 드리시면 그렇지 않을 것입니다."

내가 이렇게 말씀드리고 서러워서 우니, 대조께서 얼굴빛을 좋게 하시고 말씀하셨다.

"그러면 내가 그리한다 하고, 잠은 어찌 자며 밥은 언제 먹느냐고 내가 묻는다 하여라."

그 날이 무인년 2월 27일이었다.

내가 대조께서 관희합으로 가시는 모양을 보고 또 무슨 변이 날까 혼비백산하여 애를 쓰다가, 의외의 말씀을 듣고 하도 감격하여 울고 웃으며 아뢰었다.

"이렇게 하여 동궁께서 그 마음을 잡으시면 오죽 좋겠습니까?"

내가 절을 하고 손을 비비며 감사 드리니, 대조께서 내 거동이 가여우셨던지 엄한 빛이 없이,

"그리하여라."라고 말씀하시고 가셨다.

그것이 어찌된 분부이신지 분명치 못한 꿈만 같아 아무런 느낌도 없더니, 소조께서 나를 오라 하시기에 가서 뵈었다.

"어찌하여 묻지도 않으신 사람 죽인 말씀을 하셨습니까? 스스로 그렇게 말씀하시고 나중에는 남의 탓을 삼으시니 아니 답답합니까?"

"알고 물으시니 다 할 수밖에……."

"무엇이라 하시더이까?"

"그리 말라 하시더군."

"이렇게 들었으니, 이후는 부자간이 다행히 좋아지겠습니다."

그러자 경모궁께서 화를 벌컥 내면서 말씀하셨다.

"자네는 사랑하는 며느리이기에 그 말씀을 다 곧이듣는가? 일부러 그러시는 말씀이니 믿을 수 없네. 결국은 내가 죽고 말 것일세."

그럴 때의 경모궁은 병환중이신 것 같지 않았다. 나는 아까 대조께서 흐뭇하게 천륜으로 하시는 말씀을 듣고 믿지는 못하나 한때 말씀이더라도 감사하여 울었다. 그리고 소조께서 그 병환 중에 능히 그 말씀을 하시는 밝은 소견을 들으니 또 울게 되었다.

무릇 하늘이 부자 두 분 사이를 그렇게 만드신 듯 하다. 아버님께서는 말고자 하시다가도 누가 시키는 듯 도로 미운 마음이 생겨나시고, 아드님은 아버지를 뵈올 때마다 숨기는 일 없이 당신의 잘못을 감추지 않으셨다. 이는 경모궁의 타고난 성질이 착하심이니 조금 예사로우셨다면 어찌 이토록 하리오. 하늘의 뜻이 어찌하여 이 조선에 만고에 없는 슬픔을 주시는지 애통할 뿐이로다.

이때 경모궁께서 옷을 입지 못하던 병이 심하셨으니 그 어쩐 일인가! 이 병환이야 더욱 표현할 수 없고 원인을 알 수 없는 이상한 병이었다. 무릇 의복을 한 가지나 입으려 하시면 열 벌이나 이삼십 벌 정도를 갖다 놓는데 귀신인지 무엇인지를 위하여 놓고 혹 태우기도 하셨다. 그 중에 한 벌이라도 순하게 갈아 입으신다면 천만다행이었다.

시중드는 이가 조금만 잘못하면 옷을 입지 못하시어 당신은 당신대로 애쓰시고 사람이 다 상하니, 이 아니 망극한 병환일까! 어떤 때는 하도 많이 태우시니 무명인들 동궁 세간에 무엇이 남으리오. 미처 옷을 짓지도 못하고 옷감도 얻지 못하면 사람 죽기가 순식간의 일이니, 아무쪼록 옷을 해드려야 하기에 마음이 쓰였다.

아버지께서 이 말을 들으시고 근심하여 탄식함이 끝이 없으시며, 내가 애쓰는 일이나 사람 상할 일을 민망히 여기시고 그 옷감을 대 주셨다.

경모궁의 그 병환이 6, 7년에 걸쳐 극히 심한 때도 있고 조금 진정하는 때도 있었다. 옷을 입지 못하여 애를 쓰시다가 어찌하여 좀 증세가 나아져 한 벌을 천행으로 입으시면, 당신도 무척 다행스럽게 여겨 입으시고 그 옷이 더럽도록 입으시었으니, 이 무슨 병환인가? 천백 가지 병 중에 옷 입기 어려운 병은 자고로 없는 병인데, 어찌 지존하신 동궁이 이런 병에 드셨는지 하늘에 물어도 알 길이 없는 일이었다.

정성왕후, 인원왕후 두 분의 소상小祥[02]을 차례로 무사히 지내고, 두어 달은 별탈 없이 지나갔다. 그런데 정성왕후의 초상 후에 소조께서 홍릉弘陵에 참배하지 못하시니, 마지못해 임금을 모시고 따라가게 하였다.

그 해에 장마가 지루하게 내리다가 참배하는 날 마침 비가 매우 많이 쏟아졌는데, 대조께서는 날씨가 이런 것은 소조를 데려온 탓이라며 능에 미처 가지도 못하시어 동궁을 쫓아보냈다.

"다시 들어가거라."

그리고 임금이 타는 수레만 가셨다. 소조께서 능에 참배하려 하시다가 못 하시니, 백성들의 생각인들 오죽 이상하게 생각하지 않겠는가.

나는 경모궁께서 무사히 궁으로 돌아오시기만을 손 모아 빌다가 이 소식을 들었다. 선희궁을 모시고 앉았다가 안타까운 마음에 정신

---

02 사람이 죽은 지 1년 만에 지내는 제사.

이 아득하고, 경모궁께서 들어오셔서 얼마나 화증을 내실까 하고 쩔쩔매고 있었다.

소조께서 그 큰비를 맞고 다시 들어오시니, 그 마음이 어떠하셨으리오. 소조께서는 격한 감정이 올라 바로 오시지 않고, 군대가 머물러 있는 곳에 들러 기운이 빠지고 핏발이 서는 것을 진정시키고 나서 들어오셨다. 나는 그 모습이 얼마나 고통스럽고 흉하셨을까 생각하니 마음이 아렸다. 그런 소조를 생각하니 그 일은 병들지 않으시고 대순[03]의 효도가 아니고는 무척 서러우실 것이었다. 선희궁과 나는 마주 붙들고 울뿐이었다. 그러자 소조께서도 힘없이 말씀하셨다.

"점점 살 길이 없노라."

그 후에 다시 걱정하시며 말씀하셨다.

"옷을 잘못 입고 가서 그 일이 났는가?"

그 일이 있은 후 소조의 의대병依襨病[04] 증세가 더하시니 안타까울 뿐이었다. 그 해 12월에 대조께서 대단히 편찮으셔서, 기묘년己卯年(1759) 정월 초하루에 혼전魂殿[05] 제사에 친히 임하지 못하셨다.

소조께서는 문안 일로도 갑갑해하셨다. 혹 안부를 여쭈어도 대조께서 부드럽게 안 보시고, 소조께서는 병환도 심하시고 무서우시니 어찌 문안하려 하시겠는가. 그래서 나는 대조의 병문안 중에 슬프고

---

03 중국 고대의 성군인 순 임금. 효성이 지극했다 함.
04 사도세자가 옷을 입지 못하던 괴병.
05 임금이나 왕비의 장례 후에 3년 동안 신위를 모시던 집.

한심하였다.

그때의 영의정이 김상로였다. 소조께서 잘해 달라고 하시면, 김상로는 소조께서 대조의 뜻을 얻지 못한 것을 서러워하며 소조께서 고마워 하시도록 말을 음흉하게 하였다. 그러므로 소조께서는 정축년丁丑年(1757) 11월의 사건부터 그를 은인이라 하셨다. 대조의 병환이 중하시니 나랏일을 어찌할 것인지 근심하는 말씀을 대신大臣에게 자주 하셨다. 그때 신하들의 처지가 실로 난감하여 대조와 소조 사이에 말씀하시기가 매우 어려웠다. 그런데 김상로는 소조께는 흘러가는 듯이 좋게 하였으며, 대조께는 임금의 뜻을 받들어 울며 서러워하는 기색을 보였다.

말씀을 아뢰려 한들 침전에는 선희궁께서 밤낮으로 대령하여 계시고, 가까이서 시중드는 내인들이 있으므로 말을 못하였다.

공묵합에 상제가 거처하시는 방이 두 칸이니, 대조께서는 안방의 지게문 밑에 누우시고 바깥방 한 칸에서 세 명의 제조提調[06]와 의관이 들어와 있었다.

김상로는 대조의 머리 두신 곳에 바로 엎드려 있으므로 비밀 말도 족히 할 수가 있으련만, 왕을 모시고 있는 이들을 꺼려서 계속 방바닥에 손가락으로 써 보였다. 그때마다 영조께서는 문지방을 두드려

---

06 각 사 또는 각 청의 관제상의 우두머리가 아닌 사람이 그 관아의 일을 다스리게 하던 벼슬로서, 종 1품 또는 2품의 품질을 가진 사람이 되는 경우를 일컬음.

탄식하시고 김상로는 엎드려서 슬퍼하였다.

그때 으뜸 되는 대신을 보고 누구라도 어찌 통곡하지 않겠는가. 김상로는 그렇게 영조와 동궁 사이에서 음흉하게 말을 하였으니, 어찌 그럴 수 있으리오. 선희궁께서 항상 거기 계시다가 김상로가 글자를 써 보이는 것을 보시고 몹시 원통하고 분하여 "흉하다."고 하셨다.

대조의 병환 중에 첫째 딸 청연이 앓고 있던 천연두가 처음에는 가볍지 않더니 나중에는 순해지면서 나았다.

대왕의 병환도 설을 지낸 후 나으셔서 청연을 보시려고 친히 오셨다. 그때는 경사롭게 지냈다.

기묘년己卯年(1759) 3월, 세손世孫 책봉을 정하시고 효소전孝昭殿 [07]과 휘녕전徽寧殿 [08]에 참배하니, 소조께서 그 병환 중임에도 불구하고 세손 책봉하신 일을 기특하게 여기어 기뻐하셨다. 병 증세가 심하실 때는 아내도 알아보시질 못했으나, 세손을 귀히 여기시기는 마음은 이를 것이 없었다. 군주들이 감히 바라보지 못하게 하시고, 천한 첩에게서 난 자손들이 우러러보지 못하게 명분을 엄히 하시니 이러신 때는 어찌 병환이 계신 분 같으리오.

인원, 정성왕후의 3년 상을 마치고 5월 초6일에 인원왕후의 신주

---

07 인원왕후의 신수를 모시던 선각.
08 정성왕후의 신주를 모시던 전각.

를 종묘宗廟에 모시니, 허전한 마음을 어찌 다 형용하리오. 신주를 종묘에 모시기 전에 예조에서 새로이 비 간택을 청하니, 영조께서는 효소전에 고하시고 간택하기로 정하시어 6월에 정순왕후와 혼례를 행하셨다. 그때는 소조의 병환이 점점 깊어지시어 말없는 근심이 많았다.

선희궁께서 나에게 말씀하셨다.

"정성왕후께서 안 계시니 이 혼례를 행하여 왕비를 정하는 게 마땅한 일이다."

선희궁께서는 영조께 축하를 드리시고 혼례 준비를 몸소 하여 정성을 다하시니, 영조를 위하시는 덕행이 훌륭하시고 거룩하셨다.

혼례를 치르고 다음 날, 경모궁과 내가 중궁전에 인사 드리러 갔을 때 영조대왕과 정순왕후께서 함께 받으셨다. 소조께서 행여나 예절이 공손치 못할까 조심하시니, 본성이 효성스러우신 것을 이런 일에서 더욱 알 수 있었다.

6월에 세손을 책봉하는 의식을 명정전明政殿[09]에서 행하니 그때가 세손의 나이 8살이었다.

어릴 때 그 훌륭한 모습을 어찌 다 말하리오. 겉으로 보면 경모궁은 나랏일을 처리하시는 왕세자이시고 아들이 8살이 되어 세손 책봉을 받으니 나라의 힘은 크고 견고해져 무슨 근심이 있겠는가? 그러

---

09 창경궁의 법전(法殿)으로 궁궐 내의 으뜸가는 전각.

나 궁중의 사정은 아침저녁이 온전치 못하니 갈수록 하늘을 우러러 물어볼 길이 없었다.

  가을에서 겨울 사이에는 영조의 혼례 후 임금의 마음이 자연 한가하지 못하시어 드러난 일이 적었다. 겨우 그 해를 보내고 경진년庚辰年(1760)을 맞으니 소조의 병환이 더욱 심해지시고 또 대조의 꾸중도 나날이 심하셨다.

  그리하여 소조의 격한 감정은 점점 더 커지시고 의대병은 더 극심하게 되셨다. 갑자기 없는 이가 보인다 하셔서 다니실 때는 미리 사람을 보내 지나가는 것을 금하시고, 지나실 때 혹 미처 피하지 못하고 얼핏이라도 사람을 보시면 그 옷을 못 입으시고 벗으셨다.

  비단 군복 한 벌을 입으려 하시면 군복 몇 벌을 짝지어 무수히 불태우시고 겨우 한 벌을 입으셨다. 따라서 기묘년에서 경진년 사이에 비단으로 군복을 지어 없앤 것이 몇 궤인 줄 모른다. 조금이라도 꼼꼼하지 못한 비단으로는 옷을 못지으니, 그때 내 속이 상한 것을 어찌 알리오.

  이상한 것은 정월 21일이 동궁 탄생일이신데 그 날을 무탈하게 보내서 얼마나 좋으랴. 그러나 영조께서는 군이 그 날 차대次對[10]를 하시거나 춘방관을 부르시거나 하여 동궁의 말씀을 하셨다. 동궁께

---

10 매달 여섯 차례씩 의정, 대간, 옥당들이 임금을 빕고 중요한 나라 일을 아뢰던 일.

서는 그 일로 큰 슬픔이 되시어 갈수록 서럽고 애달프셔서 어느 해인들 탄생일을 예사로이 보내지도 못하시고 제대로 잡수신 해가 없었다.

탄신일도 줄곧 굶으시고 궁궐을 두려워하며 지내시니, 어찌 팔자가 그토록 기구하신고. 그저 서럽고 서럽도다.

동궁께서 경진년 탄생일에 또 무슨 일로 격화가 대단히 오르셨다. 그 날부터 부모를 위하시고 공경하시는 말씀을 못하시고 상스러운 말로 천지를 가리지 못하듯 노여워하고 서러워하셨다.

"살아서 무엇 하리!"

동궁께서는 선희궁께 공손치 못한 말씀을 많이 하시고, 세손 남매가 문안 인사할 때도 소리 높여 호령하셨다.

"부모를 모르는 것이 자식을 알랴. 물러가라!"

9살, 7살, 5살 된 어린아이들이 아버님 탄신일이시라고 용포龍袍[11]도 입고 관복을 하고 절하여 뵈려다가, 그 엄하신 호령을 듣고 깜짝 놀라 어찌할 바를 모르고 두려움에 떨던 그 모습에 내 마음이 오죽했으리오.

전에는 병환이 심하셔도 나에게나 괴롭게 구시지 어머님께는 그리 못하시더니, 그 날에야 비로소 병환을 감추지 못하셨다. 전날에 선희궁께서 비록 아드님의 병환 말씀을 들었지만, 혹 지나친 말이겠

---

11 용의 무늬가 들어 있는 의복.

지 하고 의심도 하시다가 처음으로 보시고 놀라고 두려워 말씀을 못 하셨다.

동궁의 병환이 점점 깊어지자 칠순이나 되시는 어머님마저 알아보지 못하시고, 자식들을 사랑하시던 것을 잊으시니, 그날은 선희궁의 마음과 자식들이란 기색이 차디찬 잿빛 같았다.

세상에 이런 광경이 어디 있으리오. 내가 그때 뼈를 깎는 듯 서러워 곧 죽고 싶었으나 죽질 못하니, 내 모습이 어찌 사람의 모습이리오.

그 해 봄에는 동궁의 병환이 날로 심하시니, 내가 주야로 초조해하였다. 그런 가운데 여름이 오고 여름가뭄으로 인해 대조께서 또 걱정하시며 혀를 차셨다.

"소조가 덕을 쌓지 않은 탓이다."

이렇듯 차마 들을 수 없는 말씀을 많이 하셨다. 어쩔 수 없는 병환인데 매번 이렇듯 하시니 동궁께서 차마 견디기가 힘드셨다. 우려는 끝이 없고 한시라도 살 길이 없으니, 그저 주야로 죽기만을 바라셨다.

화완 옹주가 나중에 세손께는 괴상하게 굴었지만, 동궁에게는 친절하게 대했다. 경모궁 일에 스스로 나서서 대조의 마음이 풀리시게 여쭈지 못한 것을 죄라 하겠는가.

화완 옹주는 그 오라버님이 두려워 아무 일이라도 못하겠다고 하지는 않았다.

경모궁께서 경진년庚辰年(1760)에 병환이 더하신 후부터 비로소 재물도 가져다 주시면서 잘하라고 하셨다.

그 전에는 조용히 잘해 달라는 말씀이나 보내오시더니, 격한 감정은 심하시고 설움이 극진하신지라, 마치 그 누이의 탓인 듯 참으시던 분이 다 터지셨다.

"저 아이는 사랑을 극진히 입고 나는 어찌 이러한고. 다 잘하라!"

화완 옹주가 겁도 나고 민망도 하였으며, 자칫하면 위태하다가도 무사하였다.

화완의 말을 들어보니, 대조께 바로 여쭈면 일이 어떻게 될 줄 모르기에 동궁께서 여러 가지 방법으로 대책을 세워 무사하게 해 놓았으므로 아무런 탈이 없었고, 대왕을 찾아 뵈면 소조 말씀이 나오기 때문에 찾아 뵙지 못하게 하라 하셨단다. 동궁께서는 화완이 혹시 나가면 그 사이에 또 무슨 일이 있을까 염려하셔서 호령하셨다.

"다시는 안 보겠다."

동궁께서는 두려워하며 한동안 그 집에서 나가지 못하게 하셨다. 그래서 화완의 양자 후겸의 성년식을 6월 10일경에나 가서 지내려다가 가지 못하였다. 경모궁께서는 당신의 병환이 심해지고 당하신 일로해서 점점 어려워지자 대왕과 한 대궐에서 지낼 길이 없었다.

문득 대조께서 거처를 옮기시면, 동궁께서는 당신 혼자 후원에 나

가서서 군기軍器[12]나 가지고 답답한 마음을 후련히 하고자 하시는 것 같았다. 그러다가 갑자기 정하시고, 7월 초 화완 옹주에게 말씀하셨다.

"아무래도 한 대궐 안에서 살 길이 없으니 윗대궐을 보자 하시거나, 무슨 꾀를 써서든 대조를 모시고 가라."

그 일을 하려고 할 때, 동궁께서 나에게 부탁하셨다.

"화완에게 꼭 해내라고 하시오."

나에게 이렇게 조르셨을 때는 오죽했으면 그러셨을까?

그때 내가 겪은 고통은 삶과 죽음이 한 순간에 있을 정도였다. 그런데 그 옹주가 어찌 계획을 세웠는지 영조의 거처를 옮기시게 정하시고 초8일로 날짜까지 잡았다.

동궁께서는 초6일에 옹주를 불러다가 칼자루에 손을 대고 말씀하셨다.

"이 후에 내게 무슨 일이 생기면 이 칼로 너를 벨 것이다."

선희궁께서도 그 옹주를 어찌할까 염려하고 따라오셨다가 그 광경을 보셨으니, 심사가 어떠하셨으리오.

옹주는 울면서 애걸하였다.

"이후에는 잘할 것이니 목숨만 살려주십시오.

"이 대궐에만 있어도 갑갑하여 싫으니, 네가 나를 온양으로 가게

---

12 전쟁에 쓰는 도구나 기구 = 병기.

해 주려느냐? 내가 요즘 습濕[13]으로 해서 다리가 허는 것은 너도 알 것이니 가게 해봐라."

"그리할게요."

대조께서 거처를 옮기시고 소조께 온양으로 가도록 허락을 해 주시니, 그것은 아무래도 옹주가 대조께 간곡히 애걸하여 일이 순하게 되었지 않았나 싶다. 그렇지 않고는 갑자기 어찌 거처를 옮기시며 온양을 가시게 할 리가 있겠는가?

과연 신통도 하다.

이런 수단을 진즉에 내어 부자 두 분 사이를 멀리해 봤더라면 나았지 않았을까. 다 하늘의 뜻이니 어찌하리오.

영조대왕께서 거처를 옮기시는데 내가 일을 만들지 않았다고, 동궁은 서 있는 나에게 바둑판을 던져 왼쪽 눈이 상하게하였다. 하마터면 눈망울이 빠질 뻔하였다. 다행히 그 지경은 면하였으나 놀랍게 붓고 상처가 대단하였다.

그래서 영조께서 거처를 옮기실 때 작별 인사도 드리지 못하고 선희궁의 얼굴도 뵈옵지 못하고 떠나보내는 마음을 어찌할꼬! 나는 살고 싶은 마음이 없어 죽고자 하였으나 차마 세손을 버리지 못하여 죽지 못하였다. 갖가지 위태로움이 무수히 많았으니 그것을 어찌 다

---

13 여름에 생기는 습기.

쓰리오.

소조께서 온양으로 가실 준비를 차려 7월 13일에 떠나시니, 선희궁게서는 어머니의 정으로 인해 온양을 어찌 갔다 오실까 하여 마음이 몹시 조마조마하셨다.

그리고 못 잊으시는 마음이 이를 것이 없어 찬합을 만들어 보내셨다. 또한 조카 이인강이 공주公州의 영장營將[14]이었는데, 동궁께서 잘 지내시는지 소문이나 알려 달라고 마음을 쓰셨으니, 어머니의 마음이 어찌 그렇지 아니하리오.

온양에 행차하실 때 무슨 수를 쓰셨는지, 대조께서는 인사 올리지 말고 바로 가라고 하셨다.

소조의 행차하시는 모습은 쓸쓸하기 이를 데 없었다. 당신은 하인을 많이 세우고 순령수巡令手[15] 소리를 시원히 시키시고, 취타吹打[16]를 크게 치고 가려 하셨는데, 대조께서는 마지못해 보내시는 마당에 어찌 그렇게 많이 차려 주시겠는가. 그때 신하들인들 두 분 사이에 누가 감히 입을 벌려 주청하리오. 남편이 아무리 귀하다 해도, 대소조의 불화에 망극하고 두려웠다. 내 목숨이 나도 모르는 새 어느 날 끝마칠 줄 모르는 형편이었다. 그래서 마음으로는 오로지 두 부자가 뵈옵지 말기만을 원하고 빌었다. 그래서 온양으로 가신 그 동안만이

---

14 진영장(鎭營將)의 준말. 조선시대에 둔, 각 진영(鎭營)의 으뜸 버슬.
15 대장의 전령과 호위를 맡고, 또는 순수기나 영기를 드는 군사.
16 군악의 하나.

라도 다행한 것 같았다.

아버지의 초조하신 근심과 두 부자 사이에서 어렵게 지내신 일이야 붓으로 어찌 다 기록하리오. 잠을 자고 날이 샐 적마다 부녀의 애간장만 태우고 지냈으니 이런 정경이야 후세 사람들이 상상해도 짐작할 수 있을 것이다.

소조께서 온양으로 행차하신 사이에 세손이 나에게 청하였다.

"외숙外叔과 수영을 들여 주십시오."

내 목숨이 오늘 내일 하니 친척들이 작별 인사나 하고자 하여, 내 아우와 동생의 아내들이 궁중으로 들어왔었다.

소조께서 온양에 가시려 하실 때는 사람이 다 죽게 됐더니, 성문을 나서시며 격한 감정이 가라앉으셨던지, 명령을 내리시어 길에 폐를 끼치지 못하게 하셨다. 지나가시는 길에 은혜로움과 위엄을 함께 행하시니, 백성들이 북돋으며 나라의 주인이라 하셨다.

행궁行宮[17]에 드신 후에도 늘 덕을 베푸시니, 온양 소읍이 고요하고도 안정되어 왕세자의 덕망을 두 손 모아 빌고 찬양하였다 한다. 소조께서는 그때 시원하신 듯 병환이 물러나고 본연의 천성이 나오신 듯싶었다. 허나 온양 소읍이 무슨 경치가 있으며 장엄하고 수려한 물색이 있으리오. 10여 일 머무르시자 또 답답하시어 8월 초6일

---

17 임금이 거동할 때 머무르는 별궁.

에 궁으로 돌아오셨다.

"온양은 답답하니 평산平山[18]이나 가자."

하지만 또 평산을 가겠다고 대조께 말씀드릴 방법이 없고, 평산은
좁고 갑갑하여 온양만도 못하다 해서 그 길은 안 가시게 되었다.

소조께서 그저 답답해 하시자 춘방관과 신하들은 상서를 올렸다.

"대조를 찾아 뵈옵소서."

소조께서는 가실 모양은 못 되시고 그 일로 큰 근심을 하고 계
셨다.

대조께서 세손을 자주 데려다 두시고 점점 근심이 크셨다. 신하들
과 정사를 논하면서도 늘 하시는 말씀이 탄식이시고 염려가 안 미치
는 데가 없으셨다. 자연 나라를 위하여 세손을 믿으시며 나라를 세
손께 의지하고 맡기시겠다고 하셨다. 세손이 숙성하고 총명하며
응대와 행동이 대조의 마음에 드시므로 사랑하시는 말씀이 자주
계셨다.

소조께서는 연설筵說[19]을 항상 사관史官[20]에게 써오게 하여 보셨는
데, 그 연설 중에는 대조께서 세손을 칭찬하시고 사랑하시는 대목이
있었다.

"나라의 중대한 부탁을 세손에게 하노라."

---

18 황해도에 있는 고읍.
19 임금과 신히기 모여 자문주답(諮問奏答)하는 자리에서 임금의 자문에 답하여 올리는 글.
20 역사의 편찬을 맡아 초고(草稿)를 쓰는 일을 맡아보던 벼슬.

이 대목에 미쳐서는 소조께서도 세손을 사랑하시지만 제왕가의 부자간이 자고로 어려운데, 병환 중에 당신은 어릴 때부터 사랑을 못 받은 것이 한이 되어 계실 때 그 아들만 칭찬하시니 그 격한 마음을 어찌하시리오. 세손 한 몸에 나라의 존망이 있으니 그 세손이 평안하셔야 나라를 보전할 것이다.

그러니 세손을 무사케 할 도리가 소조께서 그 연설을 안 보시게 하는데 있으나 그것을 안 보시게 할 길이 없으니 답답한 마음 그지 없었다. 그래서 내관에게 일러 사관이 써오거든 그 연설을 고쳐서 보시게 하고, 위급한 때면 내가 내관에게 친히 말하여 문제될 구절은 빼게 하였다. 그리고 이 사연을 아버지께 전하였다.

"아무쪼록 세손이 평안할 도리를 취하소서."

아버지께선 나라를 위하여 지극하신 충성에서 여러 가지 방법으로 힘쓰시며 그런 말은 밖에서 빼고 써오게 하셨다. 아버지께서 어려운 때를 당하셔서 대조의 은혜도 갚으려 하고 소조도 보호하며 세손도 위하여 평안케 하려 하셨다. 그래서 타는 듯한 걱정이 과하신 때는 격기가 생기시어 관격증[21]이 늘 발병하셨다.

아버지께서는 나를 보시면 하늘을 우러러 이 나라의 태평만 손 모아 비셨다. 세손을 보전하여 나라를 잇게 할 기틀이 소조께서 그 연설을 못 보시게 하는데 있으시니, 우리 부녀의 애타는 마음은 당연

---

21 음식물이 급하게 체하여 가슴이 꽉 막히어 답답하고 먹지도 못하고 토하지도 못하며 대소변도 잘 못 보고 정신을 잃는 위급한 증세.

한 인정이겠지만, 그 고심하던 정성은 명백히 신명께서도 아실 것이리라.

만일 세손을 칭찬하시던 영조의 말씀을 계속 소조께서 바로 보셨다면, 세손께 놀라운 일이 어느 지경에 이르렀을 줄 알리오.

신사년辛巳年(1761)이 되니 동궁의 병환이 더욱 심해지셨다. 대조께서 거처를 옮기신 후에는 후원에 나가 말달리기나 군기 따위로 시간을 보내셨다. 그렇게 7월 후에는 후원에도 늘 나가시더니, 그것도 새롭지 않으신 지 뜻밖에 미행微行[22]을 시작하셨다. 처음 겪는 일이라 놀랍기 그지없으니 그 근심을 어찌 다 형용하리오.

소조께서 병환이 나타나시면 사람을 상하게 하시니, 그 의대 시중을 현주 어미가 들었는데 병환이 점점 더하셔서 그녀를 총애하시던 것도 잊으셨다. 소조께서 신사년 정월에 미행하시려고 옷을 갈아 입으시다가 그 병이 발작하셔서 현주 어미를 칼로 쳐서 죽이고 나가셨다.

대궐에서 이런 그릇된 일이 일어났으니, 제 인생이 가련할 뿐 아니라 나에게 자녀가 있으니 어린것들 모습이 더 참혹했다.

대조께서 언제 들어오실지 몰라 시체를 잠시도 둘 수가 없어서, 그 밤을 겨우 새우고 곧바로 시신을 내보내 용동궁[23]으로 초상 장소를

---

22 비복심행의 순말. 남이 알아보지 못하게 신분을 감추고 몰래 다니는 것.
23 7궁의 하나로, 명종의 맏아들 순회세자의 궁.

정하여 비용을 극진히 해 주었다. 나중에 동궁이 오셔서 들으시고 아무런 말씀도 하지 않으시며 정신이 없으시니 일마다 망극하였다.

소조께서는 정월, 2월, 3월을 미행을 다니시어 대궐 밖 출입이 잦으시니 그때 내 마음이 무섭고 조심스럽기가 그지없었다.

3월에 세손이 입학하시고 그 달에 성년식을 경희궁에서 하시니, 내 어미의 도리로 어찌 안 보고 싶겠는가. 하지만 소조께서 가실 모양이 못되시니, 내 무슨 낯으로 혼자 가 보리오. 병이라 이야기하고 못 가보니 그런 도리가 어디 있으리오.

그 해 2, 3월에 연달아 이천보[24], 이후[25], 민백상[26] 세 정승이 죽고 영조께서도 병환이 있으셨다. 대신이 없는지라 3월에 아버지께서 의정벼슬을 하셨다. 당신의 처지로나 나라의 형편으로나 본심으로 어찌 벼슬을 하여 출근하고자 하시겠는가.

하지만 아버지께서는 휴척지의休戚之儀[27]와 사생지심捨生之心[28]으로 그때 당신이 물러나시면 세상의 도리와 인심이 더욱 하나도 믿을 것이 없을 줄로 아시고, 나라를 위하시는 단호한 마음으로 오직 몸을 마칠 때까지 나라와 하나가되어 존망 하려 하셨다. 그러니 어느 때 걱정하지 않으시며 어느 날 초조함에 마음 졸이지 않는 날이 있

---

24 자는 의숙. 호는 진암. 연안사람으로 영조 30년(1754)에 영의정이 되었다.

25 호는 구옹. 연안사람. 영조 34년(1758)에 좌의정이 되고 세자의 스승을 겸하였다.

26 자는 이지. 노론에 속했으며 영조 36년(1760)에 우의정이 되었다.

27 안락과 환난을 함께 하는 정의.

28 자기의 목숨을 버리면서까지 희생하겠다는 마음.

으셨을까.

3월 그믐께 소조께서 평안도로 미행을 하시니, 이는 그때 평안감사가 화완 옹주의 시삼촌인 정휘량이기 때문에, 거기로 가셔도 부왕께 아뢰지 못할 줄로 짐작하시고 가신 것이다. 소조가 아니라고 한들 감사가 어찌 병영에 편안히 있으리오.

정휘량은 병영을 떠나 영외에 대령하니, 음식과 도중에 쓰실 것을 다 바치고 간장을 태우며 장림에 나올 때 피를 토하였다 한다. 그 사람이 조심성이 많고 비록 그 조카 일성위는 없어도 옹주를 편애하시기로 두려워하더니 그때 놀랍고 죄송하기가 어떠하였으리오.

평안도 미행을 하신 후, 내 걱정은 이를 것도 없고 아버지께서 마음이 초조하고 애가 타서서 넌지시 감사에게 알아와 소식을 들으셨다.

오랫동안 대궐에 계시다가 혹 집에 돌아오셔도 마루에 앉아 밤을 새우며 지내신 아버지의 심사가 어떠하셨으리오.

소조께서 하시는 일을 대조께 차마 아뢰지 못하였으니, 말씀드릴 데가 어디 있으랴. 말씀드릴 만하면 무슨 마음으로 말씀드리지 않았으리오. 설사 아뢰더라도 대조께서 들으실 리가 없고 여기에 연루되면 내 몸을 보전치 못할 것이요, 자녀들까지 어찌될 줄 모르는 일이다. 말씀드리지 않으려고 한 것이 아니었으나 병환 때문이시니, 아버지께서는 한 마음으로 세손이나마 보전하려고 애를 쓰셨다.

그러나 이 사정을 모르는 이는 바른 방향으로 인도하시 못한다고 책망하니, 누구에게 이러이러하다고 말을 할 수도 없었다. 그저 만나신 바가 기구하고 험상궂으니 서럽고도 서럽도다.

소조께서는 평안도 미행을 하신 후, 20여 일 만인 4월 20일이 되어서야 돌아오셨다. 그리고 아무렇지 않다 하며 미행하신 사이에는 병환이 계신 걸로 내시에게 약속하였다.

교대 없이 일하는 내시 유인식은 속방에 누워 소조의 말씀을 따르고 박무홍은 이를 각색하는 일에 모두 응하니, 이때의 무섭고 민망함을 어찌 다 기록하리오.

그때 윤재겸의 상서가 나오니, 잘못을 말씀드리는 것이 신하의 도리에 당연하나 소조께서 아실 지경이 못되시고, 대조께서 아시면 무슨 변이 날지 알 수가 없었다. 따라서 그저 말씀드릴 수가 없이 되었다. 소조께서 미행 후에 마음을 잡으시는 듯하여 차대하시고 강연도 하시니, 아쉽게 진정하실까 바라던 내 마음이 가련하였다.

그 후 차대에서 병조판서 홍계희가 무엇이라 아뢰니, 소조께서 명령을 엄히 내리시며 한무제의 신하로 태자를 이간질하여 해친 강충의 말씀까지 하시는 모습이 병환이 나으신 듯하셨다. 그래서 아버지께서 너무 기뻐 들어와 내게 전하셨다.

소조께서 5월 10일 후에 처음으로 경희궁에 오셔서 웃어른께 문안하시어 천행으로 탈 없이 다녀오셨다. 그리하여 나도 보름 쯤에 세손과 함께 경희궁에 올라가 대조와 선희궁을 뵈오니, 선희궁께서 가슴이 막히어 무슨 말씀을 할 수 있으리오.

소조께서 6월에 학질을 앓으셔서서 수개월을 민망히 지내셨는데, 그해는 봄부터 미행하신 이유로 몸을 잘못 가지셔서 그 병환이 나신가 싶었다.

지금 나의 이 말이 사람의 도리로서 해선 안 될 말이겠지만 세상에 없는 일을 겪으시니, 차라리 그 병환으로 돌아가셨더라면 여읜 아픔만 있지 않겠는가. 당신의 설움과 처자의 지극한 원이 이 정도이며, 사건의 망극함과 사람의 상함과 내 집의 원통함이 이 지경에 이르렀으니 참으로 하늘의 도리를 알지 못할 일이로다.

8월에 학질 증세는 나으시고, 9월에 이르러 대조께서 정원일기를 들여다 보시다가 서명응의 상서에 평안도 미행에 대한 말이 있어서 비로소 아셨다. 그때 일장풍파一場風波[29]를 지냈으나 큰 변이 나지 않은 것은 정휘량의 힘을 많이 입은 탓이었다.

대조께서 창덕궁 거동도 하려 하시고, 그때 내시도 다스리시니 어찌 그리 아니하시리오.

어려서부터 대조가 하시는 일을 겪어 보니, 작은 일에는 까다롭게 자세히 살펴보시어도 어렵고 일이 커서 대단하면 작은 일에 격노하시는 것보다 덜 하셨다. 소조께서 살생하신다는 말씀을 들으셨을 때도 도리어 위로하시던 일이 생각난다.

29　한바탕의 심한 야단이나 싸움을 비유적으로 이르는 말.

"마음이 상하여 그런다."

평안도 미행을 아신 후에야 노하심과 처분이 어떠하시겠는가마는, 나중에 그토록 꾸중하지 않으신 것은 일이 너무 크니까 어찌할 도리 없이 그러하신가 싶었다. 그때 거동령이 나니 소조께서는 당신이 버리신 군기붙이와 여러 가지 기구들을 다 치우셨는데, 당신도 무사하지 못할 거라고 생각하셨나 보다.

그때 소조께서는 환취정에 계셨다. 나는 여러 해 동안 정답게 하시는 말씀을 듣지 못하였는데, 그 날 내게 말씀하셨다.

"아마도 무사하지 못할 듯하니 어찌하면 좋을꼬?"

내가 답답하여 대답하였다.

"안타깝지만, 설마 어찌 하시겠습니까?"

"모르는 소리. 세손을 귀하게 여기시니 세손이 있는데 날 없이한다고 상관이 있겠는가?"

"세손이 아들인데 부자가 화와 복이 같지 않겠습니까?"

"자네는 생각하지 못하네. 나를 미워하심이 점점 심하여 어려우니, 나는 폐하고 세손은 효장세자의 양자로 삼을 것일세."

소조께서 그 말씀을 하실 때는 병환증세도 없고 처량하게 그러시니, 그 말씀이 슬프고 서러워 내가 다시 말씀드렸다.

"그럴 리 없습니다."

"두고 보소. 자네는 귀여워하시니, 내게 딸린 사람이지만 자네와 자식들은 예사롭고 나만 미워하여 이리 되고 병이 이러하니, 어디 살게 하겠는가."

내가 몹시 서러워 그 말씀을 울며 들었다. 그런데 갑신년甲申年
(1764)에 세손이 효장세자의 양자가 되는 지극히 원통하며 가슴 쓰린
일을 당하여 그때 하시던 말씀이 생각났다. 미래의 일을 능히 헤아
려 그 날 그 말씀을 하시던 일이 이상하고 용하게 밝으셨던 것이 원
통하고 지극히 한스럽도다.

대조께서 거동을 않으시니 소조께 재앙이 일어날 징조가 보이지
않았으나, 그런 후에 병 증세는 차츰차츰 더하셨다. 10월 즈음에는
증세가 더 심하셔서 망극한 중에 세손빈 간택을 정하셨다.

세손빈은 청풍의 집이 대대로 번창하며 덕망이 높은 집안이요, 김
판서 성응 어머니의 환갑잔치에 아버지께서 가셨다가 정조正祖의 비
를 어릴 때 보시고 비상한 자질이라고 하시던 말씀을 들었다. 처녀
단자에 '김찬판 시묵의 딸'이라고 쓰인 것을 소조께서 보시고 마음
이 많이 끌리셔서 화완 옹주에게 기별하셨다.

"이곳에 못하게 되면 네가 알려라."

그러나 윤득양의 딸에게 대조의 마음이 기우시고 궁중의 의견도
그러하였으나, 소조께서 못 가시니 내가 어찌 홀로 가겠는가.

내가 아들에게 의지하는 천륜 밖의 남다른 정으로 그 간택을 보지
못하는 일도 궁금하고, 인정 밖의 일이기에 한심하게 지냈다. 소조
께서도 시묵의 딸이 간택이 못 될까 근심하시다가 완전히 정하여지

니 무척 기뻐하셨다.

재간택 후, 빈궁(세손빈)이 즉시 마마병을 앓고 이어 세손도 마마를 앓았지만 섣달 열흘 사이에 병에서 일어나셨다. 대조께서 걱정하시다 기뻐하시고 소조께서도 매우 좋아하시며 조심을 하시니, 그런 때는 병환이 안 계신 듯 싶었다.

내가 남에게 없는 인정의 도리로 무사히 병환에서 일어나시길 천지신명께 빌던 일과 아버지께서 숙직까지 하시며 주야로 초조해 하시던 정성이야 더욱 이를 것이 있으리오. 조상님께서 말없이 도우셔서 세손과 세손빈이 차례로 나으시고 12월에 삼간택이 되었으니, 그 경사를 어찌 다 형용하리오.

삼간택 때는 부모를 안 보일 수 없어 대조께서 소조와 나를 오라고 하셨다. 세손과 빈궁을 볼 일이 기쁘나 소조께서 어찌 다녀오실까 하고 마음을 졸였는데, 염려를 어기지 않으셨다.

소조께서 의대병으로 옷 한 벌을 여러 번 갈아입으시고 망건도 여러 번 가셨다. 망건의 옥관자玉貫子[30]를 정하지 못하여 안타깝던 중, 그 날 공교롭게도 통정[31] 옥관자를 붙이고 가셨다.

사현합에서 대소조가 만나시니, 대조의 마음이 어찌 순순히 살펴보시겠는가. 하지만 이미 자식의 큰일을 보이려 데려와 계셨으니, 그 통정 옥관자가 무관의 관자처럼 크고 괴이하여 왕세자답지 않으

---

30 당상관 이상의 벼슬아치가 쓰던 옥으로 만든 망건의 관자.
31 정 3품 관원이 쓰는 망건에 붙이는 관자.

나, 그보다 더한 일도 많은데 그 관자 일쯤이 무슨 큰일이겠는가?

그런데 미처 처녀가 들어오기도 전에 그 관자일로 대조께서 노하여 꾸짖으시며 소조께 보지 말고 돌아가라고 하셨다.

그 일은 실로 서럽고 그렇게까지 안하셔도 되는 일까지도 차마 어찌 그러시는가 싶어서 서러웠다. 그래서 소조께서는 며느리를 보지도 못하고 돌아가셨으니, 그 심정이 어떠하셨으리오. 그런데도 어찌 그 화증을 안 내시고 공손히 내려가셨는가 싶다.

나는 나중에 소조께 죽을 변을 당할 결심으로 올라갔었다. 세손빈을 보고 가려 하여 겨우 삼간택을 지내고 생각하니, 소조께서 삼간택까지 보시지 못하는 것이 인정의 도리에 야박하고 일도 어지러울 듯하였다. 그래서 중궁전과 선희궁 그리고 옹주에게 청하였다.

"별궁別宮[32]의 길이 창덕궁을 지나니 위에 여쭙지 않고 함부로 데려가기는 죄송하나 그리하면 아마 소조께서도 며느리를 볼 수 있을 것입니다."

세 분이 의논을 하시더니 그렇게 하기로 되었다. 그래서 임금을 가까이 모시는 내시에게 일렀다.

"아랫대궐을 지날 때 내 가마와 같이 들게 하라."

그리고 세자빈을 데리고 왔다.

그러자 소조께서는 차마 마음이 좋지 못하여 그대로 가 계시다가,

---

32 왕이나 왕세자의 혼례 대 왕비나 세자빈을 맞아들이던 궁전.

며느리 얼굴 한 번 보시지도 못하고 무단히 내려오셔서 어이없고 서러워 덕성합에 잠잠히 누워 계셨다.

"세손빈을 데리고 옵니다."

그렇게 아뢰자, 소조께서는 반가우셔서 그 며느리를 어루만지시며 유난히 좋아하시고, 밤이 되어서야 별궁으로 보내었다. 일이 되어 가는 형편이 어쩔 수 없어서 빈궁을 데려와 뵈었으나, 대조를 속인 듯하여 무척 죄송하였다.

소조께서는 날이 갈수록 서럽고 병환이 더하셔서, 부왕께 하시는 공손치 못한 말씀이 점점 심해지시니 이 아니 망극하지 아니한가. 마음은 놀랍고 주야로 두려우니, 내 목숨이 어느 때 어떠할 줄 몰라서 세손의 혼례나 지냈으면 하였다.

해가 바뀌어 임오년壬午年(1762)이 되니 혼례는 2월 초2일로 택일하였다. 어서 날짜가 가서 혼례가 순조롭게 이루어지기만 마음을 졸이는데, 1월 10일이 지난 후에 갑자기 대조께서 목에 병이 나셔서 대단히 편찮으시고 증세가 심하셨다. 큰일은 코앞에 닥쳤는데 어쩌나 싶어 안타깝더니, 침을 맞으시고 즉시 나으시니 다행이었다.

혼례의 날이 다가오니 대조께서 막중한 인륜의 일을 폐하지 못하게 하였다.

2월 초2일에 대조의 어명이 계셨다.

"세손을 데리고 오라."

그래서 세손은 먼저 가고, 소조께서는 그 날 일찍이 올라가셔서 숭현문 밖에서 좀 쉬시고 경현당에서 혼인식을 하시니, 한 집에 조자손祖子孫[33] 3대가 모여 그 손자를 혼인시키려고 전안奠雁[34]하러 보내셨다. 그 즐거운 거사와 막대한 경사가 다시 어디 있으리오. 혼인식을 지내고 더 큰 예식은 광명전에서 지냈다.

동궁은 집희당에 머무르시고 세손 부부는 광명전에서 밤을 지내셨다. 이튿날 영조와 정순왕후, 그리고 동궁과 내가 세손빈의 인사를 받을 때 영조와 정순왕후는 광명전의 북쪽 벽 의자에 앉으시고, 동궁의 좌석은 동편으로 하고 내 자리는 서쪽으로 하였다.

그때 세손 빈궁이 어리고 걸음이 쉽지 못하였다. 그 사이에 대소조 두 분이 서로 대하신 지 퍽 오래되었기 때문에 보시기가 싫어 말씀을 참으시니, 서로 얼굴색이 좋지 않으셨다.

나는 우러러 소조께서 말씀 안 하시길 남몰래 빌었다. 그리고 내가 나가서 세손빈을 재촉하여 들여세우고 폐백대추와 밤 그리고 장수 음식을 재촉하여 양전 양궁께 태평히 드리니, 그런 다행스런 일이 어찌 있으리오.

소조께서는 그저 어려워하시며 3일 동안 지내는 것을 보시고 가려 하시니, 그러실 때는 병환의 증세도 나오지 않으셨다. 당신을 좋게 대접만 하면 그래도 나은데, 대조께서도 막중한 대례를 안 보일 수

---

33 역주 사도세자, 전소.
34 혼인 때 신랑이 기러기를 신부집에 갖고 가서, 상에 놓고 절하는 예.

가 없어 마지못해 하시나 며느리의 인사까지 받았으니 계속 머물도록 하실 리가 없었다.

대조께서는 동궁의 행차령을 내리시고 나는 3일을 보고 가게 하셨다. 그러나 내가 혼자 있기에 난처한 일이 많아 겨우 핑계를 대어 뒤따라 내려왔다.

세손과 빈궁은 3일 후에 창덕궁으로 내려오니, 소조께서 기다리시다가 좋아하시며 빈궁을 데리고 휘녕전에 참배하시게 하고 슬퍼하셨다.

이럴 때는 본심이 돌아오시고 그 며느리는 과연 이상하리만치 사랑하셨다. 그렇게 대비전[35]이 특별한 사랑을 받으셨기에, 어린 나이지만 경모궁께서 돌아가신 후에 애통해 하심이 심하시고 세월이 갈수록 추모함이 더하여 말씀이 나오면 눈물을 안 흘릴 때가 없었다. 이것은 사랑을 받은 때문이며 효성이 없으시면 어찌 이러시리오.

몇 해 동안 소조께서 장인[36]을 사사로이 만나신 일이 없었다. 그때 아버지께서 영조의 명으로 함경도에 있는 능을 보살피러 가시게 되어, 대조께서 세손빈을 보고 가라 하시어 아랫대궐로 가셨다. 그런데 소조께서 그 날은 병환도 좀 덜 하시고 며느리 자랑도 하시려고 장인을 만나 보신 것이었다.

---

35 정조대왕의 부인, 비(妃), 선왕(先王)의 비를 대비라 부른다.
36 홍봉한. 혜경궁 홍씨의 아버지.

원래 소조께서 자라실 때 보양관과 춘방관 밖에는 사사로이 만나실 친척이 없어 외부 사람을 친히 보신 이가 없었다. 그러다가 나와의 혼례를 한 후에 아버지를 보시고 극진히 대접하시며 서로 친하여 정이 두터우셨다. 아버지께서 초하루와 보름이 되면 안부를 물으러 들어오시나 대조의 지시가 있어야 소조를 뵙고, 들어오신 때라도 늘 오래 머물지 않으셨다.

"궁궐이 매우 엄하므로 바깥사람이 오래 머물지 못하리라."

아버지께서는 늘 이렇게 말씀하시면서 즉시 나가셨다. 그러나 소조께 나아가 뵈시면 한마음으로 학문을 권하시고 사업의 결과를 부지런히 아뢰었다.

유식한 고전의 문자를 자주 써 드리고, 소조께서 글을 지어 보내시면 글의 잘되고 못됨을 평론하여 드리니 아버지께 배움이 많았다. 이런 아버지께서 천만년을 바라시며 소조께서 태평성군이 되시기를 비시는 지성에 어느 신하가 만분의 일이라도 따라가겠는가.

아버지께서 소조를 아끼심은 비록 간격이 없으시나 도우시기는 반드시 옳은 일로 하셨다.

임금의 친척들이 혹 장난감을 가지고 노시도록 하는 게 보통 있는 일이지만, 아버지께선 일절 그러신 바가 없으셨다. 소조를 뵈면 처음부터 끝까지 번번이 이렇게 여쭈었다.

"효도에 힘쓰소서."

"악분을 부지런히 닦으소서."

아버지께서는 이 두 마디 외에 다른 말씀을 하신 일이 거의 없었다. 소조께서 아버지를 귀중하게 여기시는 중에 매우 기대하시고 조심하신 고로 병환이 점점 드시나, 아버지의 낯을 보시고 이렇다고 말씀하신 일이 없으셨다. 그러다 견디기 어려우신 때는 '잘 하소서 믿나이다' 하는 사연을 내가 편지로 썼으나 소조께서 써 보내신 일은 없었다.

의대 병환으로 삶과 죽음 사이를 왔다 갔다 하게 되자, 아버지께 내가 부탁하였다.

"얻어다 주소서."

이처럼 내가 청하였지 소조께서 장난감을 달라 하신 일은 없었다. 소조께서는 금성위와 화완 옹주에게서는 장난감을 가져오시되 내 집 것은 한 가지도 가져온 일이 없으셨다.

미행을 시작하시니 응당 내 집에 먼저 가실 듯한데, 금성위 집으로 차려 가시고 내 집에는 한 번도 가신 일이 없으셨는데 보통 사람처럼 대접하지 못하는 것을 어렵게 여기시고 꺼리셨다. 그 사이에 이상야릇한 일이 거듭 생기고 미행하신 일을 당신 스스로도 겸연쩍게 여기시어 아버지를 대하여도 말씀을 못하셨다.

아버지께서는 차대 때나 병환 때 그리고 대리 정치를 하실 때나 한가지로 궁에 들어가 계셨지, 소조와의 사사로운 만남을 여러 해 동안 못하고 계셨다. 그런데 아버지께서 그 날 궁으로 들어오셔서 소조를 우러러 반가워하셨다.

젊은 나이에 며느리를 얻으시고 세손과 빈궁이 당신을 보시는 것이 귀엽고 기쁘셔서 아버지께서 축하를 드렸다. 소조께서도 전같이 반갑게 맞아 정성껏 후하게 대접하시며 조금도 병환의 증세가 발하지 않으시던 것이 이상하고 서러울 정도였다.

3월이 되어 또 소조의 병환이 더욱 중하셔서 여지가 없으시니 차마 내 붓으로 어찌 쓰리오. 화증이 나오시면 내관과 내인들에게 감히 못할 말을 시키시고 그것들이 죽기가 두려워 큰소리로 해괴망측한 말들을 하니, 그저 하늘이 무섭고 망극하여 죽어서 모르고 싶었다.

소조께서는 술을 잡수시지 않았으나 병자년丙子年(1756)에 겪은 술 사건으로 무척 원통해 하셨다.

그러더니 대조께서 하시던 말씀처럼 금주가 엄하신 때 술을 많이 들이셨다. 소조께서는 본래 주량이 적으시고 변변히 잡숫지도 않으시면서 술만 궁중에 낭자하니, 어느 일이 근심덩어리가 아니리오.

경진년庚辰年(1760) 이후에 내관, 내인들이 동궁에 의해 상한 것들이 많아서 다 기억하지 못하나, 뚜렷이 나타난 것은 내수사內需司[37]를 맡은 서정달이었다. 소조께서는 내수사의 일을 더디게 시행한 일로 인해 그를 죽이셨다. 또한 출입을 담당한 당번 내관도 여러 명 상

---

37 조선시대, 왕실 재정의 관리를 맡아보던 관아.

하게 하시고 선희궁의 내인 하나도 죽이시어 점점 어려운 지경에 이르렀다.

소조께서 신사년辛巳年(1761)의 미행 때 여승 하나와, 평안도 미행 때 기생 하나를 데려와 궁중에 두시고, 잔치를 하신다 할 때는 궁중의 천한 계집들과 기생들이 들어와 잡스럽게 섞였으니 세상에 그런 모습이 어디 있으리오.

소조께서는 2월 그믐께 옹주를 오라고 하셔서 당신의 병환이 서러워 이리 하였노라고 하셨다. 옹주도 겁을 내어 서러워하며 공손치 못한 말을 하니, 나는 차마 듣지 못하고 죽을 때에 이르도록 감시를 거둔 일이 없었다.

소조께서는 옹주를 데리고 통명전에서 잔치하시니 잔치를 하는 곳은 후원 아니면 통명전이요, 머무르시는 데는 환취전이기도 하셨다.

경황없는 가운데 3월을 지내고 4월이 되었다. 소조께서 거처하는 곳 모두가 어찌 산 사람이 거처하는 곳 같으리오. 죽은 사람의 빈소 같기도 하고 다홍색으로 죽은 이의 성명을 쓴 조기弔旗 같은 것을 해서 세우고, 영침靈寢[38]하는 형상처럼 해 놓았다. 그리고 그 속에서 주무시고 잔치를 하시다가 밤이 깊어 모두 지쳐 잠이 들었다. 상 위의 음식은 가득하여 그 모습이 다 귀신의 일이나 하늘이 시키는 일이라

---

38 송장에 옷을 입히고 베를 싼 후에 그 시신을 두는 곳.

고 밖에는 생각할 수 없었다.

소조께서는 장님들도 불러서 점을 치게 하시다가 그것들이 말을 잘못하면 죽이기도 하고, 의관이며 역관이며 궁중에서 부리는 자들도 여러 명이 죽고 병신 된 것들도 있었다.

하루에도 대궐에서 죽은 사람을 여럿 처내니, 온 나라의 인심이 소조를 두려워하고 원망하여 발을 잘못 디디며 언제 죽을지 몰라 하였다. 당신의 타고난 기질은 진실로 거룩하시건만 그 착하신 본성을 잃으시고 아주 그릇되시니 이를 차마 어찌 말할 것인가.

5월이 되자 소조께서는 갑자기 땅을 파 집 세 칸을 짓고, 사이에 장지문을 해 달아서 마치 묘 속같이 만드셨다. 드나드는 문을 위로 내어 널판자 뚜껑을 해놓고 사람이 겨우 몸을 놀려 다닐 만하게 하고, 그 널판자 위에 띠를 입혀 덮으니 땅 속에 집 지은 흔적도 없게 되었다.

소조께서는 그 속에 옥으로 만든 등을 달아 놓고 앉아 계셨다. 그것은 대조께서 오셔서 당신이 하시는 것을 찾으셔도 군기붙이와 말을 모두 감추려 하시는 뜻이지 다른 것은 없었다. 그렇건만 그 땅 속의 집 일로 해서 더욱 망극한 일이 있었으니, 모든 흉한 징조를 귀신이 시키는 것 같이 그러시니 인력으로 어찌할 수가 없었다.

그 달에 선희궁께서 세손 혼례 후 처음으로 세손빈도 보실 겸 해서 아랫대궐로 내려오셨다.

그러자 소조께서는 반갑고 귀하게 대접하심이 지나치셨는데, 마음이 영험하시어 죽음을 예견하고 마지막 작별 인사로 그러셨는지도 모르겠다. 잡숫는 것과 잔칫상이 훌륭하여 과실을 많이 내오게 하시고 인삼과까지 곁들여 장수를 축하하는 시를 지으셨다.

후원에 모셔 갈 때는 작은 가마를 큰 가마처럼 하여 올리자 선희궁께서 마다하셨지만 우겨서 억지로 타게 하시고, 앞에 큰 깃발을 세워 나팔 불고 북 치면서 모셨다. 그 모양이 당신으로서는 극진한 효로 받드는 일이었지만, 선희궁께서는 당신이 그러시는 것이 당신의 병환 때문이라고 생각하시어 망극하게 여겨 깜짝 놀라셨다.

동궁이 점점 어쩔 수 없는 지경으로 내달아 가시고 끝을 알 수 없으니, 선희궁께서는 나를 대하시면 눈물만 흘리시고 두려워하시며 탄식하셨다.

"이제 어찌 될꼬."

선희궁께서 겨우 며칠을 묵으시고 올라가시는데, 어머님도 우시고 아드님도 슬퍼하시니 아마도 이 세상을 마치시려고 그러셨던 것 같다. 나는 날이 갈수록 위급한 가운데 살아서는 다시 뵈올 것 같지 않아 마음이 더 칼로 베이는 듯하였다.

그때 영의정 신만[39]이 어버이의 3년 상을 마치고 다시 정승을 하였는데, 대조께서는 3년 동안 그를 못 보고 계시다가 새사람을 만나

---

39 평산(平山) 사람으로 화협옹주의 시아버지. 1762년 영의정에 이르렀다.

는 것 같아 틈틈이 하시는 말씀이 다 소조 말씀이셨다. 그러나 소조
께서는 신만으로 인하여 당신의 흉이 퍼지므로 점점 신만이를 꺼리
고 무서워하셨다.

"그 정승이 복 없고 밉다."

소조께서는 그가 자신을 헐뜯어 대조께 고해 바치는가 싶어 분을
참지 못하셨다. 그로 인해 더욱 화를 돋우셔서 점점 망극하니 이를
어찌 할꼬. 그런데 천만 뜻밖에도 나경언[40]의 사건이 일어났는데, 그
때 형조참의는 내 외사촌 이해중이었다.

나경언의 아우 상언이 무슨 흉심으로 그 짓을 하여, 대조께서 경
언의 죄를 몸소 신문하시고 소조를 부르셨다. 소조께서 급한 걸음으
로 윗대궐에 가시니 그 광경이 어떠하리오. 가뜩이나 어려운 때에
흉한 놈이 나타나 소조의 병환은 더 이를 것이 없었고, 부자간은 더
뭐라고 말할 것이 없게 되었다.

경언이 사형되고, 소조께서 경언의 아우 상언을 잡아다 시민당 손지
각 뜰에서 형벌하며 뒤에서 사주한 이를 물으셨으나 자백하지 않았다.

이 사건으로 소조께서는 신만이를 더욱 미워하시어 아비의 죄로
영성위[41]를 잡아다 죽이려 한다고 하셨다. 그때 큰 변이 일어날 것처
럼 영성위를 오늘 잡아 온다 내일 잡아 온다 하셨으나, 영성이 죽지
않을 때인지 얼른 잡아 오지는 못하셨다.

---

40 형조판서 윤급(1679~1770)의 종. 영조 38년에 사형을 당함.
41 신만의 아들이며 화협옹주의 남편인 영성위 신광수.

선희궁께서 소조하시는 일이 점점 망극하시니 할 수 없다 하시고, 또 소조께서 옹주에게 잘해주지 않는다고 편지를 써 보내신 것은 망극하여 차마 거두지 못할 말이다.

"수구水口[42]를 통해 윗대궐을 가련다."

소조께서는 이렇게 말씀하시고 갈수록 영성위에게 복수하고자 벼르셨다. 비록 미처 잡아오진 못하셨으나 영성위의 관복, 조복, 군복, 일용품 그리고 패옥과 띠까지 모두 가져다 태우고 깨뜨리니, 영성위의 목숨이 호흡 한 번 하는 사이에 달려 있었다.

선희궁께서 영성위를 아끼신 것은 아니나 소조께서 점점 이러하시니, 안타까이 마음만 쓰시는 가운데 소조 하시는 일이 극한 지경에 이르러 무척 망극해 하셨다.

소조께서 윗대궐을 수구로 가시려다가 못 가시고 도로 오시니, 그때는 윤5월 11, 12일 사이였다. 그럴 즈음 당황스런 소문이 과장되어 퍼지고 있었다. 소문이 무척 낭자하니 전후 일이 다 본심으로 하신 일이 아니건만 정신이 없으실 때는 화火에 들떠 이런 말씀을 하시곤 했다.

"화증으로 어떻게 하련다."

"칼을 쥐고 가서 어떻게 하고 오고 싶다."

조금이라도 본정신이 계시면 어찌 이러시리오.

17 2

---

42 물을 끌어들이거나 흘려 내보내는 곳. 대궐 밖에 방어를 목적으로 파놓은 개울.

당신이 이상하리만치 팔자가 험하고 기구하신 운명 때문에 타고
난 수명을 다 못 누리시고, 세상에 없는 참혹한 일을 당하시려는 팔
자이시니, 하늘이 이상스러이 흉악한 변을 지어 몸이 그리 되도록
만들려 하신 것이리라.

하늘아, 하늘아, 일을 어찌 이렇게 만드시나이까?

선희궁께서도 병드신 아드님을 아무리 책망하여도 믿을 것이 없
으셨다. 그 어머니의 마음이 다른 아들 없이 이 아드님께만 몸을 의
탁하고 계시니, 어찌 이 일을 하고자 하시리오.

처음에 대조의 사랑을 받지 못하여 소조께서 이같이 되신 것을 대
조께서 근심하지 않으시고 할 수 없다 하시니, 선희궁께는 일생의
아픔이 되어 계시나 이미 병세가 이토록 심하고 부모를 알지 못할
지경이니 어찌하리오.

어미의 마음으로 차마 못하여 미적미적하다가, 행여 증세가 위급
하여 물불도 안 가리고 생각 못할 일을 저지르려 하시면 400년 종사
宗社를 어찌하리오.

선희궁께서 당신의 도리로는 임금을 보호하려는 뜻이 옳으며, 소
조는 이미 병이 들어 어쩔 수 없게 되었으니 차라리 몸이 없는 것이
옳고, 삼종三宗 [43]의 혈맥이 세손께 있으니 소조를 천만 번 사랑해도

43 효종, 현종, 숙종을 가리킴.

나라를 보전하려면 이 도리밖에 없다 하셨다.

그리고 13일에 내게 편지하셨다.

"지난밤의 소문이 더욱 무서우니, 일이 이리 된 후는 내가 죽어서 모르거나 살면 종사를 붙들어야 옳고 세손을 구하는 것이 옳으니, 내가 살아 빈궁을 다시 볼지 모르겠노라."

내가 그 편지를 붙들고 슬피 울었으나 그 날 큰 변이 날 줄이야 어찌 알았으리오.

그 날 아침, 대조께서 무슨 까닭인지 옥좌에 나와 앉으시려 경현당 관광청에 계셨다. 그러자 선희궁께서 가서 울면서 고하셨다.

"소조의 병이 점점 깊어 바라는 것이 없으니, 소인이 차마 이 말씀은 모자 지간의 도리로 보아 못할 일이지만, 옥체를 보호하고 세손을 건져 종사를 평안히 하는 일이 옳으니 대처분을 하소서."

그리고 또 말씀하셨다.

"부자의 정으로 차마 이리하시나 병으로 그러하니 병을 어찌 책망하오리까? 처분은 하시더라도 은혜를 드리우셔서 세손 모자를 편안케 하소서."

내가 차마 그 아내로서 이를 옳다고는 못하나, 일인즉 어쩔 수 없는 지경이었다. 내가 따라 죽어 모르는 것이 옳지만, 차마 세손 때문에 결단치 못하였다. 그저 살기가 어려움을 서러워할 뿐이로다.

대조께서 선희궁의 말씀을 들으시고 조금도 지체하시지 않고 창덕궁 행차 명령을 급히 내리셨다. 선희궁께서는 어미의 정을 꺾고 참으시며 큰 뜻으로 말씀을 아뢰시고, 가슴을 치고 죽는 듯 괴로워 하셨다. 그리고 당신이 계시던 양덕당에 오셔서 식사를 폐하고 누워만 계시니, 세상천지에 이런 모습이 어디 있으리오.

대조께서 전부터 선원전에 가시는 길이 두 길인데, 만안문(동문)으로 드실 때는 탈이 없고 경화문으로 들어오시면 탈이 나는 것이었다. 그런데 경화문으로 가자 하셨다. 소조께서 11일 밤은 수구로 다녀오셔서 몸이 물에 빠지시고 12일은 통명전에 계신데, 그 날 대들보에서 부러지는 듯이 대조의 행차 소리를 들으시고 탄식하셨다.

"내가 죽으려나 보다. 이게 웬일인고!"

그때 아버지께서는 재상宰相⁴⁴으로서 임오년(영조 38년) 5월에 엄한 분부로 파직을 당하시고 동대문 밖에 한 달이 조금 넘게 나가 계셨다. 소조께서 당신 스스로 위태하셨던지 조재호⁴⁵가 전임 대신으로 춘천에 있었는데, 계방⁴⁶ 조유진한테 말을 전하여 올라오라 하셨다. 이런 일을 보면 병환이 계신 이 같지 않으니 이상한 하늘의 뜻이었다.

소조께서는 대조의 행차령을 들으시고 두려워 아무 소리도 없이 온갖 연장 따위와 말을 다 감추고는 하던 대로 하라 하시고, 가마를

---

44 임금을 돕고 모든 관원을 지휘하고 감독하는 일을 맡아보던 2품 이상의 벼슬.
45 진종(眞宗)의 장인인 조문명의 아들. 풍양사람으로 우의정, 영돈령부사를 지냈다.
46 왕세자 익위사(왕세자의 호위를 맡아보던 관아)의 별칭.

타시고 경춘전 뒤로 가시며 나를 오라 하셨다.

　근래에는 눈에 사람만 보이면 일이 나기 때문에 소조께서는 가마에 뚜껑을 하고 사면에 휘장을 치고 다니셨는데, 춘방관과 다른 사람들에게는 또 학질이 발병했다 하고 계시었다.

　소조께서 그 날 나를 덕성합으로 오라 하셨다. 그 때가 정오쯤이나 되었는데, 갑자기 수를 헤아릴 수 없을 만큼의 까치가 경춘전을 에워싸고 우니 그것이 무슨 징조인지 참으로 이상하였다. 그때 세손이 환경전에 계시기에 내 마음이 급하여 허둥지둥한 가운데, 세손 몸이 어찌 될 줄 몰라 그곳으로 내려갔다.

　"어떤 일이 있어도 놀라지 말고 마음 단단히 먹으라."

　세손에게 이렇게 천만당부하고 어찌할 줄 모르고 있는데, 대조께서 거동이 늦어져 미시未時[47] 후에나 휘녕전徽寧殿[48]으로 오신다는 말이 있었다. 그럴 때, 소조께서 나를 덕성합으로 오라고 재촉하시기에 가서 뵈었다. 소조께서는 평소의 장하신 기운과 언짢은 말씀도 않으시고 고개 숙여 깊이 생각하며 벽에 기대어 앉아 계신데, 핏기 없는 안색으로 나를 보셨다.

　'응당 화증을 내시고 오죽하실까.'

　소조를 만나기 전에 나는 속으로 그렇게 생각하며, 내 목숨이 그 날 마칠 것도 스스로 염려하여 세손을 조심스럽게 부탁하고 왔다.

47　오후 1시에서 3시 사이.
48　영조의 원비였던 정성왕후의 신위를 모시던 전각.

그런데 소조의 말씀과 얼굴 표정은 생각과 달랐다.

"아무래도 이상하니, 자네는 좋게 살게 하겠네. 그 뜻들이 무서워."

내가 눈물을 흘리면서 당황하여 손을 비비고 앉아 있는데, 대조께서 휘녕전으로 오시어 소조를 부르신다는 전갈이 왔다.

그런데 소조께서는 이상하게도 하자거나 달아나자는 말씀도 안 하시고, 주위에 시중드는 사람을 물리치지도 않으셨다. 조금도 화증을 내시는 기색 없이 얼른 용포龍袍를 달라고 하여 입으시며 말씀하셨다.

"내가 학질을 앓는다 하려 하니, 세손의 휘항揮項[49]을 가져오라."

내가 그 휘항은 작으니 당신 휘항을 쓰라고 하며 내인에게 소조의 휘항을 가져오라고 하였더니 소조께서 뜻밖에도 이런 말씀을 하시지 않는가!

"자네가 참으로 무섭고 흉한 사람일세. 자네는 세손을 데리고 오래 살려 하고, 나는 오늘 나가서 죽을 것 같으니까 그것을 꺼려 세손의 휘항을 안 주려고 하는 심술을 알겠네."

내 마음은 당신이 그 날 그 지경에 이르실 줄 모르고,

'이 끝이 어찌 될꼬? 설마 사람이 모두 죽을 일이며 또 우리 모자의 목숨이 어찌될꼬? 아무 일도 없겠지.'

49　머리에 쓰는 방한구.

하였는데 천만 뜻밖의 말씀을 하시니 내가 더욱 서러워 다시 세손 휘항을 갖다 드렸다.

"그 말씀이 전혀 마음에 없는 말인 줄 아오니, 이것을 쓰소서."

"싫소! 꺼려하는 것을 써서 어찌 할꼬."

소조의 이런 말씀이 어찌 병드신 이 같으며, 어쩌면 이렇게 공손히 나가려 하시던가! 이는 모두 하늘이 시키는 일이니 슬프고 원통하다.

그러하다 제 시간이 늦어지고 대조의 재촉이 심하여 소조께서 나가셨다. 대조께서 휘녕전에 앉으시어 칼을 안으시고 두드리시며 그 처분을 하시게 되니, 그지없이 망극하여 그 모습을 내 어찌 기록할 수 있으리오.

서럽고 서럽도다.

소조께서 나가시자 즉시 대조의 노하신 음성이 들려왔다. 휘녕전이 덕성합과 멀지 않아 담 밑에 사람을 보내 보니, 벌써 용포를 벗고 엎드려 계신다 하였다.

대처분[50]으로 생각되니 천지가 망극하여 가슴이 무너지고 찢어지는 듯하였다.

거기에 있는 것이 부질없어 세손이 계신 곳으로 와서 서로 붙잡고

---

50 사도세자가 음모를 꾸몄다 하여 그 죄를 다스리는 것.

어찌할 줄 모르고 있었다. 그런데 신시申時[51] 전후 즈음에 내관이 들어와 소주방燒廚房[52]에 쌀 담는 궤를 내라 한다하시니, 이는 또 무슨 말인고? 놀라서 내지 못하고 세손이 망극한 일이 있는 줄 알고 뜰 앞에 뛰어 들어가 대조께 아뢰었다.

"아비를 살려 주옵소서."
"나가거라!"

대조께서 엄하게 말씀하시니, 세손은 할 수 없이 나와서 왕자 재실 齋室[53]에 앉아 있었는데, 그때 그 모습은 고금천지간에 없을 것이다.

세손을 내보내고 하늘과 땅이 서로 부딪치는 듯하고 일월이 캄캄해지니, 내 어찌 한시라도 세상에 머무를 마음이 있으리오. 칼을 들어 목숨을 끊으려 하였으나 옆의 사람이 빼앗아 뜻을 이루지 못하고, 다시 죽고자 하였으나 칼이 없어 못하였다.

나는 숭문당으로 해서 휘녕전으로 나가는 건복문 밑으로 갔다. 아무것도 보이지 않고 다만 대조께서 칼 두드리시는 소리와 소조의 목소리가 들렸다.

"아버님, 아버님, 잘못하였습니다. 이제는 하라 하시는 대로 하고

---

51 오후 4시.
52 바깥 소수방, 대궐 안의 음식 만드는 곳.
53 왕자가 공부하던 방.

글도 읽고 말씀도 다 들을 것이니 이러지 마옵소서."

내 간장이 마디마디 끊어지는 듯하고 앞이 막히니, 가슴을 아무리 두드린들 어찌하리오. 당신의 용기와 건강한 원기로 대조께서 뒤주 속으로 들어가라 하신들 아무쪼록 들어가지 마실 것이지, 왜 마침내는 들어가셨단 말인가!

처음엔 뛰어나오려 하시다가 이기지 못하여 그 지경에 이르렀으니 하늘이 어찌 이토록 하시는가! 세상에 없는 설움뿐이며 내가 문 밑에서 목놓아 슬피 울어도 하늘은 대답이 없었다.

소조께서는 벌써 폐위되셨으니 그 처자가 마음 편히 대궐에 있지 못할 것이요, 세손을 그저 밖에 두어서는 안 될 터인데 이를 어찌할꼬? 두렵고 겁이 나서 그 문에 앉아 대조께 글을 올렸다.

'처분이 이러하시니 죄인의 처자가 편안히 대궐에 있기가 분에 넘쳐 죄송스럽고, 세손을 오래 밖에 두었기에 죄가 더 중한 몸이 되어 두렵사오니 이제 친정으로 가겠습니다. 은혜로운 마음으로 세손을 보전하여 주옵소서.'

이렇게 써서 가까스로 내관을 찾아 대조께 드리라고 하였다. 얼마 안 있어 오라버니[54]가 들어오셔서 말씀하셨다.

54   홍낙인.

180

"이제 서민으로 폐위되어 대궐에 있지 못할 것이니, 대조께서도 친정으로 돌아가라 하십니다. 가마를 들여올 테니 나가시고 세손이 타실 남여艦輿[55]도 함께 준비했나이다."

오라버니와 나는 서로 붙들고 일이 하도 망극하여 통곡하였다. 나는 업히어 청휘문淸輝門으로 해서 저승전儲承殿 차비문에 놓인 가마로 갔다.

윤상궁이란 내인과 함께 탔는데 별감別監[56]이 가마를 메고 많은 내인들이 모두 뒤를 따라 쫓아오며 통곡하니, 오랜 옛적부터 천지간에 이런 모습이 어디 있으리오. 나는 가마에 들어갈 때 기절하였는데, 윤 상궁이 주물러서 겨우 목숨이 붙었으니 오죽하리오.

친정에 도착한 나는 건넌방에 누웠다. 세손은 내 작은 아버지와 오라버니가 모셔 나오고, 세손빈은 그 집에서 가마를 가져와 청연과 함께 들려 나오니, 그 모습이 망극하여 차마 어찌 살 수 있겠는가.

자결하려 하다가 못하고 돌이켜 생각해 보니, 11살 된 세손에게 겹겹이 쌓인 고통을 남긴 채 내가 죽을 수 있겠는가. 내가 없으면 세손이 목적한 바를 어찌 이룰 수 있으리오. 참고 참아 모진 목숨 보전하고 하늘만 원통히 부르짖으니 이 세상 천지에 나같이 모진 목숨이 또 어디 있으리오.

---

55 뚜껑 없이 의자처럼 된 가마.

56 상원서나 액정서에 속하여 궁중의 각종 행사 및 차비(差備)에 참여하고 임금이나 세자가 행차할 때 호위하는 일을 맡아보던 관직.

세손이 집에 와서 서로 만나니 어린 나이에 놀라고 망극한 모습을 보시고 그 서러운 마음이 어떠하리오. 놀라서 병이라도 날까 두려워 내가 말하였다.

"망극하지만 다 하늘의 뜻이니 세손이 몸을 평안히 하고 착해야 나라가 태평하고 성은을 갚을 것입니다. 설움 중이지만 마음을 상하지 마십시오."

아버지께서는 궐내를 떠나지 못하시고 오라버니도 벼슬에 매여 왕래하시니, 세손을 모시고 있을 이가 첫째 동생 홍낙신과 둘째 동생 낙임 그리고 두 외삼촌뿐이셨다.

내 막냇동생 낙윤은 어릴 때부터 들어와 세손을 모시고 놀던 터라, 낙윤이 작은 사랑에 세손을 모시고 자고 하여 그렇게 8,9일쯤을 지냈다. 그러자 세손의 장인인 김판서 시묵과 그 자제 김기대도 와서 뵙고자 하였다.

내 집이 좁고 세손의 상하 내인이 모두 나왔기 때문에 남쪽 담장 밖 교리校理[57] 이경옥의 집을 빌렸다. 그리고 김판서 댁이 그 며느리를 데리고 와서 빈궁을 모시고 있게 하여 담을 트고 왕래하였다.

그때 아버지께서 파직되어 동대문 밖에 오랫동안 계시다가, 대조께서 대처분을 하시고 일이 어쩔 수 없이 되어 버린 후에 아버지를

---

57 홍문관의 정 5품 벼슬.

다시 임용하시어 영의정으로 임명하여 부르셨다.

아버지께서 뜻하지 않은 가운데 소조의 처분 소식을 들으시고, 망극하고 애통한 가운데 급히 달려들어가 임금 앞에 이르러 기절하셨다.

그때 세손이 왕자 재실에 계시다가 아버지의 소식을 들으시고 당신이 드시던 청심환을 내보내 겨우 깨어나시니, 아버지 또한 어찌 이 세상에 살 마음이 계시겠는가. 하지만 내 뜻과 같으시어 망극한 가운데 지극히 세손을 보호하려는 정성만 계시니, 세손을 옹호하여 나라를 보전하시려는 진심 어린 참된 충성심은 천지신명이 가히 알 만한 것이었다.

내 운수가 모질고 흉악하여 목숨이 붙었으나 소조께서 당하신 일을 생각하니 어찌 견디시는지 마음이 타는 듯하니 차마 어찌 견딜만한 모습이리오. 그때 오유선과 박성원이가 집 대문밖에 와서 청하였다.

"세손께서 석고대죄席藁待罪58 하시게 하십시오."

석고함이 당연하나 차마 어린 아기를 어찌하리오. 세손께서는 낮은 집에 계시며 지내셨다.

대궐을 나온 후 아버지도 못 뵈옵고 망극하였는데, 그 이튿날 아버지께서 대조의 지시를 받고 나오시니, 모자母子가 아버지를 붙들고 한바탕 통곡을 하고 임금의 말씀을 전해 들었다.

---

58 거적을 깔고 엎드려 처벌을 기다림.

"네가 보전하여 세손을 구호하라."

그때의 그 말씀이 망극한 가운데 세손을 위해 감격하여 목이 메니 그 기쁨을 측량할 수 없었다. 세손을 어루만지며 임금의 은혜에 손 모아 감사드리며 이렇게 일렀다.

"나는 동궁의 아내로서 이 지경이 되고 세손은 아들로서 이 지경을 만났으니, 다만 스스로 명을 서러워할 뿐이지 누구를 원망하며 탓하겠소? 우리 모자가 이때에 보전함도 임금의 은혜요, 우러러 의지하여 목숨을 구해 주신 것도 또한 임금이십니다. 세손께 기대를 하시는 대조의 뜻을 받들어 힘쓰고 가다듬어 세손께서 착한 사람이 되면, 그것으로 은혜를 갚고 아버님께 효자가 되리니 이 밖에 더 큰 일이 없습니다."

그리고 아버지께 임금의 은덕에 감사드리며 매우 고맙게 여겨 말씀드렸다.

"남은 날은 대조께서 주시는 날이니, 그 뜻을 받으려 하는 사연을 위에 아뢰소서."

나는 이 말씀을 드리며 슬피 울었는데 내 말은 추호도 지어낸 것이 아니다. 처음부터 그리 되신 것이 서럽지, 점점 그 지경에 이르신 바를 어찌하리오. 내가 조금도 마음에 머금은 바가 없어 감히 대조를 이렇다고 원망하지 못하였다.

그러자 아버지께서 나와 세손을 붙들고 통곡하시며 위로하셨다.

"이 뜻이 옳으시니 세손께서 어질고 뛰어난 인물이 되시면, 대조의 은혜를 갚으시고 낳으신 아버님께 효자가 되실 것입니다."

날이 갈수록 차마 망극한 모습을 생각지 못하여 어떻게 할 줄 몰라 마음이 흐릿한 채 누워 있었는데, 15일은 대조께서 뒤주를 밧줄로 굳게 얽고 풀더미로 덮어 윗대궐에 오르신다 하니, 어쩔 도리가 없었다. 대궐의 비단필도 내올 길이 없으니 시신에 옷을 입히고 염포로 묶을 수 있게 아버지께서 다 준비하시어 여한 없이 하여 주셨다. 이전 여러 해 동안 큰 병환에 의복을 무수히 대어 주시고 이 수의를 다 준비하셔서 동궁을 위하신 마지막 정성으로 극진히 하셨다.

20일의 신시申時쯤 폭우가 내리고 천둥도 치는데, 소조께서 천둥을 두려워하시던 일로 인해 어찌 되신가 차마 그 모양을 헤아리지 못하였다. 내 마음이 긁어 죽고도 싶고 깊은 물에도 빠지고 싶고 수건을 어루만지며 칼도 들기를 자주 하였지만 마음이 약하여 강한 결단을 못 내렸다.

그러나 먹을 수가 없어 냉수건 미음이건 먹은 일이 없으나 능히 지탱하였다. 그 20일 밤에 소조께서 어쩔 도리 없이 계시다 비 오던 그 날이 소조께서 숨지신 때던가 싶으니, 차마 어찌 견디어 그 지경이 되셨는가 그저 온몸이 뼈저리도록 원통하니 그저 살아난 것이 모질 뿐이로다.

선희궁께서 마지못해 대조께 그리 아뢰셨으나, 나라를 위하여 대처분은 하시더라도 소조께서 병환이시니 대조께서 애통하셔서 은혜를 더 베푸시고 복제服制[59]나 행하실까 바랐었다. 그러나 대조의 뜻이 그런 처분을 하시었으나 노기는 풀리지 않으셨다. 그로 인하여 소조께서 가까이 하시던 기생과 내시 박필수 등과 별감이며 장인匠人이며 무당들까지 모두 사형에 처하시니, 이는 당연한 일이며 감히 무어라 말을 하겠는가.

다만 몹시 원통한 것은 의대병환으로 무수히 많은 옷을 갈아입으시다가 어찌하여 생무명 한 번이나 입으시니, 그 날도 생무명 옷을 입고 계셨다. 대조께서 보통 때 뵈어도 소조께서는 도포나 용포를 입으시고 계셨는데, 그날 무명옷은 처음 보시니 아들의 병환은 모르시고 말씀하셨다.

"네가 나를 없애고자 하느냐. 어찌 생무명으로 된 상복을 입었느냐?"

그리고 남은 것이 전부 없어진 것으로 아시고 엄명하셨다.

"평상시 소조가 쓰던 세간을 다 걷어 내라."

그러니 그 중에 병기인들 없으며 그 무엇이 없겠는가? 아무리 국상國喪[60]인들 상제가 짚는 지팡이가 하나밖에 없겠냐 마는 소조의 이상하신 병환으로 지팡이를 여러 벌 만드셨다. 평생을 좋아하여 좌우에 떠나지 않는 것이 군복에 갖추어 차는 군도軍刀와 보검들이었는데, 생각 밖에도 그것들을 지팡이 모양같이 만들고 그 속에 칼을 넣

59 오복(五服), 즉 다섯 가지 의복에 대한 제도. 복장에 대한 규정.
60 임금, 왕비, 왕세자, 왕세자비 등의 초상.

186

어 뚜껑을 맞추어 지팡이같이 해 가지고 다니셨다. 내게도 보이시기에 끔찍하고 놀랍게 여겼었다.

그런데 그것을 없애지 않았다가 대조께서 수거한 것 가운데 그것이 있으니, 대조께서 놀라시어 분하게 여기셨으니 복제를 어찌 거론하시리오. 대조께서 소조의 병환은 모르시고 다 불효로만 탓하시니 그저 지극히 원통할 뿐이로다.

처음에는 조정 신하들의 복제는 규칙대로 하려고 하시다가 다 못하니, 이 지경을 당하여 세손이나 건지는 것이 하늘의 은혜였다.

병환으로 처분하신 이상 14년간 대리 왕세자이시니, 복제나 상하에서 행하였더라면 윗사람의 덕이신데 그것을 못하였으니 그저 서러우며 염일(20일)은 어쩔 도리 없었다.

소조의 복위復位[61]를 하셔야 초종제구初終祭具[62]를 만들어 준비할 것이나, 대조의 뜻이 안 하려 하신 것이 아니나 복위를 아끼시고 모든 절차를 본보기대로 하시길 망설이시며 결단치 못하시다가 부득이 21일 밤에 복위를 시키셨다.

대신들은 임금을 뵙고 절차를 정하여 처음에는 빈소를 용동궁에 하자 하였다.

아버지께서 이 지경을 당하셔서 조금이라도 잘못하여 추호라도 임금의 뜻을 어기면 그때 성노가 불같으시니, 내 집이 망하는 것은

---

61 폐위되었던 세왕이나 후비(后妃)가 다시 그 자리에 오름.
62 초상이 난 때부터 삼우제를 지낸 뒤에 지내는 제사에까지 필요한 여러 가지 도구.

둘째요 세손이 보전하시지 못할 것이었다. 그래서 아무쪼록 임금의 뜻을 잃지 않으시는 중에 돌아가신 이를 저버리지 않으시고, 세손에게는 소조의 한을 끼치지 않으시려고 정성과 충성을 다하여 좌우를 주선하셨다.

대조께서 복위후, 시호諡號[63]를 내리시고 왕세자의 관을 두는 곳은 시강원으로 하며, 삼도감三都監[64]은 법대로 하시게 정하여 겨우 다 매듭지었다. 아버지께서 도제조都提調[65]를 하여 몸소 보살피시며 묘소의 범절까지 조금도 잘못이 없게 하셨다. 이처럼 아버지의 도움이 아니면 어느 신하가 감히 말을 하며 대조의 마음이 어찌 돌아서리오.

그 날 세손 내외를 시강원으로 모시게 하시고 새벽에 집으로 나오셔서 우리 모자母子를 들여보낼 때, 아버지께서 내 손을 잡으시고 뜰 한 가운데에서 목을 놓아 통곡하셨다.

"세손을 모시고서 만년을 누려, 늙어서 복을 많이 누리십시오."

그때 내 설움이야 세상에 또 다시 어디에 있으리오.

대궐로 들어와 시민당에서 발상發喪[66]하고, 세손은 건복합에서 발상하고 빈궁은 내 곁에서 청연과 함께 통곡을 하니 천지간에 이런 모습이 어디 또 있으리오.

---

63 임금, 정승 또는 유현들의 공덕을 기려 죽은 뒤에 주는 이름.
64 국장, 국혼, 궁궐 축조 등 국가의 중대사를 맡아보던 임시 관청.
65 조선시대에 승문원, 봉상시, 사역원, 훈련도감 따위의 으뜸 벼슬.
66 죽은 사람의 혼을 부르고 나서 상제가 머리를 풀고 슬피 울어 초상난 것을 알림.

상복을 입고 즉시 습을 하니 몹시 무더우나 조금도 어떻지 않으시더라 하니, 그 설움은 차마 생각지 못할 일이다. 습한 후 염하기 전에 나가니, 내 모습이 세상에 드물고 남에게 없는 일이었다. 설움 중에 소조께서 하시던 말씀을 생각하니 몹시 애통하여 하늘을 부르며 땅을 치고 산 것이 부끄럽더라. 이승과 저승에 거리가 있어 소조의 그 하늘 높은 건강한 기운을 뵈올 길이 없으니, 산 사람 또한 죽지 못한 한이 어떠리오.

초사를 치르는 모든 일이 서럽기가 이를 데 없고 신하가 복제를 못하니, 제사를 치르는 대전관과 내관들이 다 옅은 색의 천담복이었다. 밖에 제사는 있고 안에서 갖추어 준비함이 두려워 기회를 보다가 다시 제사를 가하라 하시는 대조의 분부는 안 계시기에, 아침저녁으로 올리는 제사 음식과 매달 초하루와 보름에 지내는 제사를 다 그저 그렇게 지냈다.

대조께서는 세손 양궁과 군주를 왕세자의 관을 모신 곳 앞에는 차마 보이지 못하게 하여 상복을 처음 입던 날 나와서 곡하게 하였다. 세손이 애통해 하시는 곡소리는 차마 듣지 못할 지경이었으니, 누가 감동치 않겠는가.

7월이 장례이니 그 전에 선희궁께서 오셔서 나를 보시고 왕세자의 관을 대하시며 머리를 두드리시고 가슴을 치며 통곡하셨다.

그 인정의 도리가 끝이 없으심이 또한 어떠하시리오. 장례 때, 대조께서 묘소에 친히 임하셔서 신주에 글자를 쓰시니, 부자간이 유명을 달리한 사이에 서로 어떠하신지 차마 생각지 못하였다.

7월에는 세자 시강원을 부설하시고 세손이 완전히 왕세자가 되시니, 비록 임금의 뜻이시나 아버지께서 충성을 다하여 보호하신 공이 어찌 나타나지 않으리오.

8월에 대조께서 선원전[67]에서 지내는 간단한 낮 제사에 오시니, 민망하나 가 뵙지 않을 수 없어 선원전에서 가까운 습취헌이라는 집으로 가서 뵈었다. 내 서러운 회포가 어떠하겠는가 마는 만분의 일도 감히 풀지 못하고 아뢰었다.

"모자母子를 보전함이 다 임금의 은혜 덕분입니다."

그러자 영조께서 손을 잡고 우셨다.

"네가 이럴 줄을 생각지 못하여 내가 너를 볼 마음이 어렵더니, 내 마음을 편케 해 주니 아름답다."

이 말씀을 듣고 내 심장이 더욱 막히고 모진 목숨이 더욱 원망스러웠다.

"세손을 경희궁으로 데려가셔서 가르치시길 바랍니다."

---

67 창덕궁 안에 역대 왕의 화상이나 사진을 모신 곳.

"세손이 떠나면 네가 견딜 수 있겠느냐?"

내가 눈물을 흘리며 다시 아뢰었다.

"세손이 떠나서 섭섭하기는 작은 일이요, 위를 모시고 배우기는 큰일입니다."

그리하여 세손을 올려 보내기로 정하니, 모자의 정으로 서로 떠나는 모습을 어찌 견딜 수 있으리오.

세손이 차마 나를 떠나지 못하여 울고 가시니, 내 마음이 칼로 베는 듯하나 참고 지냈다. 그런데 임금의 은혜가 하늘같아서 세손을 사랑하심이 지극하시고, 선희궁께서 아드님에 대한 정을 옮기셔서 모든 행동과 음식에 오로지 한마음으로 신경을 쓰시며 지성으로 보호하셨다. 선희궁의 정으로 어찌 그렇게 하지 않으시겠는가.

세손의 나이 4, 5세부터 글을 좋아하시니 각각 다른 대궐에서 지낼지라도 강학에 전념하지 않을까 염려는 안 했다. 하지만 내가 세손을 못 잊어 함이 날로 심하고 세손 또한 어미를 그리시는 정이 간절하여, 새벽에 깨어서는 내게 편지하여 경서를 강론하기 전에 회답을 보고서야 마음을 놓으셨다고 한다.

그렇게 3년 동안 서로 떨어져 지냈는데 한결같이 그렇게 하신 것이 이상할 정도로 성숙하셨다.

내가 앓았던 병이 자주 발병해서 3년 안에 병이 떠나지 않으니, 세손께서 멀리서 의관과 내 병세를 의논하여 약을 지어 보내시길 어른같이 하셨다. 이 모두 천성이 효성스런 때문이지만 10여 세의 어린 나이에 어찌 그리 하시던고 싶었다.

그 해(임오년, 1762) 세손의 탄생일을 맞아, 내 형편이 움직일 수 있을 것 같지는 않으나 대조의 분부로 부득이 올라가서 뵈었다. 대조께서 나를 보시고 불쌍하고도 가련히 생각하심이 전보다 더하셨다.

그래서 내 거처하는 집이 경춘전으로 예전에 남편의 낮은 집이었는데, 그 집 이름을 가효당이라 하시고 친히 쓰시며 현판 하여 달게 하셨다.

"네 효심을 오늘날 갚아 써주노라."

내가 눈물을 흘리며 받고 감히 당치 못하여 불안해했는데, 아버지께서 들으시고 축하하며 말씀하셨다.

"오늘날 이 가효嘉孝 두 자를 현판하게 하시니 집안의 보배가 될 것인즉, 위로부터의 사랑과 아래로 이를 받드는 효성에 감탄하노라."

그리고 성은聖恩을 받드는 도리로 집안 편지에 그 당호를 써 다니게 하시니, 감축感祝[68]이 뼈에 사무칠 정도였다.

선왕(정조)께서 자경전을 지으시어 나를 있게 하시니 그때 내 처지가 높고 빛난 집에 있을 형편이 아니었다. 하지만 효성에 감동하여

---

68   경사스러운 일을 함께 감사하고 축하함.

그 집에서 남은 생을 마치려고, 가효당 현판을 옮겨 자경전의 안방 남쪽 문 위에 걸어 영조의 지극히 자애로운 은혜를 잊지 않고자 하였다.

그 해 12월에 임금의 특별사면령이 나오니, 대조께서 세손을 데리고 혼궁[69]에 오셔서 그 문서를 전해 주시고 환궁 때 세손을 도로 데려가려 하셨다. 그런데 세손이 차마 어미 곁을 떠나기를 서운해 하는 모습을 보시고 말씀하셨다.

"세손이 너를 차마 떠나지 못하여 저리 하니 두고 가마."

대조께서는 사랑하시는데 세손이 당신의 자애는 생각지도 않고, 어미만 못 잊어 하는가 하고 서운하게 여기실 듯하여 내가 아뢰었다.

"내려오면 윗분이 그립고 올라가면 어미가 그립다 하오니, 떠나시고 난 후에는 또 위가 그리워서 이리할 것이니 데려가소서."

그러자 즉시 얼굴빛이 좋아지셨다.

"그렇게 하겠다."

그리고 세손을 데리고 환궁하셨다.

세손이 대조를 모시고 가며 어미가 인정 없이 떠나 보낸 일을 섭섭히 여기어 무수히 울고 가시니 내 마음이 어떠하리오. 그러나 그

---

69 왕세자의 장례 후 3년 동안 그 신위를 모신 집.

리운 것은 사사로운 정이요, 대조를 모시고 가서 받들어 그 아버지가 못다 하신 아들의 도리를 잇는 것이 옳고, 정사며 나라 일을 배워 아는 것이 옳기에 떠날 때는 못 잊는 정을 베어 보냈다.

이것이 다 이전의 일을 징계하고 세손으로 하여금 한 마음으로 위에 효성을 다하여, 사랑하시는 임금의 뜻에 조금이라도 어김이 있을까 염려함이니 이 어찌 세손을 위한 정뿐이리오.

나라의 편안함과 위태로움이 세손 한 몸에 있으니, 내가 세손을 못 잊어 하는 마음이야 하늘이 다 알 것이다. 이는 내 마음뿐만 아니라 모두가 아버지께서 나를 인도하여 부녀자의 사소한 사정을 돌아보지 않고 큰 뜻으로 훈계하신 힘이었다. 우리 아버지의 지극한 충성이 마디마디 세손을 위하고 나라를 위하시던 일을 누가 자세히 알겠는가.

세손이 혼궁을 떠났다가 내려오시면 애통하던 곡소리에 누구인들 아니 감동하겠는가. 혼궁의 위패가 의지할 곳 없으신 듯 계시다가, 그 아들이 와서 슬피 울면 경모궁의 영혼이 반기시는 듯하고 외로운 혼궁에 빛이 있는 듯하였다.

애통한 가운데 도리어 위로하니 내가 세손을 낳지 않았다면 이 나라를 어쩔 뻔했을지 아찔하다. 엎드린 나라를 보전하려고 경오생庚午年(영조 26년) 산후에 임신년壬申年(1752년=정조대왕의 탄생)의 경사가 있었던가 싶다.

임오화변은 세상에 없는 일이니 경모궁께서는 천만 불행하여 그 지경이 되셨으나, 아들을 두시어 당신의 자리를 잇게하시어 대조와 세손 사이에 사랑과 효도가 넘치니, 다시 무슨 일이 있을 줄 꿈에나 생각했으리오.

갑신년甲申年(1764) 2월의 처분[70]은 천만 뜻밖이니, 위에서 하신 일을 아랫사람이 감히 이렇다 저렇다 하리오마는, 내 그때의 망극함은 견주어 비교할 만한 곳이 없었다.

내가 임오화변 때 모진 목숨을 버리지 못하고 살아 있다가 이 일을 당한 것은 천만번 나의 죄와 한이다. 즉시 죽고 싶되 목숨을 뜻대로 못하여 돌려서 처분을 하시는 듯하여 스스로 참았다. 그러나 그 망극하고도 슬프며 원통하기는 임오년(영조 38년, 임오화변)보다 못하지 않고, 선희궁께서 식음을 전폐하고 애통해 하시던 일이야 어찌 그렇게 기록하리오.

세손이 어린 나이에 세상에 없는 큰 아픔을 당하고, 또 왕가의 당치않은 변고를 당하셔서 지나치게 애통해 하셨다. 상복을 벗으실 때 곡읍하는 소리가 천지에 사무쳐 초상에 천지가 깜깜하게 꽉 막히던 때의 설움보다 더하셨다.

10세 때 아비를 잃는 변을 당하시고 두 해가 지나 13살이 되셔도 당신이 만나신 바가 갈수록 원통하게만 생각되니, 이를 대하여 내

---

70 사도세자의 3년 상이 끝나고 세손을 사도세자의 형인 효장세자의 양자로 삼은 일.

간장이 쇠가 녹을 듯, 돌이 터질 듯하였다. 즉시 죽고 싶었으나 세손의 서러워하시는 모습이 차마 못 견딜 일이었다.

내가 없으면 세손의 몸이 더욱 외롭고 위태하니 이 지경에 이르러서는 갈수록 세손을 보호하는 마음이 으뜸이었다.

내가 마음을 굳게 잡아 세손을 위로하여 깨우치고 타일러 진정하시게 하였다.

"서러울수록 지극히 보배로운 몸을 보호하여 비록 맺힌 한이 많으나 스스로 착하게 행하여 아버지의 한을 갚아야 합니다."

세손이 종일 음식을 폐하고 울며 지나칠 정도로 몸을 상하셨다. 차마 애처로워 위로하며 곁에 품고 누워 달래어 잠을 들게 하나 늦게까지 잠을 이루지 못했다. 그 모습이 예나 지금이나 어디 있으리오. 그 날(갑신년 2월 처분 날)이 2월 11일인데, 어찌하여 그 처분이 내렸는지 이상하였다.

대조께서 뜻밖에 거동하셔서 선원전에 오래 머무시고 나에게 오시니, 내가 무엇이라 감히 아뢰리오.

"모자가 지금 살아 있는 것이 성은이니, 처분이 이러하시어도 무슨 말씀을 아뢰겠나이까?"

"네가 그리하는 것이 옳으니라."

대조께서 이렇게 말씀하시니, 가득한 인정의 도리에 이 서러운 한이나 없었다면 그렇게 애통하지는 않았을 것이다. 갈수록 내 팔자에 기구한 일이니 스스로 몸을 치고 싶은들 그럴 수가 있으랴. 그저 세상에 이런 일은 없을 것이로다.

7월의 제사에 선희궁께서 내려오셔서 지내시고 가을이 지나면 만나서 시어머니와 며느리간에 상의하자는 약속까지 하시었다. 그런데 갑자기 배종背腫[71]이 발병하시어 7월 26일에 세상을 뜨시니, 그 슬픔을 어찌 예사로운 고부姑婦간의 정으로 일컬을 수 있겠는가. 당신이 나라를 위해 어머니로서 하지 못할 일을 하시고, 비록 영조를 위하신 일이나 지극한 아픔이야 오죽하셨으리오. 선희궁께서 평소에 이런 말씀을 하셨다.

"내가 못할 일을 차마 하였으니, 내 무덤에는 풀도 나지 않으리라. 내 본심은 나라를 위하고 임금을 위하는 일이었으나 생각하면 모질고도 흉하다. 빈궁은 내 마음을 알 것이나 세손 남매는 나를 어찌 알겠느냐?"

그리고 밤에 잠도 안 주무시고 동편의 물림 퇴에 나가 앉으시어 동녘을 바라보시며 상심하셨다.

"혹 그런 행동을 안 했어도 나라를 보전했을는지도 모르는데 내가 잘못했는가? 그렇지 않다. 여편네의 약한 소견이지 내가 어찌 잘못했으리오."

등에 나는 부스럼의 총칭. 등창.

선희궁께서 혼궁에 오실 때면 부르짖어 울고 서러워하시다가 마음속에 병이 되셔서 몸을 망치시니 더욱 서럽도다.

대체 임오년의 일을 지금 사람들이 누가 나같이 알며, 또한 설움이 누가 나와 선왕 같을 것이며 경모궁(사도세자)께 대한 정성이 나같은 이가 누가 또 있으리오. 그러므로 내가 늘 선왕께 말씀드렸다.

"마누라[72]가 비록 아들이나 그때 어린 나이시니 나만큼 자세히 모를 것입니다. 그러니 모년에 관한 일은 어떤 일이라도 내게 물으시고 바깥사람들의 말은 곧이 듣지 마십시오. 그것들이 한 순간 총애를 얻으려고 마누라가 들으시도록 별별 소문을 들어다 말씀 드려도 다 괴이한 말입니다."

그러면 선왕께서 말씀하셨다.

"누가 모릅니까? 그 놈들이 부모를 위한 정성이 없다고 욕을 많이 합니다. 그래서 욕도 피하고 경모궁을 위하노라니, 아들 된 자의 도리에 그렇지 않다는 말을 차마 못하였습니다. 누구에게 추증追贈[73]하며 누구에게 시호를 주며 저희가 하자는 대로 해가니, 그런 일에는 분명히 알면서도 끌려 흐린 사람이 되길 면치 못하옵니다."

그리 말씀하시니, 내가 선왕의 아픔을 차마 생각지도 못하였었다.

무릇 모년의 일로 세상에 두 의견이 있는데, 다 사실과 어긋나는

---

72 왕이나 왕비에게 쓰던 경칭.
73 종 2품 이상의 벼슬아치의 죽은 아버지, 조부, 증조부에게 관위를 내리던 일.

것들이다. 한 의견은 대처분이 떳떳하고 정당하여 천지간에 내세워도 잘못된 것이 아니니, 영조의 큰 덕과 공적을 일컬어 조금도 애통해하고 망극해 하는 뜻이 없다는 것이다. 이는 경모궁을 불효하고 죄 있는 무리에 올려 돌아가시게 하고 영조의 처분이 무슨 적국을 소탕하거나 역변을 평정한 모양이 된다. 그러니 이리 말하면 경모궁의 처지가 어찌 되시며, 선왕께서 또한 어떤 처지가 되시리오. 이는 경모궁과 선왕께 망극한 말이다.

또 한 의견은 경모궁께서 원래 병환이 아니신데, 영조께서 거짓된 말을 들으시고 그런 지나친 처분을 하셨으니 복수를 하여 수치를 씻자는 것이다. 경모궁을 위하여 원통하고도 부끄러운 일을 씻자는 말인 듯하나, 영조께서 무죄한 동궁을 누구의 거짓말을 들으시고 그런 처분을 하신 무리에 들게 하니, 이리하면 또 영조께 어떠한 허물이 된다.

두 가지 말이 다 영조와 경모궁, 정조께 망극하고 사실과 다르다. 아버지의 수 차례에 걸친 말씀처럼 경모궁의 병환이 망극하셔서 임금과 나라의 위태로움이 절박하니 영조께서 애통하고 망극하시나 어쩔 수 없이 부득이 하게도 그 처분을 하신 것이다. 그리고 경모궁께서도 본심으로는 짐짓 덕을 욕되게 하실까 근심하셨으나, 갑갑하게도 병환으로 천성을 잃으셔서 당신이 하시는 일을 다 모르셨다.

병환이 드신 것이 망극하지만 병환은 성인도 면치 못한다 하니, 이것이 어찌 경모궁의 덕을 조금이라도 욕되게 하는 것인가? 실상이 이러하고 그때 사정이 이러하니, 바른 대로 말을 하면 영조의 처분도 애통하고 망극한 가운데 부득이 하신 일이었다.

경모궁께서도 불행히 망극한 병환으로 인해 어쩔 수 없는 경우를 당하시고 선왕 또한 애통과 의리를 함께 겪었다고 말을 하여야 실상도 어기지 않고 의리에도 합당하다. 그러나 위의 두 의견 같으면 하나는 영조께 허물이 되고 하나는 경모궁의 덕을 욕되게 하고 선왕께는 망극하니, 이 두 의견이 다 세 분께 죄를 짓는 말이다.

한편의 의견이 영조의 처분이 거룩하시다 하여 아버지만 죄를 삼으려 하여 뒤주를 드렸다 하니, 아버지께서 뒤주를 드리지 않으신 곡절은 다른 기록에 올렸으니 여기서는 또 쓰지 않겠다. 이런 말을 하는 놈이 영조께 정성을 다하였는가, 경모궁께 충절을 다하였는가 모르겠다.

그것들은 선왕께서 '모년의 일을 위하노라' 하시면 이런저런 말을 하여 용서하시며, '모년 모일에 시비가 있다' 하시면 죄가 있건 없건 간에 선왕의 입으로 '그렇지 않다'고 못하신다는 것을 이용하였다. 모년(임오화변)의 일을 가지고 기회로 삼아 저희 뜻대로 조작하고, 이리하여 사람을 해하고 저리하여 충신이라 자처하니, 세상에 이런 일이 어디 있으리오.

40년 이래 모년의 일로 충신과 역적이 혼잡하고 시비가 뒤바뀌어 지금도 뭐라 정하지 못하였다. 하지만 경모궁의 병환이 어쩔 도리가 없으시고 영조의 처분은 부득이 하신 일이었다. 뒤주는 영조께서 스스로 생각하신 것이요, 나나 선왕이나 그런 고통은 스스로의 고통이고 의리는 스스로의 의리로 알았다. 그래서 망극한 가운데 세손을 보전하여 나라를 길게 지탱한 임금의 은혜에 진심으로 감사드린다.

그때의 여러 신하들이 어쩔 수 없어 말씀한 것은 후대의 사람들이 상상하여 그런 때를 만난 것을 불행히 여길 따름이지, 모년의 일에야 군신 상하에 이렇다는 말을 어찌 용납할 수 있으리오.

모년의 일은 내가 차마 기록할 마음이 없었다. 하지만 다시 생각하니 주상(순조)이 자손으로서 그때의 일을 모르는 것이 망극하고 또한 옳고 그름을 분별치 못 하실까 민망하여 마지못해 이렇게 기록한다. 그러나 차마 일컫지 못할 일 중에서 더욱더 못 일컬을 일은 빠뜨린 부분이 많다. 내가 늙어 얼마 남지 않은 여생에 이를 능히 써내니, 사람의 모질고 독함이 어찌 이에 이를 것인가.

하늘을 보고 흐느끼며 타고난 팔자를 한탄할 뿐이로다.

한중록

閑中錄

❧ 제4권 ❧

나와 너 친정에 대해 기록하다

갑신년甲申年(1764) 2월의 처분은 나라에 매우 중요한 일이었으나 감히 이렇다저렇다고 어찌 말하며, 처분 후에는 더더욱 말할 수 없었다. 하지만 그때 사정을 다 말할 수는 없어도 부득이하게 약간이나마 여기에 쓰겠다.

내가 임오화변을 겪고도 모진 목숨을 끊지 못하고 살아 있다가 그보다 더한 험한 일을 당한 것에 한恨이 많고, 선희궁께서 지나치게 슬퍼하시므로 내가 도리어 위로하였다.

세손이 어린 나이에 아픔을 겪고 또 당치 못할 일을 당하셔서 과도하게 애통해 하셨다. 혹시 몸이나 상하실까 근심이 되어 내가 도리어 위로하였으니 슬프고 슬프다. 누군들 모자母子가 없을까마는 주상(정조)과 나 같은 모자의 슬픔이 세상 어디에 있겠는가.

그 해(갑신년) 7월에 선희궁께서 내려오셔서 경모궁의 신주를 사당에 모시는 모양을 보시고 오래지 않아 세상을 뜨시니 내 아픔이 또 어떠했겠는가? 선희궁께서 안 계신 후로 궁궐의 모양과 인심이 점점 달라졌다.

화완 옹주는 대조께서 편애함만을 믿고 여자의 천성으로 남에게 지기 싫어하며 시기함이 심하였다. 그리고 내외의 권력과 세력이 모두 그의 몸으로 돌아가니, 내게는 더욱 민망스런 일이 많았다.

내가 스스로 내 처지를 탄식하였으나 그때의 사정과 말씨와 얼굴빛이 걱정할 만한 것은 아니었다. 나로서는 다른 시동생 없이 두 그림자뿐이니, 임금을 받들고 세손을 보호하는 것이 큰일이었다.

내가 조금도 변함이 없으며 아버지께서 또한 내 마음 같으셔서 늘 세손께 고모(화완 옹주)를 잘 대접하라고 훈계하셨다. 그리고 내게도 우애 있게 지내라고 권하시니 그 말씀의 근본은 이리 생각하고 저리 생각해도 오직 나라를 걱정하는 마음뿐이셨다.

아버지께서는 화완 옹주의 양자 후겸[01]을 후하게 대접하시고, 화완의 시삼촌 정휘량이 아버지와 당파는 다르나 서로 친하게 지내시니 그 사람도 우리를 고맙게 여겼다. 그런데 정휘량이 죽은 후에 후겸이 혼자 있게 되고 과거에 급제한 후로 다른 사람의 꾀임에 빠져 마음이 변하였다. 이 일은 우리 집의 커다란 화근이 되었다.

무자년戊子年(1768)에 후겸이 수원부사를 하고자 하여 새로운 영의정인 김치인에게 청을 하여 달라고 아버지께 부탁하였다.

---

01 원래 인천에서 어업에 종사하던 서민출신이었으나, 화완옹주의 양자가 되면서부터 궁중에 자유롭게 출입하였고 영조의 총애를 받았다.

"내가 말 한 마디를 어찌 아끼겠는가? 하지만 이제 20세 된 아이에게 5,000명의 병사가 딸린 벼슬을 시키는 것은 도리가 아니다."

아버지께서는 이렇게 말씀하시며 끝내 추천하지 않으셨다.

"어찌하여 집안을 돌아보지 않으십니까?"

나와 자제들이 여러 번 간청하였으나 아버지께서 끝내 듣지를 않으셨으니, 무릇 그와 사이가 벌어진 것은 이 일 때문이었다.

또 오흥부원군 김한구가 영조의 장인이 되어 갑자기 선비를 존대하니, 모든 일이 서먹서먹하였다. 그래서 아버지께서는 편안함과 근심을 함께 하실 마음으로 부자간이나 형제간처럼 가르치셔서 범사에 탈이 나지 않도록 해 주시니, 그도 처음에는 감격하였다.

나도 또한 대비전을 우러러보아 감히 내가 먼저 궁에 들어오거나 나이가 많음을 생각하지 않고 한 마음으로 공경하였다. 그러자 대비전께서도 나를 극진하게 대접하시므로 조그마한 틈도 없어 100년을 양가兩家 02가 서로 친하게 지냈는가 싶다. 그런데 형세가 두터워지고 알고 지내는 것이 오래되자 먼저 된 사람을 꺼려하고 가르치는 뜻을 저버리는 일이 생겼다.

영조께서 기묘년己卯年(영조 35년) 이전에는 아버지를 가까운 친척이라는 것 외에도 일가로서 아끼고 사랑하시어, 주요 관직을 맡기시며 아주 오랫동안 드물게 예로써 대하셨다. 그러다 병술년丙戌年(영

---

02 정순왕후의 친정인 김한구의 집과 혜경궁 홍씨의 친정인 홍봉한의 집.

조 42년, 1766)에 할아버지께서 돌아가셔서 아버지가 들어앉으셨는데, 그 사이에 귀주[03]와 후겸이가 서로 배짱이 잘 맞았다.

후겸이는 전에 수원부사를 청했다가 거절당한 일로 인해 아버지를 미워하고 귀주는 제 집안이 우리 집안만큼 못하니까 시기하여 당치 않은 일에도 성을 내고 말할 수 없을 지경으로 꾀를 써서 해치려고 하였다.

이것은 이득을 탐내어 권세를 따르는 무리들이 겉으로는 선비인 체 자처하면서도 한편으로는 그들을 꾀이고, 다른 한편으로는 해치는 것이다. 그러한 가운데 기회를 봐 가면서 극진한 벗과 가까운 친척들이 다 한쪽으로 돌아가니, 내 집안의 위태함이 급박하게 되었다.

그러나 영조대왕의 은혜가 갈수록 깊어 아버지께서 할아버지의 3년 상을 마친 후에 영의정에 다시 임명되시고 영조의 총애가 예전과 다름없이 여전하셨다. 이럴수록 반대 세력의 모함은 끝이 없어 안팎으로 도와 주는 사람은 없고 해치려고 하는 사람들은 벌 떼같이 일어났다.

'열 번 찍어 안 넘어 가는 나무 없다'는 속담처럼, 모함에 모함을 거듭하니 어느 새 임금의 은혜와 사랑이 저절로 줄어들었다. 김귀주와 김관주가 우두머리가 되어, 경인년庚寅年(1770) 3월에 한유의 흉

---

03 김귀주. 영조 때 벽파의 우두머리로 경주사람. 누이가 영조의 계비가 된 것을 계기로 벼슬을 얻어 좌승지에 오름.

무를 지어내어 아버지께 큰 모욕을 주었으니 분통하고 억울함을 어디에 비할까.

영조께서 남다른 은혜를 내리시어 이제 늙었으니 벼슬을 그만 두라 명하시니, 그때의 놀라움과 무서움은 헤아릴 길이 없었다. 그러나 아버지께서는 이것을 태연하게 받아들이시고 그 은혜에 감격하여 우시며 선마宣麻 ⁰⁴ 후에 동대문 밖 영미정으로 나가셨다.

나는 영조대왕을 우러러 섬기고 아버지를 의지하여 임금과 신하가 서로 의사가 끝까지 잘 통하기를 바랐다. 그러나 아버지께서 작은 무리의 미움을 사고 흉무를 받아 하루아침에 물러나시니, 내가 벼슬을 버리는 것이 아까워서가 아니라, 영조께서 왜 아버지의 굳은 충성됨을 알지 못하시는가 하여 몹시 안타까웠다.

이 원통한 마음 또한 어찌 한 붓으로 다 쓸 수 있을까. 아버지께서 과거에 급제하시기 전부터 임금과 신하간이 남다르게 정이 극진하셨고 갑자년甲子年(영조 20년) 나의 혼례 후에 아버지께서는 과거까지 급제하셨다.

영조께서는 조정에 마음을 터놓는 신하가 없는지라 아버지께서 벼슬이 높지 않을 때부터 나라의 크고 작은 일을 모두 믿고 의지하심이 특별하셨다. 아버지께서 조정에 드신 지 30년 동안, 지방 관직

----

04 임금이 나라에 공이 많은 70세 이상의 늙은 신하에게 방석과 지팡이를 하사하면서 함께 주시던 글.

을 맡거나 상을 당하여 초막에 거처하신 것 외에는 대조께서 부르시지 않은 날이 거의 없었다. 오영장임[05]과 탁지[06], 혜당[07]을 떠나지 않으셨으며, 그러는 동안 백성의 이익과 손해, 나라 전체의 슬픔과 즐거움을 당신 몸의 일과 같이 아셨다. 그리고 임금과 신하간의 사이는 옛 역사책에서도 찾기 어려울 정도였다.

또 그 당시에는 과거가 잦았고 가문의 운수가 매우 번창하여, 가문의 자제들이 잇달아 과거에 급제하였으니 처지가 남과 달랐다. 정치가 밝은 시기가 계속되어 운수인지 요행인지는 몰라도 집안의 번창함이 지극히 과분하였다.

지금에 와서 생각하면 영화로운 길의 자취를 거두지 못하고 과거에 급제한 벼슬아치들이 몸을 적시니, 사람들의 시기함과 귀신의 꺼려함을 어찌 피할 수 있겠는가.

아버지께서 벼슬자리에서 물러나고 싶은 마음은 밤낮으로 간절하시었으나, 영조의 은혜가 위엄이 있으시고 처지가 남과 다르시어 뜻대로 못 물러나셨다. 시절이 어렵고 험하여 옛 사람의 곧은 절개를 다 못하시니, 이 모든 것이 영조를 위해 힘써 임금의 높은 뜻을 이어받은 것이리라.

만일 강직한 사람이 영조의 뜻을 잘못 이어받았다고 시비하면 당

---

05 훈련도감, 금위영, 총융청, 수어청, 어영청의 대장의 임무.
06 재정, 조세, 화폐 따위의 부분을 맡은 관청.
07 선혜당상의 준말. 선혜청의 제조 벼슬.

신도 웃으시면서 마땅히 받으실 것이요, 난들 어찌 마음에 두겠냐마는 우리 집안을 해치는 사람은 귀주의 당이자 후겸의 당이었다. 겉으로는 당이 둘이지만 실제로는 마음이 서로 잘 통하여 넘나드는 무리로써 흉한 말과 고약한 계략으로 우리 집안을 아주 없애 버리려 하는 것이었다.

하늘이 내려다보시면 응당 살피시길 바라지만 한 가문의 놀랍고 쓰라림은 그냥 두고라도 나의 지극한 설움은 또 어찌 참을 수 있으리오.

그 당시 화가 일어날 기미가 점점 급박하여 가니, 내 생각에 귀주의 마음을 풀 길은 없고 화완 옹주에게나 우리 집안의 화를 면할 수 있게 간곡히 부탁하고자 하였다. 하지만 화완은 아들(후겸)의 말만 듣고 예전의 은근한 정이 달라진 지 오래 되었으니 내 말 한 마디로 움직이기는 어려웠다.

일의 형편상 그 아들을 잘 사귀어야 좋았으나 무슨 일인지 오라버니는 그들에게 유독 미움을 사고 첫째 동생도 또한 그러했다. 다만 둘째 동생 홍낙임이 있기는 하나, 어려서부터 성품이 고상하고 일을 하고자 하는 의지와 기개가 얼음같이 맑고 옥같이 깨끗하였으니, 구차하게 속되고 더러운 일을 할 사람이 아닌 줄은 알고 있었다. 하지만 형제 중에 나이가 적고 담력과 지략이 풍부하였기에 내가 동생에게 편지를 하였다.

"옛날 사람들은 아버지를 위하여 죽은 효자도 있었다. 지금 사정으로는 아버지를 위하여 후겸이와 사귀어서 집안을 구하는 것이 옳을 것이라고 생각한다."

내가 권하고 또 권하였더니 낙임은 내 말을 듣고 뜻을 이어받아 제 몸을 돌보지 아니하고 옛 사람의 권모술수權謀術數[08]를 써서 후겸이와 친하게 지냈다. 낙임이 자못 세상의 미움을 받고 몸을 더럽힌 것은 다 이 못난 누이의 탓이리라.

낙임은 오라버니께 글을 배워 글재주가 뛰어났기에 금방 소과에 급제하고 임금이 친히 보이시던 과거에 장원을 하였다. 돌아가신 할아버지의 뒤를 이어받아 앞길이 창창했으나 지니고 있는 것을 펴 보지도 못하고 집안의 화를 걱정하여 천생의 본심을 지키지 못했다. 후겸이와 사귄 것을 스스로 부끄럽게 여기는 마음으로 맹세하길, '집안이 평안하면 몸이 세상에 나가지 않으리라' 하였다. 그래서 낙임은 번리磻里에 있던 집을 동서로 옮겨 장만하고 나에게 그 뜻을 편지로 알리었다.

"멀리 못 갈 몸이니 앞으로 한양 근처에서 대궐을 의지하고 자연과 더불어 벼슬을 버리고 일생을 청렴결백하게 살아가겠사옵니다."

이 글귀가 나에게는 눈에 선하게 들어왔다.

신묘년辛卯年(1771) 2월, 아버지께서 당하신 처지는 또한 천만 뜻

---

08 목적 달성을 위하여 수단과 방법을 가리지 않고 온갖 모략이나 술책.

밖의 일이다. 귀주의 숙질叔姪⁰⁹이 남모르게 일을 꾸며 우리 집안을
아주 없애 버리려고 하였는데, 영조대왕께서 매우 지혜로우시나 춘
추가 많으시니 전후 사정을 미처 살피지 못하시었다. 그 화를 몰고
온 기세는 매우 급박하였다.

아버지께서 청주에 머물러 있으라는 형벌을 받으시어 어느 지경
에 이를지 모르게 되었는데, 이때 세손이 외가를 보호하려고 정순왕
후께 말씀을 많이 하시었다.

그 날 한기가 단번에 우리 집안을 멸망시키기로 마음먹고 후겸에
게 대조께 함께 아뢰자고 하였다. 그러나 후겸의 생각이 전과 같았
으면 어찌 되었을지 모르겠지만, 내 동생 낙임과 사귀어서인지 즉석
에서 한꺼번에 해치려고 하는 의논을 그만두었다.

그의 어미(화완 옹주)도 마음이 풀리어 대조께 말씀드렸던지 화의
정조가 다소 잠잠하게 없어지니, 눈앞의 고마움을 은인으로 생각했
으나 애당초 그런 일이 없었던 것만 같겠는가.

이때 귀주의 숙질이 없는 사실을 거짓으로 꾸며 우리 집안을 망
하게 하려는 것이 다름이 아니고, 연이어 생긴 인¹⁰의 형제 때문으
로 사실은 영조대왕께서 이것이 화근이 될까 근심하시던 터였다. 아
버지의 마음에도 어찌 염려가 안 되셨을까마는, 드러난 죄가 없으면
은혜와 원망을 먼저 할 것이 아니기에 대조께 아뢰셨다.

---

09 아서씨와 소카늘 아눌러 이르는 발. 여기서는 김한기와 김귀주를 말함.
10 사도세자의 후궁 영빈 박씨의 소생으로 은언군을 말함.

"신의 처지에서는 세손께 지극한 몸이오니, 신이 좋은 빛으로 그들을 대접하여 원을 사지 않는 것이 좋사옵니다."

아버지께서는 그것들이 잡것에 반하는 일이나 없게 하자는 뜻이었으나, 그것들의 됨됨이가 잘못되어 가르침도 받지 않고 분별없는 일이 많았다. 그래서 아버지께서 그 일을 불행히 여기시고 매우 걱정을 하셨다. 그러나 가르쳐서 감동할 사람들이 아니기에 그 후로는 그들에게 믿음을 가진 일이 없으셨다.

아버지께서는 당신의 애씀으로 나라에 일이 일어나지 않도록 하시던 일이 뜻대로 되지 않으심을 한탄하시었다.

경인년庚寅年(1770) 후에 귀주네가 이 일로 남을 어려운 지경에 빠지게 하려다 뜻대로 되지 않으니, 또 다른 일로 올가미를 씌울까하여 염려가 되었으며 곧 화가 일어날 듯하였다. 세손의 덕택으로 조금 진정되었으나 인정의 도리로 아버지가 외손인 세손을 위하여 하신 정성이 어떻다 하실 것이 아닌데도 이치 밖의 일로써 해치려고 하니 그들의 마음씨가 나쁘고 거칠 것이 없어서 무섭고 또 무섭다.

아버지께서 청주에 귀양 가 계시다가 곧 풀리시었으나, 논란의 상소가 끊이지 않으므로 과천의 촌집에서 죄를 기다리고 계셨다. 그런데 4월에 대조께서 아버지를 다시 벼슬길에 등용하시고 6월에 대궐에 들어오시니, 우리 부녀는 서로 만나 반기며 원통함을 풀었다.

그러나 8월에 한유의 흉악한 상소가 다시 나왔으니, 이것 또한 귀주의 음흉한 모략이었다. 뜬구름이 해를 가리듯 나쁜 무리들이 임금의 총명을 가리니 대조께서 엄한 분부를 내리시어 아버지의 죄명이 무거우셨다. 아버지께서는 산속의 사당안에서 나오지도 않으시고 그 속에서 오라버니 내외를 데려다 지내셨으니, 그때의 모습이 어떠하셨겠는가.

경인년에 아버지께서 영미정[11]에 계실 때 큰집은 서울에서 사당을 모시고 있고 둘째 동생 내외가 모시고 지냈다. 둘째의 부인이 집에 들어온 지 오래지 아니하여 어머니께서 돌아가셔서 항상 추모하고, 시아버지(홍봉한) 섬기기를 지극히 공경스럽게 하였다. 또한 큰동서를 우러러 받드는 것이나 시누이 사랑함을 지성으로 했다.

영미정에 아버지를 모시고 있을 때도 맏며느리가 아닌 그냥 며느리로서 어찌 못할 일이로되 지성을 다해 받들었다. 신묘년辛卯年(영조 47년) 2월에 집안에 닥친 일이 급박하여 가니, 그때 임신한 지 여러 달이 되었는데도 찬물에 목욕하고 동망봉[12]에 올라 시아버지를 위하여 자주 하늘에 빌었다.

그러다가 그 해 9월에 아이 밴 몸으로 세상을 떠났다. 임신 중에 심히 아픈 몸을 돌보지도 않고 찬물에 목욕한 탓이었을 것이니, 내가 각별히 더 서러워했다.

임진년壬辰年(영조 48년) 정월에 아버지께서 죄를 특별히 용서받으

---

11 동대문 밖 지명. 현재의 창신동.
12 현재의 숭인동 뒷산.

시고 대왕께서 부르시는 글이 간곡하시니 마지못하여 삼호로 다시 올라오시어 머무르시다가 대궐에 들어오셨다. 그 때 임금의 얼굴에는 즐거움이 가득하시어 전과 다름이 없었다.

그런데 그 해 7월 21일에 관주와 귀주가 다시 음흉한 상소를 올렸는데, 어느 말이 모함이 아니고 어느 마디가 흉악한 모략이 아니겠는가? 세상이 빠르게 변하고 인심의 흉악함이 제 처지가 남과 다른데도 무슨 원한으로 이 지경까지 이르렀는지, 이상하지 않을 수 없었다.

그러나 영조께서 헤아리어 살피심이 해와 달과 같으시어 아버지의 모함을 벗겨 주셨다. 그리고 나의 친정과 정순왕후의 친정인 김씨 집안이 이러한 것에 크게 분노하시어 귀주를 옷을 벗겨 매질하여 사죄하게 하시고 귀주에게 벌을 내리셨다. 나는 그때 작은집에 내려가 죄를 기다리고 있었는데, 영조께서 부르셔서 도리어 위로하셨다.

"내가 왕비(정순왕후)께도 너를 대하기를 이전과 달리 하지 말라 하였으니 내 말을 들으실 것이다. 그러니 너 또한 조금도 왕비를 의심하지 말라."

그 말씀을 들으니 대왕의 은덕이 하늘같아 갚을 바를 알지 못하겠더라. 누군들 나라의 은혜를 입지 않겠는가마는, 나 같은 이가 어디 다시 있겠는가. 이 날 내가 당한 일이 모두 이상하여 어떻게 처리해야할지 원통했으나, 임금의 분부가 간절하심에 감동하였다.

한 하늘 아래서 같이 살 수 없는 원수 귀주는 잊지 못하겠지만, 정순왕후를 섬김에 있어서는 조금이라도 마음에 감히 꺼리거나 미워하는 뜻을 품지 않았다.

내가 왕비를 지성으로 섬긴 것을 궁중이 다 눈으로 지켜보았다. 정순왕후께서도 또한 나를 대하시기를 늘 똑같이 하시니, 내 자비로운 덕으로 우러러 잘 통함이야 말할 것도 없었다.

정순왕후께서는 자연 염려하시니 귀주가 나라에 역적일 뿐만 아니라 내 마음에도 귀주가 정순왕후께 죄인인 줄로 알고 있다.

계사년癸巳年(1773)에 아버지께서 회갑을 맞으셨다. 그러나 할머니께서 회갑이 되던 해에 미처 생신을 지내지 못하시고 별세하신 일이 한이 되어, 추모를 새롭게 하시며 잔을 들지 않으실 뿐만 아니라 조반도 잡수시지 않으시고 상심하시어 울음으로 지내셨다.

그러자 내 감히 음식을 해 드리지 못하고 진지를 차려 권하면서도 억지로드시게 하니, 수저는 드시었으나 잡숫지는 아니하셨다.

돌아가신 어머니께서도 그 달이 회갑 달인데, 일찍 별세하셔서 두 분이 함께 이 해 이 달을 즐기시는 것을 뵙지 못하니, 우리 남매의 놀라운 정성과 추모의 고통을 비할 데가 어디 있으리오. 그 해 10월에 영조대왕께서 아버지가 회갑을 무의미하게 지냈다고 하시어 우리 집에서 나라의 노래잔치를 베풀어 주셨다. 아버지께서 풍류 한 마디를 하시어 임금의 은혜에 영예를 표하시고 전 가족이 깊이 감사하고 축하드렸다.

　그러나 둘째 동생 홍낙임의 집이 잘못된 가운데 좋은 아내를 잃고, 울부짖는 아이들의 모습이며 신세가 쓸쓸함을 말할 수가 없었다.

　낙임은 지나칠 정도로 슬퍼하고 두 아들을 두었다고 하여 재혼하려고도 하지 않았다. 그러다가 두 며느리를 해를 연달아 맞이하여 집안이 제대로 되어 갔으니, 그 어머니의 정숙하고 단아한 덕을 어찌 다 갚을까 하였다.

　그런데 갑오년甲午年(1774) 겨울에 낙임이 둘째 아들을 잃으니, 이런 유별난 상사는 우리 집에 처음 있는 일이었다. 이는 집안이 기울려고 하는 징조를 나타내는 것인가 싶었다.

　낙임이 장남 취영이 하나를 두고 재혼하지 않는 것은 도리에 맞지 않는 일이기에 아버지께서 권하시고 내가 여러 번 편지를 하였다. 그래서 그 고집을 돌려 을미년乙未年(영조 51년) 가을에 재혼하여 3남 1녀를 얻어 백발이 성성할 지경에는 자녀가 많으니, 내 모양이 자식을 내준 바라고 말할 수 있다.

　그 해 12월 작은아버지(홍인한)께서 영상의 벼슬을 받았으나, 아버지께서 미처 물러나지 못하여 흉악한 무리의 헐뜯음과 모함을 당했던 일이 한이 되었다.

　우리 집안사람들이 벼슬을 버리고 나라의 은혜에 감사하면서 조용히 지내는 것이 당연한 일인데도 나라의 일이 더할 수 없이 어렵고 위태로운 때 이와 같이 큰 벼슬을 내리시니 놀라웠다. 그리고 근심과 두려움 때문에 스스로 몸을 묶은 듯 움직이지 못하고 두려워하였다.

집안이 가장 융성하니 하늘이 우리 집안에 복이 가득함을 슬퍼하시고, 벼슬과 지위가 가득하니 재앙이 저절로 생겼던가 싶다.

을미년(영조 51년) 겨울에 작은아버지께서 큰 죄를 지으시니, 두려워 겁낸 탓이었으나 말씀을 잘못하여 큰일이 생겼다. 본심을 헤아리지 못하고 죄명이 무거워 집안이 망할 기틀이며, 이 일의 사연은 가슴이 막혀 긴 말은 못쓰고 통곡할 뿐이로다. 슬프고 슬프도다.

병신년丙申年(영조 52년) 3월 초 닷샛날에는 영조대왕께서 돌아가시어 하늘이 무너지는 아픔을 당하였으니, 그 슬픔을 어떻게 다 표현하겠는가!

내가 10살에 영조를 모시기 시작하여 30여 년 동안 극진한 사랑을 입었고 몹시 어렵고 험악할 때에도 나를 사랑하시는 것은 조금도 변하지 않으셨다. 심지어 영조로부터 이런 말씀까지 들었다.

"일찍부터 너를 알아 서로 마음과 뜻이 통하는 사이가 되었구나."

세상을 살아가는 데 지켜야 할 도리의 어려움을 생각하면 내 한 몸을 보전한 것이 모두 영조의 하늘같은 은혜였다. 또한 우리 집안을 구제한 것도 영조께서 처음부터 끝까지 도와주신 은혜의 덕택이었으니, 자식이 되어 어찌 이 은혜를 잊겠는가.

주상(정조)을 간신히 길러 왕위에 오르시는 것을 보니, 어미의 정으로 어찌 귀하고 기쁘지 않겠는가! 하지만 슬픔이 마음속에 있고 집안의 재앙이 천만 가지로 닥쳐서 작은아버지의 죄만이 망극할 뿐만 아니라, 흉악한 상소가 잇달아 일어나 아버지의 처지가 더욱 망극하였다.

내가 어리석으나마 주상의 어미로 앉아 있는데 아버지를 꼭 해치려고 하니, 이것은 나를 업신여기는 뜻이었다. 차라리 내가 죽어 없어져 이런 꼴을 보지 않으려고 하였다. 그러나 주상을 버리고 떠나지 못하는 것은 당연한 인정이 아니겠는가.

슬픔을 마음에 간직하고 하늘만 바라보다가, 7월에 작은아버지께서 당하신 것을 보니 집안이 망한 듯하였다. 내 처지에 이것이 어쩐 일인고! 통곡하고 통곡하나 이 또한 개인적인 정에 지나지 않았다.

나라를 위한 지성은 갈수록 더욱 힘을 더하여 임금께서 깊이 헤아려 살피시기만을 바랄 뿐이었다. 그런데 아버지가 삼호에서 근신하며 처분을 기다리시다가 욕됨이 더욱 심하니, 서둘러 문봉묘 아래로 가시고 집안이 다 따라갔다. 이러하니 하늘에 사무친 나의 슬픔이야 또 어디에 비할 수 있을까?

내 몸으로 아버지의 억울하고 원통함을 깨끗이 밝혀 드리고 죽을 수도 있지만, 주상의 일을 생각하여 모진 목숨을 구차하게 이어갔다. 한편으론 모질고 사나운 운수요 또 한편으론 지혜롭지 못한 것이지만, 마음을 깊이 알아보면 그윽이 헤아릴 수 있을 것이로다.

선왕(영조대왕)의 은혜와 사랑을 입었으니, 어찌 제사에 참여하지 않으며 곡을 하지 않으리오. 집안이 당한 처지가 이루 말할 수 없었으나 감히 제사에 참여하지 않을 수 없었는데, 작은아버지의 일이 생기고 아버지의 처지가 더욱 망극하게 되었다.

나는 죄인의 자식이 아무렇지도 않게 행동하는 것은 염치와 예의가 다 없는 것이라 생각하였다. 그래서 방 안에 앉아 나가지 않으면서 사생화복死生禍福을 같이 하려고 문 밖을 나간 일이 없고 다만 주상께서 오실 때만 머리를 들었으니, 주상이 어찌 내가 슬퍼하는 것을 보고자 하시겠는가. 항상 나를 대하실 때마다 불안해하시고 몹시 슬퍼하셔서, 주상의 마음을 위해 도리어 얼굴에 환한 빛을 보였다.

아버지의 처지가 망극할 뿐 아니라 둘째 동생의 죄명이 물위에 올라 더욱 어이없었다. 그런데 집안의 운수가 계속 험악하여 정유년丁酉年(정조 1년, 1777)에 오라버니(홍낙인)가 돌아가시니, 원통하기 이를 데 없었다.

오라버니는 집안의 큰 몸으로 덕행과 문학이 보통을 넘어 여러 아우와 사촌들까지도 배우고 들었다. 또한 집안이 번영한 중에도 글을 좋아할 줄 알고 추한 일들은 하지 않아, 남들이 괴이한 임금의 친척으로 알게 하지 않았다.

오라버니는 비록 2품 이상의 벼슬에 올랐으나 문을 닫고 글을 읽어, 위로는 나이 어린 삼촌이나 아래로는 손아랫사람들이 보고 감화하였는데, 이것은 모두 오라버님의 힘이요 공이었다.

내 비록 깊은 궁궐에 있어 집안의 일을 자세히는 모르지만 깊은 골짜기에 난초가 피면 바람으로 인하여 향기가 멀리까지 풍기는 것과 같이 내가 이 사실은 익히 알고 있는 바이다.

항상 좋은 것만을 일컫기 때문에 집안이 비록 잘못되었으나 오라버니를 태산같이 믿고 기대를 버리지 않았다. 춘추 쉰이 못 되어 집안의 처지를 밤낮으로 염려하시고, 당신이 불행히도 과거에 급제하여 아들까지 이어 조정에 오른 일을 뉘우치시고 또 뉘우치셨다.

그래서 하늘을 깨치실 웅장하신 뜻을 갑작스럽게 품고 아침저녁으로 문안드리는 일 외에는 방안에 들어가 문을 닫고 글만 읽으셨다.

조그만 언덕과 숲 사이로 일찍이 올라 소요하지 않으시고, 당신 형제가 조정에 들어가 영화를 더해서 아버지께 걱정을 끼쳐 드린 것만 슬퍼하시다가 일찍 돌아가시니, 이 어찌 하늘의 이치라 하겠는가?

하물며 아버지께서 병으로 위독하신 중에 아들이 먼저 세상을 떠나니 무척 애통해 하셨다. 집안이 잘못된 중에 또 잘못되어 참으로 눈 위에 서리이니, 하늘을 우러러 눈물만 흐를 뿐이었다.

오라버니께서 말과 행동을 애써 삼가고 조심하시며 매우 세밀하셔서 항상 나를 보시면 검소하고 소박하라 말씀하셨다. 가끔 왕가의 사업 성과와 착한 왕비의 말씀을 꾸준히 하셨으니 그 어느 말씀이 감탄치 않을 수 있으리오.

오라버니께서는 집안이 번영함을 우려하셨다.

"왕의 친척 된 집안을 보전하는 길은 음관蔭官[13]이나 주부主簿[14], 봉사奉事[15] 같은 말단 벼슬을 길이 누리는데 있으니 누이께서는 본집이 잘 되는 것을 기뻐하시지 마십시오."

우리 집안이 왕의 친척이 되기 전에도 대대로 그런 말단직을 하였다는 말은 듣지도 못하였기에, 그 말씀이 옳은 줄은 알았으나 우습게 받아들였다.

그런데 지금 와서 생각하니 밝은 말씀이었다 싶다. 풍채가 바르시고 얼굴 모습이 수려하여 어머니를 많이 닮으셨으므로 오라버니를 만나 뵈올 때면 항상 반갑기 그지없었다. 그리고 영조께서도 늘 칭찬을 아끼지 않으셨다.

"낙신도 크게 쓸 만한 신하이다."

또 주상(정조)께서는 큰외삼촌 대하시기를 스승같이 하시어 특별하신 대우가 오라버니의 지체뿐만 아니었다. 집안이 무사했더라면 오라버니의 공명뿐만 아니라 일신의 빛남이 어디에 비길 것이 아닐

---

13 과거를 거치지 아니하고 조상의 공덕에 의하여 맡은 벼슬.
14 내의원, 한성부, 봉상시 등 여러 관아에 딸린 종 6품의 벼슬.
15 종 8품의 한 벼슬.

터이다. 그런데 중년에 갑자기 별세하시니, 내 슬픔은 한갓 집안을 위한 마음뿐만 아니라 그 애석함이 뼛속 깊이 박혀 수십 년이 되었어도 말을 하면 가슴이 막히고 눈물이 흐른다.

오라버니가 돌아가셨을 때 주상께서 친히 제문祭文을 지으셔서 덕행과 문장을 칭찬하여 제사를 지내 주셨다. 그때의 집안 사정으로 이것은 매우 특별한 은혜였으므로 깊이 감사를 드렸다.

그 후에 주상께서 친히 머리말을 지으셔서 문집文集을 내어 주실 정도로 극진하시니, 오라버니께서 이것을 아시면 죽은 뒤에도 은혜를 갚고자하는 마음이 어떠하겠는가?

정유년 8월에 낙임의 일이 더욱 망극하니 하늘을 우러러 처분만 기다렸다. 주상께서 살피시어 생명을 살려 주시고 무술년戊戌年(정조 2년)에 광명이 비쳐 원통함을 밝혀 주셨다.

낙임에 대한 주상의 은혜는 하늘과 땅, 강과 바다 같으셔서 세상에 드물고 내 형제를 살려내니 그 때 감격함을 어떻게 표현하겠는가.

아버지께서 그때 올라오셔서 궐 밖에서 처벌을 기다리셨다가 무사한 후에 대궐에 들어오셔서 나를 보셨다. 아버지께서는 3년 동안 망극한 상喪을 당하고 여러 가지 일을 겪으셔서 매우 노쇠해지셨다.

내가 놀라운 기쁨과 원통함으로 가슴이 막혀 오랫동안 떨렸고, 아버지께서는 낙임이 살아난 것에 감동하시며 생전에 만난 것을 반가워하시고 곧 나가셨다. 내가 아버지의 손을 잡고 앞으로도 계속 수

고하시어 집안이 나아져서 다시 뵈옵기를 마음속으로 기도하고 눈물로써 작별 인사를 하였다.

그러나 내 죄가 갈수록 무겁고 깊어서인지 하늘이 화를 내리시어 그 해 섣달 초4일에 아버지께서 세상을 떠나시고 말았다. 사무치는 원통함이 망극하고 또 망극하도다. 누군들 부모를 잃지 않은 사람이 있을까마는 나 같은 슬픔은 세상에 다시없을 것이다.

아버지의 기질과 성품을 보면 70살은 살 수 있을 것이지만, 나라를 위하여 수십 년 동안 마음을 태우시고 흉악한 무리들의 거짓 모함을 수 없이 당하시어 마침내 집안이 뒤집혀 몸이 많이 상하셨다.

하지만 정성이 지극하여 간절한 마음을 씻지 못하시고 지극한 원한을 품으신 채 수명을 재촉하게 되었으니, 이것은 다 누구의 탓이겠는가. 그것은 모두 불초, 불효한 나를 두신 때문이니 나는 뼈를 갈아도 이 불효는 속죄하지 못할 것이다. 하지만 모진 목숨을 또 건져서 땅 위에 보전함은 주상의 효성에 이끌림을 면치 못하여 이제는 아버지와 즐거움, 슬픔을 함께 못하니 부끄럽고 슬픔이 하늘과 땅에 사무친다.

어느 누가 부모의 사랑을 받지 않았을까마는 나 같은 사람은 없을 것이다. 일찍이 부모를 떠나 있다가 중간에 어머니를 여의고 아버지께서 어지신 어머님의 정도 겸하셔서 한시도 나를 잊지 못하시어 조그마한 일이라도 내가 마음을 다칠까 염려하셨다.

운명을 슬퍼하는 것이 마음속의 고통이 되어 힘이 미치는 동안은 내 뜻을 받기에 힘쓰셨다. 궐내에서 결정한 진상물 외에 정조의 처소는 용도가 넓지 못한데, 그 사이 아무 말 없어도 요구에 응하는 재물은 허다하며 크고 많으니, 이루 다 형용하여 옮길 수는 없다.

그러나 당장 급한 일이 무수한데도 내 마음을 쓰이지 않게 하기 위하여 재물이 얼마인지도 모르고, 30년 동안 안팎으로 중요한 임직을 일시도 떠나지 않으셨다. 그러나 곳곳의 창고가 충만하고 아버지가 나라 일에 마음을 다하여 나라에서 재물을 갖다 쓰게 하여도 조금도 낭비하신 일이 없었다.

하지만 재주와 일을 처리하는 능력이 비상하셔서, 부득이 쓰고자 하시는 것은 미치지도 못할 만큼 쓰셨다. 이것은 작은 일이지만 지극한 인정의 도리를 믿어 급한 때를 무사히 지내고 나면 내가 다행할 뿐 아니라, 일에 임하는 궁궐 사람들이 손을 모아 감사하고 축하하였다.

아버지께서는 임오년(영조 38년, 1762) 세손(정조)의 혼례 때 모든 일을 준비하여 나를 도와 주셨다. 사도세자가 변을 당했을 때에도 의복을 모두 애써 감당하시며, 3년 제사에 쓰이는 물건의 종류와 제물도 동궁이 한 해 정도의 밀린 부채가 있으니 쓰지 말라고 하시며 모두 도우셨다. 그러니 어느 것 하나 아버지의 정성이 미치지 않은 것이 있겠는가.

내 딸들인 청연 형제의 혼례 때도 아버지가 도와주셨다. 이렇게 하여 나에게 들이신 재물이 몇 만금인지 모른다. 이것이 모두 나라를 위하신 일이겠으나 자연 나의 불안은 심하여 늘 조용히 말씀드렸다.

"나에게만 이렇게 애쓰시고 동생들은 어찌 돌보지 않으십니까?"

그러면 아버지는 웃으시며 말씀하셨다.

"나라가 태평하면 저희들이 살 것인데, 집이며 논밭을 장만하여 준 것도 옛날 사람에 비하면 매우 부끄럽습니다."

당신 같은 처치에 이런 말씀을 하시니 어찌 내가 감동하지 않을 수 있겠는가.

아버지께서는 임금을 섬기시는 것에 충성을 다하시고, 집안에서도 효성과 우애가 있으시며 직무에 청렴결백하셨다. 사무 처리에 있어서도 모든 벼슬아치와 백성이 은혜와 덕을 입지 않은 사람이 별로 없으니, 이것은 개인적인 말이 아니라 온 세상이 공언하는 것이니 내가 길게 말할 필요가 없으리라.

아버지께서는 어머님을 일찍 여의시어 외가에도 정성이 극진하셨는데, 외조부모의 제사에는 반드시 여러 가지 쓰이는 물건들을 준비하셨다. 또한 종질從姪들을 사랑하고 도와주심도 각별하시었으며, 어렵고 가난한 친구와 일가를 지극히 구제하여 주시니, 그것으로 끼니를 이은 집이 얼마인지 몰랐다.

천성이 소박하셔서 당신의 처지가 어떠하고 지위가 어떠하신 데도 계시는 방에는 좋은 종이로 벽을 바르시지 않고 그림 한 장 붙이시는 일이 없었다. 주무시는 방에는 고운 요나 돗자리도 깔지 않으시며 좋은 병풍을 치지 않고 물건 한 가지 놓으신 일 없이 일생을 무명바지와 무명 윗옷을 입고 지내셨다.

그리고 반찬은 잘해 잡수신 일이 없고, 말년에는 자신을 죄인이라 자처하시며 초가집에 거처하셨다. 두 가지 반찬을 못 놓게 하셨다니, 천성이 착하지 않으시면 어찌 이렇게 하시겠는가.

아버지께서는 일찍이 청연과 청선 두 군주의 족두리에 구슬 박은 것을 보시고 나에게 주의를 주셨다.

"몸이 가려워서 차마 못 보겠습니다."

이 한 가지 일로 미뤄 보아도 백 가지 일을 알 수 있으니, 참으로 슬프다.

당신의 덕행이 이러하시고 일하시는 것이 이러하시며, 몸을 닦고 일에 처하심이 이러하시었으나 나중에 운수가 험악하여 임금의 은혜를 끝까지 보전하지 못하시고 지하에서 원한을 품으시게 되셨으니 안타깝도다. 이 일을 생각하면 하늘에 사무친 한이 가슴에 박혀 잠시도 살고 싶은 마음이 없었다.

그러던 중에 수영이 네가 아버님 3년 상중에 또 할아버지가 돌아가시는 화변을 당하여 제사를 지내게 되니, 네 몸에 상복喪服이 겹겹이었다. 내가 너 태어난 후부터 종질로서 각별히 사랑해 왔는데, 아버지와 오라버니가 안 계신 뒤로 집안을 다스릴 중대한 책임이 나이

적은 너에게 지워졌던 것이다.

첫째 동생 낙신은 성품이 효성스럽고 우애가 있고 자상하였으며 권세와 욕심이 없었다. 경인년庚寅年 1770) 후에 서울 집을 떠나 삼호에 살면서 세상에 나오려고 하지 않고, 모든 일을 공명히 처리하였으므로 아버지께서 매우 기대하셨다.

삼호에 계실 때는 둘째가 아버지를 모셨고 신묘년辛卯年(영조 47년) 귀양 때에도 따라가서 모셨으며, 병신년丙申年(영조52년) 9월에는 고향으로 아버지를 따라 옮겨갔었다. 그리고 아버지의 상喪을 당한 후에는 형제들이 서로 의지하여 울음으로 지내는 중에도 아우를 거느리는 것과 조카를 가르치는 것이 한 몸같이 극진하였다.

아버지가 안 계신 후로는 내가 낙신에게 모든 집안일을 맡겼다. 낙신은 아버지가 계실 때같이 내 마음을 알아 모든 일을 걱정 없이 처리하므로, 나의 기대함이 아버지 돌아가신 후로 100배나 더했다.

여동생이 기묘년에 출가하여 매우 빈곤하였으나 자식을 계속 낳고 남편이 급제하여, 나라의 은혜를 입고 안락하기를 바랐다. 그런데 천만 뜻밖에 우리 집안이 잘못되고 제 시집의 불행 또한 망측하여 옥 같은 자질이 진흙 속에 떨어지니 내 집안을 위한 아득한 근심 가운데도 이 동생을 못 잊는 마음은 비할 데가 없었다.

여동생이 고향으로 내려가 거리가 멀지 않았으나 아버지께서는 국법을 무섭게 여기셔서 불러 보시는 일이 없고, 나 또한 편지 한 통하지 못하니 제 설움이 이를 데가 없었다. 그러다가 아버지께서 변을 만나니 의지하여 바랄 데가 끊어져 더욱 슬퍼하고 생애가 망연하였다.

둘째 낙임은 아버지께서 하시던 것과 조금도 변함없이, 한 푼의 돈과 한 되의 쌀 심지어 간장까지 모두 걱정하고 의논하여 곤궁한 처지를 도왔다.

이것은 동생에 대한 정이라고는 하지만 이 세상이 끝나도 잊지 못할 우애요, 낙신의 부인 또한 우애가 극진하여 남편의 뜻을 받아 어려움 속에서도 도와줌이 친동생보다 더하였다. 이 내외가 아니었으면 제가 어찌 지탱했겠는가.

막내동생 낙윤은 5살 때에 김성응 공의 차남인 지묵의 맏딸과 혼인을 약속하고 있었다. 그런데 후에 그 처녀가 담종痰腫으로 혼인할 가망이 없게 되자, 김공이 아버지께 혼담을 물리자고 하였다. 그러나 아버지께서는 파혼하지 않으셨다.

"두 집안이 이미 약혼하였는데 지금 와서 처녀가 병들었다고 하여 언약을 저버리면 사대부의 도리가 아니다. 비록 병 때문에 부부의 도리를 못 이루어도 이것은 모두 저희들의 팔자니 하늘에 맡길 것이다."

그리하여 혼인을 하였으나, 인륜의 도리를 지키지 못하였다. 그러다 병술년丙戌年(1766)에 그 댁이 갑자기 죽으니 동생이 무슨 정이 있었을까마는 매우 슬퍼하며 오래 잊지 못하였다.

아버지께서 믿음과 의리를 중히 여기셔서 파혼하지 않으신 것은 예例에 드문 일이고, 동생 또한 오랫동안 불쌍히 여기고 재혼하지 않은 것도 쉽지 않은 착한 마음 때문이었다. 그 해에 할머니를 잃으니 동생의 슬픔은 어머니를 두 번 잃은 것과도 같았다.

내가 모든 것을 못 잊어 하는 것은 비록 형제이긴 하지만 자식과 어찌 다르겠는가.

낙윤은 제 기상과 박식으로 집안이 아주 번창함을 보았으나 제 몸에 좋은 것이 없었다. 또한 20살이 갓 넘으면서 집안이 기울게 되어 이리저리 떠돌아다니게 되니 집안 걱정 외에도 숨은 근심이 있어 반생을 즐거움을 모르고 지냈다. 그래서 내 마음속에 불쌍히 여기는 것이 형제 중에도 각별하였다.

그러다가 마침내 아버님을 잃은 아픔을 또 당하니 가엾고 불쌍한 생각이 100배나 더하여 더욱 잊지 못하였다. 3년 상을 다 마치고 삼 형제가 뿔뿔이 흩어지니 이리 돌아보고 저리 돌아보아도 각각 그리워하는 마음이 그지없었다.

아버지께서 나를 낳으신 하늘같은 은혜와 천륜뿐만이 아닌 뛰어나신 사랑을 내가 다 갚지 못하고, 나로 말미암아 마침내 집안이 이렇게 되니 생각할수록 이 몸이 없어져 불효를 사죄하고 싶었다.

그러나 모년(영조 38년, 1762, 임오화변)에 결단하지 못했던 것은 주상을 위하여 못했던 것이요, 무술년戊戌年(정조 2년) 아버지상 때 따라 죽지 못했던 것도 주상이 외롭고 위태하신 것을 잊지 못한 때문이었다. 사도세자를 섬기는 것에도 죄를 짓고 아버지를 섬기는 효성에도 도리를 저버린 사람이 되었다.

그리하여 스스로 내 그림자를 보아도 낯이 뜨겁고 등이 뜨거워 밤이면 벽을 두드리면서 잠을 이루지 못하기를 몇 해였던가.

나라의 운세가 불행하여 좋지 못한 사건이 자주 일어나니 나라를 위하여 근심하고 두려워함이 간절하였다. 그러더니 기해년己亥年(정조 3년, 1779)에 홍국영이가 수원부사를 청했다가 거절당한 일로 인해 아버지에 대한 반발심이 더욱 흉악망측 하여졌다.

어느 때인들 난신적자亂臣賊子[16]가 없을까마는, 이런 역적이 또 어디에 있으리오. 사사로운 집안의 고통뿐 아니라 나라의 정세가 외롭고 위태하여 간장이 마디마디 녹다가 임인년壬寅年(정조 6년, 1782)에 문효세자[17]가 탄생하신 경사를 만났다.

그 경사롭고 즐거움이 그지없어 슬프던 마음에도 태평만세를 기약하였다.

갑진년甲辰年(정조 8년, 1784)에 아버지에 대한 죄를 풀어 용서하시는 임금의 말씀이 계시고 또 시호를 내리셨다.

내 생각에는 아버지의 충성심으로 보아서는 이 일을 받으시는 것이 오히려 늦은 것이 슬펐지만, 아버지께서는 지하에서도 감사하실

---

16 나라를 어지럽히는 신하와 어버이에게 적대하는 자식.
17 정조의 장남으로 궁녀 였던 성씨 소생.

것이다. 나는 그저 감격의 눈물을 흘릴 뿐이었다. 그리고 주상께서
는 수영이를 종가의 맏손자라 하여 벼슬을 시키시니 성은이 갈수록
깊었으나 제 자취가 서먹서먹하고 불안스러워서 나는 별로 기쁘지
가 않았다.

국운이 또 불행하여 병오년丙午年(정조 10년, 1786)에 왕세자가 세상
을 떠나니 주상께서 외롭고 위태하심과 나라의 정세가 몹시 두려운
것이 새로이 더하였다.

주상을 위로할 말이 없어 하늘에 바라기를 지덕이 뛰어난 아들을
주시어 국가 만 년의 기초가 될 것을 빌고 또 빌었다. 하늘이 도왔음
인지 경술년庚戌年(정조 14년, 1790) 6월에 원자元子가 탄생하는 큰 경
사를 다시 얻으니, 그 경사로움은 천지에 끝이 없고 하늘의 고마우
심을 무엇으로 갚으리오. 손을 모아 감사할 뿐이며 이 몸이 살아서
나라의 경사를 보게 될 줄 어떻게 알았겠는가.

내가 아이를 낳던 날을 떠올리면 나를 낳아 주신 부모님의 은혜를
추모할 뿐 아니라, 세상에 태어난 것을 슬퍼하면서도 주상의 효성에
힘을 얻어 지냈다. 그러나 이런 날이 있을까 하였는데 천만 뜻밖에
내가 살아서 이 경사를 보게 되니, 저 하늘이 나를 불쌍히 여기시어
이 날의 큰 경사를 내려 주신 듯싶다. 그래서 스스로 몸을 어루만져
하늘이 어여삐 여기심을 감사하고 또 감사드렸다.

이 경사가 있은 후로 하늘이 주시는 복을 받아 평생에 죽고 싶은

마음을 돌이키니, 내가 나라의 경사를 얼마나 즐거워하였는가를 알 것이다.

주상께서 효성이 지극하시어 정순왕후를 극진히 받드셨다. 부모로 인한 숨은 아픔이 있어 이승과 저승 사이에서 서러워하시니, 그 운수를 참지 못할 일이었다.

내가 당한 일은 신명께서 다 아시니 어찌 조금이라도 어김이 있겠는가. 주상의 슬픔과 서러움을 내가 도리어 슬퍼하고 추모하는 일은 한 나라가 감동할 것이다. 그리고 살아 있는 어미에게 국왕의 힘으로 봉양하시는 것이 극진하시니 나 또한 무슨 여한이 있으리오.

임금과 왕비가 회목하시고 빈들을 골고루 거느리시며 청연과 청선 두 누이를 아끼고 사랑하심은 더욱 이를 것이 없으시니, 내 친어미의 구구한 정으로도 더할 것이 없었다.

심지어 은언군과 은신군에게도 죄악이 부자지간에 용납지 못할 것으로되, 덕을 드리우셔서 극진한 은혜가 세상에 드무시니 뉘 감동치 않겠는가. 그러나 내 근심함이 밤낮으로 놓이지 못하였다.

중전이 후덕하시고 마음이 어지셔서 안살림을 꾸리심이 더할 나위 없이 훌륭하셨다. 또한 정순왕후 받드심과 날 섬기심이 지성이셨다. 가순궁嘉順宮은 효성스럽기도 하거니와 공손하고 검소하여 임금을 섬김과 원자(순조)를 보호하고 교육함이 극진하니 아름답고 공이 많아 나라의 보배가 아닌가.

종사가 끊이지 않음을 이 한 몸에 감사하며 궁중에 화기가 넘치는 것은 근래에 보지 못한 일이니, 내 위로는 정순왕후를 받들어 궁중의 법도가 있음을 우러러 치하하고 자랑하였다.

내가 미망인의 슬픔을 품고 겪은 일이 천만 가지가 얽혔으나, 주상이 목적한 바를 이루어 덕이 저리도 거룩하시고 원자元子는 6살 어린 나이지만 총명하고 효우하셔서 주상을 꼭 빼 닮으셨다.

나는 성군聖君의 자손이 나라를 대대로 이어 억만년 태평하기를 기도하였다.

두 군주를 길러 저희들 각각 사람됨이 귀한 딸로서의 교만함이 없어, 나라 우러르는 정성이 극진한 가운데 한마음으로 조심하였다. 이것은 또한 왕녀로서 드문 일이니 저희가 평생 스스로를 낮추어 부지런하고 공손함으로 길이 복을 이어나갈 듯 하여 아름답게 여기었다. 또 외손들이 잘못 나지 않아 재주와 풍채가 빼어나며 아름답고, 저희들 젊은 나이에 며느리를 보며 사위를 얻으니 매우 기뻐하였다.

다만 청선이 숙녀의 어진 덕행으로 신세가 그릇되어 어미의 운명과 흡사한 것을 슬퍼하노라.

본집이 잘못된 후, 동생들이 시골에 살면서 생전에 보기를 기약치 않았다.

그런데 경술년庚戌年(1790)의 큰 경사 후에 임금의 말씀이 정중하셔서 내게까지 알아두라 하시니, 세상에 있지 못할 몸이나 임금의 은혜가 분에 넘치게 감격스러워 염치를 무릅쓰고 급히 들어왔다. 임금의 뜻이 내게 마음과 힘을 다하게 하셔서 동생을 생전에 다시 보게 하시니, 갈수록 그 은혜가 망극하였다.

큰 변이 있은 후에 만나 보니 말이 없고 눈물뿐이었다. 임금의 은혜와 은덕을 깊이 칭송하여 산중에서 앓지 않고 오래 살며 남은 생애를 마치길 바라고 있었다.

지난해에 내 나이가 육순이라 하여 세 동생과 두 삼촌에게 정3품 이상의 벼슬을 주시니, 버려진 몸에 이 얼마나 고마운 은혜인가. 분수에 넘쳐 죄송스럽고 고맙기가 헤아릴 수 없고, 6월의 내 생일 때 두 삼촌을 뵈오니 기쁨이 세 동생을 보던 때와 같았다.

내가 나이가 서로 같은 작은아버지 홍준한 그리고 막내 작은아버지 홍용한과 한 집에서 자라날 때 친애함이 여느 아저씨와 조카 사이와는 달랐다. 작은아버지는 늘 내게 놀이할 것을 주시고, 막내 작은아버지는 나이 한 살 차이였는데 사랑함이 각별하여 글 읽으시는 데 곁에서 서수[18]를 펴 드렸었다.

할머니께서는 행실이 어질고 너그러우셔서 아들과 손자, 손녀를 가리시는 일이 없으셨다. 그리고 어머니께서 아버지의 형제들을 길러내는 정이 친어머니 같으셔서 우리 숙질宿疾간의 정이 형제와 다름없었다.

작은아버지는 욕심이 없고 마음이 깨끗하셔서 일찍 과거를 보지

18　밀로 겨른 종이를 접어 글 읽는 횟수를 세는 물건.

않으시니 내가 존경하였다.

막내 작은아버지는 겉모양과 예절이 맑고 문학의 여러 가지를 갖추셔서 주상이 입학하실 때 맡아서 보시고 즉시 조정에 들어오시어 명성과 덕망이 높아 조정의 큰 그릇이 되니 내가 특별히 기대했었다. 그런데 억만 가지 변화를 겪고 뜻밖에 만나게 되니 놀라움과 기쁨이 또한 동생을 본 듯하였다.

작은어머니는 내가 입궐한 후에 시집을 오셔서 자주 뵌 적이 없으나 성품과 식견이 보통 부인과 달랐다. 그래서 우리 어머니와 작은어머니께서 동서가 됨이 부끄럽지 않아 온 집안이 칭찬하였다. 그러나 중년에 돌아가셔서 집안 부녀자의 변상變喪[19]이 이어서 나니, 이 또한 가문의 운이 불행한 탓이었다.

막내 작은어머니는 내 이모부인 송참판의 딸이셨는데 성질이 온순하고 겸손하셔서 진실로 덕을 갖추신 분이었다.

어릴 때부터 서로 놀아 정이 각별하고 내 집에 들어오시니 어머니께서 딸같이 사랑하셨다. 나와는 더욱 친해서 만나면 옛정과 옛말을 다 펼쳤는데, 가문이 잘못된 후 목소리와 안색이 침울하여 산중에서 세상 소식을 끊고 지내셨다.

막내 작은아버지는 경서經書[20]와 역사책 읽기를 즐겨 하시고 막내

---

19 변고로 인하여 생긴 상사(喪事).
20 옛 성현들이 유교의 사상과 교리를 써 놓은 책. 역경/서경/시경/예기/춘추/대학/논어/맹자/중용 따위를 통틀어 이른다.

작은어머니는 길쌈[21]에 힘써 산중생활의 낙을 삼았다. 두 아들과 네 손자가 쌍쌍이 있었으며, 집안의 슬픔은 평생의 한이었으나 부부가 한평생을 함께 보내 회갑을 지내시니, 벼슬을 그만두고 지내시는 모습은 절로 산중의 분양왕[22]과도 같았다.

내가 당신네를 위하여 마음으로 기뻐하고 내 집이 필 때에 형제와 숙질이 차례로 종적을 감춰 높은 벼슬을 사양하고 속세를 떠났더라면 집안의 화가 어찌 일어났으리오. 그 일을 생각하면 부귀가 가난한 것보다 못한 것임을 깨달았다. 올해 돌아가신 경모궁의 회갑을 맞으니 내 고통이 매우 심하여 이 마음을 어찌 다 말하리오.

주상이 추모하시어 지나치리만치 슬퍼하시니 내 고통은 둘째요, 그러다 몸이 상하실까 염려되어 맘껏 슬퍼하지 못하였다.

정월 27일, 돌아가신 경모궁의 생신을 즐기지 아니한 행동을 민망스럽게 여기고, 주상께서는 경모궁의 회갑이 되시는 날 정순왕후를 모시고 가서 절 하였다. 그때 중전도 오시고 가순궁도 가고 청연, 청선 두 군주도 따랐다.

나의 마음속에 억 만 가지 고통이 일어나 신위를 우러러 가슴 가득한 슬픔으로 울 때, 음성과 용모가 아득하니 멀어서 한 마디 알음이 없으셨다. 남겨진 한은 무궁하고 심장이 막히었지만, 주상께

---

21 실을 내어 옷감을 짜는 모든 일을 통틀어 이르는 말.
22 중국 당나라의 무장인 곽자의. 그의 탁월한 무공은 비할 데가 없다고 칭송되어 상부의 칭호를 받고 분양왕에 봉해졌으며, 당나라 최고의 공신으로서 영광을 누렸다. 오복(五福)을 겸비하여 아주 팔자가 좋은 사람을 가리켜 곽분양 팔자라는 말도 있음.

서 과히 상심할까 염려하고 말리시니 설움을 다 내뿜지 못하고 돌아왔다.

모든 일이 다 꿈만 같아 마음을 진정하지 못하였다. 다만 주상이 착하셔서 추모의 아픔도 크시고 나라에서 지내는 제사의 범절에 한 나라의 어른으로 받드심이 거룩하셨다.

원자가 또 특출하여 당신 자손이 이 나라의 만만 대를 누리실 것이다. 이 모두 주상의 천성의 본질이 지극히 착하시기에 성군의 자손이 부모의 덕으로 대신 복을 누리는 것이니 또한 마음속에 위로받고 기뻐하노라.

기유년己酉年(1789)에 사도세자의 묘인 영우원을 수원으로 옮겨 모셨다. 그때 왕세자의 관도 뵙지 못하고 슬픔이 심하시더니, 이번에는 어미의 뜻을 헤아리고 산소에 함께 가자하시고 데리고 가셨다.

나는 여인의 행색이 예법을 어길까 염려하였으나 주상의 효성을 막지 못했다. 뿐만 아니라, 그 해에 사도세자의 묘를 뵈면 긴 세월에 단 한 번의 기회요, 지극한 원통을 조금이라도 풀고자 하여 좇아서 산 위에 올랐다.

모자가 서로 손을 잡고 묘위를 두드려 억만 고통을 울음으로 고하니, 천지가 망망하고 이승과 저승이 막막하여 새로이 망극함을 헤아리지 못하였다.

주상께서 작년에 거동하셔서 몹시 슬퍼하시어 제신들이 어쩔 줄 몰라 지냈다는 말을 듣고 놀랐는데, 이번에도 하도 서러워하셔서 눈물로 풀이 다 젖었다.

나 또한 놀라 스스로 억제하고 주상을 붙잡고 모자가 위로하며 복받치는 설움을 서로 억제하였다. 이때의 심정은 무덤 앞에 무심하게 서 있는 석물도 반드시 감동할 것이다. 두 군주가 따라서 울었으니 그 설움을 더욱 어찌 형용하리오.

주상이 사도세자의 묘를 이전하기를 수십 년 추진하셔서 큰일을 이루시니, 그때 마음을 다하고 애간장을 태우시며 효성이 뛰어나 아드님을 잘 두심에 내가 감동하였다.

내 무슨 지식이 있어 묘의 좋음을 알겠는가. 그런데 이번에 가 뵈오니 산세가 기이하고 맑고 밝아서 봉우리마다 정신을 맺었으나 잘 옮기신 것이 마음속에 기쁘고 다행이었다.

석물石物을 배치하신 것이 어느 것 하나 이상한 것이 없으며, 마음 쓰시지 않은 것이 없으니 감탄하였다. 그러나 내 모진 목숨은 끝이 없고 스스로 염치없이 살아남은 것이 부끄럽고 서러웠다.

그런 중에 생각해 보니 경모궁의 상을 당한 아픔을 겪었을 때 주상이 10살이 갓 넘은 어린 나이시더니, 어려운 가운데 무사히 성장하시어 보위에 오르셨다. 청연 형제도 10살 안의 어린 아이였는데 당신의 혈육을 간신히 보전하여 거느리고 와서, 내가 당신 자녀의 성취함을 마음속으로 아무도 모르게 아뢰었다. 이 한마디는 내가 살았음이 보람 있다고도 할 수 있다.

내려갈 때 주상이 내 가마 뒤에 바짝 서시고 위엄 있는 차림새를 내 앞에 세우셨다. 찬란한 깃발은 바람과 구름을 희롱하고 벌여 놓은 풍악은 산악을 움직이고, 노량진의 배다리는 평지를 밟는 것 같았다.

망해의 높은 산은 그리 높지 않은 공중에 의지한 듯 어질고 착한 임금이 다스리는 태평한 세상을 유람하니 심기가 편안해지고, 시야는 환히 터져 높고 깊고 그윽한 궁중에 있던 몸이 하루아침에 이렇게 볼만하니, 실로 쉽게 얻을 일이 아니었다.

주상께서 이 노인의 안부를 발걸음마다 자주 물으시니 인생에 빛이 나며 이 몸이 영화로워 효성에 감탄하였으나 도리어 불안하였다.

묘를 다녀온 다음날, 화성 행궁行宮에 큰 잔치를 열어 관현악기를 연주하고 춤과 노래가 흥겨운 가운데 내빈과 외빈을 성대히 부르셨다. 화연 채화花宴 債華[23]와 수놓은 비단이 아름답고 궁중의 산해진미인 술과 안주는 모든 것을 다 갖추고 있는데, 우리 주상이 손으로 금 술잔을 친히 잡아 이 노모의 장수를 바라며 술잔을 주셨다.

이렇듯 전에도 드물고 이제도 없는 일을 내가 친히 겪으니 귀하고 분수에 넘치기가 이루 말할 수 없었다. 지난날을 추모하는 뜻과 다르니 진실로 즐길 수는 없으나, 주상이 효도하시는 뜻을 어기지 못

---

23 회갑 잔치에 쓰는 장식으로 비단 헝겊으로 만든 꽃.

하니 내 마음이 불안하기는 더욱 이를 것이 없었다.

미망인이 세상의 온갖 고난과 고통을 겪고 슬프고 애달프며 기쁘고 즐거운 신세의 이상함이 옛날 역사책에 나타난 왕비 중에 나 같은 팔자가 없을 것이다. 주상이 나를 위하시어 회갑연을 하도 성대히 하시니 그 마음을 생각하면 내 마음이 100배나 서럽다.

이 잔치를 베푸시는데 눈이 닿는 곳마다 화려하며 풍성하여 지성이 안 미친 데 없으며 곳곳이 돈을 많이 쓴 듯 보였다. 그래서 내 마음의 불안함이 갈수록 더하나, 조금도 탁지度支[24]의 경비를 축내지 않으시고 모두 내부에서 손수 마련하신 것이었다.

그리하여 주상의 효성과 재주에 매우 감탄하였다. 위엄 있게 잘 갖춰져 있는 것들과 모든 일을 집행하는 질서가 주상의 가르침이 안 미친 것이 없었다. 그래서 두렵고 불안함과 추모의 아픔 가운데서도 기쁨의 믿음직한 마음을 이기지 못하였다.

한漢나라의 명제[25]가 음황후를 모시어 광무릉에 참배하고 음황후의 본가에서 일가가 모여 잔치를 베풀던 역사적 사실을 보았더니, 주상께서 사도세자의 묘를 뵈옴과 내외빈을 모으신 이번 일이 명제의 일 같아서 미담美談으로 후세에 전할까 하노라.

외빈으로는 8촌 친척까지 부르시니 6촌 대부 감보씨의 아들 선호

---

24 재정 담당 관청.
25 중국 후한의 황제. 광무제의 뒤를 이어 후한 회복기의 기초를 닦고 반초를 서역에 파견하여 여러 나라와 진교를 맺었다. 59년에 어머니인 음황후를 모시고 능인 장릉에 거동한 것.

씨가 여러 아들을 데리고 무리 지어 일가를 거느린 채 들어왔다. 외가는 5촌을 넘겨 외사촌 산중씨가 아들인 관찰사 태영의 사촌 아우 도영과 그 아들 셋이 참례하였으니 옛일이 생각났다.

내빈은 조판서 댁 고모와 막내 어머니 송씨, 오라버니의 부인 민씨, 사촌아우인 심능필의 처, 오라버니의 딸인 사복첨정 조진규의 처, 첫째 동생 낙선의 부인 이씨, 둘째 동생 낙임의 부인 정씨와 딸인 유기주의 처, 낙신의 딸 이종익의 처, 대동 육촌 형제의 아들인 참판 의영의 처 심씨, 의영의 사촌형제인 세영의 처 김씨 등이 모였다.

아버지의 첩은 아버지의 시중을 일찍이 받들었다 하지만 천한 사람이라 하여 궐내 출입을 못하였다. 그러나 별궁에 모일 때는 좀 다르기 때문에 나를 보도록 불러들이시니 그의 처지에 이런 영광이 없었다. 그 아들 낙파[26]는 관아에서 곡식의 출납을 맡아보던 관리로, 사람됨이 못나지 않고 매우 현명하고 민첩해서 비록 첩의 자식이지만 주상께서 위로 가까이 부르셔서 어여삐 여기셨다. 그리고 그 밑의 세 아들이 또 성장하여 다 똑똑한 인물이니, 제 어미의 팔자가 천한 사람으로서 이러하기가 드문 일이로다.

불쌍하다, 나의 여동생이여! 제 남편과 10년 동안 떨어졌다가 큰 사면이 있어 특별히 석방되시니 그 처지에 이런 은혜가 다시 어디에

---

26 혜경궁의 이복 동생.

있으리오.

부부가 다시 만나 하늘같은 은덕에 감사하며 지냈는데, 작년에 주상께서 명릉明陵[27]에 오셨을 때 제집이 가까운지라, 여자의 마음에도 임금을 그리워하는 마음이 간절하여 시골집에서 구경하고 있었다. 임금께서 어떻게 아셨는지 하인을 시켜 안부를 물으시고, 낙파로 하여금 돈과 필목을 많이 주게 하셨다.

하사물은 전부터도 계셨지만, 이번엔 가난한 집에 빛이 나고 동네 사람들이 놀랐다.

역적 집으로 업신여김을 당하다가 이번 일 이후에 편안히 살게 되니 이런 은혜가 또 어디에 있으리오.

내가 여동생과 수십 년간 떨어져 지내며 늘 불쌍하게 여겨 하룻밤도 마음이 놓이지 않았다. 그런데 임금께서 보살펴셔서 특별히 국법을 굽히시고 나를 만나게 하시니, 여동생의 황송하고 감격함은 이를 것도 없거니와 내 마음에 심히 불안하였다.

그러나 내가 다시 생전에 동생을 보게 하시는 성은에 하도 감격하여 형제가 부득이 임금의 말씀을 받들어 서로 만나 보니 꿈만 같아 정말 놀라웠다.

제 젊었던 얼굴과 아름다운 자질이 많이 바뀌었으니, 반갑고 아까

---

27 숙종과 그의 계비인 인현왕후, 인원왕후의 능.

위 손을 잡아도 눈물이요 뺨을 대도 눈물이었다.

슬픈 말, 기쁜 말이 헝클어진 실 풀 듯 지난 일을 다 이야기하지 못하고 5, 6일이 빠르게 지나가 버렸다. 생전에 못 보리라고 생각했을 때도 있었건만 그렇게 만나고 나니 이후 사생화복死生禍福은 하늘에 맡겨 두었다.

내 마음과 제 소원을 길게 말하여 무엇 하리오. 제 어진 덕으로 4남 5녀에 또 손자가 셋이니, 제 시집이 저렇지 않으면 복이 비할 데 없을 것이다. 혹 하늘이 제 마음을 불쌍히 여기셔서 늘그막에 근심스런 눈썹을 펴고 나라의 은혜를 받아, 남들이 동생에게 도리어 복이 있다고 칭찬할 때가 있기를 바란다.

막내 고모께서 두 살에 어머니를 여의시니 아버지께서 각별히 아끼시고, 고모부(조엄)께서도 많은 사람들로부터 어려운 사람으로 신망을 받고 있었기에 아버지의 대접하심이 한갓 남매의 정뿐이 아니었다.

조정에 든 후, 서로 사랑하심이 꼼꼼하지 못하더니 사고가 자꾸 나고 인사가 끝이 많았던 중간 말이야 다하여 무엇 하리오. 결국 두 집이 다 잘못되니 고모의 슬픔이 쌓이고 쌓여 불행함이 끝이 없으셨다. 그러다가 작년에 조엄의 일이 해명되어 완전한 사람이 되고, 고모께도 성은이 많이 내려져 입궐하시고 또 내빈으로 으뜸이 되어 오셨다.

막내 고모께서는 비록 80세의 노령이시나 튼튼하고 굳셈이 소년 같으시고, 청명한 용모와 자상한 마음과 민첩하고 슬기로운 재질이 조금도 덜하지 않으셨다. 진실로 봉래 바다의 큰 액운을 여러 번 겪은 마고麻姑[28] 같으셨다. 돌이켜 아버지께서 칠순 잔치도 못하신 일을 생각하여 눈물을 금치 못하였다. 그 막내 고모를 뜻밖에 만나 뵈오니, 어렵고 불행이 심한 가운데서도 모든 것이 약해지지 않으시고 임금께서도 양반다운 부녀자라고 칭찬하시니 당신께 얼마나 영광이리오.

우리 형님 민부인(홍낙인의 처)은 대갓집 맏며느리로서, 옛날 우리 집이 대궐의 부름을 받아 아버지를 모시는 예절이 날로 더해 가던 시절에는 보통 집 부녀자는 하루도 받들기 어려웠을 것이다. 그러나 병이 잦은 중에도 좌우를 엄격하게 다스리어 행동이나 예절이 하나도 모난 것이 없고, 여러 사람을 다스림에 법도가 있었다.

집안을 다스림에 규범이 있어 큰며느리의 엄숙함이 조정 같아서 30년 동안 명문대가로서 집안을 잘 보살피니 보통 집 부녀자에게서 보지 못하는 일이었다. 그래서 집안에서 말하길 남자로 태어났으면 정승 할 그릇이라고 일컬었다.

형님께서 5남매를 키웠는데 각각 다 빼어나고 그 복이 비할 데 없더니, 중년에 미망인이 되었다. 그리고 수영의 전처가 충헌 김공현의 손녀였는데, 큰집 규범이 있어 형님의 뒤를 이을 듯 하더니 불행

---

28 중국의 옛적 선녀 이름. 한(漢)나라 환제 때 고여산에서 수도하여, 그 새 발톱 같이 긴 손톱으로 가려운 데를 긁으면 한없이 시원하였다고 함.

히 잃고, 박씨와 송씨에게 출가한 두 딸을 이어서 잃었다. 또 둘째 아들 취영이 세상을 뜨니 형님을 뵐 적마다 늘그막에 그러심을 슬퍼하여 눈물이 났다.

큰집이 외롭고 위태함을 민망히 여기시더니 수영이가 신해년辛亥年(1791)에 아들을 낳아 이름을 세주世周라고 하였다. 그 놈이 슬기롭고 깨끗하여 큰 그릇답게 생기고 궐내에 들어와 어린것이 능히 원자를 잘 모시고 놀 줄도 아니 매우 기특하였다.

주상께서 원자를 데리고 앉으시고 수영이는 제 아들을 데리고 오셨으니, 주상께서 매우 기뻐하시며 웃으셨다.

내가 늘 나라와 집안을 위하여 염려가 끝이 없다가, 비록 임금과 신하가 다르나 이 경사를 보고 국가를 위하여 기쁘고 다행함이 이를 것이 없었다. 그래서 형님을 이번에도 만나 서로 축하하고 위로하였다. 또 조카딸인 조태인 댁이 어려서부터 제 고모(혜경궁의 여동생)를 데리고 궁궐 출입을 늘 하여 지금까지 출입이 잦았다.

나는 제가 왕래할 때마다 아우 생각이 간절하였다.

제 얼굴 모습이 온화하고 덕이 있어 보이기는 돌아가신 어머님을 많이 닮았고, 몸가짐이 수려하기는 민 부인을 닮았다. 또한 친척의 여러 부녀 중에서도 뛰어나므로 궁중이 칭찬하여 외간 부녀로 보지 않고, 임금의 은혜가 각별하였다.

내가 저를 위하고 사랑하여 기쁠 뿐 아니라, 오라버니의 자녀가 각각 하나씩 있는데 임금께서 사랑하셔서 이렇듯 극진히 하시니, 내 오라버니를 생각하여 더욱 기뻐하였다. 그러던 중에 이번 잔치에 두 삼촌과 세 동생이 다 남다른 대우를 받아 부지런히 참배하였으나, 오라버니의 그림자는 안 계셔서 감회가 더욱 심하였다.

내 친척 부녀자들을 보니 옛 생각이 적지 않으나, 지난 일을 생각하니 마음이 슬펐다. 우리 집은 경신년庚申年(1740)에 조부 상을 당한 후 어렵게 지냈었다. 그런데 가운데 고모께서 효성과 우애가 지극하시어 할아버지의 후처께 지성이시고 어머니의 사랑하심이 친동기 같으셔서 늘 어려울 때 도움이 많았다.

내가 어려서 본 일을 생각하니 임술년壬戌年(영조 18년)과 계해년癸亥年(영조 19년) 사이에 할아버지 정헌공의 3년 상을 마치고 궁핍할 때 여러 차례 고모가 보내시는 것을 기다려 제사를 올릴 때가 많았다.

고모께서는 동생들 생각하심과 조카들을 사랑하심을 친자식처럼 하셨다. 또한 성미가 너그러우셔서 속에 감추는 일이 없으시니 복이 세상에 비할 바 없고, 주상이 왕세자였을 때 예우도 많이 받았다. 그런데 하루아침에 하늘의 재앙이 내려 흉악한 화가 비할 데 없어 그 장하던 복이 연기 같이 스러졌으니 그때를 생각하면 늘 가슴이 막혔다.

막내 고모를 보니 가운데 고모가 생각나 눈시울이 뜨거워졌다. 여러 사촌들을 작년과 금년에 보니 아름답고 학문을 하여 벼슬하지 않은 선비의 풍이 있어 내 기특히 여기고 작은아버지와 막내 작은아버지를 위하여 기뻐하였다. 그러나 귀양 간 두 사촌을 생각하니, 남만 못한 인물도 아니련만 어찌 운명이 그리 불행한가!

모든 가족이 다 잔치에 참석하되 저 혼자 저러하니 저의 슬픔은 이를 것도 없거니와 내 마음이 아프고 가련함을 또한 어찌 참아야 하리오. 지금 생각하니 이 사촌의 형이 그 장한 포부와 얼굴과 기상이 화평하고 단아하면서도 일찍 죽으니, 그때 불쌍하고 참혹하기 비할 데 없었다. 그런데 도리어 팔자가 좋아 화를 보지 않고 죽은 듯싶다.

둘째 동생 낙임은 번리 집에 일찍이 뜻이 있어 세상이 어지러울 때 몸담을 곳이 있었다. 하지만 첫째 동생 낙신은 남의 집을 빌려 있었기 때문에 늘 민망하였다. 그런데 번리로 옮겨 형제가 함께 지내니 궁한 가운데 다행이었다.

막내 동생 낙윤은 학문을 가르치고 정신을 수양하는 곳에 들어가 설움을 품은 현인처럼 산과 들에 재미를 붙여 마음을 나누었다.

네 아들과 세 딸을 두고 또한 손자까지 얻으니, 비록 궁한 몸이나 눈앞의 살림은 남부럽지 않았다. 집안의 형제들은 문 안에 집을 정하여 세 형제의 집이 한 언덕을 사이로 솥발처럼 이어져 지팡이 짚고 슬슬 걸어 다니며 형제가 우애 있게 지냈다. 비록 집은 각각이나 뜻은 옛날 장공예[29] 같았다.

---

[29] 중국 당나라 때 9대가 함께 살았다는 우애가 돈독했던 인물.

수영, 취영, 후영 세 조카 외에 낙신의 둘째 아들 철영과 낙윤의 세 아들 서영, 위영, 귀영이는 작년과 올해에 계속 보았다. 모두 아름다워 못남이 없고 어린아이들까지 괴이한 인물이 없었다. 이 모두 아버지의 덕이시니 하늘의 보살핌이 어찌 우연이리오.

　수영이 처음 직책을 받을 때 내가 진심으로 벼슬 두 자가 두려웠다. 그러더니 병오년丙午年(1786) 나라 일로 수영 외에 취영, 최영, 후영을 부르셔서, 그 후 벼슬을 이어 다하여 네 종형제가 미관말직을 다녔다. 보잘 것 없는 관리라도 여럿이 모두 한 것이 지나친 것 같아 두렵더니 취영이를 갑자기 잃었다. 그 뛰어난 자질로 젊은 나이에 저리됨이 가문의 남은 재앙이 아직 그치지 않은 모양이로다.

　수영은 대가의 가풍으로 말과 행동을 삼가고 매사를 빈틈없이 하여 종가의 장손으로서의 중책을 제가 능히 감당함을 기뻐하였다. 취영은 그 재주와 학문, 사람됨이 한 가문의 귀중한 보배였다.

　그리하여 수영과 취영을 존중히 여김이 거의 같고, 후영은 부드럽고 소박하여 자칭 선비이니 내 또한 어여삐 하노라.

　비록 조상의 덕으로 얻은 벼슬이라도 몸들을 무례히 갖지 않고, 혹 지방 벼슬을 맡거나 말직에 처하여도 내 마음이 놓이지 않았다. 행여 맡은 일에 소홀함이 있어 나라에 허물을 끼치거나 남들의 나무람이 있을까 하는 근심이 끊이지 않으니 이 또한 집을 위한 고심이었다.

우리 집은 여러 대 재상가로 아버지께 이르러서는 높은 정승에 오르시고 뒤를 이어 둘째 작은아버지, 막내 작은아버지와 오라버니께서 차례로 조정에 드시어 매우 번창하였다.

첫째 동생이 이어 조정에 드니 두렵기가 그지없고, 기축년己丑年(1769)에 둘째 동생이 또 뒤를 이으니 인정에 기쁘긴 하지마는, 번성한 집안을 근심하였다. 그러더니 오래지 않아 집안이 뒤집어졌다.

사람을 헤어 보면 흔한 급제에 참여하기는 이상하지 않으나 작은아버지같이 과거 보는 것을 그만하였으면 집안의 화가 그처럼 망극하지는 않았을 듯 하였다.

근본은 부귀에 묻은 화이니 벼슬이 어찌 두렵지 않으리오.

너희가 각각 소과도 못하고 거적 사모 紗帽[30] 아래의 몸이 되니 인정상 안타깝기는 하다만 조금도 내 집이 다시 벼슬하길 바라지 않았다.

수영이 너부터 모범이 되어 임금 섬기기에 정성을 다하고, 직책에 청렴하고 일처리를 삼가고 충성스럽게 하여라. 또한 집을 잘 다스려 화목한 가운데 강직하고 명철하게 하라.

제사 받들기를 정결히 하고 홀로 된 어버이를 극진히 봉양하라. 만누이를 형같이 알고 취영의 아들 익주를 불쌍히 여기며, 둘째 할아버지(홍준한)와 막내 할아버지(홍용한)를 우리 할아버지(홍봉한) 우러

---

30 관원이 관복을 입을 때 쓰던 검은 사로 만든 모자.

르듯 하여라.

그리고 아버지의 여러 형제들을 아버지같이 섬기고 나이 어린 고모를 누이 보듯 하며 여러 사촌 아우들을 지도하고 사랑하여 형제같이 하라.

뿐만 아니라 먼 친척에 이르러서도 친절히 대접하며 가문의 궁핍한 사람들을 버리지 않으며, 노비에게도 인정을 베풀도록 하여라. 모두가 한결같이 아버지와 오라버니가 하시던 덕행을 이어 집안의 명성을 떨어뜨리지 말라.

그리하여 임금의 착한 친척이 되고 집에 착한 자손이 되어, 무너진 가문을 다시 일으킴이 네 한 몸에 있으니 믿고 또 믿는다.

우리 주상이 만수무강하시고 성군의 자손을 연달아 이어 종국의 억만 년이 반석 같고, 우리 모자 손이 대대로 번성하여 나라와 함께 태평하기를 길이길이 바라노라.

내가 경험한 일과 바라는 말을 동생에게 써 주려고 했으나, 네가 청하기에 너에게 주노라. 그러니 작은 할아버지에게 보이고 보관하여 내 필적을 네 자손에게 멀리 전하길 소원한다.

'신축辛丑년 신춘新春 13일, 호동대방에서 씀'

한중록

閑中錄

◐ 제5권 ◐

역적의 집안이 된 친정을 변명하다

화평옹주는 선희궁께서 낳은 큰따님으로 영조대왕의 사랑이 각별하셨다.

또한 화평옹주는 성품과 행실이 온화하고 유순하여 조금도 교만하거나 오만하지 않으셨다. 당신만 자애를 받고 동궁(사도세자)께서 그렇지 못한 것을 스스로 불안히 여기고 민망히 여겨 항상 부왕(영조)께 말씀드렸다.

"그러지 마옵소서."

동궁이 당하신 일을 재빨리 도와드리고 대조大朝께서 몹시 노여워하실 때에는 이 옹주의 힘으로 진정하고 풀린 때가 많았다. 그러므로 소조께서는 옹주에게 고마워하시고 매사를 믿고 지내셨다.

무진년戊辰年(1748) 전에 동궁을 보호한 것은 모두 이 옹주의 공이었다. 그 옹주가 장수하여 부자간의 사이에 조화를 힘써 주셨더라면, 유익한 일이 많았을 텐데 불행히도 무진년에 일찍 세상을 떠나셨다.

영조대왕께서 원래 화완옹주를 화평옹주 다음으로 사랑하셨다.

영조께서 슬픔이 지나치신 중 화평옹주가 죽은 후부터는 몸을 두실데 없으시고 마음을 붙이실 데 없으시니 자연 화완옹주에게 정이 옮겨져 각별한 총애를 하셨다. 이것을 어찌 다 기록하리오.

그때 화완옹주의 나이 겨우 열한 살이니 궁중의 아이로 어린 놀음놀이나 알뿐이지 무엇을 알겠는가. 하지만 위로는 선희궁이 계시고 그 사위 정치달의 일가붙이와 그 식솔들도 세상일을 아는 재상들이요, 정치달도 당연한 이치에 벗어나지 아니하여서 동궁께 대한 정성도 나타내고자 하였다.

그는 영조께서 자기의 아내만 사랑하고 동궁께 대한 사랑이 덜하신 것을 송구스럽고 불안히 여겨, 아내를 가르치는 듯도 하였다. 그리하여 화완이 나중에는 기괴했지만 그 전에는 경모궁께 유익했었지 해로움이 없었다.

화완은 소조께서 임금을 모시고 능행에 함께 가실 수 있도록 도와주고 온양행차도 힘을 다하여 주선하였다. 그밖에 위급할 때 구해준 일이 한두 가지가 아니었다. 비록 지금은 화완이 밉고 저러하지만 바른 말이야 아니하겠는가.

만일 일성위[01]가 일찍 죽지 않고 아들, 딸 낳아 부부지간의 낙에 재미를 붙였던들, 화완옹주가 궐내에서 그렇듯 수없이 변을 일으키

---

01 화완 옹주의 남편인 정치달.

지도 않았을 것이다.

화완이 과부가 된 후로 영조대왕께서 내보내지 아니하시고 항상 곁에 두시어 한시도 떠나지 못하게 하셨다. 그러자 만사가 마치 그 사람의 권세인 듯하던 차에, 임오년壬午年(1762) 후에는 궐내에 일이 없고 선희궁께서도 돌아가셨다.

엄한 훈계를 받지 못하고 시집에 아무도 없이 오직 어린 양자뿐이니, 버릴 것도 조심할 것도 없고 부왕의 총애는 날로 두터우니, 욕심이 커지고 뜻이 방자하게 되었다.

무릇 그 사람의 성품이 남을 꺾으려는 마음과 시기와 질투와 권세를 좋아함이 유별나서 온갖 일이 일어났다.

대강 이르자면, '부왕께 나 외에 또 누가 총애를 받으랴?' 하여 영조께서 내인이라도 신임하시면 싫어하였다. 어디 그뿐이랴. 세손을 손아귀에 넣고 한시도 꼼짝 못하게 하며 내가 세손의 어미인 것을 미워하고 자기가 어미노릇까지 하려고 하였다. 내가 장차 대비大妃가 되고 제가 못될 것을 시기하여 갑신처분02도 그가 지어낸 일이었다.

또 세손의 내외 사이가 좋을까 시기하여 백 가지 이간, 천 가지 험담으로 세손과 세손빈 사이를 어긋나게 만들었다. 그리고 세손이 혹 궁녀를 가까이하실까 질색하여 눈을 뜨지 못하게 하고 대를 이을 아

---

02 영조 41년. 사도세자의 3년 상이 끝나자마자 세손을 사도세자의 형인 효장세자의 양자로 삼은 일.

들을 낳지 못하도록 하였다.

화완은 세손의 외가를 꺼려 흉한 꾀로 이간질하고 세손이 외가에 정이 떨어지도록 하였으니, 이것이 곧 기축년己丑年(1769)의 별감사건[03]이다.

화완은 세손이 장인을 좋아하시면 그 장인인 청원부원군(김시묵)을 시샘하였다. 심지어 세손이 송나라 역사 중 필요하지 않은 글자나 글귀를 지워버리려 밖에 나가시면 그 책까지도 시기하였다.

온갖 일에 자기만 권세를 누리고 저만 따르게 하며, 다른 이는 세상에 없다는 식이니 이 어찌된 사람인가.

이것이 모두 나라의 운명이니 하늘이 무슨 뜻으로 임오화변이 있게 하셔서 나라가 거의 전복될 뻔하게 하시는가? 또 이런 괴이한 여편네를 내어 세상의 도리를 어지럽게 무너뜨려 신하들을 모두 결딴나게 하니, 이를 알 길이 없을 뿐이로다.

임오화변의 계기는 부자간의 사이가 예사롭지 않으시기로 전전하여 된 일이니, 내 평생의 뼈에 사무친 지극한 한이요 원이로다. 영조대왕께서 아드님께도 그러하셨으니 한 다리 먼 손자에게 또 어떠하실지 알리오.

김귀주가 내 곁을 해하고자 하는 기미가 있으니, 만일 세손이 영

---

03 세손이 외도를 한다는 화완옹주의 간계에 넘어간 혜경궁의 아버지 홍봉한이 세손에게 직언.

조의 마음에 못 드시면 저것을 어찌 한단 말인고.

세손의 안위와 영조의 마음을 돌려놓기는 완전히 화완옹주에게
있었다. 그러므로 세손은 영조와 함께 경희궁에 계시고 나는 창경궁
에 있을 때, 모든 일을 다 화완에게 부탁하였다. 아무튼 임금의 뜻을
어기지만 말게 하여 달라 하고, 세손께도 일렀다.

"그 고모를 아주 잘 대접하여 나를 보는 듯하세요."

그러나 내 마음이 아프고 그 정이 애처로웠다.

하지만 그때는 내 말을 옳다 하여 과연 일마다 돕고 말씀도 극진
하니, 영조대왕께서는 화완의 말대로 만사를 따르셔서 흉이 있어도
그 사람이 옳다하면 그렇게 여기시고 그 사람이 나무라면 할 수 없
게 되었다.

영조께서 세손을 원래 사랑하시지만 임오화변 후에 죄를 내리지
않으신 것은 화완의 힘이거니와, 세손을 맡아 차지하기로 하여 임금
님께서 하신 말씀처럼 천 가지 백 가지의 괴상한 일이 나타났다.

사실인즉슨 내가 세손을 위한 고심으로 화완을 지성으로 잘 대접
하지 않으면 세손의 안위도 또 어떠하였을지 알리오.

정축년丁丑年(1757)에 터무니없는 소문이 돌아, 동궁께서 정치달을
죽이려 하신다는 말이 퍼진 일이 있었다. 그런데 그때는 동궁께서
털끝만치도 그런 의사가 없었으므로, 나의 아버지가 들어와 동궁께
이 사연을 아뢰셨다.

"반대 세력을 잠재우실 도리를 하옵소서."

"그런 일이 없소이다."

그리고 동궁께선 정휘량에게 손수 편지를 써 보내시어 진정하게 하셨다. 그러자 정휘량이 무척 감격하고 영조 37년(1761) 3월에 동궁께서 몰래 평양에 가셨을 때도 잘 주선하여 화해가 되고 자연 서로 친하게 되었다.

정휘량은 조카며느리인 화완옹주에게 아버지의 고마운 말도 하고 나를 우애로 받들라고 하여 화완은 아버지께 정성스럽게 굴고 칭찬도 하였다. 그러다가 정휘량이 죽은 후 그 집에 어른이 없게 되자 본색을 드러내기 시작했다.

"후겸을 가르쳐 크게 될 수 있기를 믿노라."

그러면서 화완은 내게도 아버지께 여쭈어 달라고 하였다. 아버지께서 인자하신 마음으로 그때 화완을 좋게 대접하시어 후겸을 때때로 가르치시고 괴이한 데에 들지 않도록 힘쓰셨다. 무슨 들리는 말이 있거나 어른 없는 아이로서 잡류를 사귄다는 소문을 들으실 땐 아버지께서도 진정으로 교육하시기를 여러 차례 하셨다.

"이러이러하니 그렇지 않으면 좋겠다."

그러나 후겸이 본래 어려서부터 괴상하고 망측한 인간이라 제 친지도 아니요, 제 어미의 세도만을 믿고 벌써 교만하고 오만 방자한 마음이 생겨났으니, 어찌 아버지의 가르치시는 말을 좋아하랴. 또 저를 흉본다고 원한을 품어 제 어미더러 무어라 한 듯했다.

화완 역시 극성맞은 마음이라 아들의 허물을 말하는 것이 듣기 싫어 그 후로는 화완의 기색이 아주 달라졌다. 그래서 내 마음에 느낀 바 있어 부질없이 아버지께 권하였다.

"말이 가르쳐 달라 하지만 내 일가도 아니요, 좋은 뜻에 원한을 사기 쉬우니 이후는 아는 체하지 마소서."

그리하여 서로 끊기었다. 오래지 않아 연이어 대과와 소과를 치르고, 영조대왕께서는 사랑하시는 딸의 아들인 후겸을 귀하고 중하게 여기어 사랑하심이 비할 데 없어 은총이 날로 더하셨다. 그렇게 되니 그에게 붙어 따라다니는 이도 많고 꾀이는 이도 많아 귀주가 후겸과 야합해 우리 집과 맞서게 되었다.

임오화변 이후부터 갑신처분이 있기 전 2년 동안 선희궁께서도 내 마음 같으셔서, 세손이 착하시고 그만하신 정도이니 매사를 예법으로 인도하시고 엄중히 훈계하셨다. 그러나 어린 아기네 마음에 재미 없어 하셨다.

나 또한 어미의 지극한 마음으로 세손의 처신이나 살피고 잔소리나 하였다. 본래 내 성품이 사람에게 아첨을 못하니, 하물며 자식에게 무슨 듣기 좋은 말을 들려주리오.

이러한 터에 그 고모는 생사화복生死禍福이 다 그 손아귀에 있어 그 입에 따라 잘되고 못되기가 잠깐 동안에 결단이 나게 되니, 세손 또한 어찌 무섭지 않으시리오.

세손이 그렇듯 하시니 권세에 따르고 그가 무섭기 때문에 화완에게 자연 정이 들게 되었다. 화완은 그 정을 잡아 세손을 저 혼자 차지하고, 어미 노릇을 하려고 우리 모자의 정을 빼앗으려 을유년乙酉 年(1765)부터 일을 꾸몄던 것이다.

갑신년 전에는 세손이 할머니께 의지하였으므로 그 고모가 권모술수를 부릴 길이 없었다.

그러더니 선희궁이 안 계신 후부터는 만사에 거리낄 것이 없고 모든 일이 마음대로 되니, 그제야 세손을 낚아서 위에 말씀을 잘 드려 귀애하시게 하였다.

그리하여 세손이 자기를 고맙게 여겨 정성이 지극하게 만들어 놓았다. 그리고 대궐 안에서 안 입는 누비 의복붙이, 고운 가죽신과 좋은 칼 같은 것으로 세손을 기쁘게 하여 드렸다. 그러나 나에게는 음식으로도 궐내의 예사음식 이외에 별별 음식이 있을 수 있으랴.

아버지는 더욱 그런 것을 모르셔서 의복, 음식, 노리개는 세손께 드리시는 일이 없고, 어미는 돌본답시고 잘못을 타이르는 바른 말이나 하고 꾸짖기나 하며 외가에서도 각별히 정들게 해드리는 것이 없었다. 그러니 어린 마음에 점점 어미와 외가는 재미가 없어지고 그 고모는 정들고 귀한 것이 되니, 전에 외가만 아시던 정이 점점 덜하여 가게 되셨다.

을유년 겨울 즈음부터는 밥 잡수실 때에는 고모와 겸상하고, 반찬을 자시다가도 내가 앉아 있으면 내 눈치를 보셨다.

'겸상도 어찌 여길까?', '음식도 어찌 여길까?'

세손께서는 이렇게 꺼리고 숨기고자 할 것이 아니로되 내가 무어라고 할까봐 보이려고 하지도 않았다.

그런 눈치가 차차 나타나자 세손은 열 세 살의 어린 나이라 책망할 것이 못되나 화완 무리들의 흉악한 본성이 드러났다.

화완이 좀 인심이 있을 양이면 자기 오라버니 아들이요, 내가 남다른 정으로 그 아들에게 의지하고 자기에게 부탁하였으니, 우리 모자의 형편이 가련하고 불쌍하므로 함께 가르치고 도와서 착하게 되기만 바라는 것이 인정과 천지에 당연한 일이 아니겠는가!

그런데 화완의 뜻이 갑자기 이러하여 우리 모자의 사이를 이간하려고 계략을 꾸며낸 것이 어찌 흉악하지 않으리오. 그러나 나는 모른 척하고 말을 하지 않았다.

병술년丙戌年(1766) 봄, 영조께서 병환으로 한 달이 넘게 앓으셨다. 중궁전 처소를 회상전으로 옮겨오시어 화완옹주와 세손께서도 주야로 함께 계셨다.

나는 문안 때만 와서 잠깐잠깐 다녀갔으니 무엇을 알겠는가. 그때 귀주와 후겸이 한 마음이 되고 중전께서도 세손에게 좋게만 말씀하셨다. 화완은 나를 이간하려는 이유로 중궁전에 가서 한통속이 되었으니, 이것이 귀주가 후겸을 좋아하는 이유였다.

그리저리 하여 어느 새 영조께 아버지를 해하려는 거짓말이 들어갔으나, 본래 임금과 신하간의 믿음과 정의가 두터워 쉽게 틈이 생기지는 않았다. 그러던 중 할머니께서 돌아가시어 아버지께서 3년을 집에 들어앉으시니, 조정에서 날마다 뵈옵는 것과 다르시고 그 사이에 아버지를 음해 모략하려는 말이 많이 생겨났다.

또 무자년戊子年(영조 44년)에 후겸이 수원부사를 하려 할 때의 영의정은 김치인이었는데, 아버지께 후겸의 일을 영상에게 부탁해 달라 하였다. 내가 아버지께 기별하니, 아버지께서 회답하셨다.

"말 한 번 하기를 아끼는 것이 아니라, 겨우 스물이 된 아이에게 5,000병마를 맡기는 벼슬을 시키자 하기는 실로 나라를 저버리는 일이요, 그 아이를 사랑하는 도리가 아니옵니다."

그리고 아버지께선 끝내 영상에게 말을 해 주지 않으셨다.

후겸이 제 나이 차차 자라고 남의 꾀임도 듣고 권세를 쓰게 되자, 이전의 혐의와 수원부사 일 등 여러 가지로 아버지를 좋게 여기지 않았다. 화완은 중궁전에 정이 들어 극진하였으며, 귀주 부자와 후겸이가 모두 한통속이 되어 아버지를 해치려고 별렀다.

그러던 중 아버지가 3년 상을 치른 후에 또 영의정으로 임명되니, 영조께서 신하를 총애하여 접대하심이 여전하셨다.

영조대왕의 성은은 비록 감사드리지만, 이럴수록 그들의 꺼림은 더하였다. 화완옹주가 그 아들과 귀주의 말을 곧이듣고 아버지를 전처럼 칭찬하기는커녕 오늘 해치고 내일 해치려 하였다. 그러자 속담에 '열 번 찍어 안 넘어가는 나무 없다'는 말처럼 영조의 아버지에 대한 총애가 점점 식어 갔다. 또한 흉악한 일로 세상인심을 소란케 하고 내 집을 이 지경이 되게 함은 사연이 있었다.

병술년丙戌年(영조 42년)에 홍은부위[04]가 사위가 되었는데, 그의 용모와 행동거지가 아름다웠으므로 세손이 그 매부를 어여삐 여기셨다.

기축년己丑年(1769)에 그 아이가 반하여 별감을 데리고 바깥출입이 많았다. 동궁께는 모시고도 체면 없는 일이 많으나, 세손께서는 소년의 마음이라 바치는 물건을 달갑게 받아들이고 물리치지 않으신 모양이었다.

세손이 홍정당에 계시므로 내가 있는 처소와는 무척 멀리 멀어져 전혀 몰랐는데, 홍은부위가 총관摠管[05]으로 당번을 들 때 들어와 뵈옵고 놀랐다.

그때는 화완 옹주가 세손을 손아귀에 넣고 용납지 못하게 하여, 한 가지 일도 자유롭지 못하게 하였다. 그리고 화완이 세손 내외의 사이를 화평하지 못하게 하고, 세손이 처가와 친하신 것을 시샘하여 이간하고자 하였다. 그리고 그때는 청원부원군의 6촌 김상묵이 후겸을 사귀어 음모의 주모자가 되었던 시절이었다.

상묵의 안면으로 청원부원군의 집은 아직 그냥 두고 외가를 먼저 이간하려는 뜻이 있었다. 그런 가운데 세손이 홍은부위를 아끼는 것을 시샘하여, 한 화살로 둘을 쏘는 계교를 가지고 하루는 밤에 나에

---

04 부위(副尉)는 의빈부 정 3품의 벼슬. 군주에게 장가든 사람에게 주었다. 작가의 둘째딸 청선군주의 남편인 정재화를 지칭함.

05 무관직으로 오위도총부의 도총관(정 2품)과 부총관(종 2품)을 총칭한 말.

게 와서 다정하게 말하였다.

"세손이 홍은에게 혹하여 이번 궁중잔치에 기생 이야기도 하고 잔 칫날 한 계집을 가리켜 보시게 하고, 별감들이 사권 잡류들을 아시 게 하였나이다. 그밖에도 도리에 벗어나는 일들이 많으니, 그럴 데 가 어디 있으리까? 예전의 사도세자를 생각해 보시오. 별감에서 시 작하여 차차로 물들어 그러하셨는데, 세손이 소년이신데 그런 말씀 을 해 드리고 저 상스러운 홍은을 아끼시어 바깥출입을 하시니 그 런 일이 어디 있으리까? 이것을 처치하지 않아 대조께서 아시면 모 년의 화변이 또 날 것입니다. 소인에게 세손을 도와 바르게 이끌기 를 부탁하셨는데 모르는 척 할 수는 없지 않습니까? 하지만 소인이 여쭈었다 하면 말이 좋지 않고 한낱 자식이라도 외로울 때에는 해롭 습니다. 나라를 위하여 마지못해 이 말씀을 드리오니 스스로 안 것 처럼 하시고, 그 별감들을 귀양이나 보내면 좋겠사오니 일이 커지기 전에 조처하면 좋겠습니다. 세손의 외할아버지가 영의정이시니 임 금께 말씀드릴 수 있을 것이요, 별감들을 다스리더라도 법에 의해 한 일이오이다."

그 사람은 진정으로 나라를 위하고 세손을 걱정하는 모양으로 자 세히 말하였다. 내 평생의 한이 당초부터 사람을 잘 돕지 못하고, 별감들 잡류에 물들어 차차 그리 되셨는가 하여 세손이 착하게 되 기만 바라고 바라는데 그 사람의 말이 그러하므로 나는 꾸밈없는 곧은 마음으로 그를 믿었다. 그 사람이 세손께 정이 있으므로 세손을 위하여 근심하고 탄식하는 줄로만 알았지, 어찌 이 일로 어미를 이간하고 외조부를 푸대접하게 하려는 흉계를 꾸미는 줄 어떻게 알았으리오.

"모년 화변이 다시 나겠다."

이 말이 차마 무섭고 그 사람이 그리하는 것을 내가 만일 금하지 않으면 그 사람이 자기 말을 세우려고 대조께 여쭈어 큰일을 일으키기는 어렵지 않은 일이다. 나는 놀랍고 흥은의 일이 분하였다.

"내가 세손에게 이 말을 하여 못하게 하겠소."

내가 이렇게 말하니, 그 사람이 또 말하였다.

"일을 어찌 급하게 하시려고 합니까? 차차 하시되 요란치 않게 하도록 하십시오. 영의정께 그 별감들을 다스려 달라고 편지를 써 보내되, 자제들도 모르게 편지를 세손 빈궁에게 주어 김판서(김시묵)더러 갖다가 영상께 드리고 비밀로 하여 이놈들을 없애면 될 줄 압니다."

그 사람의 이런 말은 청원부원군까지 걸려들게 하려는 계교이거늘, 나는 까마득히 그 흉악한 마음을 모르고 세손이 외도하실까 하는 염려에 급급하였다. 그래서 김판서에게 주라는 말을 따르지 않고, 아버지께 편지하여 이 사연을 말하고 부탁을 드렸다.

"이 별감들을 귀양 보내 주소서."

그러나 아버지는 거절하셨다.

"소란스러울 테니 못하겠습니다."

자제들도 힘껏 말리면서 못하게 하는 것을 내가 놀라 간장을 태우는 다급한 심정이라 아버지께 역설하였다.

"모년 화변이 또 나면 어찌합니까?"

나는 이런 두려운 말과 세손을 위해 마음을 태우며 여러 번 기별하였으나 아버지는 계속 듣지 않으셨다. 그러자 화완이 나를 몹시 흥분시켰다.

"영상께서 나라를 위하시면 왜 옳은 일을 안 하시는지 모르겠습니다. 영상이 그러하면 설사 세손이 외도를 하신들 누가 막겠습니까?"

화완이 기가 막힌 듯 근심스러이 한탄하는 모양을 보이니, 내가 더욱 갑갑하여 3, 4일 동안 밥을 굶고 아버지께 기별하였다. 그리고 울면서 다시 보채었다.

"만일 이놈들을 다스리지 않으시고 세손이 마침내 외도를 하면, 내가 살아서 무엇 하리오? 차라리 단식하고 죽겠습니다."

아버지께서 여러 번 머뭇거리고 망설이시다 마지못하여 받아들이셨다.

"세손을 위하는 마음으로 사생화복死生禍福을 몸 밖에 두겠사옵니다."

그리고 청원부원군과도 의논하셨다. 그때 형조참판 조영순이 처음에는 반대하다가 나중에 아버지의 말씀을 듣고 따랐다.

"제왕가는 다르니 장래의 일이 크려니와 대감께서 나라를 위하여 진심으로 애쓰는 정성으로 사생화복을 내어놓고자 하시니 그 마음이 고맙습니다."

그리고 조영순은 별감들을 잡아서 한마디도 묻지 않고 귀양만 보내었다. 그 뒤에 아버지께서 세손에게 글을 올려 말씀드렸다.

"홍은같이 점잖지 않은 아이를 왜 가까이 하시나이까? 홍은이 외도를 하기에 별감들의 죄를 다스렸나이다."

세손은 철없는 마음에 무안하여 어미와 외조부의 당신을 위한 진심에서 우러난 정성은 알지 못하시고 노여워만 하셨다.

화완옹주가 비길 바 없이 흉악한 것은 이것이다. 제가 그 말을 꺼내어 세손의 행실을 허물없게 하고자 하였으면, 내 이러저러하니 자기도 응당 이렇게 말씀을 드려야 옳았다.

"어미의 마음으로 그러하시기는 당연하고, 외조부께서 나라를 위한 마음으로 세손의 덕망이 어그러질까 염려하여 그러신 것은 옳은 일입니다. 그러니 조금도 마음에 담아 두지 마시고 그 말씀을 들으소서."

그러나 화완은 나에게는 그리하라고 탄식하고 세손께는 도리어 충동질하였다.

"그 일을 그렇게까지 할 필요가 있었을까? 그렇게 소란케 하여 세상에 모르는 사람이 없게 만들었으니 세손께서 어떤 사람이 되겠소. 외조부라고 하여 묻어 덮어 주진 않고 허물을 드러내려 하니, 그런 인정이 어디 있으리오."

화완은 무수히 세손의 노여움을 북돋우며 이간질을 하였다. 그때 세손이 화완에게 쥐어 그 말을 다 곧이들으시는 터인데, 날마다 그 같은 말로 아버지의 흉을 보고 후겸도 들어와 세손의 덕을 해롭게 하여 안팎으로 부추겼다. 그러니 세손은 소년의 마음에 외조부를 귀하게 생각하시던 마음이 와락 변하였다. 어미에게야 어떡하실 것은 아니겠지만, 가깝던 마음이 어찌 전과 같으리오.

그때 세손의 큰 노여움과 거북스러운 마음이 측량없으시니 나는 도리어 기가 막혔다. 나나 아버지는 모두 그 일이 당신의 흉허물이 되실까 하는 간절한 마음이었으니, 뒷날을 염려할 만한 여유가 어찌 있었을꼬.

세손께서도 그렇게 노여워하시지만 내게 대하시는 일이나 외조부께 하시는 일이 여전하였다. 그러므로 우리 부녀야 잘한 줄만 알았지 뒷날에 대한 걱정은 털끝만치도 아니하였다.

그 후 을미년乙未年(영조 51년, 1775) 사이에 홍국영이가 말했다.

"기축년에 별감들을 귀양 보낸 사건으로 무척 미안하게 되었습니다."

나는 그때서야 비로소 깨닫고 세손이 왕위에 오르신 후에야 그 말씀의 처음과 끝을 모두 알게 되었다.

"화완 옹주의 '모년 화변이 다시 날 것'이란 말도 무섭고, 예사 사람도 어미로서 아들이 착하게 되기를 바라는 마음이 다 있는 법이나 생각해 보시오. 내가 모년 화변을 지내고 한 아들을 의지하여, 국가의 중요한 부탁 이외에 내 사사로운 정을 겸하여 임금(정조)이 잘 되시도록 하는 마음이 어떠하겠나이까? 그 사람의 말을 갑자기 듣고 놀란 가슴에 두렵고 근심되었습니다. '만일 금치 않으면 대조께서 아시고 또 모년 화변이 나리라' 하니, 그 사람의 변덕이 시도 때도 없어 결국엔 대조께서 아시게 하기도 어렵지 않으니, 만약 큰 사단이 날 것 같으면 임금이 어느 지경이 되었겠나이까? 그것이 더욱 답답하여 아버지나 동생들이 다 그리 못하겠다는 것을 내가 단식하고 스스로 목숨을 끊으려고까지 하여 아무쪼록 처치하시게 하였던 것입니다. 나야 솔직하고 곧은 어미 마음으로 한 일이지만, 화완의 흉계로 나에게는 다스리라고 권하고 당신께는 흉을 드러낸다고 충동하여 어미와 외가를 이간하려는 것을 어찌 생각이나 하였겠나이까? 이 일로 인하여 귀주와 후겸의 무리가 밖에 소문을 퍼뜨리기를, '홍씨가 세손께 죄를 지었으니, 홍씨를 아무리 쳐도 세손께서 외가를 위하여 붙으실 정은 없으시다. 세손께서 버리신 홍가洪哥인데 세손께서 떨어진 후에야 홍가 치기가 아주 쉽다'고 하였습니다. 그제야 소위 십학사十學士인지 무엇무엇 하는 것들이 귀주와 후겸의 새 세력을 따르고 밖으로 '임금의 친척을 치면 선비가 된다' 하여, 내 집을 치기 시작하여 점점 화가 미쳐 이 지경이 되었습니다. 그런 즉, 실은 내 손으로 내 아버지께 화를 끼쳤으니, 지금 생각하여도 나나 아버지나 당신을 위하여 진심에서 우러나온 마음이었기에 부끄럽지는 않지만 그 일은 내 탓이니 불효한 죄를 만 번 죽어도 씻지 못할 것입니다."

그러자 선왕先王 ⁰⁶께서 웃으시며 말씀하셨다.

"그때 일이야 제가 소년 적의 일이니 지금 말하여 무엇 하리까? 과연 저도 뉘우치나이다."

그리고 그 후라도 이 말이 나오면 얼굴이 붉어지시며 부끄러워하시는 안색으로 피해 버리셨다.

"이미 잊은 지 오래입니다."

그리고 경신년庚申年(정조 24년, 1800)에 원자를 세자로 책봉할 때, 선왕께서 조영순을 다시 복직시키시고 기쁨이 얼굴에 가득하여 나에게 말씀하셨다.

"조영순의 일이 항상 목에 가시 걸린 것 같이 마음에 걸리었더니, 오늘 푸니 무척 시원하나이다."

"과연 다행이오. 우리 집에서 시킨 일로 죄명이 매우 무거워 그 집에서 나를 오죽 원망하였겠소. 항상 마음에 불안하기 헤아릴 수 없더니, 복직시켜 주신다 하니 실로 다행입니다."

내가 이렇게 말씀드리자 선왕께서 다시 말씀하셨다.

"조영순은 본래 죄가 없나이다. 그때 화완이 말한 '모년의 변이 다시 나겠다'라는 위협 어린 풍설이 세상에 떠돌아다니다가, 이로 인

---

06 여기서는 정조대왕을 말한다.

해 닿을 곳이 없어 억울하게 조영순의 죄가 되었으니 실로 매우 원통하오이다. 그때 외조부께서 사옹원司饔院[07]에 앉으시어 여러 대신들이 듣는 데서 '모년 화변이 다시 나겠다' 하더라고 누가 나에게 전하기에, 듣고 사실인가 여러 곳으로 알아보았습니다. 그런데 그때의 재상 치고 들었다는 이가 없고 또 말이 변하여 사옹원에서 하신 말씀이 아니라 정광환이 전하여 듣고 퍼진 말이 여러 곳으로 새어 나갔다 하더이다. 분명히 화완의 그 말로 인하여 중간에 뜬소문이요, 외조부께서 안하신 것을 잘 알았으니 외조부도 억울하시거늘 하물며 조영순이 가당하오리까? 이제는 기축년의 일은 결말이 난 것이니 조영순을 위한 것이 아니라 외조부께서 죄 없음을 변명하여 드리는 일이외다."

그리하여 내가 아버지를 위하여 감사의 말을 여러 번 하였다. 이것으로 보면 선왕께서 기축년의 일을 깊이 뉘우치시고, '모년의 변이 다시 나겠다'는 말에 아버지께서 억울하신 줄 아신 것을 능히 알 수 있을 것이다.

다만 화완이 애초에 간사한 꾀를 꾸미어 모자 사이와 외가의 정을 이간시키려던 일이 어찌 흉악하지 않으리오. 따라서 그 후로 인심과 세도가 바뀌어 후겸은 안에서 응하고 귀주는 밖에서 일을 꾸미며 경인년庚寅年(1770)에 비로소 한유가 아버지를 역적으로 모는 불길한 상

---

07 대궐 안의 음식 장만하는 일을 맡아보는 관청.

소를 올렸다. 이어 신묘辛卯[08], 임진사壬辰事[09]까지 났으니, 내 집이 잘못된 근본은 기축년의 사건에 있었던 것이다.

임진년 7월에 귀주의 상소가 있은 후, 선왕도 그때는 진심으로 외가를 구하려 하시고, 화완의 마음과 후겸의 의논도 내 집을 죽이진 못하리라 하였다. 그래서 아버지를 구하고 귀주에게 엄격한 훈계를 여러 번 내리시게 하였다.

병술년丙戌年(1766) 이후에는 중궁전과 무관하던 사이도 변하고, 후겸이 귀주와 함께 아버지를 해하려던 것이 변하여 내 집을 붙들고 귀주를 치는 셈이 되었다.

화완이 전에 있던 처소가 중궁전과 가까운 것을 꺼리어 영선당으로 옮기니, 그때는 세손께서 나이도 많아지시어 학문도 매우 부지런히 닦으셨다. 따라서 화완에게서 한순간도 떠나지 못하시던 것이 조금 덜한 듯 하였다.

이 일로 보아도 화완이 남편과 자식이 있어 가정의 재미를 알았더라면, 이토록 흐리고 어지럽히는 짓을 못하였을 듯하니 애달프고 애달프도다.

화완은 후겸에 대해 글도 알고 행실이 곧아 기특한 것으로 말하

---

08 영조 47년(신묘년, 1772), 홍봉한(혜경궁 홍씨의 아버지)이 사도세자의 서자의 아들에게 동정한 것이 세손에게 다른 마음을 품었다 하여 관직을 박탈당한 사건.

09 영조 48년(임진년, 1773) 7월에 김귀주 등이 홍봉한을 모해하여 상소한 일.

고, 세손께서는 제 아들만 못한 양으로 말하니, 어찌 감히 그리도 무엄하리오.

세손이 차차 따로 계신 후, 행여 궁녀들에게 눈독을 들이실까, 내 시라도 사랑하시고 마땅히 부리실까 하여 살펴보는 화완의 눈이 번개 같으니 세손께서는 잠시 쉬실 때에도 마음을 놓고 지내시지 못하였다. 그리고 세손과 세손빈 사이를 이간질 하기는 경인년庚寅年(영조 46년)부터 심하여 두 분이 같이 계신 적도 없었다.

대수롭지 않은 일에 굳이 흉을 잡고 그 흉을 들춰 보이며, 그 사이에 세손빈을 해하던 일과 괴롭게 굴던 소행은 천백 가지이니, 어찌 다 기록하리오.

세손은 본래 성품이 담담하시어 부부간의 정분이 친밀치 못하시었다. 그런데다가 화완이 손에 화와 복을 쥐고 앉아 한사코 남의 부부 사이를 멀리하게 하니, 세손께서 설사 화목하려는 뜻이 계신들 어찌 감히 하실 수 있으리오. 이리하여 아들 낳을 가망이 없으니 아버지께서 세손과 세손빈의 사이가 가까워져 어서 아들을 낳으시기를 밤낮으로 비셨다.

그리고 세손을 만나 봐올 때면 그리 마시라고 간절히 말씀하시고 자제들도 따라서 탄식함과 근심이 헤아릴 수 없었다.

그러나 화완은 두 분 사이를 그렇게 갈라놓아 행여나 아들을 낳으실까 겁을 내고 귀주네가 말을 지어서 퍼뜨리기까지 하였다.

"세손께서 아들을 못 낳으시는 병환이 계시다."

그리하여 더욱 민심을 소란케 했으니, 그 심술은 지금 생각하여도 무지하고 흉악하도다. 그 사람의 버릇은 무슨 일이 없으면 못 견디기 때문에, 싫도록 내 집을 저주하였다.

세손께서는 그 장인에게 정들어 귀하게 여기시며 김기대는 글도 알고 세자시강원 출입을 하여 사랑하셨다. 그러하니 귀주는 세손의 처가를 마저 없애려고 그 사이에 없는 죄를 있는 것처럼 꾸며 위에 고해바친 일이 무수하였다.

빈궁도 홍정당에 계시지 못하게 세손을 꾀던 차에, 뜻밖에도 임진년壬辰年(1772) 7월에 청원부원군이 돌아가시게 되었다.

세손이 주무시다가 그 소식을 들으시고 어질고 무던하신 마음에 깜짝 놀라 빈궁이 있는 곳에 오셨는데, 얼굴빛이 슬프고 참혹하여 거의 눈물이 떨어질 듯 불쌍해 하셨다.

내가 보고서 위로하여 놀라실 것을 염려하니, 화완 마음에 세손께서 죽은 장인을 동정하여 빈궁에게 후하게 대하실까 염려가 되었는지 갑자기 이런 말을 하였다.

"세손께서 그 일을 그토록 중요하게 여기시어 저토록 가슴 아파하시니 마치 그 사람의 탈을 쓰고 온 것이나 아닙니까?"

그 말이 하도 끔찍한지라. 내가 그때 그 사람을 미워하지 않으려는 마음이었으나 그 말이 흉하고 불길하여 소름이 돋아 말하였다.

"그게 어인 말이오! 오늘 취하셨소? 말을 살펴서 해야지 지금 죽은 사람과 이 귀한 몸을 비겨 말을 하시는 겁니까?"

그러자 화완은 자기도 흉한 말을 한 줄 알아 무안해 하고 세손도 어이없어 하시는 표정이자, 곧 속죄하듯 말하였다.

"내가 잘못하였소."

화완은 그 죄로 그 아들도 자지 못하고 며느리와 손녀도 모두 종을 삼고, 자기를 외딴 섬에 귀양 보내더라도 이 죄는 씻지 못하겠다고 사죄하였다.

그런데 아닌 밤중에 그 무서운 소리를 하더니 나중에 그 말과 같이 되었으니, 귀신이 시킨 것처럼 참으로 이상하였다.

화완이 비록 인물이 괴이하여 무슨 일을 저지를 줄 모르긴 하나, 실은 한 아녀자에 불과하니 궐내에서 분별없는 짓이나 하지, 후겸이가 아니었다면 조정에 간섭하여 권세를 쓸 생각을 어찌 했으리오.

후겸이가 독한 인간인 줄 알게 된 것은 경진년庚辰年(1760)에 소조께서 후겸을 잡아다 가두어 화완옹주를 위협하신 일 때문이었다.

"온양 행차를 만일 못 이루어 내면 네 아들을 죽이겠다."

그때 후겸의 나이 열두 살이었다. 어린것이 오죽 겁이 났겠는가?
하지만 조금도 두려워하는 의사가 없고 당돌히 굴던 일을 생각하니, 유별나게 독하지 않고서야 어찌 그러하리오. 요놈이 조숙하고 바보가 아니어서 착한 일을 않고 교만하고 방자한 습성만 일찍 익혀 아버지를 제거하고 자기가 권세를 휘두르려고 제 어미를 이용하였다. 그리고 승부욕과 시기가 많고 사람해치기를 좋아하였다.

또 어미가 아들의 말이라 하면 모두 그대로 행하여 어지러운 사건이 무수하였으니, 그 어미와 그 아들이 때를 만나 모여서 국가를 잘못되게 만든 일은 하늘을 한탄할 뿐이로다.

후겸이가 밖에서 권세를 쓸 때, 조정의 모든 벼슬아치들을 노예같이 보고 세상을 휩쓸던 일이야 내가 궁중에 깊이 있으니 어찌 다 알겠는가. 하지만 드러난 큰일만 일컬어도 충분히 알 수 있다.

경인, 신묘년 사이(1770~1771)에 귀주와 한통속이 되어 아버지를 해치려던 일이 죽일 놈이요, 또 임진년(영조 48년, 1772)에 통청 일[10]로 김치인을 몰던 일이 무척이나 망측하였다.

영조대왕께서 탕평[11]하신 후로는 무슨 통청하는 벼슬의 후보로 추천하면 반드시 노론, 소론을 섞어 넣었다. 따라서 노소론 한 가지로만은 못하였다.

그런데 그때 어찌하여 영의정 정존겸[12]이 이조판서로 대사성大司成[13]을 통청하는데, 김종수를 첫째 후보자로 넣고 아래로는 두 후보자가 모두 소론인데도 영조께서 미처 살피지 못하셨다.

그때 후겸이 김치인, 김종수가 아버지를 해치는데 뜻을 같이 하

---

10 여기서의 '통청 일'이란, 전관(銓官)에 노·소론(老, 小論)을 섞어 일망삼통(一望三通)을 피하던 일.

11 탕탕평평(蕩蕩平平)의 준말로 어느 쪽에도 치우치지 않음.

12 1761년 승지로 있으면서 사도세자가 평양에서 놀라운 사건을 왕에게 고하지 않은 죄로 벼슬을 박탈당하였다. 후에 복직되어 이조판서, 우의정, 좌의정, 영의정을 거쳤다.

13 성균관의 으뜸벼슬. 품위는 정 3품.

였을지언정 항상 제 명령을 듣지 않았던지 아니면 그 통청하던 것을 제가 몰랐던지 그것도 불쾌해 하였다. 그리고 저도 소론이요 제 처가도 소론이니, 여러 소론이 후겸을 꾀어 통청함이 극히 놀라웠다.

그것은 김치인이 권세를 쓰는 것이니 이것을 그냥 두지는 못하리라고 하였으므로 후겸이가 제 어미에게 일러 영조대왕께 고해 바쳤다.

영조께서는 남이나 다른 당파를 논한다며 깜짝 놀라시는데, 김치인이 탕평하던 김재로의 아들 휴와 조카 종수를 데리고 당파를 논하는 줄 아시고 노여움이 그치지 않으셨다. 그래서 김치인과 조카 종수를 모두 섬으로 귀양 보내셨으니, 그런 일이 어디 있으리오.

후겸의 모략인즉 종수는 본래 내 집과 좋지 않은 사이이니 내 집을 돌려놓고 아버지든 두 삼촌이든 둘째 동생 낙임까지 후겸을 꾀어 해낸 일이라 하였다. 게다가 낙임은 더욱 의심을 받아 아주 깊은 원수로 아니, 세상에 이런 맹랑한 일이 또 어디 있으리오.

내 집안사람이 그렇게 분별없지 않으며, 김치인네를 미워하면 다른 일로 죄가 되도록 함정에 빠뜨릴 수는 있어도 내 집도 노론인데 노론 사람을 통청한다고 죄를 뒤집어씌울 이유가 어디 있으리오.

그때 임금께서 깨끗하고 뛰어난 사람 노릇하였다 하여 죄를 주시려 하니, 세상에 그런 법이 어디 있으리오. 이 일로 내 집에서 후겸을 가르친다는 말은 삼척동자라도 옳게 듣지 않을 것이니, 도리어 가소롭도다.

내 집이 처음에는 후겸 때문에 죽을 뻔도 하였으나 나중에는 또한 후겸 모자의 힘으로 보전하였으니, 영조께서 임금으로 계시는 동안에는 그들과의 관계를 저버릴 길이 없었다. 그리하여 어쨌든 서로 연결하여 가다가 마침내는 후겸과 함께 죄를 입게 되었다.

지금 생각하면 신묘년辛卯年(1771)에 아버지께서 화를 입으셔도 후겸을 사귀지 말았더라면 어땠을까싶다. 그러나 사람이 되어 눈앞에서 부모의 참화를 보고 어찌 차마 구하지 않으리오. 그저 화완 모자가 전생의 원수이니 한탄할 뿐이로다.

작은아버지(홍인한)가 아버지의 아우이기에 마치 공명을 얻은 것같이 사람들은 말하지만, 실은 그렇지가 않다. 과거에 급제한 초기에 영조께서 작은아버지를 일컬어 이렇게 말씀하셨다.

"크게 쓸 인물이다."

"형보다 낫다."

대조께서 그렇게까지 말씀하셨으므로 본래 당신의 덕이 높으셨다.

경인년庚寅年(영조 46년) 후에 아버지는 처지가 안 좋으셨으나, 작은아버지께서는 임금께서 돌보아 사랑하심이 멈추지 않으시고 선왕도 가까이 두고 좋아하셨다.

집안 처지가 안타까운 가운데서도 작은아버지께서는 평안감사도 하시고 정승도 하셨으니 영조대왕의 돌봄과 사랑하심으로 말미암아 그러하였다. 그러나 벼슬에 인연을 끊지 못하신 것이 과연 잘못이었다. 그리하여 세상에 말하기 좋아하는 사람들은 이런 이야기도 하였다.

"형님(홍봉한) 처지는 불쌍한데 벼슬길을 어찌 다니며, 후겸이가 권세를 부릴 때에 어찌 부귀를 탐하랴?"

죄를 내리면 당신도 달게 받을 것이요, 나라도 일생 동안 분개할 일이다.

하지만 심지어 을미년 대리代理일[14]로 역적의 이름을 받아 화를 입은 것은 매우 원통하니, 세상에 이런 일이 또 어디 있으리오.

을미년에 작은아버지가 정승으로 계실 때, 영조대왕께서는 점점 늙으시고 후겸은 그때 권세도 없는 것이 무척 거칠어 난감한 일이 많았다.

또 국영이가 세손으로부터의 총애가 커서 분별없는 일이 많으며, 작은아버지가 본래 홍국영의 큰아버지 홍낙순과 좋지 않은 사이였다. 게다가 국영의 행동이 경솔하고 천박하므로 그때에는 오히려 동궁께 숨은 총애가 있는 것을 자세히 알지 못하였다. 다만 일가의 어린아이로만 생각하고 한 번은 국영을 보고 두어 번 꾸짖고 훈계하였다.

"영안위[15] 자손에 저런 못된 놈이 날 줄을 어찌 알았으랴. 저 놈이

---

14 영조 51년, 홍인한이 왕세손의 대리청정을 저지하였다 하여 죄를 주도록 상소한 일.
15 선조(宣祖)의 사위인 영안위 홍계원. 곧 작자의 5대조.

집안을 망칠 것이다."

홍국영은 제 털끝만 건드려도 죽이는 성품이었으므로 아버지께
와서 청하였다.

"작은아버지께 기별하거나 이조판서에게 통하거나 하여 제 아비
홍낙춘을 벼슬시켜 주십시오."

아버지께서 처음에는 모르는 척 하시다가 몇 차례 와서 보채기에
마지못하여 작은아버지께 서신을 보내셨다. 국영이가 앉아서 회답
을 기다리다 오랫동안 회답이 오지 않으니 이후에 다시 오겠다며 나
가다가 대문에서 보냈던 회답 서신을 받았다. 그것을 제가 먼저 뜯
어보니 작은아버지의 회답은 이러했다.

"이런 미친 아이를 어찌 벼슬시키라고 기별하십니까? 못하겠습니
다."

국영이가 그것을 보고 얼굴이 파리해져서 죽을 듯이 갔었다. 그러
더니 결국 그런 독을 품고 참화를 만들어 냈던 것이다. 국영이는 제
털끝만 건드려도 상대를 죽이고 마는 성품이니, 그가 품은 독기가
어떠하리오. 그렇기에 죽이기로 마음을 먹었다가 마침내 참화를 만
들어 낸 것이다.

작은아버지의 죄명은 대리정치를 막은 것이다. 이 외에도 국영이
를 제거하려는 것은 곧 왕세손의 오른 날개를 잘라 없애 버리려 한
다는 큰 죄명을 세웠다. 그것이 사실이 아니라는 한 가지 명확한 증
거가 있다.

작은아버지께서 세상의 이치를 알고 민첩하기가 보통이 아니었으나, 처음에는 국영의 형세가 그토록 강한 줄 모르고 꾸짖으셨다. 그러다가 나중에는 차차 알고 그 놈의 독을 만날까 조심하기 시작하였다. 그러던 중 을미년 10월에 영조대왕께서 국영이를 제주 감진어사監賑御史[16]로 보내려 하셨다. 이때 동궁께서 보내지 말아 달라고 하셨으므로, 작은아버지께서 영조께 아뢰셨다.

"홍국영은 세자의 시강원 일을 오래 맡았으니 다른 문관을 보내소서."

그래서 그 대신에 유강이를 보내고 국영이를 안 가게 하였으니, 실상 세자시강원에서 잘라 없애 버릴 마음이 있었다면 그 좋은 기회에 국영이를 우겨서라도 제주로 보내지 어찌하여 가지 못하게 하였으리오.

그때 영조대왕의 연세가 높으시고 기침과 가래가 끓는 병이 자주 오르셔서 모든 일에 분간치 못하는 일이 많으셨다. 그래서 국가의 원로대신이면 바로 대리정치를 청하는 것이 응당한 일이었다. 나라의 형편은 하루가 바쁘기 때문에 그 누가 그런 마음이 없었겠는가.

하지만 기사년己巳年(1749) 대리로 말미암아 모든 것이 다 탈이 났으므로, 내 마음은 대리를 원수같이 알아서 '대리' 두 글자만 들어도 심장이 떨렸다.

---

16 흉년에 굶주리는 백성을 구제하는 일을 감독하기 위해 파견하는 어사.

또 대왕의 병환은 여지없으나 동궁이 어른 왕세자로 계시기에 국가의 기본이 튼튼하였다. 그래서 나라의 형편이 대리를 하고 안하고에 달라지지 않을 듯하였다.

영조께서 대리하겠다고 말씀을 하신 후, 안에서 화완옹주는 말하였다.

"나라의 큰일이니 나는 모르오."

작은아버지께서는 그때 화완이 영조께 조용히 말씀 못한 지 오래된줄 모르셨다. 그래서 혹 화완이 또 무슨 꾀를 내어 영조를 충동하여 대리로 함정을 파 놓고, 만일 작은아버지께서 갑자기 그 명을 받드시거든 야단을 내려고 벼르는 줄로만 알았다. 그래서 영조께서 대리를 두자 하는 말씀을 모두 시험하는 말씀으로 알고 의심스럽고 두려워서 황급히 그저 적당히 그럭저럭 꾸미려하였다.

"그런 분부를 어이 내리시옵니까? 신하가 되어 어찌 감히 그 명을 받겠나이까?"

작은아버지께서는 인사상하는 말을 하고 그럭저럭 지내셨다.

그러나 영조께서 정신이 점점 혼돈하여 헛소리를 많이 하시게 되었다. 영조께서는 그때 정시령庭試令[17]에도 내리시고 일없이 진하령進賀令[18]도 내리시며 숙종대왕 때의 재상 김진귀를 약방제조로 임명하라는 명령까지 내리셨다. 그러다가 정신이 깨시면 뉘우치시는 적

---

17 나라에 경사가 있을 때 대궐 안에서 행하던 과거.
18 나라에 경사가 있을 때 모든 벼슬아치들이 왕에게 나아가 축하의 예식을 올리던 일.

이 많았다.

"어찌 그 영을 반포할까 보냐."

작은아버지께서 학식은 비록 부족하나 그런 일에 대한 눈치는 남보다 빠른 성품이셨다. 영조께서 대리정치를 짐짓 하시고자 하는 줄 알았다면, 어찌 즉석에서 그 명을 받들어 모시어 당신의 공으로 삼고자 하시지 않겠는가. 일찍이 영조대왕의 뜻이 아니시거나 헛소리하신 줄로만 의심하고 그것이 또한 화완옹주가 함정을 파놓은 줄로만 두려워하여 피하려고만 하시다가 결국 일을 방해하는 죄가 되고 말았다.

늙은 대신의 품격과 절개로 책망하여 병환은 깊이 드시고 나라의 형편은 위급한데 대리를 청하지 않는다고 죄를 주면 정정당당한 의논이다. 그렇기 때문에 당신이 비록 참화를 당하더라도 원통하지는 않을 것이다. 하지만 동궁의 영특함을 꺼려 권세를 누리려고 대리를 막았다 하여 역적이라 하니, 그런 원통한 일이 또 어디 있으리오.

작은아버지의 실언은 을미년乙未年(영조 51년, 1775) 11월 20일 영조를 뵈었을 때 있었다. 그때 영조께서 말씀하셨다.

"세손이 나라 일을 아는가? 이조판서와 병조판서 그리고 그들이 관여하는 업무를 아는가? 노소론을 아는가? 민망하지 않은가?"

이 물음에 작은아버지께서 대답하셨다.

"노소론이야 세손이 아시어 무엇 하시리까?"

이것이 이른바 세 가지 일을 굳이 알 필요 없다는 삼불필지三不必

285

知였다. 그때 죄가 된 것은 이조판서, 병조판서의 일도 동궁께서 알 필요가 없고 노소론도 동궁이 알 필요가 없으며, 나라 일은 더욱더 동궁이 알 필요가 없다 하여 삼불필지라 하였다. 그러나 실은 영조께서 한 가지씩 물으시고 거기에 대한 대답을 기다려 또 한 가지 말씀을 하셔야 했다.

그런데 영조의 마음에 세손을 어리게 여기시어 '나라 일이든 이병판이든 노소론이든 아무것도 모르니 민망하다'는 말씀이셨다.

그리고 작은아버지께서 아뢴 뜻은, 영조의 마지막 말씀이 노소론 말이기에 '노소론이야 알아 무엇 하오리까?'라는 뜻으로 한 말이다.

무릇 영조께서 세손을 각별히 사랑하시지만, 여러 신하가 지나치게 일컫는 말을 모두 들으시면 '당신이 늙으셨으니 젊은 동궁에게 들러붙으려고 하는가!' 하고 의심하실까 염려하여 세손께서 늘 당부하셨다.

"대조께서 들으시는 곳에서 나를 지나치게 칭찬하지 마라."

그리하여 세손과 약속하신 일이요, 또 영조께서 편론을 매우 싫어하시어 '노소론' 자를 일컬으신 일이 없었다. 그래서 연회 자리에서 신하들은 아예 노소론이라는 말을 거들지도 못하는 법이었다. 그래서 작은아버지는 이렇게 생각하신 것이다.

"동궁이 노소론을 어찌 모르시겠습니까?"

만일 이렇게 아뢰면, 영조께서 위의 말처럼 시험하시다가 노하실 거라 여겼다.

"내가 그렇게 금하는 편론을 세손이 안다는 말이냐?"

영조께서 이렇게 말씀하실까 두려워 임시방편으로 적당히 한 말씀이 이것이었다.

"알아서 무엇 하오리까?"

그 일의 형세를 상상하건대 영조께서 동궁이 이병판을 아느냐고 물으시니 한참 있다가 작은아버지께서 대답하셨을 것이다.

"동궁이 이병판을 알아 무엇하오리까?"

그러자 영조께서 또 물으시길,

"노소론을 아는가?"

하시고 한참 있다가 작은아버지께서 답하셨을 것이다.

"알아서 무엇 하오리까?"

"나라 일을 아는가?"

하지만 영조께서 이렇게 물으시고 또 대답을 들으시기 전에도 그러할 리가 없고 어투도 그렇게 될 법이 없다. 그러니 원래 임금과 신하의 문답인 것이다. 곧 영조께서는 이 일도 모르고 저 일도 모르니 민망하다는 한 마디 말씀이시고, 작은아버지의 대답은 영조의 마지막 말씀이 노소론 말씀이기에 '알아서 무엇 하오리까?' 하였던 것이다.

작은아버지의 마음에는 동궁이 매사에 모르시는 것 없이 다 아신다고 아뢰면 영조께서도 어찌 여기실지 모르고, 전에 지나치게 칭찬하지 말라 하시던 동궁과의 약속도 어기게 되는 것이었다. 또한 노소론 일은 더욱 금해야 될 것 같아 당신으로서는 조리 있게 아뢴다고 한 말씀이셨던 것이다.

그러나 애매한 어법으로 물으신 세 마디에 대한 대답을 한 마디로 전부 한 것같이 되었다. 이것이 망발이라면 그것은 죄이겠지만, 그것으로 역적이 된다는 것은 천만 번 생각해도 애매하고 부당한 일이다. 당신이 비록 화를 입었으나 지하에 계신들 어찌 눈을 감으며 어찌 마음으로라도 인정하리오.

그때 궁중의 돌아가는 모양과 세손의 뜻을 기별하여 알아두게 하였다면, 작은아버지께서도 세손의 뜻이 그러하신 줄 알고 그런 실언도 안 하였을 것이다. 그러니 나의 융통성 없는 마음은 어쩌자고 이랬을까.

나는 집안에도 기별하기가 겸연쩍고 번거로운 듯하여 미리 기별하지 않았다. 또 외가로서 대리하라는 명을 받는다고 무슨 시비가 나거나 화완의 이간질이 들어오거나 영조께서 매우 노하시거나 할까 하는 혐의를 피하자는 생각에 더욱 주저하고 집안에 의논도 하지 않았던 것이다.

이제 생각하면 모두 내 탓이요, 내 죄인 듯하여 후회되고 한스럽지 않은 부분이 없다.

우리 집안사람이 벼슬도 많이 하고 부귀를 누리는 것은 온전히 동궁의 외가이기 때문이다. 동궁을 믿고 하는 행동이 조정을 흐리고 어지럽힌다 하면 그것은 분명히 죄가 될 것이다.

하지만 제 권세를 쓰고 부귀를 누리려는 마음이 있다면, 그 믿는 동궁이 대리정치를 하시거나 등극하시거나 하면 아무리 무식한 친척의 마음에도 더욱 즐겨 할 것이지, 동궁을 꺼리어 대리를 못하게 하지는 않을 것이다. 도대체 누구를 의지하여 부귀를 누리겠다는 말인가? 게다가 영조대왕의 병환은 점점 깊어져 아침저녁을 모를 때인데, 눈앞에 보이는 권세를 쓰려고 길게 바라볼 동궁께 죄를 지으려는 사람이 어디 있으리오.

동궁이 외가에 미안하게 여기신 것을 겉으로 나타낸 일이 없어 나부터 몰랐으니, 작은아버지께서야 분명히 동궁으로 계신 동안에는 임금의 친척으로 대권을 더 잡을 줄로 마음을 졸이고 바란 것이다. 그러니 동궁께 불리하다는 말이 어찌 매정하지 않으리오.

그때 영조께서 말씀하셨다.

"내가 눈이 어두워 벼슬아치를 직접 뽑지 못하고 측근들을 시켜 표를 붙이게 하며 다른 일도 다 내관의 손에 맡겼다. 그리고 경종대왕[19]께서 '세제世弟[20]가 좋으냐, 신하들이 좋으냐' 하신 말씀같이 나도 세손에게 맡기고자 하노라."

"신하들은 근심할 것이 없나이다."

---

19 조선의 20대 왕으로, 영조의 형.

20 경종에게 왕자가 없어서 영조를 세제로 했다. 이 대목은 경종이 세제 영조에게 대리정치를 시키고자 할 때의 지시 중 한 부분이다.

영상 한익모도 겁이 나고 두려워 드린 말씀인데, 그때도 망발이라 하여 역시 여러 상소가 올라왔다.

한익모도 중대한 일이라 눈앞에서 갑자기 영조의 뜻을 파악하지 못하여 적당히 어물쩍 넘기려는 뜻으로 한 말이지, 그 사람이야 어찌 다른 뜻이 있었겠는가.

하지만 망발이라고 얘기하면 작은아버지와 다를 것이 없고, 대리 정치를 따르지 아니한 것을 죄 삼으면 영상과 좌상이 다 같았다. 그런데 지금에 와서 한익모는 아무런 흠이 없는 사람이 되고 작은아버지는 홀로 극형에 처하게 되시었으니, 나라의 형법이 어찌 이다지도 차별이 심하고 고르지 못하리오.

이러한 이유로 선왕(정조)이 미워하시어 벼르셨던 것이다. 작은아버지를 여산으로 귀양 보낼 때 명령하시어, 여러 가지 죄목으로 여지없이 비난하여 다시는 세상사람 노릇을 못하게 하셨다. 하지만 끝에는 이렇게 말씀하셨다.

"역적의 뜻이나 다른 뜻이 있다는 말은 너무 지나치니, 결단코 이는 정에 끌려서 한 말이 아니다."

선왕도 본래 외가에 불만이 계셨기 때문에 한 번 문제 삼으려 하셨지만, 노모(혜경궁 본인)를 앉히고 외가를 망하게 하실 뜻이야 어찌 있었겠는가. 또 국영이는 피에 사무친 원수가 아니다.

제 권세나 쓰면서 세상을 가져 보려고 나라의 외가에 붙어 위엄을 보일뿐이지, 저도 알듯이 작은아버지께서 죽을 죄가 없으니, 죽일 생각이야 어찌 났으리오.

이 명령을 내리시어 처분하신 후에는 아주 끝난 일로 알았다. 그런데 병신년丙申年(1776) 5월에 김종수가 들어온 후에 국영을 꾀어 홍씨 가문을 역적으로 만들어 놓으려고 몰래 만들어낸 공과 충성이 더욱 끔찍하였다.

작은아버지께서 귀양 간 수개월 안에 아무 죄도 다시 지은 일이 없는데, 그 죄로 차차 죄를 더하여 마침내 큰 화를 받았으니, 처음 귀양 보내실 적의 영을 어찌 지키지 않으리오. 그리하여 선왕께서 임자년壬子年(정조 16년, 1792) 5월 연회석 자리에서 말씀하셨다.

"불필지不必知란 말은 막수유莫須有[21]란 말과 같아서 충분히 죄 될 것이 없다."

이것은 승정원일기에도 있을 것이요, 공식적인 연설이라 모두 보았을 것이다. '막수유'란 말은 악비岳飛[22]를 죽이던 일로, 세상에 다시없는 억울한 옥살이를 한 것으로 한글 책까지 있어서 무지한 아낙네들도 지금도 원통해 하는 바이다.

선왕의 학식으로 이 문자의 출처를 모르시지는 않을 텐데, 이 문자를 비교하여 쓰실 때는 그 일로 그리 되기는 원통하다는 말씀이다.

내 집안사람 말고라도 세상에서 이 연설을 본 사람들이라면 임금의 뜻이 어디에 있는지 누가 헤아리지 못하였으리오. 선왕께서 그때

---

21 반드시 없다고도 할 수 없음이라는 뜻.
22 중국 송나라의 충신인 악비. 무고한 누명을 쓰고 투옥된 뒤 살해되었음.

막수유 말씀을 하시고 해명까지 하셨다.

"병신년의 삼불필지는 죄를 펼 것이 없고, 사실은 임오화변의 일로 이리하였다."

그리고 나에게 오셔서 말씀하셨다.

"삼불필지를 벗길 길이 없어 민망하더니, 이젠 모년의 일로 돌려보냈으니 벗기 쉽게 해서 다행이나이다."

그 말씀을 듣고 내가 깜짝 놀라 하였다.

"병신년 일도 매우 원통한데 모년 일은 아예 당치도 않은 일인 바, 그것이 웬말입니까?"

그러자 선왕이 말씀하셨다.

"모년의 죄를 일컬어 이러이러하다 하였으면 어렵겠지만, 모년의 죄라하고 죄명이 이러하다고 거들지 않았으니, 후에 가면 무슨 죄인 줄 알 것입니다. 그리고 모년 죄는 갑자년甲子年(순조 4년, 1804)에 다 풀려고 합니다. 이번에 병신년 일은 풀린 셈이니, 모년으로 옮겨 보냈다가 갑자년을 기다릴 것입니다."

근래에는 더욱 깨달으셔서 항상 말씀하셨다.

"작은아버지는 화를 입은 대신大臣입니다. 아무 탈이 없었더라면 주석主席 원로대신이 될 뻔하였습니다."

그리고 작은아버지께서 당신께 진정성 있던 말씀과 당신이 좋아하여 매사를 논의하던 말씀도 하셨다.

"아무리 하여도 다음은 있으리라. 세상의 도덕과 조국의 주인 될 사람이요 영웅이니, 지금 대신이야 누가 당하리오."

당신께서는 작은아버지로부터 남과 교제하는 일과 온갖 모범, 심지어는 옷 입으시는 일까지도 배웠다고 하셨다. 선왕께서 만일 작은아버지를 진정 악독한 역적으로 여기셨다면 어찌 귀하신 몸에 비겨 그런 말씀을 하시리오.

병신년 초, 작은아버지께서 화를 만나 내 원통하고 가혹함이 비할데 없어, 그때 자결을 하든지 별다른 조처가 왜 없었겠는가? 하지만 구차한 어미의 마음에 세상에 하나뿐인 인정과 도리로 간신히 세손을 길러 임금이 되시는 것을 보려면 몸을 보전하여야 해로움과 누를 면할 것이라고 생각했기 때문이다.

'지금은 즉위한 지 얼마 안 되시고 홍국영에 의해 총명이 가리어 지나친 거동을 하시나 결국은 곧 깨달으시리라.'

나는 이렇게 참고 참아 목숨을 버리지 못하고 예사로운 듯 지내었다. 그러니 궐 내외의 사람들이 나를 어리석고 나약하다고 꾸짖는 것을 어찌 달게 받지 않으리오. 그런데 과연 선왕의 깨달으심이 위에 쓰인 말과 같고 또 갑자년에 내 집의 원한을 다 푸실 때 여러 번 말씀을 하셨다.

"작은아버지의 일도 같이 풀어 주려 합니다."

나는 그 말씀을 굳게 믿고 바라며 갑자년 오기가 더딘 것만 지루하고 답답하게 여기며 기다렸다. 그런데 하늘이 갈수록 나를 밉다 여기시고 집안의 운수가 갈수록 안 좋게 막혀 선왕이 도중에 돌아가시고 만사가 모두 흩어졌다.

아! 이렇듯 원통하고 가혹한 일이 어디 있으리오.

내 비록 여자이지만 조정의 사사로운 기록을 많이 보았도다. 나라에 억울한 처벌이 결국은 누명을 벗어 부끄러움을 씻지 못한 적이 없었다. 그런데 내 작은아버지의 일은 더더욱 원통하니, 주상(순조)께서 장성하시어 옳고 그름을 분간하실 때면 응당 이 늙은 할미의 한을 풀어 주실 때가 있으리라 믿고 기다렸다.

그러나 내가 살아서 미처 못 볼 것 같으니 이 글을 장차 내가 없는 후에라도 주상이 보시면 반드시 감동하시어 30년 쌓인 원한을 풀어 주실까 하늘에 빌고 또 비노라.

명종明宗조에 윤임[23]이 그의 사위 봉성군을 받들려 한다고 하여 증거와 심문할 죄명을 분명히 만들어 무정보감武定寶鑑[24]에 올렸다.

그 책에 죄명을 올린 것을 보면 유례는 아주 악한 역적인 듯싶으니, 누가 감히 말하리오. 그러나 본래 처벌이 전혀 죄가 없으니 모든 의견이 일치하여 지극히 억울하다고 하여도 오히려 선조宣祖께서는 그를 무섭게 추궁하셨다. 그러다가 공의대비[25]가 지극히 원통해 하

---

23 조선 중기의 문신으로 대윤(大尹)의 거두이며 중종의 비 장경왕후의 오빠. 소윤(小尹)의 거두 윤원형과 세력 다툼을 하다가 인종이 죽고 명종이 즉위, 윤원형의 누이인 문정왕후가 수렴청정을 할 때, 소윤 일파가 일으킨 을사사화로 이들 3형제와 같이 사약을 받고 죽음.
24 역모를 다스리는 기록.
25 조선 12 대 임금인 인종의 비.

시는 뜻을 받드시어 윤임을 복직시켜 주셨다.

　윤임이 공의대비께는 시외삼촌이요, 선조께서는 공의대비가 큰어머니이시다.

　공의대비께서 시외삼촌의 원통함을 씻으려 하시고 선조께서도 큰어머니의 마음을 우러러 받들면서 이 일을 하셨으니, 지금까지 공의대비를 위하여 슬퍼하였다. 선조의 처분이 효성 어린 생각에서 나오신 것으로 공경하고 우러러 사모하지 않을 수 없는데, 하물며 내 작은아버지의 경우는 윤임의 죄명과 무게가 다르고, 나는 임금의 할머니다.

　큰어머니로서 시외삼촌의 원통함을 호소하는 것도 임금이 따르셨거늘 이제 할머니가 그 작은아버지의 원통함을 풀어 주는 것은 내 도리로서나 나라 체면으로나 아무도 탓하지 못할 것이다. 또 이 일을 선왕(정조)이 크게 깨닫고 갑자년에 누명을 씻겠노라하신 말씀이 여러 번 계셨다.

　그리고 병신년丙申年(영조 52년, 1776), 임자년壬子年(정조 16년, 1792) 두 번의 분부가 더욱 분명한 증거가 되니, 이일을 헤쳐 푸는 것이 선왕 생전의 뜻이었다. 주상은 불안해하시거나 주저하실 일이 아니다.

　공의대비가 윤임의 일에 간섭하시다가 속임을 당해서 더욱 윤임의 원통함을 풀려 했다 한다. 그런데 나는 병신년 7월의 내 작은아버지 처분 때 내가 그리하라 했다 하니, 그렇다면 이는 내가 죽인 셈이 되지 않는가?

세상 사람들은 진실을 모르고 내가 삼촌이 화를 입는데 구하기는 커녕 그런 양으로 알고, 나를 인륜의 죄인이라 하여도 사양치 못할 것이니, 세상에 제 삼촌이 화를 입는데 그리하라고 할 사람이 어디 있으리오.

내 이제 오래지 않아 수명이 다할 것이니, 만일 작은아버지의 누명을 씻지 못하고 죽으면 영원토록 작은아버지를 죽인 사람이 되어 귀신이라도 용납할 곳이 없을 것이다. 그러니 공의대비께서 한때 모함을 받으신 원통함과 비교하면 어떠하리오.

공의대비는 조카님(선조)을 감동케 하셨는데, 내 비록 정성이 부족하나 설마 주상을 감동시키지 못하랴. 항상 마음에 있으나 아직은 주상이 마음대로 못하실 때요, 나는 점점 늙어 가니 그저 아득할 뿐이로다.

홍국영이 임진년(영조 48년. 1772)에 등과했으나 본래 어릴적부터 그리될 것이 뻔한 것이었다. 제 아비 홍낙춘이 미친병이 있어 가르칠 것도 없으니, 제 스스로 착실하지 못하고 방탕하여 술을 즐기고 여색을 탐하며 행실이 말이 아니어서 제 집에서도 용납하지 못하고 세상에 버린 바가 되었다.

그러나 국영이 약간의 재주가 있어서 못하는 글도 억지로 하노라 하고 예민하고 민첩하고 대담하며 씩씩한 기운도 있었다.

그는 하늘도 무서워하지 않고 땅도 두려워하지 않았다. 그래서 이

미친 것이 항상 하늘아래 모든 일을 제가 하겠다고 날뛰니, 제 동료들이 놀라서 웃지 않는 자가 없었다. 그러나 등과 후에 예문관의 정9품 벼슬을 수년 동안 하면서 오래 궁중에 있게 되니, 영조께서 사랑하시어 늘 칭찬하셨다.

"국영은 내 손자다."

또 동궁께서는 국영이가 나이도 비슷하고 얼굴도 어여쁘고 슬기로우며 민첩하여 동궁께서 한 번 보시고 두 번 보시는 동안에 절로 대접이 극진하여 매우 가까운 사이가 되었다.

처음에는 요놈이 간사한 꾀를 내어, 동궁께 기탄없이 바른 말을 하는 체하나 실은 그 말이 모두 듣기 좋은 말이었다. 그러니 동궁께서는 강직한 사람인 줄로 아시고 사귀기를 깊이 하신 후로는 요놈이 못하는 바가 없었다.

세손(정조)이 동궁으로 계실 때 하인 외에 사부師傅[26]를 마주하는 것이 불과 빈객賓客[27]과 궁관[28]뿐이니, 그 자들이 학문이나 의논하지 무슨 말을 하며 하물며 조정의 일이나 바깥 이야기야 어찌 한 마디라도 하겠는가. 그래서 동궁이 안타깝고 답답해하시다가 국영을 만나 이런 저런 이야기를 들으시게 되었다. 그러니 신통하고 귀히 여기셔서 이전에 사랑하시던 궁관은 점점 멀어지고 국영이만 제일로

---

26 세자시강원의 으뜸벼슬인 사(師)와 부(傅). 사는 영의정이 겸하였고 부는 좌·우의정 중의 한 사람이 겸하였다.
27 세자시강원의 정 2품 벼슬. 좌빈객, 우빈객, 좌부빈객, 우부빈객이 있었음.
28 동궁에 딸려 있던 관원.

아셨다. 비유하자면 사나이가 첩에 혹한 모양이었다.

국영은 자기에게 밉게 굴거나 원한이 있거나, 저를 혹 나무라는 이가 있으면 아무 거리낌도 없이 헐뜯어 죄가 있는 듯 고해 바쳤다.

"그 자가 동궁을 헐뜯습니다."

그리고 임금이 저를 지나치게 사랑하시니 제 인물이 의젓하여도 사람들로부터 꺼림을 받을 터인데 세상에 소문난 버릇없고 경솔한 자를 너무 사랑하시니, 어찌 사람들 사이에 말이 없으리오. 갑오년甲午年(영조 50년, 1774), 을미년乙未年(영조 51년) 사이에는 집집마다 국영의 이야기로 꽃을 피웠다.

동궁이 한때 저를 사랑하시더라도 제가 어찌 감히 상스럽게 군단 말인가. 그때마다 국영이 근심을 하게 되니 저인들 어찌 소문을 듣지 못 하였으리오. 이런 말을 들으면 즉시 들어가 동궁께 거짓으로 아뢰었다.

"동궁을 헐뜯고 욕합니다."

소위 떠도는 말이란 것이 이런 것이라, 세손께서야 깊은 궁중에 계셔서 다른 사람은 보지 못하시고 국영의 말만 들으셨다. 사랑하시는 터에 그 놈의 간사스런 심정을 살피지 못하시고 곧이곧대로 들으시니, 세손이야 어찌 놈의 간사함을 알았으리오.

국영은 이럭저럭 유례없는 총애를 받다가 대리정치 일로 큰 공을 세웠다. 그러다가 세손이 왕위에 오른 후 7, 8달 안에 관직에 올라도승지都承旨와 수어사守禦使[29]를 하였다.

국영이 숙위대장으로 대궐에 있게 되자, 자기가 있는 곳을 이름하
야 숙위소라 하고 훈련도감, 총융청, 수어청, 어영청, 금위영의 대장
을 다하여 벼슬 이름이 오영도총숙위 겸 훈련대장이란 것이었다. 그
러니 세상에 그런 은총과 공명이 또 어디에 있으리오.

국영이 권력과 세도를 이용하여 제 마음대로 사람을 무수히 죽이
는 중 내 집이 첫 번 째로 화를 입었다. 그 이유는 내 삼촌이 저를 꾸
짖어 쌓인 원한뿐 아니라, 국영의 큰아버지 홍낙순이 내 삼촌과 원
수 같아 항상 죽일 마음이 있다는 것이었다. 그래서 국영의 처음 모
략은 제 큰아버지의 말을 들었기 때문에 내 삼촌의 화가 더욱 심한
것 같았다.

그렇게 4년 동안에 거짓된 일과 제멋대로 날뛴 일이 수백 가지였
다. 내가 궁중에 있어 어찌 자세히 알겠냐마는, 파다하게 전하는 소
문을 들어도 알 수 있다.

궁궐에서 내의녀內醫女[30]를 데리고 제집 사랑방같이 지내고, 임금
의 진지를 차리는데 제 밥을 수라상과 한 가지로 차려 똑같이 먹고,
임금 앞에서 버릇없이 굴며 대신大臣 이하를 욕보이기가 측량없었

---

29 인조 때부터 있던 것으로 남한산성을 수호하기 위해 두었던 수어청의 으뜸벼슬

30 각 도에서 뽑아 간단한 의술을 가르쳐 내의원과 혜민서에서 심부름하게 한 여자. 후에 차츰 기생
과 같이 대우되어 의기(醫妓)라고도 불리었다.

다. 우리 조상의 쌓은 덕행으로 어찌 이리도 요망한 역적이 날 것이라 생각하였으리오.

처음에는 국영이 작은 그릇이라 버릇은 없을지언정 그리 큰일을 저지르리라고는 미처 생각하지 못하였다. 그런데 김종수란 것이 병신년丙申年(1776) 5月에 들어와 국영의 이들이 되어 천만 가지의 흉악한 일을 다 꾸며냈으니 어찌 국영 혼자의 죄뿐이리오.

종수는 다른 사람이 아니라 내 5촌 고모의 아들이다. 그 고모가 어렸을 적에 내 할아버지께서 사랑하시어 그 조카딸을 항상 칭찬하시나, 그 고모가 일컬어 수양 아버님, 어머님 하였다. 그런데 그 고모의 아들이 태어나니 맏이는 종후요, 둘째가 종수였다. 집도 같은 동네에 있고 정이 각별하여 친자식과 다름이 없을 듯 하였다.

그러나 내가 영조대왕의 며느리로 들어간 후에 내 집은 위세가 번창하고 저희는 비록 재상가이지만 선비로 자처하며 예전에 친하던 정이 변하였다.

아버지는 종후와 종수 형제를 집안아이로 아시어 꾸짖기도 하시고 가르치기도 하시니 그 형제가 점점 틀어져서 눈에 보이게 마음이 삐뚤어졌다. 그래도 아버지는 그 형제의 명을 구하고 인정 없는 일이 많은 것을 근심하여 한탄도 하시고 잘잘못도 따지셨다.

그런 일로 저희들은 원한을 품은 듯싶으나 아버지로서는 자질을 가르치는 일로 하신 것이지, 꾸중을 말씀하신 후에야 마음에 두기나 하셨으리오.

그 고모가 아버지와 사촌형제 항렬에서는 나이가 제일 많아 아버지는 할아버지께서 하시던 일도 생각하시고 친 누님같이 보셨다. 그래서 대장을 하실 적이나 지방 관직을 하실 적이나 때때로 물건을 보내시고 정의가 각별하였으니, 저희들이 어미의 사촌을 죽이려고 간사한 계략을 꾸미는 것을 어찌 알았겠는가.

정해년丁亥年(1767)에 종후를 가자로 추천하는데, 대신께 의논도 않고 유림사회의 의논도 없이 이조판서가 혼자 하였다. 이때 아버지께서 비록 상중喪中이시나 의논을 청하셨다.

"벼슬아치의 등용에 관한 법칙이 아니다."

그래서 형제가 그 일로 원한이 뼈에 사무쳐 보복하려 꾀하였다. 그리고 임진년壬辰年(영조 48년)에 종수가 귀양 갔던 일을 억지로 내 둘째 동생 낙임의 탓을 삼아 항상 이렇게 말하였다 한다.

"저희들 망하는 걸 내 꼭 보고야 말겠다."

이렇게 벼르다 천만 뜻밖에도 혈육 간에 의심받는 일을 불행히 여겼더니, 때를 얻어 종수와 국영이가 한통속이 되었다. 국영이가 안 하려고 하는 일을 충동하니 제 본성대로 세상을 속이고 실속 없는 명성을 도적질하였던 것이다.

국영은 종수가 제게 와서 아들처럼 친근히 하고 노예처럼 모든 일에 복종하며 아첨하는 것을 기뻐하여 그가 하자는 대로 말을 듣고 꾀를 썼다.

내 집의 화변이 종수가 아니었더라면 국영이만으로는 이토록 되지 않았을 것이다. 홍국영 이놈이, 그 망측한 것이 아무런 분별도 없고 아무런 이유도 없이 하찮은 원한으로 사람을 무수히 죽일 때, 종수가 이틈을 타 함부로 제 원수를 갚았다. 그래서 두 놈의 원수 갚기로 죄가 있고 없고를 막론하고 무수한 사람이 죽었다.

후대의 사람들은 국영이는 망했기 때문에 그 죄악을 더러 알고 있다. 그런데 종수는 태도를 계속 바꾸어 제 몸은 안전하게 보호했기 때문에 지금까지 그의 죄만은 자세히 모르고 있는 것이다.

그러나 10분으로 말하면 국영의 죄악은 3, 4분이요, 종수의 죄악은 6, 7분이다.

"국영의 일이 자신의 죄뿐만 아니라 실은 종수의 죄다."

내가 항상 선왕(정조)께 이렇게 말씀드리면, 선왕도 웃으시고 그렇다고 하셨던 것이다.

국영은 선왕의 은총을 가지고 제 마음대로 못할 것이 없었다. 그래도 부족하여 제 누이를 선왕의 후궁으로 만들고 제가 임금의 친척이 되어 내외로 무한히 즐기려 하였다.

그때 중전께서는 화완옹주의 이간으로 부부금실이 좋지 못하셨다. 그리고 국영이를 친 혈육같이 아셨다. 국영이 충신이라면, 그 신하로서 아무쪼록 왕비께 화합하시기를 권하는 것이 마땅하거늘, 어찌 그런 일을 하였으랴.

　중전께서 그때 26세이시고 원래 복통이 없으셨는데도 국영은 왕대비 정순왕후로부터 중전이 병환이 계시다는 분부를 내시게 하여 선왕과 중전 사이를 화합치 못하게 하였다.

　국영은 만일 제 힘이 못 미칠 양이면 선왕(정조)의 춘추 근 30에 대를 이을 이가 없으니 공평히 장성한 처자를 가리어 바삐 아들을 낳는 경사가 계시길 바라는 것이 옳을 것이다. 그런데 갑자기 간악한 꾀를 내어 겨우 13살밖에 안 된 어린 제 누이를 드리니, 그것을 언제 길러 왕가의 대를 잇겠는가.

　그 누이를 일컬어 말하길 원빈元嬪이라 하고 궁호를 숙창이라 하니 원元이라는 글자의 뜻부터 흉하다. 중전이 계신데 어디서 감히 후궁을 원元자로 일컬을 수가 있으랴.

　하늘이 있고 제 죄악이 찰대로 차서 기해년己亥年(정조 3년, 1779)에 제 누이가 갑자기 죽었다.

　국영이 독살스런 마음과 끓어오르는 분을 이기지 못하여 감히 누이가 일찍 죽은 것을 중전을 의심하여 선왕을 충동하였다. 그리고 중궁전 내인들을 여럿 잡아다가 칼을 빼들고 무수히 치며 혹독한 고문을 하였다. 그리하여 아무쪼록 중전께 허물을 씌우려고 하니, 하마터면 중전께 누명이 씌워질 뻔하였다. 그리고 외간에 말이 떠돌아 이르지 않은 곳이 없었다. 그래서 포목전, 갓전 등 인가가 많은 곳의 상인들이 문을 닫고 도망치기까지 하였으니 세상에 이런 극악한 역적이 어디 있으리오.

제가 부귀를 길이 누리려던 계략을 이루지 못했으면 하늘이 두려워서라도 조금 위세를 거두어야 마땅하다. 그리고 다시 명문 규수를 간택하기를 권하여야 조금이나마 속죄를 할 터인데, 국영의 마음에는 다른 후궁을 고르시면 그 집 사람에게 정이 옮기실까 염려하였다.

그래서 다시 간택을 못하게 하려는 야심으로 이조참판 송덕상을 시켜 흉악한 상소를 올리게 하였다. 또한 인[31]의 아들 담이를 수원관을 시켜 군호를 완풍이라 하여, 제 누이의 양자를 만들어서 담을 선왕의 아들같이 되게 하였다. 그렇게 제가 외척이 되어 길이 영화를 누리려 하니, 선왕이 춘추 서른이 못 되시고 병환이 안 계신데 자식 보실 일을 아주 막아 버렸다.

선왕이 한순간 총명이 가로막혀 국영이가 하자는 대로 매사를 따라 하셨으나, 실은 당신을 위한다는 국영의 농간에 무심히 속으셨던 것이다. 일이 이렇게 되었으니 선왕의 밝은 지혜로 어찌 그 사악한 속마음을 깨닫지 못하셨단 말인가.

담이 아직 어린것을 갑자기 데려다 임금의 아들같이 삼고, 선왕이 가까이 부리시는 내시가 붙들고 출입하여 거의 동궁과 같이 대우하였다. 담이의 아비 인이는 사람이 들떠 몰상식하고 예의가 없는 인물이다. 제 아들이 그렇게 된 것이 제 몸의 큰 화근인 줄을 모르고, 이로 인하여 세도를 부렸다. 소위 궁묘충의 수위관을 저와 인연이

304

---

31 정조의 배다른 형제 (사도세자의 후궁이 낳은 아들) 은언군.

있는 이를 시키니 그런 무지한 것이 어디 있으리오.

그때 내 집의 동생들이 내게 편지를 보내어 분개하고 걱정과 한탄을 늘어놓았다.

"이러한 나라일과 행동이 어디 있겠나이까?"

내가 이 모양에 대하여 몹시 원통하고 분해서 선왕께 아뢰며 슬퍼하였다.

"이 무슨 일이며 어찌된 뜻이옵니까? 생각을 해보시오. 선왕께서 아주 늙으셨습니까? 병환이 있습니까? 아들 얻고 싶은 마음은 노소老少와 귀천貴賤이 없거늘, 당신께서는 나라의 부탁이 어떠하건대 30이 되도록 아들 없는 것도 초조하고 민망합니다. 그런데도 지금 남의 손에 휘둘려 스스로도 아들 못 낳기로 생각하시니 이 무슨 일입니까?"

그때 국영의 세도가 태산 같아 아무도 말할 사람이 없었다. 그러하기에 원빈 홍씨의 빈소는 정성왕후의 빈전殯殿[32]을 모셨던 데 하고, 무덤은 인명원이라 하고 신위를 모시는 궁은 효휘궁이라 하였다. 게다가 의정부 이하는 영전에 향을 피우고 모두 상복을 입게 하였으니 그때의 여러 신하들이 어찌 꾸지람을 면하리오.

내 홀로 분통이 터지고 하늘에 사무쳐 이를 갈며 차마 보지를 못하여 만나면 울고 보면 어루만져 서러워하였다. 그러니 선왕이 차차

---

32   죽은 왕이나 왕비의 관을 발인할 때까지 두던 곳.

그 놈에게 앞뒷일을 속은 걸 깨닫는 듯하셨다.

국영이가 담이를 조카라 하여 궁중에서 동궁처럼 추켜올리며 먹고 자는 것을 함께 하였는데, 그 사정은 날로 흉악, 교활하고 행동은 날로 위험하였다. 선왕이 사리에 밝으신데 어찌 뉘우치지 않으시며 분하게 여기지 않으시리오.

나라일이 아득하여 어찌할 바를 모르시는데 내가 지극한 정성으로 분하고 서러워하였다. "대를 이을 것을 헤아리시오."

내가 선왕을 뵈올 적마다 이렇게 권하였다. 선왕께서 본래 어질고 효성스러우신지라, 내 정성과 당신 신세를 돌아보아 감동하고 옳게 여기셨다. 그리고 내게 대하시는 기색은 점점 더 지극하시고 국영의 죄악은 더욱 쾌히 깨달으셨다.

기해년己亥年(1779) 9월에 국영이의 관직을 박탈하였으나 전에 사랑하시던 일로 한결같이 지켜주려 하셨다. 그러나 제가 관직에서 물러난 후에 하는 행동이 더욱 해괴망측하고 요망하므로 강릉으로 쫓아 보내니 거기서 제 스스로 죽었다. 흉악한 역적과 권세 쓰던 간신이 많지만 국영이 같은 것은 다시는 없으리라.

홍국영은 처음에 사사로운 원한으로 사람을 함정에 빠뜨려 걸핏하면 역적이라 하여 몰아죽이어 선왕의 덕에 누를 끼쳤으니 그 죄가 하나요, 선왕 내외가 화목치 못하게 하시고 제 어린 누이를 후궁으로 만들어 부귀를 제멋대로 하고자 하니 그 죄가 둘이다.

제 누이가 죽은 후에 후대 보실 길을 막고, '담'을 제 죽은 누이의 양자로 하여 동궁을 만들고, 제가 임금의 외가 노릇을 하여 다시 부귀를 길게 누리려 음모를 꾸몄으니 그 죄가 셋이다.

또한 중궁전의 내인들을 가혹히 형벌하여 중전을 해치려고 없는 죄를 있다고 자백을 시켜 벌을 내리고 중전께 흉악한 꾀를 부리려 하였으나 그 죄가 넷이다.

그리고 밖에서 위를 향하여 임금이 안중에도 없어 보이며 버릇없고 불충성한 말을 무수히 하였지만 내가 직접 보지 못한 일이니 어찌 다 기록하리오.

신하로서 이 죄 가운데 한 가지만 있어도 사형을 면치 못할 것이다. 그런데 국영의 몸에는 예나 지금이나 듣지 못하던 온갖 죄와 악이 실려 있음에도 불구하고 끝내 편안히 명을 다하였으니 하늘의 무심함을 어찌 한탄치 않으리오.

종수는 제 스스로 이론가라 하지만 처음에는 후겸에게 붙어서 벼슬을 얻었다가 제가 태천현감을 하직하던 날 영조께서 초록 명주 한 필을 소매로부터 내어 주셨다.

"관대冠帶[33]하여 입어라."

자기를 편론한다고 괘씸히 여기다가 갑자기 임금으로부터 어여쁨을 받으니, 후겸에게 임금의 마음이 있지 않았다면 이러하실 리가

---

33 지난 날 벼슬아치들이 입던 공복.

어떻게 가능한단 말인가.

종수는 본래 이익을 보면 달려드는 습성이 있는 놈이다. 후겸에게 붙으려 하다가 후겸이가 받아 주지 않으니 이를 갈고 국영에게 붙어 국영의 온갖 나쁜 짓을 안 도와준 것이 없었다.

국영이가 벼슬에서 물러날 때에는 종후를 시켜 못하게 말리는 상소를 내기도 했었다.

"홍국영은 나라의 충신이요, 범이 산중에 있는 형세이니 이 사람이 하루도 조정에 없으면 나라가 하루도 안 될 형편입니다."

국영이가 '담'이를 들이며 송덕상이 상소를 내고 간택을 다시 못하게 한 후로, 온 나라 사람들이 역적이라고 하는데 종수는 부득이한 일도 없이 평안도에서 급히 상소하여 행여 남에게 뒤질까 두려워하였다. 그러니 저희들 형제가 처음에는 설사 국영에게 속았다 하더라도, 세상에 거스르는 일을 이렇게 하는 놈이 어디 있으리오. 그 후에 종수가 간단한 상소문을 올려 국영을 쳤으니, 이는 선왕이 친히 시키신 일이다.

내가 여러 번 선왕께 여쭈었다.

"종수가 홍국영의 아들인데 제 아비를 공격하니, 저럴 데가 어디 있겠습니까?"

그러면 선왕은 이렇게 말씀하셨다.

"제 마음이 아니요, 저도 살아나려 하니 어쩔 수 없겠지요."

"변화무상한 구미호인가 보구려."

"좋은 비유시네요."

그러니 선왕이 어찌 아첨하는 사람의 마음과 상태를 모르셨으리오.

국영이 없어진 후, 국영이 저지른 일을 모두 바로잡아내 작은아버지같이 원통한 사람은 진실로 누명을 씻어 주어야 도리에 합당하고 마음을 위로할 수 있을 터였다. 그러나 국영의 죄악도 분명히 드러나지 못하고 원통한 사람은 아직도 누명을 벗지 못하니, 이것은 국영이가 없지만 종수가 국영의 마음 씀을 전하기 때문이다.

종수가 국영을 데리고 병신년丙申年(영조 52년) 초부터 일을 같이 해왔고, 그로 인해 무죄한 사람을 제 개인적인 혐의로 국영을 꾀어 죽였으니, 죄가 국영이보다 더하였다.

중전께 없는 병을 있다고 모함하고, 국영의 어린 누이를 들이어 원빈이라 이름하여 중전의 자리를 앗으려 하였다. 또 한 '담'을 양자로 들여 선왕의 아들 보실 길을 가로막아 나라의 흐름을 옮기려 하였다. 이러한 계략이 비록 국영의 흉심이나 그 꾀는 종수가 가르친 것이 분명하였다.

만일 그렇지 않으면 제가 다른 신하들과 달리 유례없는 총애로 임금께 못 올린 말이 없고 임금 역시 안 따르신 일이 없는데, 국영의 전후 일을 한 번도 말한 적이 없었다. 심지어 제 형 종후에게 권하여 국영의 유임을 요청하는 상소까지 올리도록 하였으니, 국영과 한 마음인 것이 분명했다.

종수는 일생 동안 나라에 곧이곧대로 말 한 번 한 일이 없고 또한 그른 일을 바르게 한 일이 없었다. 기껏 한다는 것이 '홍씨 무너뜨리기'와 '죄 만들어 내는 데'만 소매를 걷어 올리고 힘을 다하여 달려들었으니, 세상에 이런 뱀이나 전갈 같은 독물이 다시 어디 있으리오.

선왕이 그놈의 행각을 다 아시었지만, 그놈 살림이 검소하고 벼슬이 변변치 않아 인심을 덜 잃었기 때문에 덮어두고 이전의 정을 지키시려 한결같이 하셨다.

하지만 소위 검소함도 다 겉치레요, 세상에서 모두 저를 어미에게 효도한다고 일컬었으나 어미 마음을 따를 양이면 그리해서는 안 되는 것이다. 어미 사촌이 종수의 가까운 친척이니 비록 죄가 있더라도 세상에 저만이 사람이 아니거늘 어미를 앉히고 제 홀로 나서서 어미의 사촌 형제를 죽였으니 어찌 진정한 효성이리오.

세상이 국영의 일은 거의 다 알지만 종수의 일은 오히려 모른다. 국영은 겉껍질이요, 종수는 실로 골자이기 때문에 이렇게 써서 자세히 알게 하노라.

내 나이 일곱인 신유년辛酉年(영조 17년, 1741)에 둘째 동생 낙임이 태어났다.

타고난 성품이 얼음같이 맑고 옥같이 깨끗하여 평범한 사람들 속에서 단연 뛰어났다. 그리하여 부모의 특별한 사랑과 나의 편애함은 이를 것도 없고 영조께서 낙임이 궁중에 들어온 때면 어여삐 여기시어 내 첫째 동생 낙신과 함께 앞에 세우고 다니셨다. 뿐만 아니라 경모궁(사도세자)께서는 더욱더 사랑하셨다.

낙임은 학문이 뛰어나서 대과와 소과에 수석으로 합격하고 명석하기로 유명하니, 집안의 기대가 깊었다.

그런데 출세한 지 얼마 되지 않아 집안 처지가 망극하여 근심과 걱정으로 마음을 졸이어 편안치 못한 것을 한탄하였다.

경인년과 신묘년辛卯年(영조 47년, 1771) 사이에 아버지께 화가 일어날 조짐이 날로 급하여 갔다. 내 생각에 귀주에게는 방법이 없고 화완옹주에게나 부탁하여 화근을 없애고자 하나, 그 사람이 아들의 말을 듣고 지난날과 달라진 지 오래여서 서먹서먹한 말로 움직이기가 어려웠다. 일이 돌아가는 형편이 그 아들을 사귀어야 혹시 풀 수 있을까 싶으나, 오라버니(홍낙인)와 첫째 동생은 무슨 일로 후겸에게 미움을 샀다. 다만 둘째 낙임이 있지만, 곧은 뜻과 절개가 있고 씀씀이가 조출하여 부귀에 물들지 않고 세상물정에 따르기를 싫어하였다.

그래서 깊은 친구가 없고 집의 손님도 얼굴을 아는 이가 적었다. 이런 위인으로서 구차하고 비루한 일을 하고자 하지 않겠지마는, 낙임은 형제 중에서 나이가 적고 후겸에게 미움을 받고 있지 않은 터였다. 그래서 내가 그에게 편지를 하여 간절히 권하였다.

"옛 사람은 어버이를 위하여 죽는 효자도 있었으니, 지금 형편이 어버이를 위하여 후겸을 사귀어서 집안의 화를 구하는 것이 옳지 않겠는가? 후겸이는 옹주의 아들로 임금의 총애를 믿고 권세를 좋아할 뿐이지 내시가 아니요 흉악한 역적이 아니니, 잠깐 후겸에게 가까이하여 아비의 위태함을 구하지 않으면 어찌 아들 된 도리겠는가."

낙임이 처음에는 죽어도 싫다 하다가 나쁜 일이 곧 닥칠 듯하여 온 집안의 멸망이 코앞에 있고 나의 권함이 더욱 긴급하고 간절하자, 부득이 제 몸을 돌아보지 않고 후겸과 친하여 아버지의 화를 면하였다. 그러니 나중에 낙임이 생각보다 더 미움을 받은 것은 오직 이 누이 탓이다.

낙임이 그 명석함으로 아버지와 형을 이어 벼슬에 올라 앞길이 구만 리 같다가 포부도 펴지 못했으니, 얼마나 안타까운가!

낙임은 어렵고 험한 때를 만나 늙은 아비의 화를 염려하여 평생의 본심을 지키지 못하고, 후겸과 사귄 것을 스스로 부끄러워하여 마음에 맹세하였다. '집이 평안하면 다시는 세상에 나오지 않으리라.' 그 뒤 동대문 밖 근처에 집을 장만하여 내게 편지를 보냈다.

"멀리 가지 못할 몸이니, 앞으로 근교에 머물면서 궁궐을 의지하고 자연 속에서 몸을 마칠까 합니다."

그 편지의 내용이 지금도 내 눈에 선하다. 낙임의 마음이 이러하게 된 것은 이유가 있다. 후겸을 사귄 것이 아버지와 형을 구하기 위한 것이었으니, 그 화는 구했을지언정 후겸으로 인해 벼슬 한 가지라도 하면 본심을 저버리고 진실로 비루한 일을 탐하고 어지럽히는 무리와 한패가 되고 만다고 생각한 때문이다.

그래서 기축년己丑年(1769)의 장원급제로 을미년까지 7년 내에 본래 지낸 옥당 춘방을 몇 차례 지낸 것 외에는 웅교[34] 통청도 한일이 없었다. 크고 작은 고을의 원元 한 자리 한 일도 없으며, 호당湖堂[35] 을 시키려 하는 것도 마다하였다.

경인년 이전의 몸으로 쭉 있었지 대수롭지 않은 벼슬자리를 더한 일이 없었으나, 후겸이와 사귄 것이 자기에게 이익을 탐하지 않은 것임을 여기에서 분명히 알 것이다.

낙임은 화완옹주의 변화와 후겸의 간사함 그리고 교활함으로 집안에 변화가 다시 생길까 조심조심 다녔을 뿐이지 그밖에 후겸이네가 누구를 막으며 누구를 죽이며 누구를 살리려는 것을 일체 알려고한 일이 없었다. 그리고 후겸이 또한 의논한 일이 없었으니 이것은 세상이 다 아는 바이다.

사람이 권세가 있는 집안과 연을 맺어 세상을 흐리고 어지럽게 하는 것은 제 몸에 이익을 구하기 때문이다.

그런데 부귀공명의 밖에 있는 낙임은 장원급제한 지 7년 만에 가만히 앉아 있어도 오는 벼슬을 하였을 터에 하물며 후겸을 사귀어 제 몸에 이롭게 하고자하였으면 어찌 한 가지 중요한 직위와 한 품

34　홍문관의 정 4품 벼슬.

35　문관 중에서 특히 문학에 뛰어나 사람에게 휴가를 주어 우러지 학업을 닦게 하던 서재 혹은 여기에 뽑혀 공부를 하던 사람. 대제학의 추천으로 왕명에 의해 들어갔으며 여기를 거치면 문관으로서의 장래가 보장되었다. 독서당(讀書堂)이라고도 하였다.

의 벼슬을 못하였을까. 이 한 마디로 낙임이 아버지를 위하여 부득이 후겸을 가까이 하였으나, 제 몸은 벼슬을 하지 않아 본심을 증명하려는 뜻을 알 수 있을 것이다.

상운[36]이 본래 간사한 놈으로 제가 폐족廢族[37]으로서 기회를 노리어 후겸과 친밀하게 지냈다. 낙임이 후겸과 함께 있다가 얼굴을 알게 되어 이로 인연하여 왕래하게 되니 낙임이 달갑지는 않으나 후겸을 두려워해 상운이도 잘 대접하였다. 그러다가 을미년(영조 51년, 1775) 대리 후에 소과小科가 있었는데, 경종 원년과 2년에 당시 세자였던 영조를 모함했던 사건의 주모자 최석항, 조태억의 자손 셋이 급제하여 조정의 의논이 놀라고 어지러웠다.

하루는 상운이 낙임에게 와서 말하였다.

"내가 상소하여 최와 조의 합격 취소를 청하고자 하니 어떻소?"

"자네 처지에 마지못해 벼슬을 다니지만 어찌 상소하여 조정의 일을 간섭하리오. 최와 조의 과거급제가 과연 괴상하나, 세상에는 응당 공론이 있어 의논할 사람이 있을 것이니 자네가 아는 체 할 바 아닐세."

낙임이 이렇게 말하자 상운이 노한 안색으로 불쾌하여 돌아가더니, 그 날로 즉시 서유녕의 상소가 나서 상운은 그 상소를 못하였다. 그러자 상운은 수삼 일 후에 갑자기 서신으로 알려 왔다.

---

36 부사직에 있는 심상운. 홍낙임을 걸어 상소했음.

37 형벌을 받고 죽어서 그 자손이 벼슬을 할 수 없게 된 사람의 족속.

"내가 오늘 아침에 상소를 하였으나, 상소문의 원본이 길기에 다 보내지 못하고 상소한 조건만 대략을 베껴 보내오."

그러고는 다른 종이에 제가 상소한 항목을 한 자씩만 벌여서 썼는데 당黨자, 관官자 등 모두 8조항이었고 끝의 항목은 척戚자이니, 쓰지 말라고 한 말이었다.

다른 항목은 다 한 자씩만 썼는데 '척'자 항목에 이르러서는 그 의논한 글을 베껴 보내었으니, 그것은 우리 집이 임금의 친척이기 때문에 보라고 한 말이다.

낙임이 보고 그 상소가 무슨 사연인지는 모르지만 제 폐족의 발자취로 과거 급제에 대해 이러쿵저러쿵 논하는 상소를 한 것에 깜짝 놀라 답장하였다.

"자네는 스스로 잘하였다고 생각하겠으나 보는 이는 반드시 나무랄 것이니, 잘한 상소인지 모르겠네."

그날 저녁, 그 상소의 원본을 보고 깜짝 놀라 즉시 그 때의 대사헌 윤양후에게 편지하여 상운을 잡아 엄중히 신문하라고 청하려 하였다. 그리고 그의 형 윤상후에게도 힘껏 권하라 편지하였다. 이 일의 처음과 끝은 무술년戊戌年(정조 2년, 1778)에 낙임이 진술할 때 다 자세히 아뢰어, 그때 상운의 편지와 그 상소 항목의 글자를 죽 벌여서 기록한 종이까지 임금 앞에 바쳤다.

양후에게 권하여 상운을 신문하라고 한 일은 상후가 알 것이다. 살아 있는 상후도 참고가 될 만한 증거로 삼아 상후와 대질하기까지 청하였다. 상운의 상소가 해괴망측하여 낙임이 깜짝 놀라 하고 상운과 안면이 있는 것을 불행히 여겨, 상운을 처벌하라 청하기를 남보다 100배나 하였던 것이다.

그러므로 상운의 상소 일에 낙임이 간섭하였다는 것이 억지라는 건 사리가 매우 명백하였다. 또 정유역변[38]이 났을 때 상길이 진술하였다.

"저희가 임금을 추대할 수단과 방법을 꾀하면서 의논하길, 홍모는 임금의 친척이니 지금은 쓰이지 못하나 오랜 후에는 군 통수권을 잡을 것이다. 만일 그러하거든 군사를 부리어 진을 치는 연습을 할 때에 큰일을 일으킬 수도 있으리라 하였다."

이것이 어찌 사람의 말이며 말이 안 된다 하여도 이유가 있지, 삼척동자라도 누가 곧이들으리오. 그들이 흉계를 꾸며 함정에 빠뜨리려 말한 것은 곧 이 말이다.

"홍가가 지위를 잃고 나라를 원망하여 추대 모의를 한다 하면 홍가는 함정에 빠질 것이다. 이 말은 홍가가 장래에 대장이 되어 병권을 잡을 것이니 그리하거든 일을 하자고 하였다."

장래에 대장을 하여 병권을 잡을 때면 임금에게 불리고 총애를 받을 때가 될 것이다.

제 집 잘되고 제 몸이 대장에까지 이르게 될 양이면 제게 부귀가

---

38 정조 원년, 정후겸 등의 죄를 다스린 사건.

극진하고 제 소원이 충분할 텐데, 또 무슨 생각으로 그 임금을 마다하고 다른 임금의 추대를 꾀하리오.

설사 그 놈들이 그런 이치에도 당치 않은 말을 하더라도, 전혀 모르고 앉아 있는 낙임에게 무슨 죄가 있겠는가.

낙임이 본래 국영에게 미움을 받고 국영이가 해치려 하여 매우 위급하였으나, 선왕(정조)의 덕택으로 겨우 명을 붙였다가 무술년戊戌年(1778)에 두 가지 일을 씻어 다시 사람이 되었다. 그때 진술 한 마디 한 마디가 조리 있고, 단연코 다른 뜻이 없음이 명백하였다. 그리고 선왕께서도 매우 기뻐하셨다.

"세상 사람들에게 물어봐도 실로 이러할 리가 없사옵니다. 비록 의심을 가질 만한 흔적이 있어도 그 마음을 용서하여야 옳은데, 하물며 본래 이런 일이 없는데다가 오늘 날 전혀 사실과 다르다는 것이 드러나 그 억울함을 풀어 주니, 내 어머니를 뵈올 낯이 있나이다."

낙임과 내 오라비가 임금의 외삼촌으로서 그 모양을 하고 고문대에 서니, 옛 역사부터 우리 조정까지 여태껏 전연 없었던 일이다. 내가 그 때 원통하고 처참히 놀라 몸소 당한 것이나 다름이 없으나, 선왕의 효성에 감동하고 낙임의 원통함을 벗겨 흠이 없는 사람이 된 것을 감사드렸다.

그 후에 국영이 없고 선왕께서 이전의 일을 점점 후회하시어 외삼촌들에게 정성껏 대접하심이 해가 갈수록 더하셨다. 심지어 낙임은 뛰어난 문장으로 세상에 쓰이지 못함을 더욱 아깝다고 탄식하셨다.

선왕께서는 종이를 보내셔서 낙임이 글씨를 쓰도록 하여 병풍 여럿을 만들어 당신도 치시고 나도 주셨다. 벽에 붙이는 글과 입춘立春도 써서 붙이시고, '만천명월주인옹萬川明月主人翁[39]'이라는 글씨를 써다가 현판까지 하셨다.

선왕께서는 신해년辛亥年(1791)부터 아버지의 상소문집을 만들기 시작하여 왕래가 잦으시고, 첫째 동생 낙신이 죽은 후에는 더욱더 뜻을 더하시어 오로지 둘째 동생 낙임에게만 물으셨다.

정사년(정조 21년)부터 수권[40] 만드시는 일로 글의 일부분을 빼내고 보전하며 고치는 것을 모두 낙임과 의논하셨다. 그래서 짧은 편지가 단련이 잘 되고 썩 익숙하여 하루에도 여러 번 교류하셨다. 그리고 선왕께서 그 편지를 보신 때면 매번 이런 말씀들을 하셨다.

"얼굴과 기상이 요새 재상으로는 당할 이가 없으니, 지금은 비록 그 자리에 머물러 있으나 결국 윤시동[41]만은 하리라."

"갑자년(1804)에는 64세이니 넉넉히 하리라."

"문장이 정결하여 당대의 제일이다."

"참다운 스승이고 마음이 서로 맞는 글벗이다."

그렇게 말씀하신 올해에는 무슨 글을 지으시든 낙임에게 보내어

---

39 정조가 자기의 호를 지어 스스로 부르는 말.

40 글을 평가하여 결정하는 데 붉은 빛깔의 먹으로 찍은 동그라미 표시.

41 1754년 증광 문과에 급제하였으며 탕평책에 따르지 않는다고 수차 유배되었다. 벼슬은 이조판서와 우의정을 지냈음.

'평론하라' 하셨다.

그리고 시는 그 운으로 시를 지어 답장하게 시키시어 그것에 대한 칭찬이 번번이 극진하시고 아무 것이라도 부디 나누어 보내시어 맛보게 해 주셨다.

또 선왕께서는 이렇게 말씀하셨다.

"너의 문장이 후세에 길게 전함직하여 문집을 내 주겠으니 그리 알라."

그 유별난 은혜와 남다른 대접이 한 집안의 부자간의 사이 같아서 이루 다 기록하지 못한다. 내 집 사람이 어른 아이 할 것 없이 누가 성은을 입지 않았겠냐마는, 낙임은 더욱 큰 은혜를 받았다. 또 이런 특별한 대우를 받으니 항상 하늘같은 은혜에 감격하여 울었다.

"몸이 부서지고 뼈가 가루가 되어도 만의 하나도 갚을 길이 없다."

선왕께서 낙임에게 이러신 것은 대궐 안팎의 사람들이 다 아는 바요, 주상이 비록 어린 나이이시나 어찌 자세히 모른다고 할 수 있으랴.

내가 본래 임오화변에 대한 원통한 일 이외에 내 집 문벌의 설움으로 반생 동안 간장을 썩히다가 선왕으로부터 갑자년의 분명한 기약을 얻고 어찌 다행이라 믿지 않으리오.

그러나 이제는 집이 평안하기가 얼마 남지 않았다. 동생들이 산중에서 재미있게 놀면서 성군의 은혜를 입고 남은 생을 무사히 보내길 마음 졸이고 바랐더니, 어찌 오늘날 우리 선왕을 잃고 둘째 동생 낙임이 참화를 당할 줄 꿈에나 생각했으리오.

경신년에 정조가 돌아가셨을 때 내 집 사람의 이름을 나열해 적어 종척집사[42]를 시켰으니, 이미 좋은 뜻이 아니었다. 그 중에 둘째 낙임이 들었다 하여 심환지[43] 원상[44]을 위시하여 흉한 말로 못하리라고 하였다.

선왕 계실 때는 벼슬을 시키어 입은 은혜에 감사해 하고 궐내 출입하여도 이렇다 말이 없다가, 엊그제의 선왕이 안계시다고 이런 짓을 하는가. 그 사람을 집사 시켜도 다닐 리도 없겠지만, 설사 다니기로서니 나라에 무슨 시급한 변이라도 있는 듯 참지 못하여 선왕을 미처 관에 모시지도 못했는데 그러다니 어찌 이럴 수 있단 말인가!

내 인정과 도리로 생각한들 70 노인이 그 끔찍하고 비참한 광경을 당하여 하늘을 부르며 통곡하고 있는데, 생사를 모르는 그 동생의 말을 그때 하니, 세상에 그런 흉악한 역적 놈이 어디 있으랴.

또 내 집 사람을 다 못 들어오게 하면 모르겠지만 낙임이 한테만 그러하였다.

낙임이 비록 대접이 망측하였으나 이미 선왕이 친히 물으시어 분명히 누명을 씻어 죄를 해명하여 벗겨 주셨다.

---

42 국상을 당했을 때, 임금의 외척에게 시키던 임시 벼슬.

43 문신으로 벽파의 우두머리. 우의정, 좌의정, 영의정을 역임하였다. 정순왕후의 수렴청정으로 벽파가 득세하자 신유박해 때 시파인 천주교도를 박해, 무자비하게 살육하는데 앞장을 섰다.

44 왕이 승하한 뒤 잠시 정무를 행하는 임시 벼슬. 승하한 후 세자가 즉위는 하였으나 상중이므로, 석달 뒤 제사를 치르기 전인 26일간 명망 있는 원로 재상급 또는 원임자가 이를 맡게함.

선왕의 명이 더욱 명백하여 소위 속명의록續明義綠 [45]에까지 올려서 세상이 다 아는 예사사람이 되었던 것이다.

그런데 근 30년 후에 홀로 고민하니, 자고로 어진 사람이 불행히 한 번 액운이 끼면 비록 억울한 죄를 씻어도 평생의 누가 될 것이니, 세상에 이런 의논이 어디 있으리오.

선왕께서 아버지의 상소문집을 다 만들어 놓으시고 미처 간행치 못하신 채 갑자기 돌아가시니, 당신을 따라 즉시 죽지 못한 일이 몹시 흉악하도다. 그러나 한 가닥의 목숨이 붙어 있어도 이 몸은 이미 죽은 것과 같으니, 내 마음엔들 이런 일을 당하여 그 책자가 세상에 쉬 날줄 어찌 생각하였으리오.

선왕을 생각하여 내 서러움을 위로하려 하던 뜻이든 일의 끝을 내어 내 집을 더 그릇되게 만들려 하던 일이든, 8월 열흘 후에 밖에서 일 보는 자가 말하더라.

"위로부터 분부를 내리시어 내각에서 밖에 반포를 하려 한다."

세도가 이토록 흉악하고 무서운 줄은 깨닫지 못하고, 선왕이 10년을 애쓰시어 지은 60여 권의 어제御製가 있는데, 반포와 상관없이 출판하여줄까 하여 초본을 내어 주었다.

이 일이 나의 어버이를 위한 마음과 선왕이 꼭 하고자 하시던 일을 받아내 수명이 오늘 내일 하기에, 죽기 전에 책을 펴내려고 한 일

45　정조가 초년에 홍인한, 정후겸 등을 벌하고 대의를 만천하에 밝히는 뜻에서 간행한 책.

이다. 그런데 한 권을 채 인쇄하지 못하여 심환지 등의 상소가 매우 망측하여 출판 업무를 정지시켜 버렸다.

내가 연설 반포한 것을 보니, 마음속이 놀라서 서늘하고 간과 폐가 무너져 찢어질 듯 막혔다. 말없는 중에 아버지를 모욕함은 이를 것도 없고, 한 글자 한 글자가 나를 거짓으로 꾸며 협박하고 욕보이는 말이었다.

내 아무리 돌아갈 데 없는 신세로서 한 노궁인 것 같으나 그래도 선왕의 어미이다. 제 비록 기세와 권세가 온 세상에 진동한들 저도 선왕을 섬기던 신하인데, 선왕의 어미라 하고 욕함이 이러하니, 세상 천지에 이런 괴상한 일이 어디 있으리오.

주상이 나이 어리시고 나라의 위태로움이 한 터럭 같은데 인심과 세태가 갈수록 이러하여, 마침내 어미도 몰라보는 세상이 되기를 면치 못하게 되었다. 참으로 나라와 인류을 생각하여 통곡하고 싶은 마음 간절하다.

선왕이 계실 때는 효도와 봉양을 받을지 영화를 보는지 하는 대로 두었는데, 지금 와서는 내가 상하에 당치 않고 궁중의 관심 없는 과부라, 내 몸에 문안과 약방내인이 안부를 묻는 것이 당치도 않고 변변치도 않아 숨이 곧 지려고 하는 중에라도 항상 민망스럽더니, 이제 저희가 나를 협박하고 모욕하여 어서 죽기를 재촉하는구나.

겉으로 문안이라고 할 적에 마음속에는 더더욱 미워할 것이니, 이것은 점점 내가 욕을 먹는 것이다. 선왕이 아신다면 내 몸에 욕이 이렇게 미친 후에는 그 문안을 받지 말라하실 것이다. 그러니 내가 결단을 하여 소위 조정문안과 약방문후를 받지 않아 저희 마음을 쾌하게 하고 내 본분을 편히 하려 하였다.

하지만 선왕의 장례 전이기 때문에 주저주저하였더니, 장례 후에 나의 이복동생 홍낙파와 조카 홍서영의 벼슬과 품계를 올리는 일로 상소가 잇달아 나와 떠들었다.

"역적의 자손이니 못한다."

일찍이 장령掌令인 한용귀가 수영을 역적의 씨라고 할 때 선왕께서 대단히 노하신 적이 있었다.

"손자는 똑같이 손자이니 친손자가 역적의 씨일 때 외손자도 역적의 씨겠다."

서자나 손자나 역적의 자손이면 친딸은 역적의 자손이 아니고 무엇이리오. 자고로 역사책에도 이런 흉악한 말이 있었는지 알 길이 없다. 이어 전주 사람 이안묵의 상소에 아버지를 모욕함이 더욱 해괴망측하여 더 이상 여유가 없었다.

내 모양새가 가냘프고 약하여 조정이 다 나를 업신여길 것을 막을 길 없으니, 마음속에 모든 일을 끊어 버리고 모른 체 하고자 하였다.

그래서 삼우제를 지낸 뒤 제사를 치른 후에 폐인을 자처하여 선왕 계시던 영춘헌에 가 누워 명을 마치기를 기약하였다. 내 삶과 죽음이 꿈 같으니 무엇을 아껴서 이 분함을 달갑게 여기고 견디리오.

동짓달에 하고자 하던 일을 하려고 약방에 내가 문안 받지 않는 사연을 한글 편지로 써내어 주었다. 그리고 영춘헌으로 와서 선왕의 자취를 어루만지며 내 신세를 서러워하여 하늘을 우러러 부르짖으며 통곡하고는 기절하였다.

세상에 이런 광경이며 이런 인정과 도리가 어디 있으리오. 가순궁[46]도 처음에는 말리더니, 나중에는 나의 일을 슬프게 여기고 굳이 막지 않았다.

대왕대비(정순왕후)께서 아시고 무척 노하시어 여러 가지로 꾸지람이 많으시며, 그 한글 편지도 못 내어 주게 하셨다. 안에서 내가 하는 일을 말리는 것은 이상하지 않지만, 천만 뜻밖에 대왕대비께서 엄한 분부를 내리셨다.

"혜경궁을 충동하는 놈이 있으니 그놈을 다스리려 한다."

대왕대비께서 벼르신다 하더니 그 달 27일에 분부를 내렸다. 그것인즉, 둘째 동생 낙임이 나를 꾀어 이런 행동을 한다 하시고 삼수갑산山水甲山[47]으로 멀리 귀양 보내라 하셨다. 이것은 마치 궁녀들에게 죄가 있으면 제 오라비를 잡아다 옥에 가두거나 내사로 죄를 다스리는 모양이라 할 수 있으니, 나를 선왕의 어미라 하면서 이런 변이 어디 있으리오.

---

46 정조의 후궁인 수빈 박씨. 곧 순조의 친어머니.

47 조선 땅에서 가장 험한 산꼴이라 이르던 삼수와 갑산. 조선시대에 귀양지의 하나였다. '몹시 어려운 지경'을 비유하여 쓰기도 함.

주상(순조)이 비록 어린 나이시나 매우 놀라시고 박판서[48]도 공정한 뜻에서 놀라 주상에게 대왕대비께 올라가시어 도로 거두어들이시도록 여쭈었다. 가순궁이 주상께 여쭈어 그 명령서를 내어 주지 못하게 하고 거적을 희정당 뜰에 깔고 대비께 아뢰었다.

"주상께 아뢰는 분부를 보니 차마 놀랍사오니 이 어찌 지나친 행동이시나이까? 차마 내어 주지 못하고 죄를 기다리나이다."

그 사람이 나를 위하여 귀한 몸을 추운 뜰에서 거적을 깔고 엎드려 벌을 기다리니, 선왕의 효성을 생각하고 자기 정성을 다함이니라. 그러니 안타까움과 감격함을 어찌 다 측량하리오.

그 전에 내가 영춘헌에 가서 자살하려 할 적에, 주상이 영춘헌에는 차마 못 오시고 쓸쓸하고 냉기 도는 거려청에서 내가 오기를 기다리신다 하였다. 가순궁이 와서 돌아가자 하기에 나는 마음이 약해져 어리신 주상의 마음을 차마 상하게 하지 못하여 마지못해 끌리어 왔다.

그 날 한집 속에서 모르는 체하기가 이상하여 대비께 나아가 여쭈었다.

"어찌하여 분부가 이와 같사옵니까?"

대비께서 대답하셨다.

"이번 행동이 네 뜻이 아니라 몹시 흥분하는 이가 있으나, 내가 이

___
48 가순궁의 친아버지, 즉 순조의 외할아버지인 박준원. 딸이 정조의 후궁으로 들어가 수빈이 되자 건원릉참봉을 거쳐 공조좌랑이 되었다. 순조가 즉위한 후에 어영대장, 형조판서 등을 역임했다.

처분을 어찌 안 할 수 있겠느냐."

내 운명에 안 겪고 안 당한 일이 없으나, 선왕이 계셨다면 감히 이런 일이 없을 것이다. 하늘을 우러러 길이 탄식하고 피눈물이 흘러 가슴이 막힐 듯 하였지만, 참고 또 참았다.

"너무 이러지 마시옵소서."

내가 한탄하고 분개하여 말하니 주상과 가순궁의 주청도 있고 또 나를 보니 당신이 지나치신 듯싶었는지, 말씀도 나직이 하시고 분부를 거두시었다.

원래 이 일이 이번뿐 아니라, 선왕 계실 때도 원통하고 분한 일을 보면 항상 자살할 생각이 있었다. 하지만 모든 것을 다 선왕을 믿고 참고 지내었더니, 지금에 이르러서는 선왕이 안 계시니, 내 애원과 슬픔이 하늘에 치받쳐 죽을 곳을 얻고자 하는 차에 또 이런 변고를 당하였다.

아버지께 대한 모욕 외에 신변을 바짝 죄어 괴롭게 하니, 내가 한 시라도 살고 싶은 마음이 있으리오. 내가 스스로 결심하고 한 일이니 내 집 사람이 누가 알기나 하며 내 아무리 변변치 못한들 가족을 위하는 마음은 남만 못하지 않거늘, 칠십의 남은 생에 누구의 꾀임을 듣고 그런 일을 할 리가 어찌 있겠는가!

설사 누구의 말을 듣고 하였다 한들 내가 한 일을 내 동생에게 뒤집어씌우니, 나를 어느 지경에까지 가게 하는 일인가. 게다가 내 집의 형제와 친척이 여럿인데 홀로 둘째 동생의 죄로만 삼으니 이런 일이 어디 있으리오.

그 후는 할 일 없이 분함을 참고 억울함을 품으며 겨우 하루하루를 보내었다. 내 한글 편지와 대왕대비께 올리는 말씀이 다 저희들에게 용납하지 못할 죄라, 나를 죽여 분풀이를 못하고 둘째 동생을 대신 죽이려 하였으니 어찌 꼼짝이나 할 수 있었겠는가.

문안 일로 인해 충동하고 모략하여 마침내 12월(정조 24년, 1800) 18일에 임금의 엄한 분부가 내려졌다. 둘째 동생 낙임이 날로 위급하여 피할 여지가 없게 되니, 대신 이하가 들어와서 죽이라 하고 그들은 또 임금께 간단한 상소를 하였다.

"역적의 소굴을 없애십시오."

이렇다는 죄명 없이 그저 억지로 우겨서 죽이고자 하니, 세상 천지에 이런 허무맹랑한 일이 어디 있으리오. 예로부터 원통히 화를 입는 이가 무수히 많았을 것이다. 그래도 벼슬을 하였거나 권세를 썼거나 사람을 살리고 죽이고 하였거나 나라의 전복을 꾀하는 의논을 하였거나 무슨 얽힌 일이 있을 때 비로소 죄라고 이야기할 수 있을 것이다.

하지만 낙임의 이런 처지는 이미 누명을 벗어 제 진술과 선왕의 말씀이 명백하여 다시 말할 것이 없다. 그런데도 새로 잡는다하는 죄목은 생판 까닭이 없어 이것저것 말도 안 되는 것을 죄목이라고 모았던 것이다.

첫째로 정조의 이복동생인 은언군을 위한다는 말과 신묘일로 하나의 범죄 사실로 삼았다. 이는 아버지를 함정에 빠뜨린 거짓말을 30년 후에 그 아들에게 연결시키는 것이니 이런 일이 세상에 어디 있으랴. 선왕이 내 아버지에게 누구이시며 또 내 동생에게 누구이신데, 아버지나 동생이 선왕을 버리고 인(은언군)을 위한다는 말이 사람의 말인가. 길을 막고 물어본들 조선에야 인을 위하는 사람이 어디 있으리오. 그런데도 인이와 함께 나란히 기록하여 화를 입으니 세상에 다시없이 매우 원통한 일이다.

또 사도세자를 왕으로 추대하려 한다 하니, 둘째 동생이 이것은 입에 올린적도 없었고, 집안의 젊은이를 데리고라도 이야기한 일이 없었다. 누가 와서 이 말을 하였거나 누가 들었거나 한 사실이 있으면 모르겠지만, 듣도 보도 못한 일을 억지로 당연히 그러하였으리라 하니, 또 그런 일이 어디 있으리오. 먼저 처벌된 무리들을 모아 스스로 소굴이 된다 하나, 낙임이는 집안이 그릇된 후 30년 동안 외출을 않고 집안에만 박혀 있어 사람과 서로 뜻을 맞추지 않은 것을 세상이 다 아는 바이다. 그러니 이것 또한 전혀 애매한 거짓말이다. 심지어 사학邪學[49]에까지 몰아넣으려 하나, 함정에 빠뜨릴 길이 없기에 의심하게 하여 엮어 넣으니 세상에 이런 해괴망측한 일이 또 어디 있으리오.

---

[49] 천주교를 국교에 어긋난다 하여 배척하여 부르던 말.

낙임이가 본래 경서를 읽고 문장을 즐겨 하는 고로 책을 넓게 보길 일삼지 않아 평시에 잡다한 책들을 보지 않고 삼국지, 수호전 같은 것도 본 일이 없었다. 그러니 천주교의 교리를 보기는커녕 이름인들 어찌 들었으리오. 그전에 사학이 세상에 있는 줄도 모르다가, 신해년辛亥年(1791) 12월에 낙임 형제가 개인적으로 임금을 뵈올 때 선왕께 비로소 대략을 듣고 그때 놀라 근심하였다.

"그런 사학은 일절 금하옵소서."

이렇게 아뢰던 말을 지금도 생각하게 된다.

소위 사학이란 괴상하고 불만을 품은 자들이 할 일이지, 권세가나 왕가의 친척 된 사람이야 할 리가 어이 있으며, 하물며 내 집 사람이 그런 책을 보기라도 할 리가 있으리오. 그 사학에 남인南人[50]이 많이 들었다고 하니, 내 집에 30년 동안 사람의 왕래가 드물던 중 남인은 더욱 아는 이 없었다.

채제공[51]은 소식도 없고 이가환[52]이는 낙임이 평생에 얼굴도 모르

---

50 조선 선조 때의 사색당파의 하나. 이산해를 중심으로 한 북인(北人)에 대하여 유성룡, 우성전 등을 중심으로 한 당파 또는 그에 딸린 사람.

51 영·정조 때의 명재상. 1743년(영조 19년) 정시 문과에 급제하였으며, 1781년(정조 5년)규장각 제학으로 '국조보감' 편찬에 참여하였고, 1788년 우의정, 이듬해 좌의정이 되었으며 1790년 천주교도에 대한 박해가 시작되자 남인의 우두머리로서 천주교 신봉의 묵인을 주장하였다. 1793년 영의정에 오르기까지 10여 년간의 재상 재임 동안 천주교도에 대한 온건정책을 유지하는 등 나라를 위하여 진력하였음. 1720~1799.

52 조선후기 문신·학자. 1784년 아들인 이승훈(李承薰)이 중국 베이징(北京)에 다녀왔을 때 이승훈·이벽(李檗) 등과 천주교 교리에 대해 토론하던 중 감화되어 천주교인이 되었다. 그러나 천주교가 점점 탄압을 받자 교리연구를 그만두고 광주부윤이 된 뒤 01년 신해박해 때에는 교인을 탄압하였다. 그 뒤 대사성·개성유수·형조판서를 지냈고, 뒤에 벼슬에서 물러났을 때에는 천주교인을 박해한 일을 뉘우치고 다시 천주교리를 연구하였다. 1801년 이승훈, 권철신(權哲身) 등

는 사람이다. 그런데 오석충이가 낙임에게 다녀온 후 조상 오시수의 복관작復官爵[53]을 한 것은 '낙임의 힘'이라고 진술하였다고 전 영의정 심환지가 선왕께 아뢰었다. 이 한 마디 말로 허다한 말이 났으나 전혀 거짓이라는 명백한 증거가 있다.

오시수가 죄 입을 때 내 고조할아버지께서 대사헌으로 계셨는데, 대궐 문에 엎드려 상소하여 결국 처분이 내 고조할아버지로 하여 된 셈이기에, 오가吳家들이 우리 집을 대대로 원수 집안으로 알더라 한다. 그러니 제 원수 집안에 드나들고자 한들 올 일이 어찌 있으며 선왕께서 낙임의 말을 듣고 오시수의 복관작을 해 주었으면 낙임의 권세가 뛰어난 셈인데, 제 삼촌은 어찌 복관작 하나를 못해 내었으리오. 견줄 데 없이 다 터무니없는 말이니 다시 의논할 것이 못된다.

사람을 죽이는 일은 나라의 큰일이오, 하물며 낙임은 내 동생이자 선왕의 외삼촌이니, 설사 그럴듯한 구체적인 죄의 내용이 있다손 치더라도 가볍게는 해치지 못할 것이다. 그러함에도 소위 꾸며낸 죄명이 한 가지도 말이 안 되는데, 죽이려고만 하여 마침내 천 리 밖에서 참화를 받게 하니 세상천지에 이처럼 더없이 원통하고 억울한 일이 다시 어디 있으리오.

내 칠십의 늘그막에 선왕을 잃고 밤낮으로 통곡하여 빨리 죽기만 원했다. 그런 중에 동생이 아무것도 모르는 상태에서 한 가지 죄도

과 같이 순교하였다. 천문학에 정통하였으며 수학의 대가였다.
53 죄를 지어 관직을 박탈당한 자에게 다시 관직을 주는 것.

없이 참화를 입었으나 내 분수에 살아 앉아서 구하지도 못하니, 나 같이 독버섯 같은 사람이 다시 어디 있으리오.

주상(순조)이 그때 내 모습을 보시고 눈물을 머금고 가시더니, 사람 없는 곳으로 가서 많이 우셨다 한다.

당신이 나이 어리셔서 비록 구하지는 못하시지만, 그 사람에게는 죄가 없는 것을 아시고 선왕이 평상시에 잘 대접하시던 일을 생각하시며, 내 처지를 서러워하시어 그러신 것이니 어찌 슬퍼하지 않으리오.

내 비록 망극하고 애통하지만 주상의 어질고 효성 어린 마음에 장래를 바랄 것이로다.

만일 내가 슬픔을 이기지 못하여 목숨을 끊으면 나쁜 무리들이 내가 죽길 바라던 뜻을 이루었다고 좋아할까 해서 참고 살았다. 그러나 원통하게 죽은 동생은 다시 살 길이 없고 내 호흡이 날로 쇠약하여 며칠을 더 살지 알 수 없으니, 지하에서 죽은 동생을 볼 낯이 없고 오랫동안 한이 맺힐 것이로다.

하늘아! 하늘아! 이는 나를 이 세상에 머물게 하여 두었다가 훗날 동생이 억울한 누명을 벗는 모습을 보고 죽게 해달라고 밤낮으로 피눈물 흘리며 이렇게 기도하며 빌 뿐이다.

한중록

閑中錄

◗ 제6권 ◖

정조와 순조 그리고 나의 한 많은 일생

내가 10살인 어린 나이에 궁궐에 들어와 이제 거의 60년이 되었다.

나는 인생은 험난한 운명과 파란만장한 세월을 보내며 유례없는 고통을 겪었을 뿐만 아니라, 말로 다할 수 없는 덧없고 기구한 사건을 곁에서 지켜보며 그야말로 살고 싶지 않은 날들을 아들 때문이라는 이유를 만들며 하루하루를 살았다. 또한 선왕의 지성스러운 효도로 차마 목숨을 끊지 못하여 오늘까지 이르렀더니, 하늘이 갈수록 나를 밉게 여기셔서 차마 당하지 못할 참혹한 화를 당하는가 싶다.

죽어서 사도세자를 따르는 것이 당연하나 모진 목숨이 토목과 같아서 자결을 못하고, 또 어린 임금을 그리워하고 보호하기 위해 이 한 많은 목숨을 지탱하다 아들인 임금까지 먼저 보내니 이 어찌 사람이 차마 견딜 바이리오.

평범한 집의 보잘 것 없는 아낙네도 칠십 노인이 외아들을 잃으면 동네사람이 서로 조문하고 위로하며 불쌍히 여길 것이다. 그런데 선왕을 여읜 뒤 얼마 안 되어 내 아버지를 무참히 욕보이고 내가 자결하려는 일을 둘째 동생 낙임의 충동이라 하여 동생을 죄로 잡아 7, 8년에 걸쳐 앞뒤가 맞지도 않는 거짓말로 엮어 외딴섬으로 귀양 보내었다.

그리고 연이어 참화를 받게 하고 내가 자결하려는 일로 낙임에게 죄를 덮어씌운 꼴이니 이는 낙임을 죽인 것이 아니라 실은 나를 죽인 것이리라.

흉한 무리들이 때를 만나 선왕을 저버리고 어린 임금을 업신여겨 선왕의 어미를 이렇게 욕보이니, 인륜이 끊어지고 신분이 없음이 이때 같은 적이 어디 있으리오. 내 밤낮으로 가슴을 치고 피눈물을 흘리며 선왕과 동생의 뒤를 따르고자 하나 따르지 못하였다.

외로워 의지할 곳 없고 마음 놓고 살려고 하여도 살 길이 없으며, 죽으려 하여도 죽을 수가 없으니 이것은 나의 죄가 깊고 무거우며 운수가 흉한 때문이니, 하늘에 호소하고 귀신을 원망할 뿐이다. 내가 궁궐에서 지낸 일들은 자고로 왕비들 중에 없었고, 내 집 처지가 또한 예로부터 사람 사는 집에 없는 일이다.

하늘과 땅이 있고 주상(순조)이 어질고 효성스러우시니, 내 비록 미처 보지 못하고 죽을지라도 주상이 옳고 그름을 분간하여 나의 원통함과 억울함을 들어 주실 날이 있을 줄 안다. 그러나 수두룩한 일들을 내가 만일 기록하지 아니하면 또한 자세히 아실 길이 없을 것이다. 그래서 쇠약한 정신을 거두고 점점 쇠진하는 기력을 억지로 차려서 기록하고자 한다.

머리 부분에는 선왕이 나를 섬기시던 효성과 나와 나누시던 말씀을 옮겨 쓰고, 그 나머지는 사건마다 따져 명백히 알게 하였으니, 내가 아니면 이런 일을 누가 자세히 알며 이런 말을 누가 능히 하리오.

내가 언제 눈을 감을지 모르기에 이것을 가순궁에게 맡겨 내가 없는 후라도 주상께 드려서 내가 겪은 일의 기구함과 내 집 처지의 원통함을 알리고 30년 동안 쌓인 원을 풀어 주시는 날이 있기만을 바란다. 그렇게만 된다면 내 죽은 넋이라도 지하로 가서 선왕을 뵙고 임금의 혈통을 두어 뜻을 잇고 일을 알려 모자의 평생 한을 이룬 걸로 위로할 것이니, 이것만 하늘에 빌 뿐이다.

여기 쓴 글 중에 내가 티끌만치라도 꾸민 것이 있거나 과장한 것이 있으면 이는 위로 선왕을 모함하고 가운데로는 내 마음을 스스로 속여 신왕新王(순조)을 속인 것이다. 그리고 아래로 내 친한 사람들에게 알랑거린 것이니 내 어찌 하늘의 재앙이 무섭지 않으리오.

내 평생에 겪은 일이 많고 선왕과 주고받은 말이 몇 천 마디인지 모르지만, 나의 쇠약한 정신에 만에 하나를 생각지 못하고 또 나라의 큰일과 관계치 않은 것은 번거롭게 자세히 기록하지 않았다.

결국 큰 사건만 기록하므로 그리 자세하지는 못할 것이다.

세상에 누가 어미와 아들 간에 정이 없을까마는 나와 선왕 같은 정리情理는 다시없을 것이다. 선왕이 아니면 어찌 내가 오늘날이 있으며, 내가 없으면 선왕이 어찌 보전하여 계셨으리오. 모자 두 사람이 조마조마하여 서로 의지하며 숱한 변란을 다 겪고, 말년에 복을 받아 국가의 끝없는 복을 누리길 기다렸다. 그런데 하늘이 무슨 뜻으로 중도에 선왕을 앗아가시니, 세상에 이런 참혹한 화가 어디 있으리오.

내가 임오화변 때 죽지 않은 것은 선왕을 보호하기 위함이었다. 그런데 무술년에 아버지가 흉한 모함을 만나 지극한 원한을 풀지 못하고 한을 품은 채 빨리 돌아가시니, 내가 따라 죽으려 하였으나 선왕의 효성에 감동하여 차마 죽지 못하였다.

이제 선왕을 잃고 또 이어 아무런 죄가 없는 동생에게 참화를 입게 하니, 나는 바르지도 않고 자애도 없고 효성도 우애도 없는 사람이 되고 말았다.

내가 무슨 면목으로 하루라도 세상에 머무를 마음이 있겠냐마는, 어린 임금을 그리워하여 모진 목숨이 쉽게 끊어지지 않아 지금 구차하게 목숨을 붙이고 욕되게 살고 있다. 그러니 나같이 어리석고 나약한 사람이 다시 어디 있으리오.

선왕의 타고난 성품이 매우 효성스러우시고 지난 몇 해 동안에는 효도가 더욱 지극하게 나를 섬기셨다. 평일에는 노모의 잊지 못하는 마음을 아시고 성 안의 가까운 행차를 하시더라도 궐내를 떠나시면 문안 편지를 계속 보내셨다.

사도세자의 묘소에 다녀오실 때는 대개 며칠 걸리기 때문에 나의 그리워하는 마음을 더욱 생각해 주셨다. 그래서 도로에 역마를 세우시고 두세 시가 못 되어 소식을 전해 주시니 이제 어디 가서 그리운 선왕의 한자 서신을 얻어 보리오.

원통하고 원통하다. 선왕께서는 타고난 성질이 뛰어나시어 인물이 잘나셨으며 마음씨가 빼어나시고 생활이 특이하셨다. 말을 배우며 글자를 알아 어려서부터 대단히 부지런하시고 주무시는 시간 이외에는 책을 놓으신 일이 없었다.

결국 뜻을 이루심이 역대 왕들보다 뛰어나셔서 온갖 일에 모르시는 것이 없으니, 3대代 이후로 여러 왕 가운데 학문, 문장과 성스러운 덕으로 나라를 다스리는 방법이 우리 선왕 같은 분이 누가 또 있으리오.

춘추 50이 거의 되시고 정치하실 일이 많더라도 매년 겨울이 되면 한 질의 책을 꼭 읽으셨다. 내가 기쁜 뜻으로 어릴 때 책거리 해 드리는 모양으로 약간의 국수와 만두 등을 드렸더니 선왕이 노모의 뜻이라 기뻐하시며 여러 신하들과 더불어 많이 잡수시고 글을 지어 기록하신 것이 어제 일 같다. 그런데 사람의 일의 변함이 이렇게 될 줄을 어찌 알았으리오.

선왕이 매우 어질고 효성스러우셔서 영조대왕의 뜻을 받들어 순종하심과 부모께 효도하심을 이루 다 기록할 수 없고, 대략은 행록行錄에 올려져있다.

임오년壬午年(1762) 이전에 난처한 때가 많았으나, 선왕이 어린 나

이이심에도 걱정할 줄 알아서 더욱더 몸을 닦으시니 영조께서 한 번
도 걱정하신 일이 없으셨다. 선왕을 보시면 항상 총명함과 어질고
너그러운 품성을 칭찬하셨으니 선왕의 지극한 효성과 좋은 행실이
임금을 감동시키지 못하였으면 어찌 그러셨으리오.

선왕께서는 어려서부터 나에게 모자 사이의 도리 이상으로 정성
이 각별하셨다. 그래서 내가 먹으면 잡수시고 초조하게 근심할 때가
많으셨다. 그러나 어른처럼 마음을 잘 써서 일의 기틀에 힘입어 두
루 애쓰시니, 이 어찌 어린 나이에 능히 할 수 있는 일이리오.

임오화변을 만나자 원통해 하고 슬퍼하심이 어른 같으시고 슬퍼하
는 모습과 우는 소리가 모든 사람들을 감동시켰으나, 보고 듣는 자라
면 누가 눈물을 흘리지 않았으리오. 외롭게 되신 후에는 지극한 아픔
을 품고 어미 섬김이 극진하시어 한 때도 마음을 놓지 못하셨다.

나를 떠나면 잠을 이루지 못하여 각각 대궐에 있을 때는 일찍이
내 소식을 들으신 후에야 비로소 아침상을 받으셨다. 그리고 내 몸
이 조금만 불편하여도 꼭 손수 약을 지어 보내셨으니 그 효성은 하
늘이 내신 것임을 이런 데서 알 수가 있을 것이다.

서럽고도 서럽도다!

차마 갑신년[01]의 일을 어찌 다 일컬을 수 있으며 그때 몹시 애달

---

01 영조 40년(1764). 세손(정조)을 효장세자의 양자로 봉한 일.

프고 망극하여 모자가 서로 붙들고 죽을 바를 모르던 모습이야 어찌 다 기록할 수 있겠는가? 선왕께서 겪으신 지극한 아픔이 예로부터 제왕가에 없는 일이니, 비록 나라를 위하여 임금의 자리에 임하시나 한평생 아픔을 품으시고 추모하심이 해가 갈수록 더욱 깊어지셨다.

그리하여 경모궁[02]에 일첨문과 월근문을 두시어 매달마다 참배하심이 한두 번이 아니시었으며, 돌아가신 아버지를 그리워함이 아침저녁으로 문안을 드리듯 하였다.

선왕께서 나를 모시는 것이 왕가의 부귀를 누리게 하셨지만 오히려 부족하다 여기셨다.

온화한 빛과 기쁜 소리로 하루에 네다섯 번을 들어와 보시고 매사에 혹 내 뜻을 어길까 하여 마음을 놓지 못하였다.

내가 여러 해 동안 노병이 잦아 기미년己未年(정조 23년, 1799)과 경신년의 두 번에 걸친 큰 병 때문에 선왕의 마음 걱정과 애태우심이 비할 데 없으셨다. 잠도 안 주무시고 옷을 벗지 않으신 채 탕약을 올리는 것과 고약 붙이는 것을 모두 몸소 행하시어 옆 사람에게 맡기지 않으셨다. 그러니 내 비록 모자 사이일지라도 감격스러움을 어찌 다 헤아릴 수 있을 것인가?

---

02 영조 40년(1764)에 사도세자의 신위를 모신 집을 북부 순화방에 세우고 처음엔 사도묘(思悼廟)라 이름하였다가 또 수은묘(垂恩廟)로 고쳤다. 52년에 영조가 세상을 떠나고 세손 정조가 즉위하면서 비명에 간 아버지 사도세자에게 '장헌(莊獻)'의 시호를 올리고 신위를 모신 집도 이곳으로 옮겨 지으며 묘호를 경모궁(景慕宮)으로 고쳤다.

선왕께서는 선천적으로 타고난 기품이 무척 검소하시고 노년에는 더욱 검소하셔서 항상 계신 집이 짧은 처마와 좁은 방에 단청의 장식을 놓지 않으시고 수리를 허락하지 않으셨다.

그래서 쓸쓸하고도 가난한 선비의 거처와 다를 바 없고, 의복은 정복 이외에는 비단을 몸에 가까이 아니하시며 굵은 무명옷을 입으셨고 이불을 비단으로 덮지 않으셨다. 또한 아침저녁 상에는 반찬 서너 가지 외에는 더하지 아니하시되 그것도 작은 접시에 많이 담지 못하게 하셨다. 내가 혹 지나치다고 일컬으면 사치의 폐단을 누누이 말씀하셨다.

"검소하고 소박함을 소중히 여기는 것은 재물을 아끼는 것이 아니라 복을 기르는 도리입니다."

선왕께서 도리어 나를 앞에 두고 훈계할 때가 많으시니 나 또한 깊이 감탄하였다.

선왕께서 자녀를 두는 경사가 늦으시어 나라를 위한 근심이 크셨다. 그러다가 임인년壬寅年(정조 6년, 1782)에 문효세자[03]를 얻으시어 처음으로 경사롭더니, 병오년의 5월과 9월에 두 번의 변을 당하셨다. 몹시 애석해 하시고 우려하시어 몸을 상하시니 내가 선왕의 몸을 위하여 두렵고도 초조해 하였다.

정미년丁未年(정조 11년, 1787) 봄에 가순궁을 간택하였더니, 마음이

---

03 정조의 장남. 5살 되던 병오년(정조 11년)에 죽었다.

어질고 무던하며 용모가 수려하여 뼈대 있는 집안 숙녀의 태도가 있었다. 입궐한 후에 나를 받드는 것이 매우 정성스럽고 효성스러우니, 내 또한 친딸과 같은 정이 있고 선왕을 더할 수 없이 잘 받들어 한 가지 일도 선왕의 뜻에 어긴 일이 없었다.

그래서 선왕께서 특히 중하게 여기시고 기대하심이 특별하시어, 항상 지금이라도 곧 무슨 중한 부탁을 하실 듯하시니 선왕께서 알고 계셨던가 싶다.

아들 낳는 경사를 그 몸에 점지하시길 졸이고 바라는 마음이 날로 간절하더니, 하늘이 말없이 도우시고 조상이 보이지 않는 데서 도우셨다. 과연 경술년庚戌年(정조 14년, 1790) 6월 18일 신시申時[04]에 내가 머무르는 건넛집에서 큰 경사를 얻어 주상(순조)이 나시니, 비로소 종사에 억만년의 튼튼한 기반이 되었다.

모자가 서로 축하를 하며 기쁨과 즐거움으로 세월을 보내는 중, 이상하게도 주상의 탄생일이 내 생일과 같은 날이므로 선왕께서 항상 말씀하셨다.

"저 아이의 생일이 마마의 탄생일과 같은 날인 것이 예로부터 역사책에 없는 기이한 일입니다. 이것은 마마께서 지성으로 애쓰신 덕분으로 우연치 아니한 일입니다."

내가 무슨 지극 정성이 있겠는가마는 스스로 나라와 임금의 몸을

---

04   오후 3시 부터 5시 사이.

위하는 마음은 나보다 더할 이가 없을 듯하였는데, 하늘이 나를 어여삐 여기시어 같은 날이 되었는지 신기하다고 할 수 있겠다.

경신년庚申年(정조 24년, 1800) 봄에 주상의 성년식과 책봉의 두 경사스런 예식을 지내고 명문가의 숙녀를 간택하였다. 그 해 겨울에 며느리 보시기를 손꼽아 기다리시더니 선왕은 이제 어디로 가시고 나 혼자 볼 일이 더욱 서럽도다.

선왕께서는 항상 영우원[05]이 좋은 곳이 아닌 줄 알고 계셨다. 병신년丙申年(영조 54년, 1776) 초에 내 아버지께서 묘소를 옮기시길 힘껏 청하셨으나 쉬운 일이 아니기에 근심걱정만 하셨다. 그러다가 기유년己酉年(정조 13년, 1789)에 수원의 화산華山[06] 신룡농주지혈을 점쳐 잡아 묘소를 옮기시고 이름을 고치어 '현륭顯陵'이라 하셨다.

"이 땅이 옛사람의 말에 이르자면 천리에 한 번 만나는 땅이오이다. 효묘를 모시려 하던 곳을 얻어 썼으니 무슨 한이 있으며, '현륭' 두 자로써 세상에서 내 깊은 뜻을 이해할 것입니다."

선왕께서 이렇게 말씀하셨으니 그때 밤낮으로 애쓰시며 사도세자를 그리워하며 슬퍼하시던 일을 어찌 다 기록할 수 있겠는가? 산소를 옮긴 후에는 효성이 더욱 새로이 간절하셨다.

사도세자의 초상화를 능에 잘 모셔 두어 성묘하시는 뜻을 붙이시

---

05 사도세자의 묘소.
06 경기도 화성시 태안읍(台安邑) 안녕리(安寧里)에 있는 산.

고, 5일에 한 번씩 능을 보살피게 하시며 매년 정월에 산소에 가서
참배하셨다. 그리고 봄, 가을로 나무를 심어 장식을 하심이 친히 심
으신 것이나 다름없이 하셨다.

또 옛 고을의 백성들을 화성으로 옮기시고 산소를 정성껏 보호하
기 위하여 크게 성을 쌓아 행궁行宮을 웅장하고 화려하게 지으셨다.
을묘년乙卯年(정조 19년, 1795) 봄이 한창일 때, 나를 데리고 산소에 참
배하시고 돌아와 봉수당奉壽堂 [07]에서 잔치를 베푸셨을 때, 내외빈과
많은 신하들을 모아 밤을 이어 잘 대접하셨다.

노인께는 낙남헌에서 술을 권하시고 궁핍한 백성들에게는 신풍루
에서 쌀을 주어 환성과 기쁨이 화성으로부터 한양(서울)까지 미쳐 넘
쳐흐를 지경이었다. 이것이 모두 다 이 노모를 위한 마음에서 하신
일이라 하여 일국의 백성 중 누가 칭송 찬양치 않았겠는가.

선왕이 비록 나라를 위하여 부지런히 힘써서 왕위에 계시지만 더
할 나위 없는 아픔으로 슬퍼하시니, 왕의 자리에 머무르심을 좋아하
지 않으셨다. 그리고 덕을 칭송하는 칭호를 받는 것을 굳이 막으셨
으며, 항상 왕위를 떠나실 뜻이 있으셨다.

그러다가 아들을 얻어 나라를 부탁할 사람이 있고 화성을 크게 쌓

---

07 봉수당은 화성 행궁이 정전(正殿)이지 혜선 유수가 집무하던 건물로 장남헌(壯南軒)이라고도 한
다. 1795년 정조가 혜경궁 홍씨의 회갑연을 거행하며 '만수무강(壽)을 받들어 빈다(奉)'는 뜻으
로 봉수당이라 이름지었다고 한다.

아 한양의 다음이 되게 하였으며, 집의 이름을 노래당老來堂[08]과 미로한정未老閒停[09]이라 하였다.

그리고 선왕께서 나에게 말씀하셨다.

"왕위를 탐함이 아니라 마지못해 나라를 위해 있었으나, 갑자년甲子年(순조 4년, 1804)에 원자의 나이가 15살이니 충분히 왕위를 전할 것이오. 그리고 처음의 뜻을 이루어 마마를 모시고 화성으로 가서 평생 경모궁 일에 행하지 못한 한을 이룰 것입니다. 이 일을 내가 영조의 분부를 받아 내 손수 행하지 못하는 것이 참으로 원통하지만 또한 나의 의리요, 원자는 내 부탁을 받아 내 마음을 이루어 내가 행하지 못할 것을 제가 대신하여 행하는 것이 또한 의리입니다. 오늘 날의 여러 신하들은 나를 따라 아니하는 것이 의리요, 다른 날의 여러 신하들은 새 왕을 좇아 받드는 것이 의리입니다. 의리가 일정한 것이 아니라 때를 따라 의리가 되기도 하고 되지 않기도 하는 것이니, 우리 모자가 살았다가 자손의 효도로 이 영화와 봉양을 받으면 어떠하겠습니까?"

내가 비록 왕의 뜻이 불쌍하신 줄 알지만 또한 그때 나라 일이 아득한 것을 생각하여 눈물을 흘리면 선왕도 걱정스러워 나와함께 우셨다.

---

08 화성 행궁에서 정조가 휴식을 취하던 곳.
09 미로한정은 행궁 후원에 휴식을 취하기 위하여 지어진 정자로 후원 서쪽 담 안에 있었는데 한 칸 육각형으로 지어져 육면정(六面亭)이라고도 한다.

"이리하여 내가 하지 못할 일을 아들의 효도로 이루고, 죽어 지하에서 뵈면 무슨 한이 있으리까?"

또한 원자元子를 가리켜 말씀하셨다.

"저 아이가 경모궁의 일을 알려고 하는 것이 조숙하지만 나는 차마 말할 수 없으니, 제 외할아버지더러 들려주게 하시지요."

그래서 아버지가 대략만 가르쳤다고 하였다. 그러자 선왕은 또 말씀하셨다.

"이 아이는 경모궁을 위하여 그 일을 하려고 하늘에 빌어서 난 아이이니 이 또한 하늘의 뜻입니다."

그리고 을묘년乙卯年(정조 19년, 1795)에 경모궁을 존호尊號[10]하실 때 팔자八字존호를 하시고, 나에게 말씀하셨다.

"그렇게 반대하던 김종수가 '옥과 금으로 만든 도장에 팔자존호를 하옵소서' 하더이다.

이제는 다 되고 한 글자만 남았으니 이는 이후 새로운 왕에게서 맡기지요."

그리고 이어서 존호 글자를 외우셨다.

"장륜융범기명창휴章倫隆範基命昌休."

내가 무식한 여편네라 자세히 알아듣지 못하고 여쭈었다.

"기명창효基命昌孝 입니까?"

---

10 왕이나 왕비의 덕을 칭송하여 올리던 칭호.

"효孝자는 장래에 무슨 효대왕孝大王이라 할 제 쓰겠기에 효도 효자는 그냥 두었습니다. 우리나라 대대 임금의 존호에 효자는 쓰지 않습니다."

선왕께서는 웃으며 이렇게 말씀하시고 내게 다홍의 금빛 줄을 두른 천이 있는 것을 보시고 또 말씀하셨다.

"존호 때 중궁전의 예복이 무거운 고로 그것으로 하려 하니 없애지 말고 잘 두십시오. 장래에 손자의 효도로 쓰일 것입니다."

몇 해 동안 갑자년甲子年(순조 4년, 1804)의 방침을 정하고 더욱 힘을 쓰시어 무릇 모든 일을 하는 것과 말씀을 주고받음에 안 미칠 적이 없었다.

나는 내심 놀랐지만 이는 실로 유례없는 임금의 나타나심이라, 세상에 머물렀다가 희귀한일을 친히 볼 수 있을까 하는 기다림도 없지 않았다.

내 집안이 경인년庚寅年(영조 46년, 1770)에 이르러 흉악한 말과 불행이 망극하고 또 망극하여 가문이 뒤집혔으니 나의 더 없는 억울함과 원통함을 어찌 다 형용하겠는가.

내가 그때 뜰로 내려와 밤낮으로 울며 통곡하여 목숨을 끊기로 마음먹으니 선왕이 나를 위로하심이 더할 나위 없으셨다.

내 생각하니 선왕의 타고난 성품이 어질고 효성스러우셔서 신령과 서로 통하신 듯하다.

한때 간사한 신하가 선왕의 총명을 막음이 비록 하늘의 뜬구름 같으나 해와 달의 광명한 빛은 변함이 없으니 선왕께서는 내 아버지의 충성과 삼촌의 원통함을 마침내 굽어 살펴실 것이다.

내 편협한 마음으로 실오라기 같은 목숨을 붙여 두지 못하면 선왕의 효성을 상할까 두려워하여 억지로 욕되게 살고 있다.

그러니 내 마음은 비록 귀신에게 물어볼 것이나 마음속으로 생각하면 어찌 부끄럽지 않겠는가.

선왕께서는 과연 홍국영과 김종수를 물리치시고 잘못을 뉘우치고 깨달으셨다. 특히 아버지의 일에 대해서는 많이 뉘우치셨다.

"내 지나치게 하였습니다. 외할아버지께서 뒤주를 들이지 않으신 것을 제가 눈으로 직접 보았는데도 그놈들이 계속 우겨서 죄라고 하니 우스울 뿐입니다."

그때 내가 말씀드렸다.

"그놈들이 밖의 소주방에 있는 물건은 먼저 들여오고 어영청에 있는 물건은 아버지가 아뢰었다고 죄를 잡는다 하니, 그런 원통한 말이 어디 있습니까?"

"제놈들이 무엇을 알겠습니까? 어영청의 뒤주도 외할아버지께서 대궐에 들어오시기 전에 들여왔습니다. 대체로 밖의 소주방 뒤주를 쓰지 못한 후 문정전이 선인문 안이요, 선인문 밖이 어영청의 부분이기에 가까운 어영청의 것을 들여왔습니다. 망극한 일은 신시申時 초 즈음에 일어나고 아주 망극하여지기는 유시酉時 초 즈음입니다.

외할아버지께서는 통행금지를 알리는 종이 친후에야 비로소 대궐에 들어오시는 것을 내가 직접 보았으니 자세히 아는 일인데, 뒤주를 두 번 들여온 것이 외할아버지와 무슨 관계가 있습니까? 그러하기에 정이환의 상소에 대한 회답문에 마지못하여 차마 못할 말을 하여 변명하여 드렸으니, 그것은 세상이 다 아옵니다."

"그러면 무엇을 가지고 아버지의 죄를 잡습니까?"

"비교하자면 최명길과 같습니다. 극렬한 논쟁으로 나라의 큰일이 있을 때 대신으로 죽지 못했다고 의논하면 모르겠지만 나를 보호해내고 나라를 붙들었으니, 후세 사람의 의논은 오히려 나라에 공이 있다고 하여야 마땅할 것입니다. 내가 그때 일을 옳다 그르다 하여 나를 보호한 일이 잘한 일이란 말은 예의상 못할 것입니다. 지금은 저희들 하는 대로 두어 비록 억울하신 처지가 저러하신 것을 밝혀 드리지 못하지만 다음 왕 때야 제 아비를 보호하고 나라를 붙든 충성을 어찌 칭찬하고 찬양하지 않으리까?"

그리고 원자를 가리키시며 말씀하셨다.

"저 아이 때는 외할아버지의 누명이 풀리고 마마께서 저 아이의 효도와 봉양을 저보다 더 많이 받으실 것입니다."

신해년辛亥年(정조 15년, 1791) 겨울부터 아버지가 나라를 다스리던 일과 임금께 나아가 아뢴 상소들을 선왕이 친히 모아 '주고奏藁'라 이름까지 지어서 손수 편찬하셨다.

기미년己未年(정조 23년) 12월에 책을 다 만들어 60여 편의 머리말을 직접 쓰시고 금상(순조)에게 주고 읽도록 하셨다. 그리고 번역하여 전편을 보시고서 이르셨다.

"이제야 외할아버지의 공을 다 갚았으니, 오늘에야 외손자 노릇을 하였습니다. 외할아버지의 충성과 공적을 남김없이 칭찬하고, 장려하여 주공[11]에게 쓰는 문자도 쓰고 한위공[12]과 현명한 재상이 되어 성인도 되시고 현인도 되어 계십니다. 이 글이 간행되면 후세에 길이 전할 것이니, 지난 큰 액운이야 다시 거들어 무엇 하겠습니까?"

경신년庚申年(정조 24년) 4월에는 주고총서와 문집을 지으셨다. 그리고 둘째 동생 낙임에게 보내신 친서는 지금도 집에 있다.

"외할아버지의 충성이 이것으로 인해 더욱 빛이 날것입니다."

그리고 선왕께서 나에게 말씀하셨다.

"그중에서 충분히 드러낼 일은 간행할 때 다시 넣으려 합니다."

그것은 모년에 아버지께서 당신을 보호하신 충성을 문득 일컫지 못하시어 다른 날 크게 드러날 때를 기다리려고 하신 뜻이셨다.

내가 선왕께서 쓰신 머리글을 보니 참으로 훌륭하고 거룩하였다. 자손으로 하여금 짓게 한들 어찌 이에 미치겠는가? 내가 손을 모아 감사히 여겼다.

---

11 주왕조를 세운 문왕(文王)의 아들이며 무왕(武王)의 동생. 무왕의 아들 성왕(成王)을 도와 주왕조의 기초를 확립하였다. 내란을 진압하고 제도문물을 창시하였다.

12 중국 북송 때의 정치가 한기.

"오늘에야 임금 아드님을 둔 보람이 있고 구차하게 산 낯이 있습니다."

그런데 내가 부족하여 선왕을 잃은 설움을 겪는 중에 '주고' 일로 혼란이 또 다시 비롯되었다. 심지어 책마다 들어 있는 임금의 글을 없애자고 하는바, 이는 위로 아버지께 모욕하는 것이고 아래로 내 몸에 괴로움을 바로잡을 수 없으며, 선왕 또한 업신여김을 받고 계신 것이다. 비록 선왕이 안계시지만 선왕의 아드님을 임금이라 하면서 이런 일을 행하니 세상에 이런 시절과 변고가 다시 어디에 있겠는가?

작은아버지에 대해서도 처음 귀양 보내실 적에 선왕께선 이렇게 말씀하셨다.

"반역할 마음과 딴 생각은 없노라. 임오년壬午年(영조 38년, 1762)의 불필지는 막수유[13] 같아서 족히 죄 될 것이 없으니, 장래에는 죄를 벗을 것이다."

게다가 근래에는 더욱 자주 일컬으셔서 작은아버지는 죄 없는 사람과 다름이 없었다. 그리고 선왕께서는 항상 외가의 일도 좋게 말씀하셨다.

"갑자년에 큰일을 이룬 후에는 그와 함께 깨끗이 밝혀져서 모자의

---

13 반드시 없다고 할 수도 없고 있다고 할 수도 없는 반신반의의 뜻.

원한이 풀릴 것입니다."

경신년庚申年(정조 24년, 1800) 2월에 또 말씀하셨다.

"오늘 한 사람을 특별히 용서하고 내일 또 한 사람을 용서하여, 막힌 사람이 없고 폐한 집이 없게 하여 크고 크게 화한 기운 가운데 있게 하리라."

모두 갑자년甲子年까지 크게 풀자 하시기에 내가 말씀드렸다.

"그때는 내 나이가 70이요, 내가 70으로도 흡족하고 만족하니 더 살기가 어렵소. 또 혹시 오늘 날의 말을 어기면 어찌하리오."

그러면 선왕께서 왈칵 성을 내셨다.

"설마 한들 70 노친을 속이겠습니까?"

그리 하기에 나는 갑자년을 굳게 기다렸다. 그런데 내 흉한 독 때문에 천백 가지 일을 다 이루지 못하고 내 신세와 내 집의 가혹한 화가 이 지경에까지 이르렀으니, 이는 옛 역사책에도 없는 일이다.

내 한시인들 살아 무엇 하리오! 그러나 주상이 비록 어리시지만 어질고 효성스러움이 선왕을 닮았으니, 장성하시면 응당 부왕이 다하지 못한 뜻을 이루실 듯하여 밤낮으로 하늘에 비노라.

갑자년甲子年(영조 20년, 1744) 나의 혼례 후에 아버지의 처지가 다르시므로 과거를 보지 않으려 하시었는데 그때 산림학자[14]들의 의논이 있었다.

---

14 벼슬을 하지 않고 산림에 묻혀 있는 선비 곧 보통 선비들.

"왕비 아버지의 처지가 다르니 과거에 응하지 않으면 이상하다."

그리하여 아버지께서 갑자년 10월에 등과하셨다. 대조(영조)께서 기다리시다가 다행이라 여기시고 소조(사도세자)께서도 어린 나이셨지만 기뻐하셨다.

"장인께서 과거에 급제하셨다."

그때 숙종의 장인인 경은부원군과 영조의 장인인 달성부원군 두 댁에서는 등과한 이가 없었다. 그러다가 처음으로 임금의 장인이 과거에 급제한 경사를 보시고 인원, 정성 두 성모께서도 기뻐하셨다.

"사돈께서 급제하셨다."

그러시면서 나를 부르시어 특별히 축하하셨는데 정성왕후께서는 친정이 신임화변[15]을 당한 고로 노론을 두둔하시기가 각별하셨다. 그래서 아버지께서 과거에 급제한 경사를 기뻐하심이 당신의 가족에 못지않으시니, 그때 감동하여 탄복하던 일이 어제만 같다.

세상에서는 모르는 일이지만 아버지께서 임금과 의사소통이 잘 되심이 나의 아버지이기 때문에 그런가 하지만 실은 그렇지가 않다.

계해년癸亥年(영조 19년, 1743) 봄에 아버지께서 성균관의 관장의로 숭문당에 들어오셨을 때의 일이다. 아버지께서 처지를 분명히 하시

---

15 신임사화라고도 한다. 경종 원년(1721)부터 2년에 걸쳐 일어난 사화. 경종이 병이 잦고 세자가 없자, 노론의 4대신 이이명, 김창집, 이건명, 조태채 등의 주장으로 경종 원년 8월에 경종의 동생 연인군 곧 뒤의 영조를 세제로 책봉하고 다시 정무를 대리하게 되었다. 그런데 소론의 조태구 유봉휘 등은 이의 불가함을 상소하고, 또 김일경 등은 목호룡에게 노론의 4대신등이 역모를 도모한다고 무고하게 하여 4대신은 극형을 당하고 이희지 등 100여명이 화를 입었다.

어 아뢰는 모습을 보시고 영조께서 뛰어나게 여기시고 들어와 선희 궁께 말씀하셨다.

"오늘 세자를 위하여 정승 하나를 얻었다."

"누구입니까?"

"장의 홍 아무개다. 이 사람을 위하여 후에 알성문과[16]를 보일 것이니 혹 이 자가 과거에 급제할까 기대하는 마음이 가득하다."

선희궁께서 영조께서 하셨던 말씀을 나에게 전하셨다. 이로 보면 아버지께 대한 영조의 총애가 선비 시절 때부터이며 그때 이미 정승으로 허락하시고, 며느리를 간택할 적에 대번에 후보자로 뽑히는 처녀로 있었던가 싶다.

내가 비록 재상의 손녀이나 할아버지께서 안 계시고 가난한 선비의 딸이니 간택에 뽑히기가 뜻밖이었다. 그런데 영조께서 나를 사랑하실 뿐 아니라 우리 아버지를 크게 쓸 신하로 아시어, 내가 아버지의 딸인 까닭에 더욱 확고히 나를 며느리로 정하신 것이다.

아버지께서 비록 임금의 친척이 아니시더라도 당신께서 사회적 신분과 명망, 재주와 도량을 겸하였기 때문에 임금의 대우가 이러하셨으니 어찌 지위가 높은 벼슬을 못하셨으리오.

그러나 특별히 나로 인하여 몸을 자유롭게 못하시어 유례없는 형편을 다 겪으셨다. 결국에는 처지가 망측하여 원한을 품으신 채 명

---

16 왕이 성균관 문묘의 공자 신위에 참배한 뒤에 보이던 문과. 대과 전시에 해당하는 단일시로 성균관에서 보이며 정원이 없다.

을 재촉하시니 임금의 친척이 되신 효험은 적고 해로움은 많으셨다. 이것이 다 나 때문이시니 내 일생에 죄스럽고 억울하고도 원통해 하는 것이다.

아버지께서 등과하신 후, 임금의 총애는 점점 더 크시고 벼슬은 차차 올라가시어 조정의 일과 나라 일을 모두 맡기셨다. 아버지께서 지극한 정성과 뛰어난 재주와 지식으로 일마다 임금의 뜻에 맞고 가지가지가 법도에 어김이 없었다.

아버지께서는 20여 년 벼슬에 계시면서 백성의 이해와 나라의 슬픔과 즐거움을 당신 몸같이 아셨다. 또한 안팎의 고치기 어려운 폐해를 고치지 않으신 것 없이 지금까지 규정을 잘 지켜 행하셨다. 비록 임금과 신하간의 부합이 잘 되었기 때문이기도 하지만, 당신의 충성과 재주, 도량이 다른 사람보다 낮지 아니하면 어찌 이러하였겠는가?

아버지의 처지가 망측하여 거짓과 모욕이 이르지 않은 곳이 없었으나 거짓된 말은 두어 가지 뿐이었다. 30년 동안 나라 일을 하셨지만, 이 일을 잘못하여 나라를 병 들였다거나 저 일을 잘못하여 백성에게 해롭다는 말은 지금까지 조금도 들어본 일이 없었다.

유식한 양반 외에 장안의 군대와 백성, 지방의 어리석은 백성들까지 아버지의 덕을 생각하고 은혜에 감격하여 지금까지 칭송하고 있다.

"홍 정승이 아니면 나라가 어찌 지탱하였으며 우리가 어찌 살아났으랴."

이는 나 한 사람만의 사사로운 말이 아니라 철없는 아이들과 어리석은 사람들을 붙잡고 물어도 반드시 근세의 어진 재상이라 할 것이니, 이 어찌 잠시 권력을 쓰던 사람이 얻을 바이겠는가?

아버지께서 벼슬하신 후의 수많은 자취는 세상이 다 알 것이요, 또 선왕이주고 머리글에 전부 올려놓았으니 다시 더 기록하지 않겠다.

다만 당신의 처지가 지극히 원통한 것만 대략 쓰고, 아버지께서 모함을 받으신 사연은 아래의 여러 사건에 각각 올랐으니 또 다시 쓰지는 않겠다.

일반적으로 보았을 때, 만일 경모궁의 병환이 말할 수 없는 형편이 아니시고 영조께서 모르시는데, 아버지께서 영조께 아뢰시어 뒤주를 들이시고 '이리이리 처분하소서' 하고 권하였다 치자. 내 비록 부녀지간이지만 남편은 아비보다 더 중하기에, 내 아무리 무식한 여편네라도 그만한 의리는 알지 않겠는가.

그때 내가 한 번 죽어 따르기를 어찌 판가름하지 아니하며 설사 죽음을 결단치 못한다 하여도 내 어찌 차마 부녀의 정을 지켰겠는가? 그리고 선왕이 또 어찌 신묘년辛卯年(영조 47년, 1771)에 편지를 하셨을까?

상소의 회답에는 영조대왕의 분부를 외우며 그렇지 아니한 줄도 밝혀주셨다. 또 하늘이 있다면 아버지인들 어찌 자손이 남았을 것이며, 나 또한 지금 이렇게 40년 동안 세상에 머물러 자손의 효도와 봉양을 받았을 것인가?

그때 나라의 형편이 위태로웠으니 아버지께서 만일 두루 힘쓰지 않으셨더라면 내 집이 아주 멸하기는 둘째요, 선왕이 어찌 보전하여 계셨겠는가. 억울한 때를 만나 통곡하고 피눈물을 흘리시며 선왕을 보호하여 나라가 오늘이 있게 하셨다.

영조대왕께서 아버지를 믿고 의지하고 신뢰하셨기에 망정이지 그렇지 않았더라면 영조대왕께서 몹시 화가 나신 그 때, 아드님도 그렇듯 처분을 하시는데 손자의 운명을 어찌 알 수 있었겠는가. 만일 그러하였으면 그 때의 격렬한 말과 후세의 여론이 어떻다 하였으리요.

그 때 아버지의 처지로 머리를 돌계단에 부딪쳐 죽어서 세손을 아울러 보전치 못하는 것이 옳을 것인가 아니면 어쩔 도리 없는 지경이니 세손이나 보존하여 이 종묘사직을 잇게 하는 것이 옳을 것인가. 이것은 똑똑한 사람이라면 기다리지 않아도 알리로다.

선왕께서 항상 말씀하셨다.

"외할아버지의 충성은 옛 사람에게도 쉽지 않으신 것입니다. 그런데 나는 세상 사람들의 욕이 무서워 차마 '충성'이다 '공로'다 하지 못하고, 댈 데 없고 탓할 데 없어 눈앞에서는 이렇듯 흐릿한 사람처럼 지냅니다. 하지만 한유[17]와 같은 괴이한 놈을 죄명 없이 하였

---

17 김귀주, 심의지와 결탁하여 홍봉한을 죽이려 한 청주 유생. '뒤주 문제' 상소를 해서 결국 사형을 당함.

으니, 이것은 일이 급박하여 부득이한 일이요 진정한 의리가 아닙니
다. 내 아랫대부터는 외할아버지의 공로와 위엄이 드러나실 것이니
시호諡號 [18]를 고쳐 충忠자로 하겠습니다."

이 말씀을 몇 천 번을 하셨는지 모른다. 이것은 가순궁께서 보고
들으신 말이니 내가 이제 선왕이 안 계시다 하여 추호라도 지나친
말을 차마 어찌 하겠는가?

선왕의 뜻이 이러하시기로 10년을 잡아 '주고'를 만들며 힘든 것
을 잊으시고 밤낮으로 친히 편찬하셨다. 그 많은 글을 짓고 간행하
여 세상 사람들에게 보이려 하시니, 이는 아버지의 사업 방법을 칭
찬하고 권하여 더 힘쓰게 하시려는 뜻이다.

뿐만 아니라 당신 외할아버지를 향한 마음과 외할아버지가 당
신을 보호하여 종묘사직을 평안케 하신 충성과 공을 세상이 다 알
게 하려 하신 일이니, 가까이 뫼시고 있던 신하들이야 누가 모르
겠는가?

그래도 오히려 모년 일의 원통함이 덜 풀릴까 항상 근심하시고 거
기에 덧붙여 말하기가 어렵다 하셨다.

그러시더니 아버지의 연대기를 손수 편찬하실 때 임오년壬午年
(1762) 5월 13일의 사건의 중심에 뒤주를 들인 시각을 넣으시고, 아
버지께서 국가의 장례를 맡은 관청의 벼슬아치로서 초상날 때부터

---

18 현명한 신하나 언행이 바른 선비가 죽은 뒤에, 그 생전의 공덕을 기리어 임금이 그의 관위를 높
여 부르던 이름.

삼우제 뒤의 제사까지 충성을 다하였다고 적어 넣으셨다.

"문집에 임오년의 외할아버지 상소가 어찌 들지 않았느냐?"

선왕께서 물으시니 동생들이 아뢰었다.

"모년의 일은 지금 공적인 글에 기록하지 못하는 때이오니 차마 못 올리나이다."

그러자 선왕께서 여러 번 재촉하셨다.

"그러할 이유가 없고 외할아버지의 본심과 사실이 이 상소에 있으니 올리라."

그러나 오래지 않아 화변禍變을 당하여 그 일을 결단치 못하셨다. 그러다 신묘년辛卯年(영조 47년, 1771) 영조의 편지를 얻으신 후에 선왕께서 매우 기뻐하셨다.

"동궁일기에 올리라."

선왕께서는 연대기에 올리시고 나에게 말씀하셨다.

"제가 직접 본 일로 글 한 장이 연대기에 오르니 세상에 증거가 되게 하였으므로 이제 한이 없습니다."

만일 모년의 일에 아버지께서 털끝만치라도 관계하셨더라면 선왕의 평일 말씀이 그러하셨겠으며 주고와 연대기를 만들 까닭이 어디에 있겠는가.

당신 손으로 하지 못할 일은 의리를 지키시어 어버이를 위한 일에도 오히려 아직 다 하지 못한 것이 있는데, 진정 의리에 어긋나면 어찌 외할아버지라고 용서하시겠는가. 걱정하심은 이를 것도 없거니와 이렇듯 칭찬하고 장려 하셨으리오. 이 한마디에 더욱 결단을 내려야 할 일이로다.

아버지의 일은 갑진년甲辰年(정조 8년, 1784)에 세 가지 모두가 누명을 썼었다. 보통 집으로 이르면 없는 사실을 꾸몄다고 하련만, 무슨 일인지 터무니없이 세상의 모욕을 받았으니 이 웬 일인가. 이것이 또한 다른 죄가 아니라 갑진년에 이미 씻어진 누명에 관한 것이니 세상에 이런 일이 어디 있겠는가.

무릇 모년의 일을 가지고 두 가지의 의견이 있다.

한 의견은 모년에 대처분하신 것이 옳고, 영조의 거룩하신 업적을 칭송하며 하늘의 도리에 어그러지지 않은 일이라 하는 것이다. 또한 의견은 경모궁께서 병환이 계시지도 않은데 원통히도 그렇게 되셨다 하는 것이다.

첫 번째 의견 같으면 경모궁께 진실로 죄가 있어서 영조의 처분이 무슨 적국이나 평정하신 듯한 공적으로 칭송하는 말이 된다. 그리하면 경모궁께서 어떤 몸이 되시며 선왕께서는 또한 어떤 처지가 되시겠는가.

이는 경모궁과 선왕께 더할 수 없이 괴로운 말씀이다. 그렇다고 두 번째 의견대로 영조께서 거짓 고발을 들으시고 경모궁을 그 지경에까지 가게 하셨다면, 경모궁을 위하여 마음에 맺힌 원한을 풀고 수치스런 일을 씻어 버리겠노라고 한 일이 영조께는 또 어떤 허물이 되시겠는가. 이리 말하나 저리 말하나 삼조三朝께 망극하기는 매 한 가지다.

경모궁께서는 분명한 병환이 있었으니 임금과 나라가 위태위태하고 두려움이 바로 눈앞에 있는지라 영조께서 애통, 망극하시나 만부득이하게 그 처분을 하셨다.

경모궁께서도 본심이시면 참 허물이 되실 것이나 원래의 성품을 잃으신 병환이시라 당신께서 하시는 일조차 모르셨기에 오로지 병환 드신 것이 망극하지, 경모궁께야 어찌 한 치라도 허물이 되시겠는가.

실상이 이러하니 이렇게 사실대로 말을 하여야 영조의 처분도 마지못한 일이 되시며, 경모궁께서 당하신 바도 할 수 없는 터이시다.

선왕 또한 애통과 의리가 각각이라고 말하여야 실상도 어기지 아니하며 의리에도 합당하다. 그러므로 영조의 처분이 훌륭하시다고 칭송하고 경모궁을 죄 있는 곳으로 돌아가시게 한 것과 또 경모궁을 위한다고 영조의 사랑이 없음을 잘못이라 한 것 두 가지 모두 삼조三朝[19]께는 죄인이다.

한편 다른 의견은 영조의 처분을 옳으시다 하면서 아버지만 죄를 씌어 저희들이 알지도 못하고 뒤주를 들였다 하였다. 이것은 과

---

19 영조, 사도세자, 정조 등 세분을 말함.

연 영조께 정성이 있다는 말인가 아니면 경모궁께 정성이 있다는 말인가.

이 일을 가지고 사람을 함정에 빠뜨리려 하다니 참으로 원통한 일이로다. 30년도 채 안된 애통하고 망극한 일을 어찌 저희들의 사람 해치는 간교한 계략과 저희들이 출세하는 발판으로 삼을 수 있는가. 통곡하고 또 통곡할 뿐이로다.

지금에 이르러 선왕이 안 계신 후 흉악한 무리들이 비로소 저희들의 뜻을 얻었으나 오히려 나를 없애지 못함을 분하게 여겼다. 그래서 내 동생에게 참화를 끼치고 아버지를 반교문頒教文 [20] 머리에 올려 역적의 우두머리를 만들고야 말았다.

역대의 기록을 내 비록 모르지만 선왕의 어미를 앉혀 놓고 선왕의 외조부를 역적이라 반교문에 올려 사방팔방에 전하는 흉악한 도적은, 아무리 참되지 못하고 비꼬인 세상이라도 없을 것이다.

또 그 무리들이 신유년辛酉年(순조 원년, 1801) 6월에 죄가 있다는 상소를 올리면서 둘째 동생 낙임의 형제가 견줄 데 없는 역적의 종자라 하였으니, 낙임의 형제가 누구란 말인가.

이것은 더욱 분명히 나를 역적의 종자라고 지목한 말이니, 세상의 변고가 여기까지 다다르고 신하가 지켜야 할 절개가 아주 망해 버린 것이다. 옛 사람이 통곡하고 눈물을 흘려도 부족하다한 말이 무색할

---

20 나라의 경사가 있을 때 백성에게 널리 펴던 정치상의 의견서.

정도이다.

아버지께서는 불행히도 고생스럽고 험악한 때를 만나시어 오랫동안 조정에 계셨다.

비록 은혜로써 대우함이 정중하시고 처지가 각별하시어 물러나고자 할 마음이 매우 간절하시나, 나라의 근심과 세손의 나이 어리심을 염려하시어 몸을 자유롭게 못하셨다.

잘못된 것이 있으면 구차스럽게 임시방편으로 얽어 맞추어 옛 사람의 곧은 절개를 다하지 못하셨던 것이다.

만일 강직한 어떤 사람이 아버지의 본심은 헤아리지 않고 대신의 어엿한 충절이 없다고 시비한다면, 아버지도 마땅히 웃고 받으실 것이다. 그리고 낸들 어찌 마음에 품을 수 있으리오.

내 집이 대대로 벼슬하는 집으로 가문의 운이 뜻대로 잘 되가는 때를 당하여 자제들이 잇달아 과거에 급제하여 집안이 번성하고 권세가 과중하였다. 그러니 사람들이 시기하고 귀신이 꺼림은 이상한 일이 아니다.

이미 집안이 그릇된 후에 생각하면 부귀영화의 자취를 거두지 못하고 과거와 벼슬에 몸을 적신 것이 천만 번 후회되고 한이 된다. 그러나 천만 뜻밖에도 모함으로 인해 이 지경까지 되기는 참으로 원통하니, 성쇠화복盛衰禍福의 고리가 될 듯하였다. 성하려 하다가 쇠하였으니 이 억울함을 낱낱이 밝히어 화를 굴려서 복을 이룰 때가 있을까 하고 피눈물을 흘리며 하늘에 기도하노라.

기묘년己卯年(영조 35년, 1759) 영조께서 정순왕후와 재혼하신 후에 귀주의 집이 가난한 선비에서 하루아침에 신분이 높고 귀하게 되니, 서먹서먹하며 위태로운 때가 많았다.

그러자 우리 아버지께서 항상 말씀하셨다.

"왕가의 두 친척집이 서로 의가 좋아야 평안함과 근심을 함께 하리로다."

아버지께서 모든 일을 지도하고 애쓰시어 지저분하고 졸렬한 짓이 나오지 않게 하심이 극진하시고 온갖 힘을 다 써서 하셨다.

처음에는 저들이 고맙고 감격해 하다가 저희들의 형편이 좋아지고 점점 욕심이 자람에 따라 결국에는 세상의 원수가 되니 이런 일이 어디에 있겠는가.

무릇 귀주의 아비는 성품이 화를 잘 내고 의심이 많으며 음흉하고, 귀주는 더욱 독기의 덩어리로써 표독스럽고 흉악한 인물이었다. 비로소 척리가 된 후 경은부원군 김주신의 집처럼 몸가짐을 하였으면 누가 나무라겠는가.

그러나 저희가 본디 충청도 사람으로 충청도에서 어그러지고 괴상한 논의만을 즐기는 무리들과 친하고 귀주의 당숙인 김한록[21]이는 관주의 아비로 남당[22]인지 누군지의 제자로서 학자질을 하노라

---

21 한원진의 제자로 성리학에 밝은 노론 벽파의 우두머리로 사도세자를 모함하여 죽이게 하고 정조의 왕위 계승도 방해하였다.

22 한원진의 호. 권상하의 문인으로 강문팔학사 중에서도 이간과 함께 가장 뛰어난 학자였다. 심성론(心性論) 논쟁에서 이간의 주장을 반대, 인(人)과 물(物)의 성질이 같지 않음을 주장했다. 뒤에

하였다. 그러니 귀주네를 받들고 믿기를 천지신명과 같이 하여 그 것들의 논의로조차 왕가 친척으로서의 본색은 지키지 아니하고 처음에는 정성껏 하다가 중간에 본색을 드러내 주제넘고 건방지게 굴었다.

못된 것이 잘난 체하는 모습이 아니꼬울 적이 많았으니 세상에 누가 웃지 않았겠는가!

우리 집이 대대로 재상가요 먼저 왕가의 외척이 되니 행여나 저희를 비웃고 업신여기는가 하여 의심하고 화를 내었다. 그러던 중 경진년과 신사년 사이에(영조 36~7년, 1760~61) 동궁(사도세자)의 병환은 점점 더 심해지시고 영조께서 저희를 새사람이라 하여 지나칠 정도로 가까이하시니 귀주무리들의 흉심이 그때 일어났다.

"동궁의 행실이 저러하시니 할 수 없이 큰일이 일어날 것이다. 그러할 때는 동궁의 아드님이 보존치 못함은 당연하도다. 그리되면 나라에 다른 왕자가 안 계시니 결국 양자가 왕이 될 것이다. 우리가 외가로서 장래까지 길이 부귀를 누릴 터전을 마련하자."

저희들끼리 한창 이런 의논이 무르익는 마당에 영조께서 아버지께 대한 대우가 극진하시니 혹 세손이 무사하면 저희 욕심대로 되지 못할까 염려하였다.

그리하여 신사년에 귀주가 겨우 20이 넘은 어린놈으로서 감히 영

___

스승인 권상하가 그의 학설을 지지함으로써 기호학파가 양분되었고, 그를 따르는 파를 호론, 이간을 따르는 자를 낙론이라 부르게 되었다.

조께 편지를 드려 아버지를 해 하려고 정휘량까지 얽어매니, 영조께서 놀라 그때 정순왕후께 심하게 꾸중하셨다.

"이렇지는 못할 것입니다."

이는 경모궁께서 몰래 평양에 가서 놀다 오신 일로 인해 아버지는 말씀드리지 못하시고 정휘량은 대조께 아뢰지 않는다고 얽은 말이다. 이 어찌 아버지만 해치려 할 의사였겠는가?

경모궁의 허물을 대조께서 아시게끔 한 일이니, 제까짓 놈의 처지에서 이런 흉악한 마음이 어디 있으리오. 영조께 사랑을 받아 밤마다 모시던 이 상궁이 그때 늘 대조를 모시고 있어서 대조와 소조 사이를 조정하는 일이 많았다. 그런데 그 날 편지를 보고 놀라고 분하여 중궁전(정순왕후)께 아뢰었다.

"감히 이런 일을 할 수가 있습니까? 급히 문서 조각을 물에 풀어서 씻어 버리십시오."

그때부터 그 놈의 흉악한 마음을 알아내셨던지 아버지께서 남에게 말 못할 근심으로 고민하셨다. 그러나 보는 데가 있어서 경모궁께도 이 말을 여쭌 일이 없었으니, 내 집이 저희와 틀어지지 않고자 한 뜻을 충분히 알 것이다.

저희 마음에 저희는 왕비의 외가이니까 동궁의 장인에게 어찌 못 미칠 것이냐는 시기에 가득 찬 마음과 없애고자 하는 계략이 날로 심하던 차에 임오화변이 일어났다. 그러니 저희 마음에 이제는 세손까지 보전치 못하고 양자를 정하여 저희가 외가 노릇을 하고 홍씨를 없애 세력을 꺾을 줄로 알았던 모양이다.

그런데 결국 세손은 도로 동궁이 되시고 우리 집도 보전하여 아버지께서 오히려 재상의 자리에 계시니 저희가 분함을 이기지 못하였다.

그러자 세상의 도리에 벗어나는 흉측한 말을 흘리며 영조의 마음에 의심이 일고 어지럽게 하여 세손을 보전치 못하게 하려는 흉계를 꾸몄다. 저들은 감히 이런 흉측한 말을 하였지만 내 어찌 붓으로 그런 말을 쓰리오.

하지만 분명히 쓰지 아니하면 후세 사람들이 무슨 흉악한 말인지 몰라 의혹을 품을 듯하기에 마지못하여 쓴다.

모년 후에 김한록이가 홍주 김씨들이 모인 자리에서 말하였다.

"세손은 죄인의 아들이니 마땅히 왕위를 이어받지 못할 것입니다. 태조太祖의 자손이라면 어느 누가 왕위를 이어받지 못하겠습니까?"

이것이 세상에 전하는 이른바 16자字 흉언이다. 그때 모든 김씨들이 듣고서 전하는 말들이 이리저리 흩어져서 매우 어지러웠다. 그러나 끔찍한 말이라 차마 입에 올리지 못하였다. 나도 듣고 세손도 들으시어 흉악히 여겼으나 오히려 의심스러움과 믿음이 서로 엇비슷하였다. 그런데 요 몇 해 사이에 선왕께서 나에게 말씀하셨다.

"한록이와 귀주 무리들의 흉측한 말이 계속 의심스러워 믿어지지 않았는데, 이제야 정말인 줄을 알았습니다."

"어떻게 아셨습니까?"

"소문에 '홍주 갈미 김씨의 여러 사람들이 모인 자리에서 그 말을 하였다' 하기에, 마침 홍문관에 다니는 김이성이가 숙직하러 들어갔을 때 그가 갈미 김가인지라 알 듯하여 조용히 '숨기지 말고 바로 이르라' 하며 달래고 위협하며 물었지요. 처음에는 어쩔 줄 몰라 하였으나 내가 제까짓 것 하나를 못 휘겠습니까? 나중에는 실토하는데 한록이가 그 말을 하는 걸 제가 직접 듣고 다른 김씨들도 많이 들었는바, 즉시 저들의 최고 어른인 김시찬[23]에게 이 말을 하였답니다. 김시찬이가 듣고서 크게 놀라 괴이하게 여기며 '귀주와 한록의 무리가 이제는 역적이 분명하다' 하고, 자식들에게 충고하길 '충신과 역적을 분간하여 알아두라'고 일렀다 합니다. 한록의 말 뿐만 아니라 실은 귀주로부터 나온 말이라 하니, 이제는 확실한 증거를 얻었습니다. 이런 일이 어찌 있을 수 있습니까! 이것을 말하면 어느 지경까지 갈지 모르겠으니 참고 있으면서 이들의 앞을 볼 것이요, 지금은 그것들이 무서워 아직 위로하고 달래어 급급한 변과 깊은 원한을 부르지는 않을 것입니다. 또한 임오화변 후에 누구로 양자를 정하겠다고 의논해 놓은 것도 있더라 하니, 그것이 다 이 흉측한 말로부터 나온 계략입니다. 그것이 한나라에 군림하여 여러 신하들을 엄히 대하려

---

23 노론에 속하여 조태구 등 소론 인파의 처벌을 요구했다가 탕평책을 반대한다 하여 흑산도에 유배되었으며, 뒤에 풀려 대사관이 되었음. 부제학에 임명되자 이를 사양하고자 글을 올렸으나 글 속에 불경한 구절이 있다 하여 다시 흑산도로 유배되었다가 풀려났다.

한 것이니, 흉악하지 않습니까? 생각할수록 그 놈들의 반역을 꾀하는 마음과 흉측한 말이 몸서리쳐집니다."

관주를 동래부사에 임명할 때도 이런 말씀을 하셨다.

"말도 안 되는 중대하고 난처한 일을 합니다."

그러니 이놈들이 흉악한 역적의 무리인 줄을 선왕께서 어찌 깊이 살피지 못하셨으리오. 선왕이 전부터 아시기 때문에 병신년丙辛年(정조 원년, 1776)에 귀주를 처분하실 때의 분부에는 귀주의 죄를 다만 사소한 일로만 말씀하시고 그밖에는 차마 말씀하실 수 없다고 하셨다. 차마 말씀하실 수 없다는 것이란 곧 이 흉언을 일컬음이리라.

병신년 전의 일인들 모르시는 것이 아니로되, 김이성의 말을 들으신 후에 더욱 확실한 증거를 얻으셨던 까닭이다.

예로부터 다른 사람을 추대하는 역적과 국가의 기본을 뒤흔드는 역적이 꽤 많았을 것이다. 하지만 우리 조정에 이르러서는 효종대왕 이후로 6대의 혈맥이 세손 하나뿐이신데, 저희가 잘못 생각하여 일순간 부귀를 누릴 욕심으로 6대의 혈육을 없이 하고, '태조의 자손이다' 하여 안면이 전혀 없는 사람을 데려다 세우고 나라를 온통 독차지하려 하였으니 세상천지에 이런 흉악한 역적이 또다시 어디에 있으리오.

내 집과 아버지를 해치려 한 것도 모두 이 흉언으로 말미암은 것이다. 서희들의 흉언이 차차 전파되어 온 세상 사람들이 다 알게 되나, 저희들의 계략은 행하지 못하고 이 흉측한 말은 감출 길이 없게 되었다.

소위 선비 노릇하고 선비들과 의논한다 하고서 몹시 곤란함을 겪고 죽게 된 것들은 한양, 시골 할 것 없이 학자도 아니고 무관도 아니며 아무것도 아니었다. 이야기나 하고 쓸데없는 일이나 좋아하는 무리들을 모아 재물을 나눠 주며 정의감으로 사귀는 체하여 남을 끌어 모았으니 그것들은 시골의 미천한 괴물 같은 무리들이며 제까짓 것들이 일생에 부귀한 집의 마당이나 어찌 구경 하였으리요.

귀주 무리들은 자기들이 끌어 모은 사람들에게 좋은 음식과 두꺼운 의복을 후하게 대접하고, 돈 달라면 돈을 주고 쌀 달라면 쌀을 주었다. 또 급한 병이 있다 하면 인삼녹용을 주고 누가 혼례나 상을 당하면 잘 치르게끔 조금도 아끼지 아니하고 주었다.

그러니 그것들이 자기들 인생에 잊지 못할 은혜로 알아 도처에서 귀주 일당을 왕가의 훌륭한 선비 친척이라고 일컬었다. 그리고 그것들로 하여금 끓는 물과 뜨거운 불을 피하지 않게 만드니, 이것이 모두 왕망[24]이 사람을 거두었던 흉악한 꾀요 마침내 귀주가 내 집을 쳐내려는 뜻이었다.

선왕께서는 이런 일을 항상 알고 계셨다.

아버지께서 어영청에 갖다 올린 동과 은을 수만 냥 모아 두셨는

---

24 전한(前漢)의 평제를 죽이고 한나라를 빼앗아 즉위하여 신(新)이라는 나라를 세웠다. 여러가지 개혁을 단행했으나 내치와 외교에 실패하고 한의 유수에게 살해되었다.

데, 오흥[25]이 전부 내어 귀주와 함께 아버지를 죽이려 하는 인부를 모으는 값으로 탕진하였다. 그러니 세상에 그토록 우습고도 원통한 일이 없었다. 그래서 친한 신하에게 이 말을 하니 선왕께서 이런 말씀을 하셨다한다.

"자리에 꼭 맞는 말이다."

귀주 무리가 흉악한 마음으로 높은 벼슬을 하여 어떻게 하든 내 집을 없애 버리려 하니, 설사 아버지가 잘못하신 일이 있다 하더라도 두 집 사이에 그리는 못할 것이다. 제가 하지 못할 것이나 제게 불리하거나 서로 난처하거나 하면 보통 인정에 혹 미워할 수는 있다.

하지만 처음부터 우리 집은 저희에게 은혜가 있었지 원한은 털끝만치도 없었으니, 아무리 생각하여도 어찌된 심술인지 알 수가 없다.

제 놈들이 흉악한 모략과 흉측한 말로 동궁을 동요시키려 했어도 영조께서 세손에게 항상 변하지 않는 사랑을 베푸시고 아버지를 의지하여 믿음이 여전하시며 세손이 점점 장성하셔서 왕세자의 지위는 더욱 굳게 되셨다. 어찌할 도리 없이 저희들이 어리둥절해 하다가 천만 뜻밖에 기축년(영조 45년)의 별감사건이 일어났다.

그런데 이때는 선왕께서 어린 마음에 외할아버지와 이 노모가 당

---

25 정순왕후의 아버지로 영조의 장인인 김한구.

신께 애쓰는 정성은 미처 살피지 못하시고 일시의 노염으로 외가에 대한 정이 변하셨다.

후겸이가 내 집과 사이가 좋지 않으니 귀주가 이 두 마디를 잘 알고 그제야 잘되었다 하고 적반하장賊反荷杖[26]격으로 저희들은 동궁께 정성이 다분하고 아버지는 그렇지 않은 양 계략을 꾸몄다.

"선진께서는 은언군과 은신군의 무리를 귀여워하여 동궁께 불리하게 하려한다."

그리고 동궁께도 아첨하고 세상에 흉악한 말을 공공연하게 퍼뜨렸다.

"홍가가 동궁께 불리하게 하고 동궁께서는 홍가를 푸대접하신다."

그러자 세도가에 아첨하여 급히 벼락감투를 쓰려는 부류와 이익을 탐하고 때를 놓치지 않으려는 것들이 일시에 뛰어들어, 십학사十學士니 무엇이니 하고 아울러 한 폐가 되어 아버지를 해치려 하였다.

경인년庚寅年(1770) 3월에 청주 놈으로 한유란 것을 얻어 그 흉악한 모략을 시키니, 이것이 바로 귀주가 머리를 써서 한 일이었다.

한유란 것은 시골에서 양반도 변변히 못하고 글도 못하며 어리석고 표독스러운 데다가 흉악한 부류로서 아무런 일에도 참여치 못하는 시골의 어리석은 백성이었다.

---

26 '도둑이 도리어 매를 든다'는 뜻으로 잘못한 사람이 오히려 잘한 사람을 나무라는 경우를 이르는 말.

그때 영조께서 송명흠[27]과 신경[28]으로 인해 격분하셨다. 학자들이 당신께서 40년 동안 몹시 애를 써서 이루어 놓으신 탕평을 비난한다 하시고서 송명흠과 신경을 벌하셨다. 그리고 유곤록[29]이라는 책을 만드시어 학자들이 나라를 그릇되게 만드니 뒤를 잇는 왕은 학자들을 쓰지 말라고 말씀하시었다. 이것이 매우 지나친 행동이니 누가 근심하고 한탄치 않으리오.

하지만 80이 된 임금께서 지나친 행동으로 그러하시는 것이니 비유하건대 일반 집안의 늙은 어버이가 정 없는 일로 걱정하면 자제들이 임시방편으로 때우노라고 비는 모양처럼, 그때 아버지의 처지에서는 영조를 격분케 할 것이 아니라 하셨다.

본마음을 누가 모를 것이 아니기에 청하여 세상에 널리 알리게도 하고 눈앞을 무사히 지내려 하시었다. 이는 아버지께서 몹시 험난한 때를 만나신 탓이다.

실은 당신이 계시어 동궁만 잘 보호하여 나라의 기틀을 튼튼히 하시고, 그 밖의 일은 노인네의 한순간의 지나친 행동을 어찌할 것이 아니기에 결국 바르게 할 때가 있을 것이라고 마음을 가지고 계셨던 것이다.

---

27 학자로서 인망이 높았으며 영조 40년(1764) 찬선으로 경연관이 되어 정치문제를 논하다가 영조의 비위를 거슬러 파직을 당함. 죽은 후에 복직되어 이조판서에 추증되었다.

28 영조 32년(1756) 호조참의가 되어 외조부인 박세채의 문묘배향을 주장하다 파직 되었다. 그 후 영조 39년(1763)에 왕세자의 교육을 맡는 찬선이 되었다.

29 영조가 이 전의 당론이 나라를 망침을 역서하여 책자로 만들고 왕의 도장을 찍으라고 명한 책.

근본인즉 허물을 모두 알면서 어질게 보신 것이요, 동궁을 위하신 고심이었다. 그때, 유곤록 문제로 상소하면 뛰어난 이론이라 하며 한유란 놈을 누가 꾀었다.

"네가 유곤록에 대하여 상소하면 유명한 사람이 되고 장래에 벼슬도 하고 양반도 되리라."

그러자 이 우매한 놈이 그 말을 옳게 듣고 짐짓 충성의 표를 내노라 하여 팔위에 글자를 새기고 한양으로 와서 유곤록의 문제로 상소하려 하였다. 그러던 차에 그 놈이 심의지와 친하였는데 심의지는 귀주가 아버지를 해칠 사람을 얻지 못하여 애타게 구하는 때임을 알고 서로 의논하여, 한유를 달래면서 무수히 꾀었다.

"지금 홍 아무개가 오랫동안 정승으로서 권세를 많이 누렸기에 임금이 싫증이 나시고 동궁께도 죄를 지어 동궁께서 탐탁지 않게 여기심은 세상이 다 아는 터이다. 그러나 아무도 머리를 내밀고 상소를 바로 하질 못하니 네가 만일 상소하여 홍가의 죄를 비난하고 공격하면 벼슬이라도 할 것이요, 또한 훌륭한 공이 될 것이다."

또 한유가 여관에 있을 때, 귀주 무리들이 하인을 시켜 한유가 머무르는 집에 가서 말하게 하였다.

"여기 청주에서 온 한생원이 있느냐? 영의정 대감께서 '상소하여 일을 저지를 놈이니 잡아오라'고 하신다."

한 놈이 이렇게 얼러대자 다른 놈이 또 인심을 쓰는 척하고 여러 번 말했다.

"그 선비를 어서 쫓아 내치어 한양에 있지 못하게 하라고 하신다."

한유란 놈이 어리석고도 표독스런 분을 돋우어 불쾌히 여기는데, 심의지가 그 사이에서 감언이설로 꾀이고 달래었다.

"이 상소를 하면 너는 곧고 절개 있는 선비가 되고 권력과 부귀를 맘껏 누릴 수 있다."

그러자 이 놈이 죽을지 살지, 무엇이 옳은지 그른지도 모르고 그 흉악한 상소를 하였다. 그때 화완옹주가 후겸의 말을 듣고 우리 집을 제거하여야 제 모자가 안팎으로 권세가 생기게 될 줄로 알았다.

그래서 귀주와 합세하여 아버지를 함정에 빠뜨리기가 이르지 않은 곳이 없어서 임금의 마음이 칠팔 분 변하시었다.

그리하여 아버지께서 경인년庚寅年(영조 46년)[30] 정월의 대수롭지 않은 일로 관직에서 박탈되어 계시다가 다시 등용되시어 영부사를 하셨다. 하지만 영의정 자리는 김치인이 대신하여 3월까지 하였으니, 임금의 보살피심이 약해지신 줄을 가히 알 수 있었다.

이럴 때 한유의 상소를 보시고 비록 깜짝 놀라시긴 하였으나 좌우에서 아버지를 해치려는 말씀에 끌리시어, 한유는 가벼이 형추[31]하여 섬으로 유배를 보내고 아버지께는 그로 인하여 버슬에서 물러남을 허락하셨다.

비록 처음부터 끝까지 아버지를 간절히 보호하여 주시려는 뜻이

30　홍봉한이 모든 버슬아치들을 이끌고 윤홍열의 죄를 청하다가 관직에서 박탈된 해.
31　정강이를 곤장으로 때리는 형벌.

시나 평상시의 보살핌과 대우를 생각해 보면 하루아침에 이러하시긴 천만 뜻밖이었다.

이후로 내 집이 그릇되고 아버지가 조정에 안 계시니 귀주가 오로지 세력을 장악하였다. 안으로는 후겸을 끼고 밖으로는 같은 무리들과 더불어 밤낮으로 모의하여 아버지를 해치려 하니 그때의 위태로움을 어찌 다 기록하겠는가?

경인년 겨울에 최익남이가 상소하였다.

"동궁께서 지금 사도 묘에 참배하지 않으신 것이 미안하온데, 이것은 모두가 영의정 김치인의 죄입니다."

'묘소에 참배하소서' 하는 말이야 옳은 말이지만, 일의 형편상 신하로서는 청하지 못할 터이요, 하물며 지금의 영의정은 아랑곳없는데 그렇게 상소하였던 것이다.

최익남은 본래 행실이 없고 경솔하고 천박하여 세상에서 지목하는 인물이나, 본래 화완의 시댁관계로 불행히 내 집에 출입하여 안면이 있었다. 그런데 귀주네가 구상을 놓아 후겸을 꼬이고 홍가가 시킨 것이라고 고해바치게 하였다.

영조대왕께서 임오년의 일로 아버지가 당신의 허물을 만들고, 김치인을 제거하려고 최익남을 시켜서 상소하였다는 소문을 곧이들으시어 아버지를 대단히 엄하게 심문하셨다.

아무쪼록 홍가가 시켰다 하두록 여러 사람을 엄한 형벌에 처하시나 진실로 홍씨는 전혀 몰랐으니, 최익남이 곤장을 맞고 그 맷독으로 죽었으나 결국 홍씨에게는 그 화가 닿지 아니하였다. 그러나 영조의 마음이 계속 풀리지 않으시고 저 놈들의 살의는 불과 같아 음모를 쉬지 않았다.

결국 여러 달이 지나 신묘년辛卯年(영조 47년, 1771) 2월에 인·진의 일로 큰 변란이 일어났다.

갑술년甲戌年(영조 30년, 1754)에 인이가 태어나고 을해년乙亥年(영조 31년)에 진이가 태어나니, 귀하고 천함이 없다 하지만 나와 같은 여인네 인정에 어찌 좋으리오.

그러나 그때 경모궁의 병환은 점점 심하시고 또 인과 진의 어미를 총애하시는 것도 아니었다. 그런 때에 뜻밖에도 그것들이 태어났으니 비록 투기를 하려 한들 베풀 때가 아니겠는가. 내 약한 마음에 그것들이 비록 천하긴 하지만 혈육이기에 거두지 않을 수 없어 거두었다.

그러자 영조께서 그것들이 화근이라는 꾸중이 대단하시니, 내가 또 따라서 투기를 하면 소조께서 더욱 견뎌 내시기가 어려울 듯하여 참고 지냈다.

영조께서 내가 그것들을 대수롭지 않게 보고 투기하지 않는다며 꾸중을 하셨다.

"그것은 인정이 아니다."

임오년 후에는 더욱 그것들이 의지할 곳 없고 딱하고 가없어, 그저 큰어머니의 도리로 당신께서 끼치신 혈육이라 하여 대수롭지 않게 불쌍히 여겨 도움을 주며 길렀다. 그러다가 저희들이 성인이 된 후 밖으로 나가게 되니, 영조께서 걱정하셨다.

"저것들이 어떠할까?"

아버지께서 한 가닥의 공평한 마음으로 경모궁의 혈육만 생각하시고 영조께 아뢰셨다.

"저들이 점점 자라 밖에 나가게 되오니 혈기왕성한 아이들이 만일 다른데 반하거나 혹 누구에게 꾀임을 듣고 다른 데 뛰어 들어 무슨 변고나 내지 않을지 모르겠습니다. 그리되면 일이 무척 민망하옵니다. 신의 처지가 세손과 가까워 의심이 없사오니 신이 살피고 가르치어 저희도 사람이 되고 다른데 혹하지 않으면 저희만을 위한 것이 아니라 나라의 복이나이다."

영조께서도 흔쾌히 허락하셨다.

"경의 마음이 고맙고 그 마음에 감탄하니 그리 하도록 하라. 그런데 그것들이 경의 교훈을 잘 들을까 염려되노라."

그때 자제들이 아버지께 말씀드렸다.

"잘못하신 일이오. 그것이 도리어 화근이 될 것입니다. 아는 체를 마소서."

그런데 그것들이 오자 내 집의 아이들이 피하고 보는 일이 없으니 아버지께서 가엾게 여기셨다.

"그것은 삐뚤고 당치않은 근심이다. 그것들을 공평한 마음으로 가르치고 타일러 조심하게 하여 몹쓸 곳에 빠지지 않게만 하리라. 내 처지에 세손께서 의심하시겠느냐? 세상에서 누가 내 마음을 모르시겠느냐?"

만일 아버지께서 망해 가는 세상의 인심을 헤아리지 아니하고 부질없는 일을 하려 하면 이는 자식이라도 말릴 법한 일이겠지만, 이 일로 얽혀 큰 화를 빚어내기는 천만 뜻밖이었다.

세상에 이런 일이 어디 있겠는가? 아버지뿐만 아니라 청원부원군 김시묵 또한 의심이 없기로 사정을 봐서 남녀[32]를 만들어 주었으니, 청원도 무슨 의심을 하겠는가? 그것들이 밖으로 나간 후에 여러 번 훈계하고 꾸짖어도 저희들의 타고난 성품이 못나서 어리석고 흉악하며 미련하여 배우지 않았다.

조정과 가깝다는 교만한 마음만 먼저 내세워 궁중의 잡류들과 분별없이 몹쓸 행동이나 하고 아버지의 가르침을 조금도 받지 아니하여 차차 어긋나게 되었다.

아버지께서는 계속 가르치지 못할 줄을 아시고 도리어 원한만 살까 하여 기축년己丑年(1769)부터 점점 소홀히 하셨다. 그러다가 경인년庚寅年(영조 46년)에 당신의 불우한 처지로 교외에서 불안하게 지내셨다.

그로 인해 그것들이 발길을 끊자 당신께서도 다시는 한 번도 아시

---

32 뚜껑이 없고 의자처럼 생긴 가마의 한 가지.

는 체를 하지 않으셨다.

신묘년辛卯年(1771) 정월 그믐께, 해마다 하는 예로 동산의 밤을 각 궁전에 드리고 군주들에게까지 주었는데 인과 진에게도 그 밤이 갔다. 이 일로 시작하여 영조의 노함이 그치지 않으셨다.

영조께서 2월 초에 창의궁에 가시고 급한 변이 날까하여 궁궐을 둘러싼 성벽의 경호까지 하시어 그것들을 제주도에 보내 가두어 두셨다. 그리고 아버지 이하의 위태로움이 절박해 있었다.

그때 세손은 영조를 따라가지 못하시고 한기[33]와 후겸이만 들어가 함께 영조를 뵙고, 영조께서 즉석에서 처분하시게 하려는 계략을 꾸몄다. 그때 귀주는 상喪을 당한 까닭에 제 아저씨를 시켜 이 일을 해내었다.

영조께서는 처음부터 내가 그것들을 대수롭지 않게 보던 것도 좋지 않게 생각하시고, 아버지께서 그것들을 아는 체하시던 일도 좋지 않게 여기셨다.

또 최익남의 일을 내 집에서 시켜 모년의 일을 당신께만 돌리려는 줄로 아시고 격분하셨다. 또 믿으시는 귀주편의 거짓말과 사랑하시는 화완옹주의 충동으로 인하여 이 행동과 조치를 하셨다. 그때 선왕께서 놀라시고 외가를 위하여 중궁전(정순왕후)에 가서 호소

---

33 오흥부원군 김한구의 동생.

하셨다.

"외조부(홍봉한)께서 왕손을 추대한 흔적이 없는데 지금 추대하려 한다하여 죽이려 하니, 사람이 밉다 하여 함정에 빠뜨려 죽인다는 것이 말이나 되옵니까? 그러지 마옵소서."

세손의 말씀으로 한기와 후겸이의 힘이 줄어져 아버지께서 급한 화는 면하시고, 아버지를 청주에 보내시었다가 수일 만에 푸시며 영조께서도 다시 궁으로 돌아오셨다. 그리고 그 일이 개인적인 의심과 남을 모함함에서 비롯된 줄을 깨달으시고 세손께 말씀하셨다.

"양 척리³⁴가 서로 싸우니 국가의 근심이 적지 않구나. 내가 이 무리들에게 속임을 당하지 않을 도리를 생각하겠노라."

영조대왕의 밝은 지혜로도 한순간 그 총명이 막혀 가려졌으나, 즉시 그놈들의 사정과 그 일이 허망함을 깨달으셨다. 그러하기에 세손께 이런 말씀을 하셨던 것이다. 그때는 세손의 힘으로 눈앞은 무마되었으나, 그놈들의 흉악한 마음은 갈수록 심해지고 급기야는 겉으로 일을 범하였으니, 이미 두 세력이 나란히 존재하기 어렵게 되고 말았다. 따라서 상대를 죽이지 못하면 저희에게 후환이 될까 염려하였다.

영조께서 한유를 2월에 선견지명이 있다 하여 특별히 풀어 주셨다.

---

34 왕의 가까운 친척(내척과 외척).

　한유란 놈이 처음에는 남의 꾀임을 듣고 그 상소를 하면 벼슬이나 할까하였고 또 제 몸에 좋은 일이 있을 줄로 믿었다가 형벌을 받고 섬에 유배되니, 그때는 제 본심이 아닌지라 '자회문[35]'이란 글을 지었다.

　그때 김약행이가 한유가 유배된 곳에 먼저 머물렀다가 한유와 얘기를 나눌 적에 그때 상소한 까닭을 물으니 그 놈이 말하였다.

　"내 심의지와 송환억의 무리에게 속아 그리하였소. 심의지 무리는 김귀주의 꾐으로 그리하였는가 보오. 나야 시골 선비로 유곤록에 대해 말하려고 올라갔으니 그 까닭을 어찌 알겠소. 이곳으로 온 후에 들으니 내가 다 속아서 그리하였으니, 후회가 막급하기에 자회문이란 글을 지었소이다."

　그리고 그 글을 내어서 보이니 그 글이 세상에 전하여져 내 집에서조차 보고 나도 들었다. 김약행이 죽었는지 살았는지는 지금 모르겠지만, 이 어찌 귀주가 시킨 증거가 더욱 명백하지 않겠는가?

　한유 놈이 귀양에서 풀려 올라오니 귀주 일당이 또 꾀었다.

　"이제는 홍봉한이 몰리는 터이요, 또 대왕께서 너를 특별히 풀어 주셨으니 또 상소를 하면 분명 좋은 일이 있으리라."

　그리하여 이 놈이 8월에 또 상소를 하였는데, 여기서 비로소 뒤주 말을 하였다.

---

35 스스로 후회하는 글.

"홍봉한이 권했다."

없는 사실을 꾸며 함정에 빠뜨려 혼란스러워지니, 영조께서 그놈을 뒤주 얘기를 들춘 죄로 충청감영에 내려 보내시어 사형에 처하셨다. 심의지도 그때 잡아들여 물으셨다.

"일물一物[36]이 무엇이냐?"

그 놈이 당돌하게도 반문하였다.

"전하께서 일물을 진정 모르시겠습니까?"

"죄를 저지른 위에 또 큰 죄를 저질렀도다."

영조께서 몹시 노하시어 한유보다도 죄를 더하여 심의지도 사형에 처하고 그 아내와 자식들을 다 흩어서 귀양 보냈다. 한유든 심의지든 뒤주를 들춘 죄로 극형에 처하셨으니 아버지가 말씀드리어 그러셨을 리가 없다. 그 놈들에게는 사형을 내리시고 아버지께도 매우 격분하셔 화가 그치지 않으셨다.

"봄부터 이번까지 임오 분위기를 자아낸 것이 누구인고? 관직을 박탈하여 서인으로 만들라."

임오를 자아냈다는 말은 다름이 아니라 최익남의 상소로 인해 의심하시고 몹시 노하신 까닭이었다. 그때의 말씀이 '임오를 자아냈다' 하시고 또 '조장했다' 하셨다.

한유의 상소를 꾸며내어 아버지가 뒤주를 가져다가 드리시며 '처

---

36 뒤주에 대한 이야기. 사도세자의 참변 이야기.

분 하옵소서' 한 것으로 말을 하니, 말씀은 '조장했다' 하시고 한쪽 사람들의 말이 그 말씀을 따라 그리하였다. 그러니 이 의혹을 어찌 풀며 이 변명을 누가 해내겠는가? 내 말도 오히려 사사로운 듯하니, 한 가지 오랫동안 증명할 명확한 증거가 있도다.

신묘년辛卯年(영조 47년, 1771) 9월에 아버지께서 죄를 입고 시골에 틀어박혀 사실 때의 문봉文峯이 있으니, 선왕이 세손일 때 아버지께 쓰신 편지이다.

그 편지에는 이렇게 쓰여 있다.

'헤아려 생각하건대, 할아버지의 나라를 위한 진심에서 우러나오는 정성은 가히 천지신명에게나 물어 평가할 것이오이다. 옛 사람에게 부끄럽지 아니함이 할아버지와 손자간의 사사로운 말이 아니라, 스스로 한 시대의 공론과 오랜 세월의 공언이 있을 것입니다. 하지만 불행히도 임금의 총명이 홀림에 빠져 정신이 흐려지시어 이번의 처분이 계시니, 외할아버지의 운수가 실로 사납거니와 저로서는 과연 외할아버지의 말씀과 같아서 무척 기괴하고 놀랍습니다.

결국 그 본심을 따지면 나라의 공입니다. 임금의 분부가 비록 의외이시나 외함아버지의 그 날의 충성은 길이길이 말이 있을 것이오니, 무엇을 근심하시겠습니까? 임오년 5월 13일 신시申時에 뒤주를 밖의 소주방에 들이라고 하신다 하기에, 망극한 것이 있는 줄 알고 문정전에 들어갔습니다. 그런데 영조께서 나가라고 하시기에 나와서 왕자 재실의 처마 밑에 앉아 있었는데, 그때 신시가 지난 지 오랜 후였습니다.

그제야 외할아버지께서 들어오셔서 기운이 막히신다 하기로 내가 먹으려던 청심환을 보내었으니, 뒤주는 영조께서 생각하신 일이요, 외할아버지께서 여쭙지 아니한 것이 이 시각의 앞뒤로 보아도 충분히 뚜렷합니다. 또 그 날 처분이 영조대왕으로서는 나라를 위한 뜻으로 결단하셨기에 자식이긴 하지만 의리는 의리요 슬픔은 슬픔인 고로 지금까지 살아서 지탱하였습니다. 만일 봄의 분부와 같이 신하가 뒤주를 드리고 임금으로 계시면서 신하의 말을 듣고 처분하셨다면, 이는 임금의 부족한 덕이 될 뿐만 아니라 큰 의리가 또한 덮어 씌워질 것입니다. 큰 의리가 덮어 씌워지면 내가 세상에 살아 있는 것이 또한 의미가 없으니, 이 아니 망극하겠습니까?'

그리고 이에 관해서는 '김한기에게 일렀다'고 하셨다. 이처럼 선왕께서 당신이 목격한 일로시각의 앞뒤를 이렇듯 증명하고 계시니, 이 편지 한 장이 있은 후는 아버지께서 뒤주를 드리지 아니한 것이 명백하다. 그러니 뒤주를 안 드렸으면 무슨 일로 죄를 삼겠는가?

시골의 어리석은 백성들은 분별없는 소문만 듣고 아버지께서 뒤주를 드렸다고 의심하였다. 귀주네는 가까운 척리요, 한기에게 하신 분부가 이렇듯 자세하신데, 계속 진실을 알면서도 모함을 하니 귀주의 악한 마음이 아니면 어찌 이토록 할 수가 있겠는가?

귀주가 아무리 제 처지라도 화완과 후겸을 끼지 아니하였으면 여러 가지 괴이한 일을 지어내지는 못했을 것이다. 그러나 밖으로는 귀주가 제 패거리를 데리고 계략을 꾸며 놓고, 안으로는 후겸이와 내통하여 안과 밖에서 힘을 합쳤다.

내 집에서 아버지의 참화를 구하려고 내가 둘째 동생 낙임에게 권하여 후겸을 사귀게 하였다. 후겸의 본심은 홍씨를 제거하면 곧 제게 권력이 다 돌아갈까 하고서 귀주 무리의 충동을 듣고 제 사사로운 의심도 약간 있고 하여 겸하여 귀주와 더불어 뛰어들었던 것이다.

따라서 일부러 마구 죽이려는 일은 아니었던 듯하다.

낙임이 잇달아 가서 애걸하니, 차차 정도 두터워지고 혼인도 정하여 놓고 또 자기 생각에도 동궁의 외가이니 장래의 염려도 없지 않았던 듯하다.

화완은 분별없이 변덕이 심한지라 내가 극진히 굴어 그 환심을 얻으니, 본래 깊은 원한이 없었으므로 점점 풀리어 임진년壬辰年(1772) 정월에는 아버지의 죄명도 풀어 주었다.

또 후겸이가 귀주편을 드러나게 푸대접하니 귀주가 자기편을 잃고 분해하며, 내친걸음으로 한판 씨름을 하려고 제 몸소 한록의 아들 관주를 데리고 7월에 함께 상소를 하였다.

세상천지에 제 처지로써 중궁전을 뵌들 고부간에 이렇듯 흉악한 일을 하니 이 놈은 내 집의 불공대천지원수[37]일 뿐만 아니라 나라의 역적이며 선왕께 역적이요 중궁전께 또한 죄인이었다.

그 상소에 3가지 조건이 있는데, 하나는 병술년丙戌年(1766)에 영조대왕께서 병환이 계실 적에 나삼[38] 말이요 또 하나는 송절다[39] 말이요 다른 하나는 여차여차(이러저러)한 말이다.

임금께서 편찮으실 적에 하루에 인삼을 두세 냥 쓰는 적이 많으니 그때에 내의원 도제조는 김치인이요, 아버지는 영의정이셨다. 임금이 드실 약에 나삼과 공삼[40]을 반씩 넣어 썼는데 귀주의 아비가 숙직 장소에서 의관을 불러다 말하였다.

"임금의 몸이 이러하신데 나삼으로만 쓰지 않느냐?"

아버지께서 내의원에서 도제조와 앉아 계시다가 제조에게 이런 말씀을 하셨다.

"지금 나삼이 남은 것이 적으니, 만일 나삼만을 쓰다가 떨어지면 새로 공삼만 쓸 지경이 되오. 그리되면 더 민망하지 않겠소?"

그리고 귀주의 아비에게 말씀하셨다.

---

37 한 하늘 아래에서는 더불어 살 수 없는 원수.
38 약효가 좋은 삼.
39 소나무의 마디로 만든 차.
40 평안북도 강계에서 공물로 바치던 산삼.

"내의원 일은 부원군께서 간여하실 바가 아닙니다."

사실이 그만할 뿐인데도 '내의원 일에 부원군이 간여한다'는 말로 인해 그 부자가 화를 냈다. 그래서 저는 충성이 있고 아버지는 나삼을 쓰지 못하게 한 것으로 몰려고 하니 그런 흉악한 마음이 어디 있겠는가?

송절다라는 말은 더욱 분별없고 맹랑한 말이니 뭐라 표현할 것도 없고, '여차여차 하다'는 말은 까닭이 있다.

정해년丁亥年(1767)과 무자년戊子年 사이에 아버지께서 상중에 계실 때 청원부원군이 와서 말하였다.

"세손(정조)께서 장래에 왕위에 오르지 못하시고 돌아가신 후에 제왕의 칭호를 받으실까 봅니다."

청원은 아버지와 매우 친한 터로 정분이 있을 뿐만 아니라 평안함과 근심을 함께 하는 처지였다. 이것이 나라의 큰일이기 때문에 무관한 사이에 와서 그런 걱정을 하였던 것이다. 아버지께서 3년 상을 마친 후 궁궐에 들어오시어 내가 있는 곳에서 세손과 함께 자세히 말씀하시다가 이어 이런 말씀을 하셨다.

"이 일은 결단을 내려서 굳게 지키시옵소서. 지금 세도와 인심이 위험하옵니다. 이 일은 법에 의하여 그리하시는 것이 옳사오나, 기사년의 죽음 뒤에 남은 서자와 그 자손 그리고 무신년의 여당들이 지금도 나리를 원망하고 틈을 엿보고 있습니다. 만일 이로 인하여 그 흉악하고 사나운 무리들이 난을 일으키면 어찌할까 걱정스럽습니다."

"과연 그런 염려가 많으니 답답합니다."

세손께서도 이렇게 말씀하시고 나도 그 날 이후 먼 근심으로 셋이 앉아 그 얘기를 주고받았다. 그 때는 선왕이 어릴 적이라 그 말을 그 때 중궁전에 하였으므로 귀주가 듣고 모함을 하여 상소를 하였으니, 이런 흉악한 놈이 어디에 있으리오.

설사 아버지께서 잘못하신 말씀이라 하더라도 부녀자가 거처하는 곳에서 주고받은 얘기를 중궁전에서 듣고 영조께 상소를 하니 이 무슨 우스운 일인가.

선왕의 말씀이라 하여 만일 영조께서 '추숭追崇을 이야기한다.' 하시고서 세손을 좋지 않게 여기시면 재앙이 어느 지경에까지 미치리오. 이것이 아버지를 모함할 뿐만 아니라 제 본래의 흉계대로 세손까지 해치려 하는 계략이니, 이런 음흉한 역적이 세상에 다시 어디에 있겠는가?

무릇 아버지의 위치에서 선왕을 사사로이 만나볼 적에 무슨 말을 못하겠는가.

설사 아버지께서 '추숭을 하소서' 하고 권하고, '만일 추숭을 안하시면 이리이리 하오리다'라고 하셨다 하더라도, 이것은 단지 무식한 사람이 되실 뿐이다. 하물며 '추숭은 마옵소서. 사사로운 정을 끊고 확고히 지키십시오.' 하시어, 망해 가는 세상의 인심과 세상의 변고가 많으니, 깊고도 멀리 염려하여 말로써 걱정한 것인데 이것이 어찌 죄가 되겠는가?

그러면 옛 사람이 임금에게 고하기를, 몹시 위태로워 조만간 망할 것 같다거나 도적이 일어나리라 하거나 하는 말이 모두 임금을 위협하고 윽박지르는 죄라 하면 말할 사람이 누가 있으며, 세상에 그런 말이 어디에 있겠는가.

이 일은 조정의 기록에 있고, 갑진년甲辰年(정조 8년, 1784)에 아버지가 누명을 씻으시던 임금의 말씀에 다 있으니 대략만 쓴다.

그 후 병신년丙辛年(1776)에 정이환, 송환억 무리의 흉악한 상소는 모두 귀주가 여론을 조작해서 한말이니, 다시 거들 것이 어디에 있겠는가?

신사년辛巳年(1761) 이후로 귀주가 우리 집을 해치려 하던 일을 세세히 캐내어 따져 보면, 이것이 처음에는 경모궁께서 보전치 못하면 세손까지 보전치 못할 것이니, 양자를 들여 저희가 외가가 되기를 바라는 까닭에서였다.

그리고 둘째는 모년의 처분 후에 자기의 마음처럼 되지 않으니까, 한록이를 데리고 16자의 흉언을 하여 임금을 어지럽도록 하며 높은 지위를 흔들어 또 양자와 외가를 만들려는 계략이었다.

그러나 영조의 마음은 굳으시고 세손은 장성하시어 나라의 기초와 근본을 흔들기가 쉽지 않으며 저희의 흉악한 말은 세상에 이미 전파되어 가리기가 어렵게 되었다.

그제야 동궁(정조)이 외가를 좋지 않게 여기시는 줄 알고 저는 동궁께 충성이 강하고 홍씨는 동궁께 불리하다 하여 홍씨를 제거하려 동궁께 비위를 맞추었다. 그러면서 저희가 흉언한 것을 가리고 덮으려 하였다.

이 흉언이 아주 큰 근본으로 지금의 세상 사람도 옛 일을 본 이가 있을 것이니, 대략이야 어찌 모르겠는가. 하지만 나처럼 이렇듯 자세히 아는 이가 또 있겠는가?

아버지께서 풍증을 앓아 본성을 잃어버리시지 않으신 바에야 '선왕께 불리하고 인과 진을 위했다'는 말은 삼척동자라도 속지 않을 것이다.

또한 '귀주는 선왕께 충신이요, 홍씨는 선왕께 역적이다' 하면 또 삼척동자라도 속이지 못할 것이다.

모든 일이 인정의 천리 밖에 벗어난 일이 없으니, 유식한 사람을 기다리지 않아도 옳고 그름을 분간하며 충신과 역적을 가릴 것이다. 그러나 귀주와 한록의 무리가 나라를 멸망시키려고 하던 흉언은 계속 드러내지 아니하여 귀주는 충신까지 되고 털끝만치도 비슷하지도 않은 내 집은 가혹한 화가 갈수록 더하여 극악한 역적이 되고 말았다.

만고에 이런 세상에 없는 일이 어디 있을 것이며 이런 모함과 도리가 또 어디에 있으리오. 피를 토하고 죽더라도 하늘의 뜻이 닿지 않으니 한이로다.

'신축辛丑 2월 23일 미시未時 호동대방에서 씀.'

에필로그

　《한중록》을 쓴 혜경궁 홍씨는 조선의 21대 국왕인 영조의 며
느리이자 사도세자의 세자빈이다. 또한 22대 왕인 정조의 생모
이기도 하다.

　혜경궁 홍씨가 1795년(정조 19) 조카 홍수영洪守榮이 청하여
쓰기 시작했다. 이후 네 번에 걸쳐 완성한 글이다. 첫 번째 것은
비교적 한가로운 심정에서 집필한 것이나, 나머지는 모두 아들
정조가 승하한 직후부터 집필한 것으로, 어린 왕 순조에게 보이
기 위하여 정치적 목적으로 집필하였다는 것이 정설이다. 따라
서 중복된 부분도 많다.

　사도세자의 아들인 정조가 조선 22대 왕으로 즉위하자 외가
인 풍산홍씨의 집안이 몰락하게 되는데 정조는 아버지의 죽음
이 외가이자 당시 정치적으로 노론이었던 풍산홍씨와 깊은 관
련이 있다고 여겼다. 정조 즉위와 함께 노론의 위세가 급격하게

위축되면서, 혜경궁 홍씨의 숙부인 홍인한이 처형되고 아버지 홍봉한까지 처벌을 받게 되었다. 이에 혜경궁 홍씨는 몰락한 친정 집안을 일으켜 줄 것을 탄원하였고, 정조가 이를 약속했다고 언급하며 임오화변은 자신의 친정집과 무관하게 일어난 사건이라고 주장하였다. 혜경궁 홍씨가 자신의 친정 집안을 신원하기 위한 목적으로 집필한 것이 《한중록》이다.

《한중록》은 《한중만록閑中漫錄》이라고도 불리며, 6권의 책으로 구성되어 있다. 사도세자의 죽음을 두고 혜경궁 홍씨가 직접 목격했던 당시 상황, 죽음의 원인과 결과를 밝히고 있지만, 당대의 기록인 조선왕조실록과 다르게 서술된 내용이 있어 한중록의 내용을 모두 사실로 받아들일 수는 없다. 현재까지도 역사적 사료 또는 가치관에 따라 다양한 의견이 있으며, 학자에 따라서도 대립된 견해가 존재한다.

《한중록》은 전체 4편으로 이루어져 있다. 제1편은 1796년 정조 재위 19년에 쓴 것으로, 서두에 조카 홍수영의 부탁으로 작성한 글이라고 밝히고 있다. 홍씨 자신의 출생과 조부모 등 친정집안 사람들의 청렴함과 덕행, 효심 등에 대한 찬사를 나열하였고, 자신이 9세 때 세자빈으로 간택되어 입궁한 뒤에 겪은 궁중생활과 아들인 정조를 출산했던 일 등을 기록했다. 또한 부친 홍봉한의 실각 및 좌의정을 지낸 작은 아버지가 사사되고 친정집안이 화를 입고 몰락하는 전말을 서술하였으며, 친정 집안사람들에게 알리는 당부의 글로 마무리한다.

제2편은 1801년(순조1)에 쓰여진 글로, 당시 어린 순조가 즉위하자 자신의 친정 집안이 홍국영의 모함으로 당한 화의 억울함과 부당함을 소상하게 밝히고 사면을 호소하는 목적에서 작성한 글이다. 특히 좌의정이었던 작은 아버지(홍인한)가 세손(정

조)의 대리청정을 막았다는 것은 오해에서 비롯되었다는 점을 소상하게 기록하고 있다. 그리고 혜경궁 홍씨 자신에 대한 모함과 동생 홍낙임의 억울한 죽음에 대한 심정을 담고 있다.

제3편은 1802년(순조2)에 쓰여진 글이다. 임오화변으로 겪은 비통함과 더불어 부친 홍봉한은 이와 관련이 없음을 주장하고, 아들 정조의 효행과 외할아버지의 충절에 대한 의리를 잊지 않고 친정 집안의 신원을 약속했다는 점을 언급한다. 또한 사도세자의 병환이 위중했던 것은 사실이며 당시에 일어난 비극은 부득이한 일이었다고 기록한다.

제4편은 순조 재위 5년인 1805년에 쓰여진 글이며, 사도세자가 뒤주에 갇혀 죽은 임오화변의 전말에 대해 소상하게 기록하고 있다. 남편인 사도세자의 병환이 망극하고 종사의 존망이 다급하여 어쩔 수 없는 비극이 일어나게 되었다고 서술한다. 그

리고 자신이 죽지 못하고 산 것은 애통하지만 도리와 의리 때문이라고 심정을 밝힌다.

《한중록》은 혜경궁 홍씨가 지난날 몸소 겪었던 일들을 서술한 것으로, 남편 사도세자가 부왕 영조에 의해 뒤주에 갇혀 죽은 참변을 주로 하여, 공적, 사적 연루連累와 국가 종사宗社에 관한 당쟁의 복잡 미묘한 문제 등 여러 사건들 속에서 살아온 일생사를 순 한글의 유려한 문장으로 묘사한 파란만장한 일대기이다. 문체에 등장인물의 성격이 선명하게 그려져 있으며, 이 글을 통하여 조선 여성의 이면사를 엿볼 수 있다는 점과 당시의 정치풍토를 관찰할 수 있다는 점에서 사료적 가치가 높다.

《한중록》은 역사적 인물의 글이라는 점에서도 소중하지만, 더욱이 그가 비빈妃嬪이라는 사실에서, 정계야화로서 역사의 보조 자료가 된다. 임오화변의 이유 및 홍봉한 일가에 대한 사관을 재검토하는 데 도움을 주는 실기문학이다. 또한 이 작품은 여류문학, 특히 궁중문학이라는 점에서 궁중용어, 궁중풍속 등의 보고라 할 수 있다.

《한중록》은 소설로 볼 수 있을 만큼 문장이 사실적이고 박진감이 있다. 그리고 치렁치렁한 문체는 옛 귀인貴人들의 전아한 품위를 풍기고 경어체의 아름다움을 보여준다. 작자를 비롯하여 등장인물 가운데에서 전통사회의 규범적 여인상의 전형을 볼 수 있다는 점 등으로, 이 작품은 우리의 고전문학이자 궁중문학의 백미라 일컬어진다.